Prolog

Orkney Inseln, Schott

~ Louan ~

Von meinem Versteck hinter einem Felsen aus beobachtete ich das Mädchen. Jeden Abend suchte sie nach mir, doch ich konnte ihr Sehnen nicht erfüllen. Ich war ein Schatten meiner selbst seit der letzten Nacht des vergangenen Vollmonds, in der meine Erinnerung zurückgekehrt war.

Louan, ich brauche dich.

Ich habe dir ein Versprechen gegeben, aber ich kann es nicht halten. Ich brauche dich so sehr. Hörst du mich?

Die Worte waren durch meine Träume geschwebt und selbst im Sonnenlicht nicht verschwunden. Sie hallten in mir nach, wieder und wieder, durchdrangen die Mauer meines Vergessens und brachten alles zurück. Die Tage und Nächte unseres gemeinsamen Glücks, die Zeit des Gefangenseins. Mein Tod und die Wiedergeburt. Unser letzter Kuss.

Mari …

Ihr Name schwebte als fernes Licht in der Dunkelheit, die das Tier um mein altes Ich gehüllt hatte. Der Fluch eines Selkies, Gefühle spüren zu können, schmerzte in dieser Nacht besonders heftig. Ihre Trauer war so groß, so heftig und verzweifelt, dass meine Seele unter ihrem Ansturm bersten wollte. Aber ich konnte nicht zurückkehren. So gern ich sie auch trösten und in meinen Armen halten wollte.

Kalte Flocken fielen auf mein Gesicht und rieselten ins Wasser hinab. Die Zeit verging so schnell, schon wieder war es Winter geworden. Ich blickte zum Himmel hinauf und sah, wie der Schnee im Dunkel der Nacht tanzte. Vergänglich wie das Leben eines Menschen. Er fiel genauso wie vor einem Jahr, als ich sterbend in den Armen des Mädchens gelegen hatte, das Flüstern der anderen Welt bereits in den Ohren. Nur für Mari war ich zurückgekehrt, und nur für Mari hatte ich noch einmal als Mensch gelebt. Seit einem Jahr war dieser Mensch unwiderruflich verloren. Die Erinnerung mochte zurückgekehrt sein, nicht aber die Gabe der Verwandlung. Manchmal fühlte es sich an, als kehre das Gefühl für Arme und Beine, die sich von innen gegen das Gefängnis aus tierischem Fleisch drückten und nach Befreiung strebten, zurück.

Es war nichts weiter als eine höhnische Illusion. Kaum griff ich nach diesem Gefühl, um mich zu befreien, entglitt es mir und ließ nichts als Leere zurück.

Meine Finger würden nie wieder durch ihr Haar streichen und mein Körper nie wieder ihre Wärme spüren. Es war dumm, Nacht für Nacht hierherzukommen. Es war genauso dumm, wie mir den Stachel eines Seeigels wieder und wieder ins Fleisch zu rammen.

Aber beim Salz der See, sie war so schön. So stark und stolz. Reglos stand sie da, den Wind im Haar und die nackten Füße in die Brandung getaucht, als spürte sie die Kälte nicht. Ihr Sehnen war Feuer in meinem Herzen und Eis in meiner Seele. Doch wie konnte ich sie in meine Welt holen, wenn der Mensch, den sie liebte, für immer verloren war?

Ich erinnerte mich daran, wie es war, sie im Arm zu halten. Wie es war, ihre Stimme zu hören und ihr mit menschlicher Zunge die meine ins Ohr zu flüstern. Wie es war, sie zu küssen und ihren Atem in mich aufzunehmen.

Weint eine Frau sieben Tränen in das Meer, so besagen die alten Geschichten, entsteigt den Wellen der Selkie in menschlicher Gestalt und gehört eine Nacht lang ihr. Ich hatte ihr gehört, doch alle Tränen brachten den Mensch in mir nicht zurück.

War wirklich nur ein Jahr vergangen? Oder nicht doch eine Ewigkeit?

Kapitel 1

Wie das Schicksal zu mir kam

„Nicht über den Wellen des Ozeans,
nicht über den Sternen
und nicht im Lande der Phantasien
ist meine Heimat.
Ich finde sie nur in deinen Augen."
Autor unbekannt

Ein Jahr zuvor

~ Mari ~

Hoffnungslos. Resigniert.

Ich ertrug den Blick dieser Augen kaum. Sie sehnten sich nach Freiheit. Nach der spröden Gischt des Meeres, das keine hundert Meter entfernt gegen die Klippen von Westray brandete. Nach dem Spiel in den Wellen und den nächtlichen Sandbänken, auf denen seine Artgenossen schliefen.

Beinahe bereute ich es, zu so später Stunde noch hinunter an den Strand gegangen zu sein, nur um letztlich über dieses bedauernswerte Wesen zu stolpern. Doch durch meine Traurigkeit sickerte das Gefühl der Gewissheit, dass es Schicksal gewesen war.

Ich hatte schon oft Seehunde gesehen. Aber niemals einen wie ihn. Er war groß, schlank und geschmeidig wie fließendes Quecksilber. Sein fleckenloses Fell besaß einen Glanz, der ihm das Aussehen eines Traumgeschöpfes gab. Eines Wesens, das die Grenze zur realen Welt nur zufällig übertreten hatte.

Jetzt lag es vor mir in Dads zugemülltem Schuppen, gebettet auf eine zerschlissene Decke. Immer, wenn ich das Tier berührte, erwartete ich, durch es hindurchzufassen wie durch eine Illusion. Aber es war echt und bestand aus Fleisch und Blut. Aus Fleisch, das starb, und Blut, das meine Haut verklebte.

Mein Vater hatte für den Seehund alles getan, was in seiner Macht lag. Die Kugel in der Flanke war entfernt, das Loch genäht und verbunden worden. Trotzdem war es nicht genug gewesen. Dad hatte inzwischen die Flucht ergriffen und gönnte sich den Schlaf der Gerechten. Ich wiederum saß hier, in meinem grünen Wollpullover und meiner blutbefleckten Lieblingsjeans, fror mir die Seele aus dem Leib und bewachte einen sterbenden Seehund. Es war mir unmöglich, ihn allein zu lassen. Ich konnte nicht wie Dad den Lauf der Natur mit einem Schulterzucken hinnehmen und Dinge wie „so ist das eben" murmeln. Irgendetwas flüsterte mir zu, dass dieses Wesen mich brauchte. Gut möglich, dass ich nur Hirngespinsten nachhing, aber ich wollte in seinen letzten Stunden bei ihm sein.

Während ich ihn streichelte, wurde der Seehund immer kälter. Er bewegte sich kaum mehr. Das Leben floss aus ihm heraus und versickerte in der Decke zu meinen Füßen. Seine Augen schlossen sich, ein Zittern durchlief den quecksilbernen Körper.

Der Frust packte meinen Magen und quetschte ihn zusammen. Zutiefst erschöpft rutschte ich von dem sterbenden Tier weg, lehnte mich gegen die Wand und starrte ins Leere.

Warum berührte mich das so sehr? Ich hatte viele Tiere sterben sehen, das brachte das Leben in einem Fischerdorf mit sich. Erschossene, in Netzen erstickte, gestrandete oder von Schiffsschrauben zerfetzte Tiere. Aber diesmal war es anders. Ich erkannte mich selbst nicht wieder, wie ich hier mit brennenden Augen saß, ertrunken in Sentimentalität. Es wäre besser gewesen, Dad zu rufen und den Seehund hinaus zur Brandung zu tragen. So hätte er noch einmal die Freiheit atmen können. Doch weil ich mich nicht dazu hatte überwinden können, hauchte das Tier jetzt in diesem heruntergekommenen Schuppen sein Leben aus.

Auf einer nach nassem Hund stinkenden Decke und mit rostigem Werkzeugen als letztem Anblick.

Irgendwann musste ich wohl eingenickt sein. Zuerst war ich verwirrt, wusste nicht, was geschehen war. Doch dann fiel mein Blick auf die Decke, das Blut und …

Ich hörte meinen erstickten Schrei, als hätte ihn ein anderer ausgestoßen. Was ich sah, war unmöglich. Das Tier war verschwunden. Nein, nicht ganz. Sein Fell war noch da. Es wurde gehalten von blutverschmierten, menschlichen Armen. Ein Junge – oder vielmehr ein junger Mann – saß vor mir, starrte mich an und zitterte wie Espenlaub. Seine Augen waren so schwarz wie die des Seehundes. Helle Streifen zogen sich durch sein lockiges Haar, dessen längste Strähnen in seinem Nacken klebten. Quecksilbergrau auf Schwarz.

Mit einem Ächzen rutschte er von mir weg, stieß mit dem Rücken gegen die verrostete Schubkarre und ließ seinen von Panik erfüllten Blick hin und her huschen. Mein Verstand gefror. Ich sah blutdurchtränkte Binden, die zerfetzt auf dem Boden lagen. Auf dem Oberschenkel des Jungen klaffte eine Wunde, deren Nähte aufgerissen waren. Er umklammerte das Fell mit aller Kraft und drückte es sich gegen die Brust, als sei seine größte Angst, ich könnte es ihm wegnehmen.

Selkie, raunte etwas in mir. *Ein Seehundmensch.*

Blödsinn! Es gab keine Selkies. Ich knallte durch, das war es. Es musste eine andere Erklärung geben. Eine logische Erklärung dafür, dass dieser Junge splitterfasernackt vor mir kauerte, mit schwarzen Seehundaugen und derselben Wunde am Körper, wie sie auch das Tier besessen hatte.

Dummerweise fiel mir keine ein.

„Ich tu dir nichts." Wie losgelöst von meiner Konfusion streckte ich die Arme aus. „Keine Angst. Es ist alles in Ordnung."

Er legte den Kopf schief und sah mich misstrauisch an. In meinem Magen flatterte es. Eine Weile konnte ich nichts weiter tun, als diesen unergründlichen Blick zu erwidern. Der Junge konnte nicht älter als neunzehn sein, und trotz all dem Blut und der Angst, die sein Gesicht verzerrte, war er schön. Auf eine wilde und zugleich sanfte Art, die mich tief im Herzen berührte.

Für Momente vergaß ich selbst meine Erschütterung. Was zum Teufel war er? Was war ihm passiert?

„Ich tue dir nichts."

Wieder rückte ich ein Stück näher. Und plötzlich berührten meine Fingerspitzen seine Schulter. Er hatte die Beine eng an den Körper gezogen und starrte mich an, als wolle er jeden Augenblick aufspringen und fliehen. Vermutlich hätte er genau das getan, wäre er dazu imstande gewesen.

Verdammt, dieses Wesen war echt. Und ich verlor gänzlich den Verstand. Wie sollte ich das meinem Vater erklären? Es war eine Sache, ein sterbendes Tier zu umsorgen. Ein ganz anderes Kaliber war es, wenn ein Mensch in unserem Schuppen starb. Wir würden Ärger bekommen. Ganz gewaltigen Ärger. Womöglich war er ein geflohener Verbrecher. Oder das Opfer eines Gewaltaktes. Und der, der ihm das angetan hatte, war soeben auf dem Weg hierher, um ihn zu erledigen – und mich gleich dazu.

Ja klar, kommentierte die zynische Stimme meiner Vernunft. *Er ist nackt und schwer verletzt in den Schuppen gestolpert, hat den Seehund gehäutet, den Kadaver hinausbefördert und sich anschließend selbst auf die Decke gelegt.*

Das war keinen Deut besser als die Selkie-Theorie.

„Wer bist du?", flüsterte ich. „Woher kommst du? Was ist passiert?"

Ich erhielt keine Antwort. Natürlich nicht. Vor mir saß ein Schwerverletzter, der kurz vor einem hämorrhagischen Schock stand. Ihn mit Fragen zu löchern, war das Dümmste, was ich tun konnte.

Der Junge schauderte, als ich behutsam eine Hand an seine Wange legte. Seine Haut fühlte sich kalt an. Fast schon … nein, unmöglich. So leicht starb es sich nicht.

„Warte hier." Ich versuchte, meine Stimme fest klingen zu lassen. „Ich hole meinen Vater. Er wird dir helfen."

„Kein Arzt!", hörte ich ihn plötzlich flüstern, so leise, dass ich zunächst glaubte, nur einer Einbildung erlegen zu sein.

Doch als ich mein Ohr an seinen Mund hielt, vernahm ich es erneut: „Kein Arzt. Bitte."

„In Ordnung.“ Die Antwort erfolgte ohne Nachdenken. „Mein Dad kennt sich ein bisschen mit Medizin aus. Er wird dir helfen.“

Kaum hatte ich es ausgesprochen, sackte der Junge zur Seite. Genau in meine Arme. Sein Körper jagte mir Schockwellen frostigen Schreckens über den Rücken, denn er fühlte sich an wie kalter Stein.

„Ich lasse nicht zu, dass du stirbst.“ Unwillkürlich hauchte ich einen Kuss auf seine Stirn. Obwohl ich Angst hatte, blutbesudelt und schwindelig vor Schrecken war, überkam mich plötzlich das seltsame Gefühl, dass mein ganzes Leben auf diesen Moment hinausgelaufen war. Er war mir fast vertraut, wie ein Déjà-vu-Erlebnis. Ich fühlte mich, als hätte mich jemand aus einem tiefen Schlaf wachgerüttelt. Oder als hätte mir jemand die Antwort auf eine brennende Frage gegeben. Nur dass ich weder die Antwort noch die Frage kannte. Noch nicht.

Ein mattes Zucken, das durch den Körper des Jungen ging, riss mich in die Realität zurück. „Ich bin gleich wieder hier“, sagte ich zu ihm. „Du wirst nicht sterben. Das verspreche ich dir.“

Für Dad schien der Junge leicht wie eine Feder zu sein, als er ihn ins Haus trug und auf das Sofa legte. Ein zweites Mal versorgte er das Schussloch. Seinem Gesichtsausdruck nach zu urteilen, stürzten ihn die Geschehnisse dieses Abends nicht weniger in Fassungslosigkeit als mich.

„Wir müssen ihn ins Krankenhaus bringen.“ Nach getaner Arbeit wusch er sich die blutigen Hände, zog sich um und sank neben mir zu Boden. Sein blasses Gesicht und die dunklen Augenringe verrieten, wie erschöpft er war. „Sonst stirbt er uns unter den Händen weg.“

„Das können wir nicht. Er hat gesagt, dass er keinen Arzt will“, erklärte ich mit Nachdruck.

„Und warum? Hat er das auch gesagt? Vielleicht ist ihm die Polizei auf den Fersen.“

„Ganz sicher nicht.“

„Woher willst du das wissen? Verfügen wir neuerdings über telepathische Fähigkeiten?“

„Nein, aber …“ Ich seufzte und schüttelte frustriert den Kopf. „Ach verdammt, Dad. Lies doch einfach meine Gedanken. Das scheinst du doch sonst auch zu können.“

Hilflos starrte ich auf unseren Patienten hinunter. Sein Körper hatte die Schlaksigkeit der Jugend längst hinter sich gelassen und war dem eines sehnigen, durchtrainierten Mannes gewichen. Nirgendwo saß ein Gramm Fett zu viel. Doch die augenscheinliche Kraft dieses Körpers verhinderte nicht, dass der Junge in der Art und Weise, wie er vor uns lag, etwas unendlich Verletzliches ausstrahlte.

„Ich glaube, dass …“

„Ich weiß, was du glaubst.“ Dad beäugte den silbernen, an der Innenseite blutigen Pelz, der ausgebreitet auf dem Tisch lag. „Aber das ist unmöglich. Jetzt mal ernsthaft, Mari, er kann doch nicht … glaubst du wirklich, dass … so ein Blödsinn.“

Sein Blick wechselte zwischen dem Jungen und dem Fell hin und her. Nach einer Weile, in der er abwechselnd geseufzt und sich die Haare gerauft hatte, rang er die Hände wie zum Gebet. „Bei allen guten Geistern. Das ist doch irrsinnig. Meine Nase hat eindeutig zu tief in der Trompetenblume gesteckt. Hast du eigentlich die Geschichten gehört?“

„Was für Geschichten?“

„Über die Seehunde, die den Fischern ihre Netze zerbeißen. Sie sollen ungewöhnlich hell gefärbt sein. Fast wie Albinos. Vielleicht ist es auch nur ein einzelnes Tier.“

Und zwar das da, schien sein Blick zu sagen, als er sich wieder auf den Jungen heftete.

„Habe davon gehört“, murmelte ich. „Über irgendwas schwadronieren die Fischer doch immer. Kormorane, die ihnen angeblich die Beute wegfressen, Meeresmonster oder Apfelkuchen.“

Ich blickte zu dem Jungen, dann zu dem Fell, und kam mir unglaublich dämlich vor, weil ich beides miteinander verband.

„Was sollen wir denn jetzt tun, Dad?" Wie immer, wenn ich nervös war, zog ich die Ärmel meines Pullovers lang und knüllte die Enden zwischen meinen Fäusten zusammen. „Wir müssen doch irgendwas tun."

„Keine Ahnung. Wir können ihm nicht weiterhelfen."

„Aber er kann nicht ins Krankenhaus."

„Mari, er braucht einen Arzt. Egal wer er ist oder wo er herkommt, das Wichtigste ist, dass er am Leben bleibt."

Mein Verstand stimmte zu. Der Junge brauchte Hilfe. Bessere Hilfe. Am Ende waren wir schuld an seinem Tod, nur weil wir ihm nicht das beschafft hatten, was nötig war. Aber dann sah ich sein Gesicht, seine blasse Elfenbeinhaut, sein Fell ... und in mir erwachte die Gewissheit, dass niemand von ihm erfahren durfte. Dad schien ähnliche Gedanken zu wälzen, denn anstatt zum Telefon zu greifen, rieb er sich nur die Stirn und starrte ins Leere. Genauso hatte er ausgesehen, als Mum ihm vor den Kopf geknallt hatte, sie würde in ein paar Stunden nach Miami fliegen und nicht wieder zurückkommen. Wie damals schien sein graues Haar elektrisiert zu sein. Manchmal, wenn er sich besonders aufregte, stand es ihm wortwörtlich zu Berge.

„Wir sind echte Mondkälber, Mari. Das kommt davon, wenn man sich einen ganzen Dschungel an Orchideen heranzüchtet. Die ganzen halluzinogenen Dämpfe haben uns das Gehirn vernebelt."

Dad verfiel in betroffenes Schweigen, in meinem Kopf summte es. Drüben im Gewächshaus zwitscherten die Gouldamadinen[1] zur Lieblings-CD meines Vaters, die an kalten Wintertagen wie diesem ununterbrochen rauf und runter lief: George Winstons *December*. Ätherische Klavierklänge, die mich dieses Mal jedoch nicht beruhigen konnten.

Dads Grimasse nach zu urteilen, dachte er gerade an meine Mutter, die uns verlassen hatte, als ich zwölf Jahre alt gewesen war. Immer wenn sie in

---

1 Ein auffallend bunter, in Australien beheimateter Vogel aus der Familie der Prachtfinken.

unseren Gesprächen auftauchte oder er zufällig über ein Andenken von ihr stolperte, sah er aus, als hätte er in eine Zitrone gebissen. Unpassenderweise drifteten auch meine Gedanken zu ihr ab. Vielleicht war es ein Schutzreflex. Eine Art von instinktivem Suchen nach einer gedanklichen Ablenkung.

Mums Verschwinden war jetzt fünf Jahre her. Ich hatte mich an ihre Abwesenheit gewöhnt, auch wenn es Momente gab, in denen ich sie schmerzlich vermisste und aus der Ferne mit ein paar Flüchen bedachte, weil sie es sich selbst so einfach gemacht hatte. Dad hingegen trauerte ihr nach wie am ersten Tag. Mit ihren feinen Kleidern, ihrem teuren Lippenstift und der Vorliebe für das hektische Stadtleben hatte meine Mutter nie auf die Insel gepasst. Er und sie waren eine Verbindung eingegangen, die von vornherein zum Scheitern verurteilt gewesen war. Was ihn glücklich gemacht hatte, hatte sie gelangweilt. Was Mum entzückt hatte, war bei ihm nur ein Grund für Kopfschmerzen gewesen. An ihren Tobsuchtsanfall, als er eines Tages mit zwölf Gouldamadinen angekommen war, erinnerte ich mich, als wäre es gestern gewesen:

„Sie scheißen alles voll! Schaff sie wieder weg!"

„Unsinn, Schatz. Sieh nur, sind sie nicht wunderschön?"

„Wenn sie die Möbel vollkacken, machst du sie sauber."

„Sie werden uns in den Schlaf zwitschern."

„Bestimmt übertragen sie widerliche Krankheiten."

„Sieh sie dir doch nur mal an, Liebling. Schau, wie wunderbar sie aussehen, wenn sie auf dem Frangipangi-Busch[2] *sitzen. Außerdem hielt der Händler sie in einem Käfig, der kaum größer war als ein Schuhkarton. Wie hätte ich das mit ansehen können?"*

„Auf sentimentale Gutmenschen wie dich sind die doch spezialisiert! Da! Gerade hat einer auf den Schaukelstuhl geschissen."

Bis heute war meine Frage, wie die beiden je so lange hatten zusammenbleiben können, unbeantwortet geblieben. Gegensätze zogen sich an. An

---

[2] Pflanze aus der Familie der Hundsgiftgewächse, auch Tempelbaum genannt. Aufgrund ihrer Schönheit und des intensiven Dufts oft in Tropengärten zu finden.

dieser Weisheit musste etwas Wahres dran sein. Allerdings konnte man diese auf Gegensätzen beruhende Anziehungskraft nur als flüchtig bezeichnen.

Was Mum wohl sagen würde, könnte sie uns und den Jungen jetzt sehen? Höchstwahrscheinlich hätte sie sich Gummihandschuhe anzogen, um den Pelz mit spitzen Fingern in den Müll zu befördern. Anschließend hätte sie die Polizei gerufen, damit sie den zweifellos gefährlichen nackten Wilden einsacken, der es im Falle ihrer Anwesenheit niemals bis ins Wohnzimmer geschafft hätte.

Vorsichtig berührte ich das silberne Fell. Jetzt, wo es ein wenig trockener war, fühlte es sich wie Samt und Seide an. Überwacht von Dads Argusaugen, ließ ich meine Hand zu dem schlafenden Jungen hinüberwandern und streichelte sein Haar. Weich fühlte es sich an, wie der Pelz. Die Locken schimmerten im Blau des nächtlichen Meeres und gingen mit der Haut, die an blasses Perlmutt erinnerte, eine wunderbare Symbiose ein. Perfektion war mir immer langweilig erschienen. Abgestumpft und jeder Besonderheit entbehrend. Doch jetzt wurde ich eines Besseren belehrt. So wie ihn mochte man sich Fabelwesen vorstellen. Scheue, wilde Geschöpfe, erschaffen von den Fantasien der Menschen. Eine Verkörperung all ihrer Sehnsüchte und Hoffnungen. Wer immer das Geschick auf Erden lenkte, ich verfluchte ihn für seine Grausamkeit.

Konnte denn kein Wunder geschehen, das sein Leben rettete?

Zäh fließende Zeit schien bis zum Stillstand zu gerinnen. Weil mir nichts Besseres einfiel, ging ich an den Computer, räumte Papierstapel und Kaffeebecher beiseite und rief Google auf. Mein Herz klopfte, als ich zu tippen begann. Hinter mir hörte ich Dad jammern und leise fluchen. Bis jetzt war mir nicht klar gewesen, dass ihm Umschreibungen wie *verdammte Hundekacke*, *Bockmist* und *hirnverbrannte Scheiße* geläufig waren.

„Weiß du was?“, sagte ich über die Schulter hinweg.

„Was?“

„Du hast recht. Das Wichtigste ist, dass er nicht stirbt. Aber ruf unseren Hausarzt an, nicht das Krankenhaus.“

„Okay." Ich hörte, wie er hochfuhr und nach dem Telefon griff. Mir war nicht wohl dabei, aber ohne professionelle Hilfe würde der Junge nicht überleben. Es musste sein. Gut möglich, dass er einfach nur ein Mensch war. Seltsam, aber normal. Ja, das war sogar das Wahrscheinlichste. Wir befanden uns hier in der Realität, nicht in einem Märchen. Und falls es sich bei unserem Patienten tatsächlich um ein außergewöhnliches Wesen handelte, würden wir unseren guten alten Hausarzt hoffentlich davon überzeugen können, den Mund zu halten.

Während Dad eine knappe, verharmlosende Beschreibung in das Telefon blaffte, widmete ich mich wieder dem Computer.

Se …

Der Cursor blinkte spöttisch. Was in aller Welt war los mit mir? Begann ich jetzt endgültig zu spinnen?

Selk…

Ich dachte an meine Großmutter. Sie war ein besonderer Mensch gewesen. Eine Fischerfrau, wie sie im Buche stand, verliebt in die See und in die Legenden, die der salzige Wind erzählte. Sie hätte nicht über meine Anwandlungen gespottet, sondern mir auffordernd zugelächelt.

Werfe einen Blick in fantastische Welten. Glaube mir, die Geschöpfe aus unseren Märchen sind noch immer da draußen. Und je nachdem, ob wir uns ihre Achtung verdienen oder nicht, sind sie unser Segen oder unser Fluch.

Hinter mir bekam Dad einen Tobsuchtsanfall.

„Nein", hörte ich ihn brüllen. „Das können wir nicht. Warum würde ich Sie sonst anrufen? Also beeilen Sie sich gefälligst." Er stutzte, als sei er überrascht von seinem eigenen barschen Ton, und setzte reumütig hinzu: „Danke. Tut mir leid. Bis gleich."

Ich seufzte und tippte die letzten beiden Buchstaben ein.

Selkie.

Na wunderbar. Wenn das nichts über meine geistige Verfassung aussagte. Während Dad sich mit einem Stoßseufzer auf das freie Ende des Sofas setzte und den Jungen aus Eulenaugen taxierte, ging ich in die Küche, setzte Kaffee auf und kochte Kamillentee. Wenn unser Patient wach wurde, musste er unbedingt etwas trinken.

Als ich ins Wohnzimmer zurückkehrte und die Teekanne auf den Tisch stellte, sah ich, dass er tief und fest schlief. Sein Atem ging ruhig, der Puls am Hals schlug gleichmäßig und schien kräftiger geworden zu sein. Ich wagte nicht, das als Anlass zur Hoffnung zu nehmen.

„Das wird schon", murmelte Dad. „Ganz bestimmt."

„Hmm", brummte ich zurück. Ich hätte meinem Vater gerne zugestimmt, aber nüchtern betrachtet, lag ein schwer verletzter Mensch in unserem Wohnzimmer und war drauf und dran zu sterben. Vermutlich würde der Arzt die Hände über dem Kopf zusammenschlagen und uns augenblicklich die Polizei auf den Hals hetzen. Er mochte ein Freund meines Vaters sein, doch für das Vertuschen einer Straftat reichte die Freundschaft höchstwahrscheinlich nicht aus. Das Gericht würde uns unterlassene Hilfeleistung ankreiden. Die Beherbergung eines Verbrechers. Fahrlässige Tötung. Vielleicht sogar Mord.

Ein Blick auf den Jungen ließ mich den Kopf schütteln. Unsinn. Ein Verbrecher war er definitiv nicht.

Andererseits konnte man das vom Äußeren her natürlich nicht einschätzen.

Ich schalt mich eine Närrin. Der Eindruck von Unschuld und Reinheit beruhte schlicht und einfach auf den oberflächlichen Reizen dieses Jungen. Darauf durfte ich rein gar nichts geben.

Mit vor der Brust verschränkten Armen setzte ich mich auf die Sofalehne und lauschte. Wellen brandeten draußen gegen die Klippen. Der Wind heulte unter dem Dach, wie ich es normalerweise liebte, doch diesmal erinnerte mich sein Klagen an die Melodie zu *Spiel mir das Lied vom Tod*. Laut dem Wetterbericht von heute Nachmittag würde der Sturm in etwa zwei Stunden Schneefälle bringen und Westray unter einer Schicht aus weißer Kälte begraben. Warum musste ich bei dieser Aussicht an ein Leichentuch denken?

„Stirb nicht!“, befahl ich dem Jungen und deutete mit dem ausgestreckten Zeigefinger auf ihn. „Ich werde wirklich sauer, wenn du stirbst. Wir haben auch so schon genug Sorgen am Hals.“

Das stimmte allerdings. Die Gärtnerei meines Dads in Pierowall lief nicht besonders gut. Unsere Einnahmen reichten gerade aus, um die Schulden abzuzahlen und mehr schlecht als recht über die Runden zu kommen. Mein Traum war es, nächstes Jahr nach dem Schulabschluss in das Geschäft meines Vaters einzusteigen, doch wenn sich die Zahlen der Gärtnerei nicht deutlich verbesserten, würde mein Traum zerplatzen wie eine Seifenblase. Wie sagte man so schön? Ein Unglück kommt selten allein.

Ich sah, wie die Augäpfel unter den Lidern des Jungen zuckten. Seine Lippen waren fest zusammengepresst und bewiesen mir, dass er selbst im Schlaf Schmerzen verspürte. Am liebsten hätte ich ihn in die Arme genommen, um sämtliches Leiden von ihm fernzuhalten.

Was für ein blödsinniger Gedanke.

Seufzend kehrte ich an den Computer zurück. Die Suchmaschine präsentierte mir sage und schreibe zweihundertachtunddreißigtausend Einträge zum Suchwort *Selkie*.

Kurz entschlossen hastete ich noch einmal in die Küche. Als ich mit einem vollen Kaffeebecher ins Wohnzimmer zurückkehrte, stolperte ich über einen von Dads Pullovern. Ein Schwall des heißen Gebräus schwappte zielgenau auf meine Hand.

Verdammt, dieses Haus war das pure Chaos.

Zuerst waren es nur ein paar herumliegende Bücher und CDs gewesen, doch inzwischen glich unser Heim einem atomaren Testgelände. Zwischen bunt zusammengewürfelten Möbeln standen Bücherstapel, die bei der kleinsten Erschütterung umzufallen drohten. Auf den Regalen und Fensterbrettern reihten sich Pflanzen in allen Wachstumsstadien aneinander, während der Boden beinahe gänzlich unter herumliegenden Klamotten und leeren Pizzaschachteln verschwand. An den moosgrün gestrichenen Wänden wetteiferten gerahmte Fotos von Orchideen darum, die dickste Staubschicht tragen zu dürfen, und in einer gut zweihundert Jahre alten Vitrine tummelten sich Dads selbstgebastelte Buddelschiffe.

Sofern der Junge wieder aufwachte, würde sein erster Eindruck miserabel ausfallen. Und verwundert, denn mein Vater und ich waren ein merkwürdiges Gespann. Wer mich sah, dachte an einen dürren, scheuen Rotfuchs, und wer meinen Vater sah, an einen primitiven Grobmotoriker mit den Ausmaßen eines gemästeten Brauereipferdes. Jeder war verblüfft, sobald er erfuhr, dass er ein klassikvernarrter Gärtner war, der in Tränen ausbrach, weil seine Laelia lobata[3] eine neue Blüte hervorgebracht hatte. Und dass ich leidenschaftlich Butterkekse, Torten und Desserts verspeiste, getrieben von der Hoffnung, etwas rundlicher und weiblicher zu werden.

„Also gut." Ich knackte mit den Fingern und rief die erstbeste Seite auf. „Was haben wir denn da? Selkies sind insbesondere auf den Orkneys und den Shetland Inseln anzutreffen." Ich konnte Mums spöttisches Schnaufen hören, obwohl sie sich vermutlich gerade am anderen Ende der Welt die Fußnägel fliederfarben lackierte. „Man nennt sie auch Seehundmenschen. Tagsüber schwimmen sie in Tiergestalt durch das Meer, nachts legen sie ihre Haut ab und werden zu Menschen. Während manche Legenden behaupten, Selkies brächten armen Fischern mit ihrem Gesang reiche Beute und beschützten aufrichtige Menschen vor den Gefahren der See, wissen andere Geschichten zu berichten, es seien heimtückische, boshafte Geschöpfe, die nichts als Tod und Verderben im Sinn hätten. Weibliche Selkies sind von erlesener Schönheit, wobei männliche Selkies eher untersetzt und unansehnlich daherkommen."

Ich wandte mich um. Hässlich war unser Fund nun wirklich nicht. Aber das bewies oder widerlegte gar nichts. Mit hochrotem Kopf widmete ich mich wieder dem Bildschirm, während Dad hinter mir zu schnarchen begann.

3 Orchideenart, stammend aus Brasilien. In freier Natur stark gefährdet.

„Die Legende weist Ähnlichkeiten zu den Erzählungen über die japanischen Himmelsfeen auf, welche vom Himmel herabsteigen und ihr Kleid ablegen, um als Mensch zu leben. Ohne dieses Kleid ist es ihnen unmöglich, in den Himmel zurückzukehren. Stirbt ein Selkie in Menschengestalt, kann man ihn wieder zum Leben erwecken, indem man seinen Körper dem Meer übergibt. Er verwandelt sich in einen Seehund, verliert jedoch die Fähigkeit, wieder zum Menschen zu werden. Weint eine Menschenfrau sieben Tränen ins Meer, entsteigt dem Wasser ein Selkiemann und gehört für eine Nacht lang ihr."

Wie aufregend! Erneut warf ich einen Blick auf den Jungen. Seine Lippen bewegten sich, als würden sie Worte formen, doch zu hören war nichts. Mit klopfendem Herzen wandte ich mich um und las weiter.

„Der Selkiemann wird sie beglücken, wie es kein Mensch vermag, doch nimmt er am nächsten Morgen die Erinnerung an ihn mit ins Meer zurück."

Nachdenklich zwirbelte ich eine Haarsträhne. Entsprächen diese Geschichten der Wirklichkeit, säßen wohl viele Frauen Zwiebeln schneidend an irgendwelchen Stränden, in der Hoffnung, ein schöner Liebhaber möge den Wellen entsteigen. Stand das nicht im Gegensatz zu der vorherigen Behauptung, männliche Selkies seien hässliche Kreaturen? Was davon entsprach denn nun der Wahrheit? Und warum redete ich angesichts dieser Märchen überhaupt von Wahrheit?

Mir schwirrte der Kopf. Ich brauchte eine Auszeit. Über die restlichen zweihundertsiebenunddreißig Ergebnisse würde ich mich später hermachen.

Wenn der Arzt uns verließ und der Junge weder gestorben noch in ein Labor verschleppt worden war.

Erschöpft plumpste ich in die grün-braun karierten Polster meines Lieblingssessels. Der Atem unseres Patienten ging unruhig. Seine Halsschlagader schwoll an, seine Hände, die jetzt auf der Decke lagen, zuckten wie unter Stromschlägen. Während Dad ganze Wälder absägte, suchte ich in meinem Kopf nach den passenden Worten für den Arzt, der jeden Moment hier auftauchen konnte: „Ich weiß, es sieht übel aus, aber wir können ihn nicht in ein Krankenhaus bringen. Er ist nämlich ein halber Seehund. Wie wäre es, wenn Sie sich einfach hier um ihn kümmern und anschließend vergessen, dass Sie hier waren? Wäre das okay?“

Ja, ganz fantastisch. Zog ich ernsthaft in Erwägung, er könnte kein Mensch sein? Ich hatte den Seehund gesehen. Einen sehr ungewöhnlichen Seehund. Und ich hatte den nackten Jungen mit dem Fell vor mir kauern sehen. Seine Wunde war genau an der Stelle, an der auch das Tier verletzt gewesen war. Wie sollte man so etwas rational erklären?

Herrgott, ich brauchte Schlaf. Vielleicht schlief ich auch längst und träumte mir diese Wirklichkeit zusammen. Als hätte mein Körper nur darauf gewartet, dass ich die Augen schloss, driftete ich augenblicklich in zähe Schwärze ab. Für einige Momente vergaß ich alles um mich herum, bis ein Poltern mich hochfahren ließ.

„Was zum …?“

Alles, was ich sah, war ein heller Schatten, der sich das Fell vom Tisch schnappte und hinüber zur Haustür huschte. Und zwar mit einer Schnelligkeit, die das vorherige Delirium Lügen strafte. Der Junge griff nach der Klinke, drückte sie herunter und fand die Tür verschlossen vor. Ich hörte ein tiefes Knurren. Dann einen kehligen Laut, der von blanker Panik und schäumender Wut zeugte. Dad sprang wie von der Tarantel gestochen hoch. Der Fremde warf sich gegen die Tür, rüttelte an der Klinke, fuhr herum und stürzte zum Fenster hinüber. Er hatte es bereits geöffnet, als Dad ihn von hinten packte und zurückzog. Es war, als versuchte er, eine Wildkatze im Zaum zu halten. Das Fell fiel zu Boden. Fauchend zappelte der Junge im Griff meines Vaters. Er zog, zerrte und riss derart an seinen Armen, dass mir angst und bange wurde. Die Laute, die ihm während des Kampfes entflohen, waren nicht menschlich. In ihm grollte der Zorn eines wilden Tieres.

Obwohl Dad größer und um vieles fülliger als sein Gegner war, vermochte er ihn kaum zu bändigen. Irgendwann, als sein Griff unter dem Ansturm der Gegenwehr erschlaffte, sank zu meiner Erleichterung auch der Junge in sich zusammen.

Beim schuppigen Kelpie[4], mein Vater lag allen Ernstes auf dem Boden, mit einem nackten Kerl in seinen Armen, während ich zur Salzsäule erstarrt dastand.

Fehlte nur noch, dass genau jetzt der Arzt auftauchte.

Kalter Sturmwind pfiff mir ins Gesicht und fegte die Notizen auf dem Schreibtisch durcheinander. Ich musste träumen. So idiotisch konnte die Realität nicht sein.

„Ich tue dir nichts", japste Dad. „Du kannst aber nicht einfach verschwinden. Du bist verletzt. Ich kann dich so nicht gehen lassen."

Der Junge bleckte die Zähne. Er starrte zuerst meinen Vater an, dann mich, und schleuderte uns mit seinem Blick eine solch panische Wut entgegen, dass mir eiskalt wurde.

„Geh weg von mir!", fauchte er. „Lass mich los!"

Dads Griff lockerte sich. Der Junge sprang auf, schnappte sich das Fell und sah mich an. Plötzlich kam es mir vor, als zweifelte er an seinem Fluchtplan. Verwirrung trat in seine Augen, und etwas wie … Wehmut? Nein, ich musste mich irren. Er hasste uns und hatte Angst. Alles, was er wollte, war die Flucht.

„Wohin willst du gehen?", fragte ich. „Du hast ja kaum genug Kraft, um aufrecht zu stehen."

Humpelnd wich der Junge zurück. Irgendetwas war geschehen, das ihn gebrochen hatte. Sein Blick war der eines Menschen, der gelernt hatte, niemandem zu vertrauen.

„Du willst wirklich gehen?" Sein Anblick zerriss mir schier das Herz. „Bist du dir ganz sicher?"

„Lass mich raus", forderte er.

„Gut. Okay."

---

[4] Ein Wassergeist aus dem schottischen Volksglauben. Auch Wasserpferd genannt. Es erscheint in Gestalt eines prächtigen Pferdes und verführt Menschen, sich auf seinen Rücken zu setzen. Geschieht das, verschwindet der Wassergeist mitsamt seinem Opfer im See, wo er es anschließend verspeist.

Es kostete ungeheure Mühe, zur Tür hinüberzugehen, sie aufzuschließen und beiseite zu treten. Salziger Wind brauste herein. Aromatisiert vom winterkalten Meer.

Der Junge atmete tief ein, ohne seinen Blick von mir zu nehmen. Langsam wich der Zorn aus seinen Augen. Sie wurden warm und sanft wie das stille Meer in einer Sommernacht. Er musterte mich von Kopf bis Fuß, bis mein Gesicht so heiß glühte, dass ich glaubte, es müsse platzen wie ein zu prall aufgeblasener Ballon.

„Danke", hörte ich ihn flüstern, dann rannte er davon. Hinaus in den Sturm.

Ich starrte ihm hinterher, bis die Finsternis ihn verschluckte. Er war zum Meer hinuntergelaufen. Warum überraschte mich das nicht? Vielleicht waren die alten Legenden wahr. Vielleicht war mir in dieser Nacht ein Selkie begegnet, und die Magie, derentwegen ich die Märchen des Nordens so liebte, war Wirklichkeit geworden.

„Na wunderbar." Lautlos wie ein Geist tauchte Dad neben mir auf und nickte hinüber zu den Hügeln, über die sich die tastenden Finger zweier Scheinwerfer kämpften. „Was erzählen wir denn jetzt dem Doktor?"

Pierowall, am Tag danach

Behutsam rieb ich die Blätter der Indischen Gewürzrinde zwischen meinen Fingern. Ein Duft nach gerösteten Nüssen strömte hervor, dessen Intensität unübertrefflich war. Diese Pflanze war zu Unrecht kaum bekannt. Ihre gelben Blüten strahlten tropische Lebensfreude aus, ihr Duft war betörend. Von der Gewürzrinde ging ich hinüber zu den tropfenden Palmen und atmete das Aroma nasser Erde ein. Schließlich landete ich bei den Orchideen, vertiefte mich im Studium ihrer filigranen Blüten und versuchte, meine Sorgen auszusperren. Vergeblich. Wieder und wieder durchlebte ich in Gedanken den vergangenen Abend.

Der Arzt hatte Dad mit einer Tirade aus Flüchen überschüttet. Ich konnte es ihm nicht verübeln. Spät in der Nacht bei angekündigtem Schneesturm von Pierowall in unser Dörfchen zu fahren, nur um mit den Worten „Tut mir leid, war ein Irrtum“ wieder zurückgeschickt zu werden, war eine harte Nuss.

Ob der Junge noch lebte? War er wirklich in das Meer gegangen?

Ein Selkie. Ein lebendes Fabelwesen. Beim heiligen Kelpie, wenn das so war, würde das die gesamte Welt der Wissenschaft auf den Kopf stellen. In jedem Märchen konnte ein wahrer Kern liegen, Unmögliches wäre möglich. Und es bedeutete noch etwas anderes. Seehundmenschen waren magische Wesen, welche die Macht des Meeres nutzen konnten, um sich zu heilen. Sie waren gar magisch genug, um nach dem Tod ins Leben zurückzukehren.

Wenn man den Legenden glauben wollte …

Während draußen der Schneesturm tobte, wanderte ich in Gedanken versunken weiter und schnupperte am Lebkuchenbaum, dem Eukalyptus und dem weiß blühenden Stern-Jasmin. Ich schwelgte im Duft der Orchideen und der cremegelben Ylang-Ylang-Blüten, tauchte meine Nase in die zarten Blüten malvenfarbener Rosen und seufzte in der süßen Wolke, die den rot blühenden Frangipangi-Busch umgab. Fleischige Beeren glänzten an den Zweigen des Pfefferbaumes, Nässe tropfte von den Wedeln der Dschungelpalmen. Wenn wir es uns hätten leisten können, wären Dad und ich durch sämtliche Regenwälder dieser Welt gewandert, hätten alle tropischen Inseln durchkämmt und jedes abgeschiedene Tal erforscht, um neue Kostbarkeiten zu entdecken. Nicht um sie hierher zu schaffen, sondern um sie einmal in ihrer wahren Heimat gesehen zu haben.

Das Gewächshaus der Gärtnerei glich dem unseres Hauses bis auf das kleinste Detail, abgesehen von der Tatsache, dass hier keine Gouldamadinen umherflatterten und auf die Blätter des Bananenbaumes kackten.

Wie bei uns stand ein Sofa unter einem von feuerfarbenen Kletterrosen überwucherten, schmiedeeisernen Bogen. Aus unsichtbaren Lautsprechern ertönte klassische Musik, auf einem Beistelltisch in marokkanischem Stil standen hübsch angerichtet eine Keksschale und eine Kanne mit indischem Gewürztee. Es gab Kunden, die nur hierher kamen, um auf dem Sofa auszuspannen und in den Farben und Düften zu schwelgen. Manche kamen sogar ausschließlich deshalb hierher.

Dad und ich hatten der Tatsache schon vor langem ins Auge gesehen: Westray war ein schlechter Ort für eine auf exotische Pflanzen spezialisierte Gärtnerei. Die Menschen auf der Insel mochten das einfache Leben. Sie verzichteten auf Überflüssiges und beschränkten sich auf das Praktische. So sehr wir unsere tropischen Kostbarkeiten liebten, so überflüssig erschienen sie den meisten Menschen hier. Am besten liefen Nordmanntannen, Grabgestecke und Weihnachtssterne.

„Schon wieder ganz in schwarz?“

Erschrocken hob ich meine Nase aus den weißen Blütenstauden des Orangenjasmins. Olivia kam auf mich. Sie war die einzige Mitarbeiterin in der Gärtnerei und gleichzeitig auch die engste Vertraute meines Vaters. Wie sie da stand, mit ihrer roten Schürze und den kecken blonden Locken, sah sie wie eine jugendliche Meg Ryan aus, obwohl sie bereits auf die Vierzig zuging. In ihrer Gegenwart ging Dads Beschützerinstinkt regelmäßig mit ihm durch, doch wie er mehrmals betont hatte, kam sie als Partnerin für ihn nicht in Frage. Mir war schleierhaft, warum. Er hatte seine Entscheidung niemals begründet, es sei denn, man ließ ausweichende Antworten wie „das ist eben so“ oder „keine Ahnung“ gelten. Olivia war hübsch, geistreich und humorvoll. An fehlendem äußerem und innerem Charme konnte es nicht liegen. Vermutlich wollte mein Vater grundsätzlich keine Partnerin. Eine Vorsichtsmaßnahme, die weitere Verletzungen verhindern sollte. Dad war seit Mums Verschwinden wie eine fest verschlossene Auster, aber ich konnte es ihm nicht verübeln.

„Wie lange willst du noch als Maulwurf herumlaufen?“ Olivia zeigte ihr süßestes Kleinmädchen-Grinsen. „Du solltest mal Farbe bekennen. Ein hübsches Mädchen wie du sollte seinen Typ unterstreichen. Blau würde fantastisch zu deinem roten Haar und zu deinen grünen Augen passen.“

„Ich mag es aber eben so." Pikiert sah ich an mir herunter. Schwarze Cordhose, schwarzer Rollkragenpullover, dunkelbraune Schuhe. Was war daran falsch? „Dieses Outfit harmoniert mit dem Winter. Vor allem mit dem Winter auf dieser Insel. Ich will mich nicht wie ein greller Papagei fühlen, okay? Wir sind hier auf den Orkneys, nicht in Miami. Sollen einfache Gemüter von mir aus herumlaufen wie Bollywood-Weihnachtsbäume, ich mache da nicht mit."

„Einfache Gemüter?" Olivia schnalzte missgünstig mit der Zunge. „Wer hat denn da gerade arrogante Höhenflüge?"

„Das hat nichts mit Arroganz zu tun. Und auch nichts mit Düsternis oder Depressionen. Ich trage bunte Sachen. Im Sommer."

„Na ja, wenn du Braun, Khaki und Beige zu bunt zählst." Anscheinend befand sich Olivia auf Konfrontationskurs. „Weißt du, Mari, du bist wie diese Samen." Sie nahm eine der getrockneten Kapseln aus dem Bastkorb, die wir als Zierrat verkauften. Im Hintergrund trat mein Vater fluchend gegen den Stamm eines Orangenbaumes und hüpfte anschließend, einen Daumen in den Mund gesteckt, ein paar Mal auf der Stelle.

„Du keimst und wächst im Dunkeln. Kommt die richtige Zeit, sprengst du deine schützende Hülle und erblühst. Pass nur auf. Bald kommt der Richtige. Dann wirst du begreifen, was es heißt, zu leben."

„Was wäre die Welt nur ohne gut gemeinte Tipps und wohlwollende Ratschläge?" Ich rollte mit den Augen, marschierte zum Erste-Hilfe-Kasten und verarztete meinen Vater. Sein Daumen sah aus wie ein Patchwork-Gebilde, erschaffen aus den zahllosen Verletzungen seiner achtunddreißigjährigen Gärtnerarbeit. Der neue Schnitt war lang, aber nicht allzu tief. Tapfer unterdrückte er sowohl die Flüche als auch das Jammern, während ich behutsam ein Pflaster anlegte.

„Was wäre ich nur ohne dich?" Liebevoll tätschelte er mir nach Vollendung meiner Arbeit die Schulter. „Hört zu, bringt noch schnell die Kokoserde rein, dann machen wir alles dicht. Heute kommt doch sowieso keiner mehr her."

Olivia und ich nickten synchron, während Dad mit wehender Schürze in den überdachten Freibereich hinauslief. Draußen wurde der Schneefall heftiger. Ich konnte kaum mehr die Schiffe im Hafen sehen. Verwehungen türmten sich höher und höher, obwohl es erst früher Nachmittag war. In Momenten wie diesen, wurde mir deutlicher als sonst bewusst, dass wir auf einer kleinen Insel im hohen Norden lebten, und damit für die meisten Menschen am Ende der Welt.

Während die Fenster der Gärtnerei sich mit Eisblumen schmückten und der Wind klagte, ertönte aus den Lautsprechern *The Flower Duet* aus der Oper *Lakmé*. Eines meiner Lieblingsstücke. Die tragische Liebe zwischen der Tochter eines indischen Brahmanenpriesters und einem englischen Offizier, verurteilt zum Scheitern und doch unzerstörbar in ihrer Schönheit. Mir wurde flau im Magen.

„Erde an Mari?“ Olivia stupste mich an. „Hey, alles in Ordnung?“

„Ja.“ Ich rieb mir mit den Fingern die Schläfen. Im Geiste sah ich wieder die Augen des Jungen vor mir. Schwarz und glänzend wie Onyxe. Seehunde blickten immer traurig, als wüssten sie um das bittersüße Drama des Daseins, und genau diese wissende Traurigkeit hatte ich auch in ihm wiedererkannt.

„Alles bestens“, murmelte ich.

„Bist du dir sicher?“

„Ja, und jetzt komm. Wir müssen uns mit der Erde beeilen, sonst kommen wir gar nicht mehr nach Hause.“

„Ihr seid es, die bei diesem Sauwetter noch fahren müsst. Bleibt doch hier. Ryan und ich haben mehr als genug Platz.“

„Das ist nett. Aber lieber nicht.“

„Ich weiß. Ihr seid Einsiedlerkrebse. Bleibt dabei, solange es euch glücklich macht. Was habt ihr übrigens an Weihnachten angestellt?“

Ich wollte gerade antworten, als sie mir einen Finger auf die Lippen legte. „Lass mich raten. Ihr habt gelesen, Musik gehört und Pflanzen betüddelt. Allein.“

„Ja.“

„Wie geht's den Vögeln?"

„Bestens."

„Und wie geht es Andreas? Hat er immer noch so viel Pech?"

Ich seufzte. Andreas war ein alter Fischer, der kaum mehr etwas fing und in Armut versank, ohne jemals ein Wort der Klage zu verlieren. Neben Olivia und meinem Dad war er der einzige Mensch, mit dem ich gerne und oft redete. Wir waren so gesehen Nachbarn, nur fünf Kilometer Luftlinie voneinander entfernt. Ich war seit zwei Wochen nicht mehr bei ihm gewesen. Eigentlich unverzeihlich.

„Du kennst ihn doch", sagte ich. „Es geht ihm miserabel, aber wenn du ihn fragst, grinst er nur und schenkt dir Whisky ein."

„Ich hoffe, das gilt nur für Thomas. Wart ihr mal wieder mit ihm draußen?"

„Nein. Aber vielleicht morgen. Wenn es so weiterschneit, kommen wir sowieso nicht in die Stadt."

Der Gedanke besaß eine wilde Verführungskraft. Ich würde zusammen mit Andreas und Dad hinaus auf das Meer fahren. Hinaus zu den Seehunden und zu meinem Selkie. Meine Güte, was war ich nur für eine Träumerin! Aber selbst, wenn Fabelwesen nicht existierten, war es wundervoll, mit dem klapprigen Kutter über die Wellen zu reiten. Hin zum Horizont und weg von allen Sorgen. Auf dem Meer war alles fern. Unsere Geldsorgen, Dads Liebeskummer und meine Angst vor der Zukunft.

„Ich würde euch gerne mal wieder besuchen." Olivia trat von einem Bein auf das andere. „Sobald das Wetter sich normalisiert hat."

„Wegen der Vögel oder wegen Dad?"

„Ach bitte." Sie wurde knallrot und wuschelte mir durch das Haar. „Hör auf damit. Wenn ihr wirklich noch nach Hause wollt, solltet ihr euch beeilen. Es wird nicht besser da draußen."

„Glaubst du an Selkies?" Es rutschte mir einfach so heraus. Unheilvoll schwebten die Worte zwischen uns. Doch statt spöttisch zu lächeln, begannen Olivias Augen zu funkeln.

„Natürlich“, rief sie entschlossen aus. „Jeder hier glaubt daran. Auf den Orkneys sind Selkies allgegenwärtig.“

„Hast du jemals einen gesehen?“

„Nein. Ich habe jede Menge Seehunde gesehen, aber nie einen, der sich das Fell ausgezogen hat. Als Kind musste ich mal bewusstlos aus dem Wasser gezogen werden, weil ich versucht hatte, mich in einen Selkie zu verwandeln. Es ist so eine schöne Legende. Man schlüpft in die Haut eines Tieres und schon zählt nur noch eines: Das Leben. Ich nahm damals das räudige Fell aus unserem Keller, rannte ins Meer und scheiterte. Es war das erste Mal, dass meine Eltern mir den Hintern versohlten.“

„Hast du mal einen silbergrauen Seehund gesehen?“, fragte ich. „Einen Großen, Schlanken ohne Flecken?“

„Nein.“ Olivias Blick wurde seltsam, ohne dass ich es deuten konnte. „Du etwa?“

„Ja. Ich meine nein. Ach, keine Ahnung, was ich gesehen habe. Lass uns lieber die Erde reintragen.“

„Du glaubst also an Selkies?“

„Vielleicht“, antwortete ich.

„Aber das ist ein Märchen.“

„Vielleicht.“

„Selkiefrauen sollen wunderschön sein.“ Olivia wich meinem Blick aus. „Selkiemänner leider weniger.“

„Da wäre ich mir nicht so sicher.“

„Nein, meine Liebe. Selkiemänner sind ungeheuer stark, aber grauslich anzusehen. Wie auch immer, wenn du das Fell eines Selkies findest und es vergräbst, muss er sieben Jahre bei dir bleiben. Er wird dem Meer sieben Tränen nachweinen, doch wenn du es schaffst, die Liebe in ihm zu wecken, gehört er für immer dir.“

Hitze schoss in meine Wangen. Ich hätte nur sein Fell vergraben müssen und er wäre nicht hinaus in die Nacht geflohen. Er wäre bei mir geblieben, sieben Jahre lang. Wenn man an solche Märchen glaubte.

Ich wandte mich ab und roch an einer himmelblauen Hyazinthe. „Was weißt du sonst noch? Ich meine über Selkies."

„Nicht viel. Sie können dir einen Wunsch erfüllen. Sie singen unter Wasser, weil Gesang im Wasser besser geleitet wird. Manchmal sitzen sie nachts auf Felsen und leiten verirrte Fischer mit ihren Liedern zurück auf den richtigen Weg. Sie sind geboren, um frei zu sein, deshalb ist es gefährlich, ihr Fell zu nehmen. Finden sie es wieder, kehren sie zurück ins Meer und nehmen deine Seele mit. Es sei denn, man schafft es, dass sie einen lieben. Dann liegt dir das Glück ewig zu Füßen."

Ich starrte sie mit offenem Mund an. Es war bezaubernd, darüber zu reden. Doch wie ein eisiger Strudel sickerte die Befürchtung, der Junge könnte längst tot sein, durch meine Verzückung.

„Was würdest du sagen", begann ich vorsichtig, „wenn ich dir erzähle, dass ich einen gesehen habe?"

Olivia lächelte ihr Kleinmädchenlächeln. Sie fuhr sich durch den Wust blonder Locken und zuckte mit den Schultern. „Gefällt er dir?"

„Was?" Mein Herz begann zu klopfen. „Wie jetzt?"

„Dein Selkie. Gefällt er dir?"

„Ja." Ich wusste, dass Olivia mir nicht glaubte. Es machte ihr nur Freude, fantasievolle Fäden zu spinnen. „Aber er ist weg."

„Dann ist es zu spät. Sollte er dir noch einmal begegnen, stehle sein Fell und vergrabe es. Und zwar so, dass er es nicht wiederfindet."

„Aber dann wäre er mein Gefangener." Der Gedanke gefiel mir nicht. „Ich würde nicht wollen, dass er unfreiwillig bei mir ist."

„Wenn das so ist, hör besser auf zu träumen." Olivia schnalzte mit der Zunge. „Freiwillig bleibt ein Selkie niemals an Land. Komm, wir müssen uns beeilen. Sonst schafft ihr es nie nach Hause."

Kapitel 2

Wie der Schwur gebrochen wurde

„Um meine Lippen lag dein nasses wildes Haar,
um deine Schulter lag mein Arm gezogen,
Hast du denn Furcht vorm offnen Meere?
Es peitscht dich warm. Komm bald, komm bald.
im Hafennebel tanzt die Fähre.
Hinaus! Hinaus!"

Richard Fedor Leopold Dehmel

~ Louan ~

Obwohl meine Kräfte bereits nachließen, schwamm ich weiter durch die dunkle Tiefe. Selbst als ich glaubte, vor Erschöpfung das Bewusstsein verlieren zu müssen, gönnte ich meinem Körper keine Ruhe. Ich war gefangen in einem Rausch, musste mir durch den Schmerz in meinen Muskeln beweisen, dass ich nicht träume. Zu leben fühlte sich unwirklich an. Ich hatte geglaubt, dort am Strand zwischen den Klippen zu sterben. Die anfängliche Angst vor dem Tod war jedoch in Zuversicht umgeschlagen. Irgendwann hatte ich sogar Frieden empfunden. Ich hatte gewusst, dass ich endlich meine Familie wiedersehen würde. Jenseits dieser Wirklichkeit warteten sie auf mich: Ciara, meine Schwester. Meine Mutter, mein Vater, meine Herde. Und Evelyne. Das erste und einzige Menschenmädchen, das ich je geliebt hatte. Wenn auch nur für die Dauer eines Augenblicks, bevor sie wieder in ihre Gefangenschaft gezwungen worden war.

Wenn ich starb, so hatte ich gedacht, würde ich mich auf unserer Insel wiederfinden. Inmitten von meinesgleichen im Sand liegend, geschmiegt an warme Körper und vom Rauschen des Meeres und Säuseln des Windes in den Schlaf geflüstert.

Doch dann war dieses Mädchen gekommen. Ein Menschenmädchen so zart wie Evelyne, nur, dass in ihren Augen Lebendigkeit gefunkelt hatte.

Etwas längst Vergessenes wühlte sich wieder an die Oberfläche. Warme Menschenhaut. Sterbliche Liebe. Ein Gebäude aus Stein, das zuerst wie ein Gefängnis wirkte, doch bald zu einem Zuhause wurde. Musik. Der Geruch von Tee, Kaffee und Kaminholz.

Als ich auftauchte, umschäumte Wellengischt meinen Seehundkörper und erinnerte mich daran, wohin ich gehörte. Das Land war nicht meine Welt. Weder damals noch heute. Menschen waren meine Feinde. Der Feind aller Lebewesen im Meer. Sie fischten alles leer, jagten und töteten grundlos, kippten Gift ins Wasser. Sie schossen auf mich, wenn ich die Netze zerbiss, und verdreckten meine Heimat mit ihrem Müll. Alles, was sie hinterließen, war Zerstörung. Die Erinnerungen an eine kurze Zeit, in der Menschen mich geliebt hatten, änderte an dieser Tatsache nichts.

Gestern war die Kugel eines Fischers schneller als mein Seehundkörper gewesen. Der Schmerz hatte sich wie eine glühende Klinge in mein Fleisch gebohrt. Aber als ich mich zum Sterben in den Sand gelegt hatte, war er einer sonderbaren Leichtigkeit gewichen. Alles war Schicksal. Nichts geschah ohne Sinn, auch wenn zunächst noch deutlich vorgegebene Wege plötzlich in eine andere Richtung umschlugen.

Mari …

Der Name des Mädchens geisterte durch meinen Kopf, wie damals der von Evelyne. Ich konnte nichts dagegen tun. Ewigkeiten war es her, dass ich auf weichen Polstern gelegen und menschliche Hände gespürt hatte. Mari hatte keine Angst vor mir empfunden, obwohl ihr die Wahrheit nicht verborgen geblieben war. Ihre Augen waren blaugrün wie der schmale Saum zwischen Brandung und tiefem Wasser. Winzig dunkle Punkte scharten sich wie Sterne um ihre Nase. Alles an ihr war klein und zart. Wie bei einer Seeschwalbe.

Vor langer Zeit, so hieß es in den Geschichten meines Volkes, hatten Seefahrer durch unser Lied in die Heimat und Ertrinkende ans rettende Ufer zurückgefunden. Armen Fischern hatten wir fette Beute in die Netze getrieben, damit ihre Familien nicht mehr hungern mussten. Es war eine Zeit gewesen, in der mein Volk Seite an Seite mit den Menschen gelebt hatte. Doch sollte es je ein solches Bündnis gegeben haben, war es schon lange zerstört: Vernichtet durch Käfige, Gewehrkugeln und Netze. Unsere den Menschen einst wohlgesonnenen Stimmen raubten ihnen fortan die Seele. Unser Gesang tröstete sie nicht länger, sondern lockte sie zu scharfen Felsen, an denen ihre Schiffe zerschellten. Wo Mensch und Selkie aufeinander trafen, regierte der Tod. Das war eine Tatsache, die lange genug gegolten hatte, um zum Naturgesetz zu werden. Und deshalb war das sanfte Gefühl in meinem Herzen, wenn ich an das Mädchen dachte, nichts als Unsinn, den ich vergessen musste. Gedanken wie diese pflanzten einem nur Garnelen in die Eingeweide.

Vor mir tauchte eine Felseninsel auf, kupferfarben schimmernd im Licht der untergehenden Sonne. Ich zog mich an ihr hinauf, legte das Fell ab und versteckte es in einer Spalte dicht über der Wasseroberfläche, wo ich es schnell herausziehen konnte, falls ich ins Wasser springen musste. Meine Muskeln fühlten sich taub an, als ich mich auf einem kleinen Vorsprung aufrichtete. Ich suchte den Horizont ab, konnte aber kein Schiff entdecken. Gut so. Im Laufe der Jahre war das ständige auf der Hut sein so selbstverständlich geworden wie das Atmen. Ich konnte nicht zulassen, dass ein Mensch mein Fell, und damit mein Schicksal, in die Hände bekam. Die alten Geschichten mochten an Land zwar nicht mehr so oft erzählt werden wie früher, doch ich wusste, dass die Menschen sie nicht vergessen hatten. Manchmal, wenn ich versteckt hinter einem Felsen lag, konnte ich die Landbewohner dabei beobachten, wie sie um ein Lagerfeuer saßen und sich von den Legenden erzählten. Als Kind hatte es für mich nichts Schöneres geben können, als es mir in einem Bett aus angespültem Tang gemütlich zu machen und solchen Erzählungen zu lauschen. Obwohl es sich seltsam angefühlt hatte, ein Teil von ihnen zu sein, und somit etwas, an das die Menschen nicht mehr glaubten. Heute wusste ich, dass dieses Wissen Gefahr bedeutete.

Ich setzte mich auf den Vorsprung, ließ die Beine ins Wasser baumeln und blickte auf die in der Abenddämmerung wogende See hinaus. Am Horizont blinkte der Lichtkegel des Leuchtturms von Noup Head und ließ seinen Strahl über das Meer streifen.

Der Turm war nur wenige Jahre, nachdem die Jäger meine Familie vernichtet hatten, erbaut worden. Sein Licht, das fortan jede Nacht aufflammte, war für mich ein Zeichen gewesen. Das Symbol für das Ende meiner Welt und die Herrschaft des Menschen über etwas, das er einst respektiert hatte.

Als ich merkte, wie sich die Schmerzen meiner Wunde zu verändern begannen, fiel zum ersten Mal seit Stunden die Anspannung von mir ab – ganz langsam, als würde ich mir einen schweren Mantel von den Schultern streifen. Ein fast angenehmes Ziehen und Prickeln trat an die Stelle des pochenden Reißens. Ich konnte sehen, wie die Ränder des Loches sich zusammenzogen. Fleisch und Haut neu entstanden, der Schmerz schwächer wurde.

Der Wind riss mir ein Seufzen von den Lippen, trug es mit sich über das Meer hinaus. Eine Müdigkeit, die weit über die Erschöpfung der vergangenen Tage hinausging, hatte von mir Besitz gegriffen.

Ich schloss die Augen und lauschte dem Plätschern der Wellen. Es musste ein Sinn dahinter stecken, dass ich als Letzter meiner Rasse übrig geblieben war. Aber welcher? Wozu war ich noch hier?

Meine Gedanken wurden jäh durch lautes Prusten unterbrochen. Als ich die Augen öffnete, sah ich etwa zwei Schiffslängen vor mir mehrere schwarze Rückenflossen aus den Wellen auftauchen. Keine fremden Orcas, die danach trachteten, Beute zu schlagen, sondern eine alte Freundin und ihre Familie. Ich hörte die Rufe des Orcaweibchens und erwiderte sie in der Sprache der See. Wären Menschen hier gewesen, hätten sie nichts gehört. Allenfalls gespürt.

Die Gefühle, die meine Stimme in ihnen auslöste, waren tief in mein Gedächtnis eingebrannt worden. Damals, als ich noch getan hatte, was die Schauermärchen unserem Volk nachsagten.

Für die Menschen hatte es sich angefühlt, als würden sie in ein unsichtbares Netz eingesponnen. Als versteinerte ihr Körper mit jedem Ton ein wenig mehr, weil die Sehnsucht ihre Seelen vom Fleisch löste und sie in die Unendlichkeit riss. Vielleicht war ich deshalb noch hier: weil die Seelen der Toten mich nicht gehen ließen.

Der Wind nahm zu, heulte um den Felsen und schleuderte mir salzige Gischt ins Gesicht. Prustend zerschnitten die Orcas die Wellen, drehten sich spielerisch im Wasser und klatschten mit ihren Fluken auf die Oberfläche, um mich zu überzeugen, ihnen Gesellschaft zu leisten. Nicht gewillt, meinen Ruheplatz zu verlassen, schaute ich in dem Himmel hinauf. Zwischen den Wolken funkelten die ersten Sterne wie die gläsernen Geschöpfe der Tiefsee, die in der Dunkelheit an die Oberfläche kamen und das Wasser in ein magisches Universum aus tausend Farben verwandelten.

Wieder ertönte der Ruf der Wale. Meine Schwester wäre sofort zu ihnen ins Wasser geglitten. Das Schwimmen mit den Walen war Ciaras liebster Zeitvertreib gewesen. Ich hatte immer noch das Echo ihres Lachens im Ohr, als sie zum letzten Mal in ihrem viel zu kurzen Leben den schwarzen Flossen nachgejagt war.

Mit einem Knurren stand ich auf, spannte meinen Körper an und sprang in das Wasser. Nur weg von den Erinnerungen. Weg von dem lästigen Schmerz, der sowieso keinen Sinn machte. Ich zog mein Fell aus der Spalte und versteckte es stattdessen, um ganz sicher zu gehen, ein gutes Stück unterhalb der Oberfläche. Später würde ich es wieder aufsammeln, denn heute wollte ich die Nacht als Mensch verbringen.

Auch ohne die Tiergestalt hieß das Meer mich willkommen. Es durchströmte meinen Körper wie ein erfrischender Atem, sodass ich kaum häufiger auftauchen musste, als der Seehund es tat. Das Gefühl der Kälte, die meinen Körper umfangen hielt, war ungleich herrlicher als in Seehundgestalt. Ich tauchte hinab bis zum Grund, fing eine Scholle und suchte nach einem Versteck, um sie in Ruhe zu verspeisen. Die Orcas, gerade noch erpicht auf meine Nähe gewesen, schenkten mir plötzlich keine Beachtung mehr und strebten mit den kraftvollen Schlägen ihrer Fluken hinaus ins tiefere Wasser. Anscheinend war ihnen der Duft eines besonders fetten Happens in die Nase gestiegen. Oder ich hatte sie zu lange warten lassen und jetzt wollten sie mir mit der abrupten Flucht ihre Verstimmung demonstrierten.

Gemächlich ließ ich mich über den Grund treiben und sah mich um. In dieser Gegend gab es unzählige Höhlen und Nischen in einem Labyrinth aus Felsen und Korallenbänken. Fischschwärme suchten hier Schutz für die Nacht, Kraken pirschten über Felder aus scharfen Muscheln und ein Heilbutt, breiter als ich lang war, ruhte gut getarnt auf einem sandigen Flecken Meeresgrund. Fischerboote kamen nicht hierher, weil es zu viele Felsen gab, an denen ihre Netze hängen bleiben konnten. Die Tiere wussten das und tummelten sich in Massen im Wasser, um wenigstens eine Weile sicher zu sein, bevor der Hunger oder die Räuber des Meeres sie dazu zwangen, die Flucht anzutreten.

So wie hier hatte es in den Zeiten vor der großen Plünderung überall ausgesehen. Überall Lebendigkeit. Riesige Schwärme. Massen an Seesternen und Muscheln, die den Grund bedeckten.

Als ich einen Felsen voller Seenelken umrundete, tauchte eine riesige, rote Koralle vor mir auf, unter der Gezeitenströmungen den Sand fortgewaschen hatten. Wie ein Baldachin ragte sie über mir auf, schien mich regelrecht einzuladen, eine Weile unter ihren Armen zu entspannen. Ich ließ mich in die Mulde darunter sinken, aß meine Scholle und beobachtete den Glanz der Oberfläche.

Fast schlief ich über dem Spiel des Nachtschimmers auf den Wellen ein, dessen hypnotischer Wirkung ich nie lange widerstehen konnte. Doch das Röhren eines Fischerbootes, das seinen nächtlichen Fangzug begann, klärte meine Gedanken. Der Drang, die Pläne der Menschen zu durchkreuzen, ließ mich augenblicklich hochfahren. Aber nicht nur die noch immer schmerzende Narbe an meinem Oberschenkel hielt mich davon ab, mein Fell zu holen, mich zu verwandeln und dem Lärm zu folgen. Gestern hatte ich ein Gespräch auf einem der Boote belauscht, das sich um den Abschuss der Seehunde drehte. Netzräuber nannten die Fischer meinesgleichen. Diebe und Schädlinge. Es sei an der Zeit, endlich einen Schlussstrich zu ziehen. Die Verluste seien nicht länger tragbar, zu viele Netze waren zerbissen worden.

Meine Entrüstung darüber, dass Menschen die angestammten Bewohner der Meere verurteilten und selbst ihre Raubzüge weiterführten, war Grund für meine Verletzung gewesen.

Ich war zu unvorsichtig geworden. Zu zornig.

Wütend schleuderte ich das Schollenskelett von mir und schwamm zurück an die Oberfläche. Meine Lungen schmerzten, als ich sie mit Luft füllte. Der Wind war so stark und schneidend geworden, dass er die Gischt in winzige Eissplitter verwandelte.

Fern am Horizont tanzten die Lichter des Fischerbootes auf den Wellen. Klein und verletzlich, beinahe lächerlich, und doch besaßen die Netze und Gewehre der Menschen so viel Macht über das Meer.

Wenn ich jetzt zu ihnen schwamm und ihre Pläne durchkreuzte, würden sie sich bitter an meinesgleichen rächen. Ich wusste, wie ein Meer voller Blut schmeckte.

Nein, nicht noch einmal.

Aus dem Dunkel der Tiefe tauchte das Orcaweibchen auf, brach dicht vor mir durch das Wasser und spie einen Nebel feiner Gischt über mir aus. Sie spürte meine Wut und wollte mich trösten, doch ihr Atem roch nach frischem Blut und Fleisch und riss Erinnerungen an die Oberfläche, die ich gerne vergessen hätte.

Schuldbewusst umkreiste sie mich, sang und pfiff und forderte mich so sehnsüchtig auf, mit ihr zu schwimmen, dass ich ihren Wunsch nicht ausschlagen konnte. Kaum zog ich mich auf ihren Rücken und ergriff die Finne, warf sie ihren Körper auch schon herum und schwamm dem Sichelmond entgegen, der safrangelb über dem Horizont hing. Der Gefährte des Weibchens folgte uns, kurz darauf tauchten links und rechts von uns weitere sechs Orcas auf und glitten dicht unter der Oberfläche dahin, lautlos wie schwarzweiße Geister.

Die Zeit verstrich, während wir einer sanften Strömung folgten. Der Wind zerrte immer heftiger an meinem Haar, verwandelte die Tropfen auf meiner Haut in beißenden Frost. Das Licht des Leuchtturms verschwand in der Ferne, um mich herum wurde es immer dunkler. Kaum beugte ich mich nach vorn und schmiegte mich ganz an den nassen, glatten Körper des Orcas, übermannte mich die Müdigkeit endgültig.

Ich musste lange geschlafen haben, denn als ich wieder aufblickte, sah ich jene Klippen, auf denen das Haus des Mädchens stand, drohend vor mir in den Himmel ragen.

Überrascht setzte ich mich auf. Warum hatte der Wal mich hierhergebracht?

Als ich den Kopf in den Nacken legte und an den Felsen hinaufblickte, sah ich nahe am Abgrund einen Mensch stehen. Das Gefühl seiner Sehnsucht lag wie ein bitter schmeckender Pelz auf meiner Zunge.

Mir stockte der Atem. Es war das Mädchen.

Mari.

Ich machte mich bereit, vom Rücken des Wals zu gleiten und ins Wasser zu verschwinden, doch ich konnte den Blick nicht von ihr lösen. Wie gebannt verfolgte ich ihr Auf- und Ablaufen am Rand der Klippen. Mein Herz schlug schneller, als sie dem Abgrund viel zu nahe kam, einen Augenblick lang die Arme ausbreitete und mit dem Gedanken spielte, sich einfach fallen zu lassen. Das Wasser unterhalb der Klippen war an dieser Stelle tief. Es gab keine Felsen, die ihren Körper zerschmettern konnten, aber die Kälte und die wilde Strömung, die sie unter die Oberfläche drücken würde, konnten das Menschenmädchen töten.

Nein!, wollte ich rufen. *Tu das nicht.* Doch gerade als ich gegen alle Vernunft den Mund öffnete, ließ sie die Arme sinken und trat zwei Schritte zurück.

Meine Erleichterung entlud sich in einem Seufzer. Es war keine Todessehnsucht gewesen, die Mari an den Abgrund gelockt hatte. Eher eine seltsame Art von Lebenshunger und Sehnsucht.

Dummes Menschenmädchen! Hatte sie etwa gedacht, ein Selkie würde kommen, um sie zu retten?

Ja, genauso wäre es gewesen.

Nach und nach erkannte ich mehr Einzelheiten, als würde das Mädchen näher rücken und sich aus dem Nebel der Dunkelheit schälen. Der Wind fing sich in ihrem lockigen Haar und wehte es ihr ins Gesicht. Weich hatte es sich auf meinem Arm angefühlt. Wie Ciaras seidener Pelz, wenn er in der Sonne getrocknet war. Oder wie Evelynes Haar, als sie damals mit mir ausgeritten war. An dem einzigen Abend, der allein uns gehört hatte.

Ich fühlte mich, als hätte ich mich in den Nesseln einer Feuerqualle verfangen. Als wäre der Anblick des Mädchens wie ein Gift, das meinen Körper betäubte, sodass er nicht länger auf meine Anweisungen reagierte.

Irgendwann war es Mari, die sich umdrehte und fortging, und sie ließ ein Gefühl von solcher Sehnsucht in mir zurück, dass mich die Wucht ihrer Gefühle schier überwältigte.

Sie sehnte sich nach mir.

Sie hatte dort oben gestanden in der Hoffnung, mich auf irgendeine Weise anlocken zu können.

Als der Wal ruckartig drehte und zurück auf die offene See strebte, wäre ich um ein Haar von seinem glatten Rücken gerutscht. Mit beiden Armen klammerte ich mich an seiner Rückenflosse fest, schloss die Augen und lieferte mich der Dunkelheit meiner Träume aus.

Zeit, das Menschenmädchen zu vergessen.

Zeit, wieder ganz dem Meer zu gehören.

Kapitel 3

Wie Legenden Wahrheit wurden

„Das Meer ist alles. Sein Atem ist rein und gesund.
Es ist eine immense Wüste, wo ein Mensch nie alleine ist,
in der er fühlen kann, wie das Leben aller in ihm bebt.
Das Meer ist ein Behälter für all die ungeheuren, übernatürlichen Dinge,
die darin existieren. Es ist nicht nur Bewegung und Liebe;
es ist die lebende Unendlichkeit."

Jules Verne

~ Robin Smith ~

Robin biss die Zähne zusammen, schlang sich das Seil fester um die Hand und versuchte, das Boot höher auf den Strand zu ziehen. „Na los! Komm ... schon!"

Als sich der Kahn immer noch keinen Zentimeter weiterbewegen ließ, gab er auf und ließ sich keuchend auf den Hosenboden sinken. Frustriert kickte er in den Sand und wischte sich die verschwitzten Strähnen aus der Stirn. „Verdammter Mist."

Als er sich nach hinten fallen ließ, spürte Robin, wie etwas aus seinem Rucksack ihm in den Rücken stach. Mit einem Wutschrei fuhr er hoch, zerrte das Ding von seinen Schultern und warf es beiseite. Scheppernd fiel der Rucksack ein paar Schritte weiter in den Sand. Vier Möwen, die am Himmel kreisten, begannen sich sofort dafür zu interessieren, als wüssten sie genau, dass Robin darin seinen Proviant aufbewahrte.

„Verschwindet!" Mit aller Kraft warf er einen Stein nach den Vögeln. „Weg mit euch! Weg!"

Die Möwen suchten kreischend das Weite. Robin ließ noch zwei weitere Steine folgen, einfach weil es gut tat, sie mit aller Kraft zu werfen.

Mehrere Augenblicke verharrte er schwer atmend, den Blick in den grauen Himmel gerichtet. Dann besah er sich zum ersten Mal, seit er in der kleinen Bucht angelegt hatte, seine Umgebung. Wo zum Geier war er überhaupt? Die Insel kam ihm vage bekannt vor, mit ihrem halbmondförmigen Sandstrand und den scharfen Felsen, in deren Spalten sich ein paar tote Kiefern festkrallten. Einer dieser Felsen sah aus wie eine gespenstische, gekrümmte Klaue.

Ah ja, jetzt fiel es ihm wieder ein. Das hier war Skara Brae, die angeblich verfluchte Insel, auf der vor einer Ewigkeit ein paar Jugendliche ums Leben gekommen waren.

Ein mulmiges Gefühl breitete sich in seinem Bauch aus. Ob es eine gute Idee war, hier zu übernachten? Auf den ersten Blick sah er nichts Bedrohliches: Nur Möwen, Felsen, Sand und Strandhafer.

Robin schnaubte. Natürlich, das mit dem Fluch war ja auch Blödsinn. Wenn die Typen damals umgekommen waren, dann weil sie betrunken schwimmen gegangen waren. Diese Insel war für eine Auszeit so gut oder so schlecht geeignet wie jede andere.

Er blickte auf das Wasser. Sein Boot war, getragen durch die Bewegung der Wellen, ein Stück weit aufs Meer hinausgetrieben. Die Flut begann zu steigen. Er musste sein Gefährt dringend sichern, sonst saß er hier fest. Proviant besaß er für drei Tage, und es war nicht garantiert, dass seine Eltern ihn bis dahin gefunden hatten. Schließlich gab es in ihrem Leben nur drei wichtige Dinge: arbeiten, streiten und ihn ignorieren. Vermutlich würden es seine Lehrer sein, die seine Abwesenheit als erste bemerkten.

Robin stemmte sich hoch, griff erneut nach dem Seil und zog, legte all seine Kraft und Wut in den Ruck.

Mit einem schleifenden Geräusch schrammte der Rumpf des Bootes endlich auf den Strand. Hastig zurrte er das Seil um einen morschen Pfahl, der aus dem Sand ragte. Anschließend räumte er das restliche Gepäck aus dem Boot: sein Zelt, den Schlafsack, ein paar Bücher, die Isomatte und zwei Extra-Decken.

Sollten seine Eltern niemanden schicken, um nach ihm zu suchen, war das der letzte Beweis dafür, dass sie gut ohne ihn auskamen.

Robin starrte auf den Gepäckberg und fühlte sich einsamer als jemals zuvor in seinem Leben. Ihm war übel, der Wind biss eisig in seine Haut und seine Zähne klapperten so sehr, dass ihm der Kiefer schmerzte. Entgegen dem Versprechen, das auf einem Schild am Kragen seiner Regenjacke stand, war sie nicht wasserdicht und klebte durchweicht an seinem Körper. Als er zu seinem Rucksack hinüberging, schmatzte es bei jedem Schritt vernehmlich, denn auch seine Schuhe waren komplett durchnässt.

Vor sich hin fluchend kramte er trockene Kleider und seine Ersatzturnschuhe aus dem Rucksack, zog sich im beißenden Wind um und legte das nasse Zeug auf den nächstgelegenen Felsen. Jetzt war er zwar trocken, aber kalt war ihm immer noch.

Robin sah auf seine Uhr. Es war noch nicht einmal Mittag, das Zeltaufbauen konnte also noch warten. Weil ihm nichts Besseres einfiel, holte er seinen Fotoapparat und den MP3-Player aus dem Rucksack, steckte sich die Kopfhörer in die Ohren, drehte *30 Seconds to Mars* auf volle Lautstärke und wanderte einfach drauflos. Die Insel schien nicht groß zu sein. In zwanzig Minuten war sie bestimmt locker zu umrunden.

Während Robin drauflos stapfte, sang er lautstark mit dem Sänger der Band mit. In diesem Moment konnte er die Welt, seinen Frust und seine Einsamkeit einfach vergessen. Das alles zählte nicht mehr. Es ging nur noch darum den nächsten Schritt zu tun, also lief er, lief immer weiter. Bis ihm plötzlich der Gestank nach Verwesung in die Nase stach.

Überrascht blickte Robin auf. Vor ihm lag ein Strand aus dunklen Kieseln, durchsetzt von Felsen voller Algen und Seepocken. Sein Boot war weit und breit nicht zu sehen. Dafür lag keine fünf Schritt von ihm entfernt ein toter Schweinswal neben einem scharfkantigen Felsen im Sand. In den klaffenden Wunden, die über den ganzen Körper des Tieres verteilt waren, wimmelte es vor Maden. Robin kämpfte gegen den Ekel an und zwang sich, einen Schritt näher heranzugehen. Dann noch einen, und noch einen, bis der Gestank schier unerträglich wurde und er das vor sich hin faulende Tier mit den Schuhspitzen fast berührte. Er beugte sich weiter vor und verscheuchte damit eine Schar Krebse, die sich daran gemacht hatte, kleine Fleischstücke aus dem Leib des Wals zu schneiden. Der Rücken des Tieres war vollkommen zerfetzt, sein Kopf fast abgetrennt. Eindeutig das Werk einer Schiffsschraube.

Robin schaltete den MP3-Player aus, zog seinen Fotoapparat aus der Jeanstasche und stellte ihn auf Videoaufnahme.

Die Maden und Krebse wimmelten nun in dem kleinen Vorschaufenster und waren dadurch weniger real und ekelhaft. Sie fraßen am Fleisch, zersetzten den Körper und purzelten und krabbelten eifrig durcheinander. Während Robin filmte, ohne zu wissen, warum er das überhaupt tat, wurde ihm klar, dass er ebenso wie der Wal einsam an diesem Strand verrecken konnte, sollte ihm etwas passieren. Bei dieser Erkenntnis wollte er plötzlich nur noch eines: Nach Hause in sein Zimmer. Er wollte sich mit einer Decke vor die Heizung setzen, Kakao trinken und Musik hören. Scheiß auf seine Eltern. Scheiß auf ihre ewig schlechte Laune und ihre Meckereien. Zuhause war er wenigstens nicht allein.

Ja, es war besser, jetzt gleich zurückzufahren. Zumal die Wolken so aussahen, als würde es bald anfangen, wie aus Eimern zu schütten.

Eine Bewegung im Augenwinkel riss Robin aus seinen Überlegungen. Instinktiv ließ er sich in die Hocke sinken. Halb verborgen hinter dem Felsen, sah er aufs flache Wasser hinaus. Zwischen zwei Felsansammlungen, wo ein Stück freier Kieselstrand lag, tauchte ein großer Seehund aus den Wellen auf. Er zog sich mühsam vorwärts, krallte seine Flossen in die Steine und sackte seufzend zur Seite, als er den größten Teil seines Körpers aus dem Wasser gehievt hatte.

Ohne den Blick von dem Tier zu nehmen, hob Robin seine Kamera und zoomte den Seehund näher heran. Seltsam, so eine helle Fellfarbe hatte er bei den heimischen Seehunden noch nie gesehen. Der Pelz war fast weiß, mit einem metallischen, silbernen Schimmer.

Robin wollte gerade den Fotoapparat ausschalten und das Tier einfach so beobachten, als es ihm den Bauch zudrehte. Er riss die Augen auf.

Eine klaffende Wunde zog sich blutend und hässlich von den Vorderflossen bis zur Schwanzflosse, als hätte jemand den Seehund der Länge nach aufgeschlitzt. Und dann ... fiel etwas Helles aus der Wunde heraus. Eine menschliche Hand.

Robins Finger begannen zu zittern, verwackelten das Bild. Aus der Wunde des Seehundes ragte der blutige Arm eines Menschen. Wie war das möglich? Er musste sich irren. Das konnte unmöglich sein. Doch während er zusah und sein Entsetzen wuchs, begann der Arm zu zucken und sich zu bewegen. Er griff nach den Rändern der Wunde, um sie noch weiter auseinanderzureißen. Ein zweiter Arm folgte, zusammen rissen sie den Leib der Robbe förmlich auseinander, zogen Fleisch und Haut beiseite, bis ein Mensch auf den Kieseln lag. Ein lebendiger, von Blut und Schleim bedeckter Mensch.

„Scheiße!“ Robin verlor das Gleichgewicht und kippte nach hinten. Halb liegend, halb kauernd filmte er weiter, hielt einfach drauf. „Scheiße, scheiße, scheiße.“

Das Ding stand auf, streckte sich und blieb eine Weile reglos stehen, während es auf das Meer hinausschaute. Er musste weg hier, nur weg! Wenn dieses Etwas ihn entdeckte, war alles aus. Seine Zähne schlugen klappernd aufeinander, der Apparat glitt aus seinen schweißnassen Händen und landete scheppernd auf den Kieseln. Scheiße! Hatte das Ding etwas gehört? Der Wind fegte lautstark um die Felsen, vielleicht hatte sein Heulen das Geräusch verschluckt. Robin wagte nicht zu atmen. Der Seehundmensch sah sich um, blickte sogar genau zu ihm herüber, aber in dem Moment, da Robin sich sicher war, entdeckt worden zu sein, ging das Ding seelenruhig zum Wasser und watete in die flache Brandung hinein. Als die Wellen seine Hüften umspielten, begann es mit langsamen Bewegungen, sich das Blut vom Körper zu waschen.

Robin fuhr herum und rannte. Er rannte, so schnell er konnte, immer mit dem Gefühl im Nacken, jeden Augenblick von hinten gepackt zu werden. Da vorne war das Boot! Gleich hatte er es geschafft. Er stolperte durch den Sand der Dünen, stürzte zweimal, rappelte sich wieder auf und rannte weiter. Ein Blick über die Schulter zeigte ihm, dass er nicht verfolgt wurde. Vielleicht würde er es schaffen. Er musste es einfach schaffen. Er würde nicht sterben. Nicht auf dieser beschissenen Insel.

Endlich hatte er das Boot erreicht. Robin warf alles Gepäck hinein, löste das Seil und schob es ins Wasser. Erst, als der Motor knatternd zum Leben erwachte, wurde ihm klar, was für ein Idiot er war. Der Lärm war weithin zu hören. Aber kein wütender Seehundmensch tauchte auf. Der Strand, der sich schnell entfernte, blieb leer. Robin fühlte, wie sein Herz stolperte, wie es ihm bis zu den Ohren schlug und ein paar Mal den Rhythmus verlor. Erst als die Insel in der Ferne verschwunden war, wagte er es, mit einem erlösten Keuchen auf den Rücken zu fallen und ein Stoßgebet loszuwerden.

~ Mari ~

MacMuffins *Seagull* war für einen Kutter winzig. Dass der Fischer noch lebte, obwohl er mit diesem Ding bei Wind und Wetter hinausfuhr, konnte nur eines bedeuteten: Trotz seiner Pechsträhne lag die schützende Hand eines Meeresgottes über ihm.

Dick eingepackt in eine grüne Steppjacke und eine braune Regenhose stand ich an der Reling, ließ mir den kalten Wind um die Nase pfeifen und versuchte mich in der schwierigen Aufgabe, an nichts zu denken. Die dunklen Wolken wurden zunehmend größer und bauschiger, die Wellen höher. Beim Start im Hafen hatte die Sonne von einem perlmuttfarbenen Himmel herabgeschienen und das Meer in quecksilberartigen Glanz gehüllt.

Es war gespenstisch ruhig gewesen, als unser Boot gemeinsam mit einer Patrouille aus Papageientauchern und Fulmars[5] in die spiegelglatte Weite

[5] Ortsübliche Bezeichnung für den Eissturmvogel.

hinausgeschwebt war. Jetzt begann ein steifer Wind das Meer aufzupeitschen und trieb riesige Wolkenberge vor sich her. Ich genoss die Gewalt der Elemente, die den Kutter hin und her warfen, als wollten sie herausfinden, ob wir ihrer Gnade würdig waren. Und die auffrischenden Böen hatten noch etwas Gutes: Sie wehten den Gestank nach Dieselöl und altem Fischblut vom Deck des Kutters, ehe er mir in die Nase stieg.

Neben mir hockte mein Vater auf einem umgedrehten Eimer, eingekeilt zwischen einer Werkzeugkiste, einem kaputten Netz, zwei alten Rettungsreifen und übereinander gestapelten, gelben Plastikbehältern, die sich bald mit toten Fischen füllen würden. Sein Gesicht war farblos, seine Augen rot und verquollen. Der schwarze Rollkragenpullover und die dunkelblaue Hose ließen ihn umso hagerer und blasser aussehen. Gedankenverloren nahm er das Messer, das auf der Werkzeugkiste lag, drehte es zwischen den Fingern und ließ es angewidert wieder fallen, als er die Blutflecken auf der Klinge sah.

„Alles klar?", fragte ich ihn.

„Hm", brummte er nur.

„Du willst nicht darüber reden?"

Dad schüttelte den Kopf und nahm einen Zipfel des zerrissenen Netzes auf, das vor seinen Füßen lag. „Mach dir keine Gedanken." Er starrte angestrengt auf die Maschen, als sei darin irgendeine Erkenntnis versteckt. „Alles ist okay."

„Du siehst aus, als hättest du eine Woche lang nicht geschlafen."

„Das liegt wohl daran, dass ich seit mindestens einer Woche nicht geschlafen habe."

„Dad …" Ich legte all meine Hilflosigkeit in dieses Wort. „Wenn du mir nichts sagst, geht es mir bald genauso."

„Mari, es ist alles in Ordnung. Jeder hat mal so Phasen."

„Deine Phase hört gar nicht mehr auf."

Er warf mir einen mürrischen Blick zu, stand auf und ging zum Heck des Bootes, wo er die Arme auf der Reling verschränkte und ins Wasser starrte.

Die Botschaft war klar. Heute wollte er nicht darüber reden – und morgen höchstwahrscheinlich auch nicht. Er wollte nichts anderes als seine Ruhe.

Also tat ich es meinem Vater gleich. Was hatte ich schon für eine Wahl. Der Kutter schipperte über eine Untiefe hinweg, gewellter Sand schimmerte unter den Wellen. Ich stellte mir vor, einfach in das Wasser zu springen, mich wie ein Selkie zu verwandeln und durch das ruhige Blau zu gleiten. Schwerelos, gedankenlos. Ich könnte alles hinter mir lassen. Alles vergessen, frei sein, leben.

So vertieft war ich meine Träumereien, dass ich nicht einmal bemerkte, wie mein Vater sich neben mich stellte. Erst seine Stimme ließ mich hochschrecken.

„Glaub mir. Ich wünsche mir gerade dasselbe. Aber solche Träume helfen uns nicht weiter."

Er kannte meine verschiedenen Gesichtsausdrücke. Mit nervtötender Treffgenauigkeit zog er genau die richtigen Schlüsse aus ihnen.

„Sie sind sogar das Einzige, was uns hilft", gab ich zurück.

„Ach ja? Es ist also hilfreich, sich nach etwas zu sehnen, das unmöglich ist?"

„Vielleicht ist die Sehnsucht alles, was uns vorantreibt."

Dad zuckte nur die Schultern. Worte lagen mir auf der Zunge, die ich nur mühsam herunterschluckte. Ich wollte ihm sagen, dass ich hier zu Hause war. Dass mir der Gedanke, die Orkneys zu verlassen, unmöglich erschien. Und dass ich die Tatsache hasste, dass alles darauf hinauszulaufen schien. Wenn die Gärtnerei geschlossen würde, gäbe es für uns keinen Grund mehr, hier zu bleiben. Außer dem einen, dass hier unser Herz lag. Aber damit ließ sich nicht das verdienen, wovon man in dieser Welt abhängig war. Ich wusste, dass Dad seit Längerem mit dem Gedanken spielte, nach Edinburgh zu gehen. In der Stadt gibt es bessere Chancen, sagte er. Bessere Chancen auf Geld – und auf Unglücklichsein.

In synchronem Schweigen und mit der gleichen, gebeugten Haltung kauerten wir über der Reling und beobachteten den Fluss der Wellen. MacMuffin entging unsere Stimmung nicht, denn hinter dem Brausen des Windes und dem Knattern des Kutters erklang plötzlich seine Stimme.

„Kennt ihr das Monster von Stronsay? Siebzehn Meter war es lang. Über zweihundert Jahre ist es nun schon her, aber die Geschichte erzählt man sich immer noch. Nachts, wenn das Kaminfeuer knistert." Dad und ich grinsten uns an. Immer, wenn wir MacMuffin begleiteten, gab er eine oder mehrere seiner Geschichten zum Besten. Leider war sein Geschichtenrepertoire begrenzt, sodass wir uns inzwischen mit mehrfach durchgekauten Schauermärchen begnügen mussten.

„Kennen wir, MacMuffin", brummte ich. „Davon hast du uns letztes Mal schon erzählt."

„Ich bin nicht MacMuffin!", belferte er zurück. „Und auch nicht Muffy. Sagt's noch mal, und ich werfe euch über Bord, ihr vertrockneten Landratten."

„Tut uns leid, Muffy", erwiderte ich.

Der Fischer knurrte einen unverständlichen Fluch. Er packte das Steuerrad noch fester, schob den Unterkiefer vor und sah mit seinem Seemannshut und dem riesigen Schnauzbart wie ein mürrischer, alter Klabauter aus. Rechts neben ihm stand ein altes Sonargerät und zeigte piepsend an, dass sich nicht weit vor uns ein Fischschwarm befand. Offenbar war er MacMuffin zu klein, denn er kümmerte sich nicht darum, schipperte weiter und brummte ein Seemannslied vor sich hin.

Ziellos ließ ich meinen Blick über den Horizont schweifen. In der Ferne erkannte ich die blaue Silhouette einer Insel, und plötzlich wusste ich, was ich tun wollte. Nein, was ich tun musste. Den Jungen wiederzufinden war eine idiotische Hoffnung, aber es war eine Hoffnung.

„Dad", rief ich gegen das Brausen des Windes an. „Ich will, dass ihr mich auf Skara Brae absetzt."

Das Gesicht meines Vaters war ausdruckslos, als er mich ansah. Der Protest, in dessen Erwartung ich mich bereits gestrafft hatte, blieb aus. Offenbar hatte er mit genau diesem Vorschlag gerechnet. Verstohlen warf Dad einen

Blick auf MacMuffin. In sein Lied vertieft hing der Fischer über seinem Steuerrad und schien nichts um sich herum wahrzunehmen.

„Du willst diesen Jungen suchen?“, flüsterte Dad mir ins Ohr. „Stimmt's oder habe ich recht?“

Seine Reaktion verblüffte mich derart, dass mir nichts Besseres einfiel als ein Nicken.

„Und du willst auf diese Insel“, fuhr er fort, „weil man sie auch Selkie-Insel nennt.“

„Ja.“

„Gut. Aber nicht ohne mich. Wir gehen beide auf die Insel, oder keiner von uns. Allein lasse ich dich nicht dorthin.“

„Von mir aus.“ Ich sah ein, dass es nichts brachte, meinen Vater von etwas anderem zu überzeugen. Außerdem hatte er recht. Es war vernünftig, keinen Alleingang zu unternehmen. Viele Gerüchte rankten sich um die Insel. Viele erzählten von einem Fluch. Von uralten Geistern, die rachsüchtig jeden verfolgten, der einen Fuß auf das Eiland setzte.

Und sie erzählten von Seehunden, die zu Menschen wurden. Skara Brae sei einst ihre Heimat gewesen, wusste eine Geschichte zu berichten. Aber dann waren Jäger gekommen und hatten sie alle getötet. Schon vor langer, langer Zeit.

„Muffy?“, rief mein Vater dem Fischer zu. „Würdest du einen kleinen Umweg nach Skara Brae machen und uns dort absetzen?“

„Skara Brae?“, echote er mit ungläubigem Grunzen. „Was wollt ihr da? Das ist kein guter Ort. Und nennt mich nicht Muffy, Teufel noch eins.“

„Bring uns einfach hin, Andreas“, beharrte Dad. „Nach deinem Fischzug kannst du uns wieder abholen.“

„Keine gute Idee“, schnarrte MacMuffin. „Ihr kennt doch die Geschichten über Selkies. Die kennt ihr doch, oder? Jeder kennt die. Sogar ihr Landratten.“

Dad zog eine Grimasse, ich zuckte angestrengt gleichmütig mit den Schultern.

„Die Insel gehörte den Selkies“, fuhr der Fischer fort. „Nur ihnen allein. Viele fanden wegen den Seehundmenschen schon einen schlimmen Tod. Wenn sie ihr gestohlenes Fell wiederfinden, stürzen dich und deine ganze Familie ins Verderben. Sie verfluchen dich, sie machen dich wahnsinnig. Viele hundert Jahre ist es her, dass es den Letzten erwischte. Ein Mann hauste nach dem Ableben seines Eheweibes allein auf Skara Brae, und er fand eines Nachts eine Frau am Strand. Sie war wunderschön, sodass es kam, wie es kommen musste. Der Unglückselige verliebte sich unsterblich. Eine Zeitlang war er glücklich mit seiner Meeresbraut, aber dann wachte er in einer hellen Vollmondnacht auf, weil er die schönste Stimme hörte, die du dir vorstellen kannst. Sie war schöner als Ambrosia. Schöner als der Gesang der Engel, den du hörst, wenn du stirbst. Es war wie ein Wiegenlied, das die Mutter ihrem Kind vorsingt, doch könnte keine Mutter dieser Welt schöner singen, als diese Frau es vermochte. Rettungslos verzaubert ging der Mann hinunter zum Meer, wo er sein Eheweib auf einem Felsen sitzen sah. Aber sie war kein Mensch mehr. Sie war etwas so Grausames geworden, dass es dem Mann den Verstand raubte. Unfähig, ihrer Stimme zu widerstehen, folgte er seiner Frau in das Meer.“ MacMuffin gab eine Kunstpause zu besten. Als er fortfuhr, glitt ein kalter Hauch über meine Arme. „Die Wellen packten ihn und warfen ihn an die Felsen. Sie zermalmten ihn unter den gnadenlosen Augen des Wesens, das ihm vorgegaukelt hatte, ihn zu lieben. In Wahrheit war sie gekommen, um ihn zu zerstören. Sie wollte seine Seele. Nichts anderes. Das Letzte, was er hörte, war ihr Lachen. Ein Lachen wie das Rollen der See, die dein Schiff zerschmettert.“

Ich schluckte schwer, als der Fischer in Schweigen verfiel. „Schöne Geschichte. Gefällt mir. In zwei Stunden holst du uns wieder ab, okay?“

MacMuffin schüttelte den Kopf, sagte aber nichts. Er drehte am Steuerrad, ließ den Kutter nach Osten schwenken und brummte unverständliche Dinge in seinen Bart.

Die Insel rückte stetig näher. Ein heller, halbmondförmiger Strand schälte sich aus dem Dunst der Ferne, dann sah ich den Felsen, der wie eine scharfe Klaue geformt war. Mit ihrem sichelförmigen Nagel aus Fels schien sie den Himmel zu zerkratzen. Schneegesprenkeltes Gras zog sich hinter den Dünen über zwei sanfte Hügel. Lichtspiele zogen darüber hinweg, gejagt von Wolkenschatten. Um die Insel herum ragten Felsen aus dem Wasser auf, betupft von weißen und grauen Seevögeln.

„Nicht gut“, schnarrte MacMuffin wieder und wieder, während das Eiland schnell näher kam. „Die Insel mag keine Besucher. Ich sag es euch. Keiner fischt in ihrer Nähe, weil die Netze in diesem Wasser immer leer bleiben.“

Der Fischer stoppte ein gutes Stück vor dem Sandstrand. Als ich gemeinsam mit Dad das Rettungsboot zu Wasser ließ, trat er noch einmal mit sorgenvoller Miene an mich heran.

„Sieh dir alles an“, grummelte er in mein Ohr. „Aber hüte dich vor Stimmen, die zu schön sind, um wahr zu sein.“

„Äh, was?“

„Für dein Schicksal bist ganz allein du selbst verantwortlich, kleine Sprotte.“ MacMuffin hob warnend eine Hand mit ausgestrecktem Zeigefinger. „Wenn du die Haut eines Selkies findest und sie vor ihm versteckst, zwingst du ihn damit an Land. Er ist einem ergeben, weil er stirbt, wenn er seiner Haut nicht nahe sein kann. Es ist sein Fluch. Und zwar ein ganz fürchterlicher, weil es stolze Wesen sind. Ihre Rache ist furchtbar, wenn sie ihr Fell wiederfinden. Und über Sirenen muss ich dir nichts erzählen. Hüte dich vor Stimmen, die zu schön sind, um wahr zu sein. Und wenn du ein Seehundfell findest, lass die Finger davon. Sonst hast du die längste Zeit gelebt.“

Ich antwortete mit einem pflichtschuldigen Nicken und ließ das Seil durch meine Hände gleiten. Mit leisem Platschen landete das Boot im Wasser. Ich nahm meinen Rucksack, kletterte hinein und streckte mich unternehmungslustig. Dad folgte mir, verlor um ein Haar das Gleichgewicht und plumpste so unsanft auf den Sitz, dass ein Schwall kaltes Wasser über den Bootsrand schwappte.

„Verflixt noch eins." Kopfschüttelnd begutachtete er seine nassgespritzten Hosenbeine, schnappte sich die beiden Ruder und hakte sie ein. „Auf Ideen kommst du. Nicht zu fassen. Und ich mache auch noch mit."

„Du bist neugierig. Genauso wie ich." Mir entging nicht das Funkeln in seinen Augen, das den mürrischen Widerwillen Lügen strafte. Abenteuer wie dieses lenkten von Sorgen ab, und mein Vater brauchte ebenso dringend eine Auszeit wie ich. „Gib's doch zu. Wir beide müssen uns davon überzeugen, dass wir nicht spinnen."

„Hast ja recht", gab er zu. „Wie immer."

Dad ruderte, während ich in das petrolfarbene Wasser starrte. Felsen und Muschelbänke glitten unter uns hinweg. Dazwischen war der Grund gewellt wie die Dünen einer Wüste. Auf das Wasser fallende Sonnenstrahlen zauberten tanzende, gleißende Netze auf den Sand.

Selbst wenn wir den Jungen nicht fanden, selbst wenn wir gar nichts fanden, taten wir etwas, das wir beide bitter nötig hatten.

Wir stürzten uns in ein gemeinsames Abenteuer.

Mit vereinten Kräften zogen wir das Boot an den Strand und machten uns auf den Weg. Es tat gut, Seite an Seite mit meinem Vater den Strand entlangzuwandern. Viel zu lange war unser letzter gemeinsamer Ausflug her. Viel zu lange hatten wir uns in unseren Sorgen vergraben. Wir winkten MacMuffin zu, der seine bockende *Seagull* wendete und zurück auf das offene Meer lenkte, atmeten die salzige Luft tief in unsere Lungen ein und lächelten uns zu.

Vielleicht würden wir heute ein Wunder erleben.

Und gemeinsam erkennen, dass Selkies wirklich existierten.

Es wäre wundervoll, ein solches Geheimnis mit meinem Vater zu teilen – und wenn ich das Glitzern in seinen Augen richtig interpretierte, wünschte er sich dasselbe.

Mein letzter Besuch auf der Insel war sieben Jahre her, aber ich erinnerte mich noch gut an die Ruine in der Mitte der Insel. Sie war geschützt von zwei hohen Felsen und einer Düne und bildete damit den einzigen wind- und blickgeschützten Ort auf diesem Eiland.

Ohne ein Wort zu sagen, wussten wir beide, dass unser Weg dorthin führte. Wenn der Junge auf der Insel lebte, dann gewiss dort.

Neben mir wurde Dad zunehmend nervös. Immer wieder hustete und räusperte er sich und wurde mit jedem Schritt zögernder.

„Was, wenn er gefährlich ist?", raunte er mir zu. „Wir wissen gar nichts über ihn. Er könnte uns angreifen. Oder verrückt sein. Oder uns auflauern."

„Blödsinn." Seit wann war mein Vater so unsicher und ängstlich? „Wenn, dann muss er vor uns Angst haben. Jetzt komm schon. Was ist los mit dir?"

„Ich bin nur der treu sorgende Vater einer abenteuerlustigen Tochter."

Gerührt klopfte ich ihm auf die Schulter. Vor uns zwischen den Felsen tauchte die Ruine auf, verwittert und grau wie alte Knochen. Nichts war mehr von dem Gebäude übrig außer ein paar aufgeschichteten, von den Elementen glatt geschliffenen Steinen, die ein Rechteck bildeten.

Kein Junge weit und breit. Dad und ich sahen uns an.

„Enttäuscht?", fragte er.

„Hm. Keine Ahnung. Irgendwie schon."

„Ich weiß, was du meinst." Während er die verwitterten Steine befühlte, blieb ich mitten in der Ruine stehen und sah einer Möwe nach, die über uns hinwegflog.

Ja, ich war enttäuscht. Aber was hatte ich erwartet? Dass der Junge hier hockte und nur auf uns wartete? Dass er uns mit zum Strand nahm und sich vor unseren Augen verwandelte, um uns zu beweisen, dass wir keine Spinner waren?

Träum weiter, Mari.

„Aber wenn er hier gewesen wäre", sagte Dad, „was hätten wir dann getan? Man schließt nicht einfach Freundschaft mit einem Selkie."

„Warum nicht?"

„Ach Mari." Er seufzte, bückte sich nach einem morschen Holzstück und hob es auf. „Es ist so verrückt. Dass wir hier sind, dass wir nach ihm suchen. Dass wir glauben, er sei ein …"

„Das?", unterbrach ich ihn.

„Ja?"

„Was dagegen, wenn ich ein bisschen für mich allein suche?"

Er zog eine zerknirschte Grimasse und ließ das Holzstück fallen. „Von mir aus. Aber du bleibst in der Nähe. Da, wo ich dich sehen kann."

Ich nickte und nahm noch einmal die Ruine in Augenschein. Nirgendwo sah ich einen Hinweis darauf, dass hier jemand lebte. Oder etwa doch? Das Gras dort hinten in der Ecke sah flachgedrückt aus, als hätte jemand darauf gelegen. Ein paar leere Muschelschalen lagen herum, vielleicht das Frühstück des Jungen. Aber weder das eine noch das andere taugte als Beweis. Ob das hier wohl das Haus des unglücklichen Mannes war, von dem MacMuffin erzählt hatte? Wie klein es war, kaum größer als unsere Küche, und doch hatte vermutlich eine ganze Familie darin Platz gefunden. Strandhafer raschelte im Wind, wo früher Menschen Schutz gesucht hatten. Gras spross aus den Fugen der Mauern, Holzstücke lagen verstreut herum. Sie sahen aus wie die vermoderten Überreste uralter Möbel und führten mir vor Augen, wie vergänglich alles Lebendige war.

Während Dad eine Nische in einer der Mauern in Augenschein nahm, ließ ich die Ruine hinter mir und wanderte quer über die Insel. Auf der anderen Seite bestand der Strand aus glatt geschliffenen Kieseln und malte mit Tönen aus Grau, Anthrazit und Schwarz ein düsteres Bild. Ich legte den Kopf in den Nacken und sog den Anblick der barocken Wolkenberge in mich auf. Der Wind duftete salzig und frei. Ja, er roch nach Freiheit, auch wenn meine Mum behauptet hatte, dass Gefühle keine Gerüche haben.

Mein Bauchgefühl sagte mir, dass ich hier richtig war. Er war auf dieser Insel, irgendwo, und vielleicht behielt er uns im Auge, seit wir angekommen waren. Andererseits hatte mich mein Bauchgefühl schon oft betrogen.

Ich durfte nichts darauf geben, und doch glaubte ich deutlich zu spüren, dass mich jemand beobachtete. Mein Herz begann zu hämmern. Die Ruine war inzwischen aus meinem Blickfeld verschwunden, verdeckt von Felsen und gräsernen Hügeln. Dreimal drehte ich mich um die eigene Achse und sah mich um. Raschelnder Strandhafer, der klauenförmige Felsen, ein leerer Strand und das grünblaue Meer. Sonst nichts. Doch das Gefühl eines Blickes, der auf mir ruhte, wurde mit jedem Atemzug intensiver.

Alle Sinne angespannt ging ich weiter. Leise klackerten die Kiesel unter meinen Schritten, kein Junge und kein Seehund waren auszumachen. Nur ein paar Möwen tanzten über der Brandung. Das Nordende der Insel bestand aus einem Labyrinth aus Felsen, und trotz des mulmigen Gefühls im Nacken folgte ich dem Impuls, auf ihnen herumzuklettern. Während ich wie eine Bergziege auf schroffem Stein balancierte, summte ich den dramatischsten Part der Carmina Burana[6] vor mich hin. Hier und heute zählte nichts, nur der Moment.

Nicht nachdenken, nur nicht nachdenken …

Ich erklomm gerade einen besonders rutschigen Felsen voller Seepocken, als mir etwas Silbriges ins Auge fiel, das ein paar Meter vor mir auf einem flachen Stein lag. Mein Herz tat einen heftigen Schlag. Ich blinzelte, erklomm den Felsen und blinzelte noch einmal.

Da war es. Das Seehundfell.

Der Wind spielte mit einem Zipfel davon, ließ durch die Bewegungen den Pelz schimmern und glänzen wie Satin.

Nimm das Fell eines Selkies, und er wird für sieben Jahre dein sein.

Meine Knie wurden weich. Schnell kletterte ich den Felsen hinunter, schrammte mir an den scharfen Kanten einen Ellbogen auf und stieß mir das Schienbein an. Vielleicht hatte der Junge mich entdeckt und würde sich und das Fell in Sicherheit bringen, und dann würde ich für immer in Unge-

---

6 Sammlung von im 11. und 12. Jahrhundert entstandenen Lied- und Dramentexten, musikalisch inszeniert vom Komponisten Carl Orff. Berühmt ist vor allem die Passage, in der ein Chor höchst dramatisch der Schicksalsgöttin huldigt.

wissheit leben, weil ich ihn nie wiedersah. Doch der Pelz lag noch immer auf dem Stein, als ich hinter dem Felsen vortrat und darauf zuging. Langsam, Schritt für Schritt. Nichts regte sich. Ich ging noch näher, bis ich vor dem Stein stand. Als ich mich vorbeugte und das Fell berührte, stockte mir der Atem. Seidig fühlte es sich an. Fast meinte ich, noch die Wärme zu spüren, die ihm anhaftete. Mit zitternden Händen hob ich das Fell auf und drückte es an meine Brust. Im gleichen Augenblick erklang hinter mir das Klackern von Kieseln.

Ihr fuhr herum. Nichts war zu sehen, aber hier gab es viele Verstecke. Viele Möglichkeiten, sich meinem Blick zu entziehen.

„Bist du hier?", rief ich laut in den Wind hinein.

Niemand antwortete. Gleichgültig rumorte die Brandung.

„Ich weiß, dass du hier bist. Geht es dir gut? Bitte rede mit mir, wir machen uns Sorgen."

Stille.

„Willst du nicht dein Fell wiederhaben? Ich gebe es dir zurück. Bitte, ich will nur wissen, ob es dir gut geht."

Wieder nichts. Nur das Brausen der Wellen. Also gut. Behutsam rollte ich den Pelz zusammen, drückte ihn an meine Brust und setzte mich auf einen der flachen Felsen. Kälte drang durch meine Hose, der Wind wurde abrupt stärker und kälter. Es fühlte sich an wie eine Warnung, wie ein Ausdruck von Empörung, als wolle die Insel mich spüren lassen, dass ich etwas Falsches getan hatte. Doch dann brach die Sonne durch die Wolken und wischte diesen Eindruck fort. Warm schien sie mir ins Gesicht, brachte die Schneeflecken auf den Kieseln zum gleißen und spielte auf den grünen Wellen. Was war falsch daran, zu träumen? Und darauf zu hoffen, das Geheimnis hinter den Träumen zu lüften?

Lass ihn kommen, flehte ich stumm. *Bitte. Ich muss wissen, dass ich nicht durchdrehe.*

Doch es kam, was kommen musste. Und zwar niemand. Lange saß ich auf meinem Felsen und beobachtete das rumorende Meer, während das

Gefühl der Enttäuschung in mir wuchs. Zweimal sah ich Dad, wie er über die Insel streifte und mir aus der Entfernung zuwinkte. MacMuffin konnte jeden Moment mit seinem Kutter auftauchen und zum Rückzug blasen, viel Zeit blieb mir nicht mehr. Es wäre das Vernünftigste, das Fell hier zu lassen, doch ich ignorierte mein schlechtes Gewissen und verstaute den Seehundpelz in meinem Rucksack. Er war meine einzige Verbindung zu dem Jungen. Meine einzige Hoffnung darauf, all die brennenden Fragen zu beantworten.

Ich legte den Rucksack neben mich und streckte mich auf dem Felsen aus. Das Rauschen der Wellen war ermüdend, der Wechsel aus Sonne und Wolken ließ mein Bewusstsein in einen Zustand zwischen Schlafen und Wachen abdriften.

Ich sah sein Blut auf meinen Händen. Ich spürte sein silbern gestreiftes Haar zwischen meinen Fingern. Wie gerne hätte ich ihn noch einmal gesehen. Tief in mir glaubte ich zu spüren, dass die Märchen wahr waren.

Vielleicht erlag ich aber auch nur meinem Wunschdenken.

Das wahre Leben war keine Fantasy-Romanze.

Und ich keine Heldin in einem Buch.

~ Louan ~

Ich wusste nicht, welche Wut größer war. Die auf mich selbst, oder die auf das Mädchen. Ich sah sie mit geschlossenen Augen auf dem Felsen liegen. Keine zehn Schritte vor mir. Der Wind spielte in ihrem Haar, ihre Arme waren weit ausgebreitet. Bei unserer ersten Begegnung hatte ich geglaubt, sie sei anders. Ein besserer Mensch. Aber jetzt hatte sie mir das Gegenteil bewiesen, indem sie mein Fell gestohlen und in ihren Rucksack gesteckt hatte. Dazu hätte es nie kommen dürfen. Viel zu vertieft war ich in das Muschelsuchen gewesen. Viel zu unaufmerksam war ich zwischen den Felsen herumgewandert.

Ihr gelungener Diebstahl war die Strafe für meinen eigenen Fehler.

Offenbar kannte Mari die Geschichten über meine Art. Sie wusste, dass ich das Seehundfell brauchte, und dass ich alles tun würde, um es mir zurückzuholen.

Langsam schlich ich näher. Der Wind spielte mit ihrem rotgoldenen Haar, Sonne schimmerte auf ihrer blassen, um die Nase herum gesprenkelten Haut. Wie zart und verletzlich sie aussah. Es würde ein Kinderspiel sein, ihr das Fell wegzunehmen. Ich wäre im Meer verschwunden, noch ehe sie begriff, was geschehen war. Doch der Anblick dieses Mädchens lähmte mich. Es fühlte sich an wie der brennende Stich eines Seeigels. Ganz ähnlich wie damals, als ich Evelyne begegnet war. Ich ertappte mich bei dem Wunsch, sie zu berühren. Ich wollte in ihre Augen sehen – wollte, dass sie mich wahrnahm. Vielleicht sogar mit mir redete. Seit vielen Jahrzehnten lebte ich hier allein, es hatte mich nie gestört. Aber jetzt stand ich hier, starrte dieses Mädchen an und wünschte mir, mich zu ihr zu setzen und mit ihr zu reden. Einfach, um ihre Stimme zu hören. Und um meine Stimme zu hören.

Mein Instinkt protestierte dagegen. Genau wie meine Vernunft. Ich war zu unaufmerksam geworden und machte Fehler, die nie passieren durften. Gestern war ein Mensch auf diese Insel gekommen, und ich hatte ihn erst bemerkt, als der Motor seines Bootes angesprungen war. Heute war es dieses Mädchen, das mir vor Augen führte, wie verwundbar ich geworden war.

Geduckt schlich ich auf Mari zu. Meine Muskeln zitterten vor Anspannung, der Herzschlag polterte in meiner Brust. Ein Schritt, zwei Schritte. Wenn ich mein Fell zurückbekam, war es das Beste, von dieser Insel zu verschwinden. Zwei Menschen wussten über mich Bescheid, und sie wussten, dass ich hier lebte. Das Mädchen seufzte. Es klang wie das Singen eines kleinen Vogels, wenn er schlief.

Sie und ihr Vater waren nur hierhergekommen, weil sie sich Sorgen machten? Ich hätte gern daran geglaubt, aber wenn sie mir freundlich gesinnt war, warum steckte dann mein Fell in ihrem Rucksack?

Der Duft ihrer Haut stieg mir in die Nase. Warm und rein. Unverfälscht. Nur ein leichter Geruch nach Seife. Fast hatte ich Mari erreicht. Ich streckte meinen Arm aus, kam näher, noch näher – bis eine im Wind flatternde Strähne ihres Haares meine Wange streifte.

Ich erstarrte und sog unwillkürlich die Luft ein.

Hör auf damit. Nimm einfach das Fell und verschwinde!

Von fern ertönte das Knattern des Fischkutters. Ich sah einen grünen, langsam näherkommenden Punkt am Horizont, der auf das Nordende der Insel zustrebte.

Mach schon! Nimm den Rucksack und verschwinde!

In diesem Moment fuhr Mari hoch.

Ich sah die Bewegung im Augenwinkel, drehte mich um und sah ihr in die Augen. Riesengroß waren sie, klar und grün wie flaches Wasser. Ich erkannte die Freude und das Staunen in ihrem Blick. Nichts Böses, keine Heimtücke. Nur eine Armlänge entfernt lag der Rucksack mit meinem Fell. Ich wollte danach greifen, wollte ihn an mich reißen und verschwinden – stattdessen stand ich da wie gelähmt.

Sah sie einfach nur an.

Und sie sah mich an.

„I-i-i-ich wollte …“, begann sie zu stottern, „ich wollte es nicht stehlen. Du musst mir glauben, dass ich es nicht …“

„Mari!“, brüllte plötzlich eine andere Stimme. „Mari!“

Ich fuhr herum. Ihr Vater kam über die Grashügel gerannt, wedelte mit den Armen und schrie wieder und wieder ihren Namen. Das Mädchen glitt vom Felsen, drückte den Rucksack an ihre Brust und wich einen Schritt vor mir zurück. Die Botschaft war eindeutig. Ein wütendes Knurren grollte in meiner Kehle.

„Gib es mir!“

Ich streckte gerade die Hand nach ihr aus, als ein Schuss über die Insel hallte. Noch ehe er verhallt war, erklang ein zweiter. Maris Schrei in den Ohren warf ich mich herum und hechtete in das Wasser. Ich schwamm so schnell und tief, wie es der Menschenkörper zuließ. Die Stimmen verhallten im Rauschen des Wassers. Strömungen trieben mich hinaus in die schützende Weite meiner Heimat und verwischten meine Gedanken, ließen mich selbst ohne das Fell zum Tier werden.

Weit draußen, wo die Insel nur als ferner Schemen zu erkennen war, wartete ich, bis der Kutter mit den drei Menschen am Horizont verschwunden war. Erst dann, als das Licht über dem Wasser bereits so rotgolden war wie Maris Haar, kehrte ich zurück zur Insel. Nirgendwo sah ich mein Fell.

Das Mädchen hatte es mitgenommen, ungeachtet ihrer freundlichen Worte.

Abendsonnenstrahlen brachen durch bauschige Wolkenberge. Ich fror im kalten Wind, ein erstes Zeichen der Schwäche, die ohne mein Fell mit jeder Stunde zunehmen würde, und als ich mich zitternd an einen Felsen lehnte, die Arme schützend um meinen Oberkörper geschlungen, wurde mir erst wirklich klar, dass meine größte Furcht sich erfüllt hatte.

Ein Mensch besaß mein Fell. Und damit auch mein Schicksal.

Mari wollte mich zwingen, ihr zu folgen. Heimtückisch, wie es die Art der Menschen war. Ihr Vater hatte mich gesehen, die Fischer auf mich geschossen. Ich musste mir den Seehundpelz zurückholen und von hier verschwinden. Für immer.

Panik schnürte mir die Kehle zu. Ich kämpfte dagegen an, zwang mich im letzten Sonnenlicht durch das flache Wasser zu waten und Muscheln von den Felsen zu brechen. Die Furcht vor dem, was geschehen konnte, schnürte mir den Magen zu, doch ich musste Kräfte sammeln. Für das, was getan werden musste.

Während die Dämmerung langsam im Meer versank und blaue Dunkelheit aufzog, wuchs meine Angst gemeinsam mit der Wut. Ich musste zu den Menschen, zu meinen Feinden. Noch heute Nacht.

Es half nichts, es hinauszuzögern. Mit jedem Augenblick, den ich meinem Fell fern war, wurden meine Gedanken schleppender und mein Körper schwerer. Der Mensch konnte nicht ohne das Tier leben, und Mari – das Mädchen, dem ich einen Augenblick lang vertraut hatte – nutzte diese Schwäche für sich aus.

Kapitel 4

Der Selkie und ich

„Was unterscheidet Götter von Menschen?
Dass viele Wellen vor jenen wandeln,
wie ein ewiger Strom.
Uns aber hebt die Welle, verschlingt die Welle,
und wir versinken."
Johann Wolfgang von Goethe

~ Mari ~

Ich presste das Fell an mich, als könnte ich auf magische Weise mit ihm verschmelzen. Leise folgte Beethovens siebte Sinfonie ihren Strömen aus Klang, schwang sich behutsam auf und überzog meinen Körper mit Gänsehaut. Seit dem Film mit Nicholas Cage, den ich gemeinsam mit Dad im Kino gesehen hatte, malte dieses Stück apokalyptische Bilder in meinem Kopf. Ein gewaltiger Sonnensturm, der die Erde verschlang. Rotglühendes Inferno. Menschen, die sich in ihren letzten Augenblicken aneinanderschmiegten. Vereint im Angesicht des allumfassenden Endes.

Mir war zum Weinen zumute. Ich fühlte mich ganz und gar elend. Als wir gestern zurück nach Westray gefahren waren, hatte Dad dem alten MacMuffin ein paar Lügen aufgetischt, um ihn halbwegs zu beruhigen.

Er wollte ihr nichts tun, glaube mir. Er ist nur seltsam. Fährt gern auf die Insel und macht einen auf Naturbursche. Ja, ich kenne ihn. Sein Vater ist so eine Art Alt-Hippie. Deswegen denkt sich der Junge nichts dabei, nackt auf einsamen Inseln herumzurennen.

MacMuffin war trotzdem fast einem Herzinfarkt erlegen und hatte sich auf dem Weg zurück nach Westray in Rage geschimpft.

Hat nackt über ihr gekauert, der Scheißkerl! Der wollte ihr was tun! Habe ihm einen gehörigen Schrecken eingejagt, damit er den Schwanz einkneift wie ein Köter.

Weder meine Beschwichtigungen noch Dads Beteuerungen, der Junge sei harmlos, waren von Erfolg gekrönt gewesen. Wäre es doch nur so wie in den Lügen. Ein Freund … ein gewöhnlicher Mensch. Ein Alt-Hippie als Vater. Alles ein bisschen skurril, aber normalsterblich.

Zwitschernd hüpften die Gouldamadinen im Frangipangi-Busch umher, ohne mich aufheitern zu können. Zart duftete der Jasmintee, ohne den Keim der Kälte in meinem Inneren schmelzen zu können.

Sonst fühlte ich mich wohl, wenn ich hier im Gewächshaus saß, umringt von exotischen Pflanzen und den Blick durch das Glas hindurch auf das Meer gerichtet. Aber jetzt schnürte die Schuld mir das Herz zusammen. Ich hatte ihm sein Fell gestohlen. Ich war eine Diebin. Im Nachhinein konnte ich mir nicht erklären, warum ich es getan hatte. Um ihn wiederzusehen? Um ihn zu zwingen, zu mir zu kommen? War ich so egoistisch?

Ja, raunte eine böse Stimme in mir. *Bist du!*

Wenn die Geschichten der Wahrheit entsprachen, musste er in Angst vergehen und mich hassen. Ich war ein Mensch, und Menschen bedeuteten für magische Wesen Gefahr. Ich hatte kein recht, in seine Welt einzudringen und ihm das zu stehlen, wovon sein Leben abhing. Dass ich es dennoch getan hatte, einfach aus einem inneren Drang heraus und ohne groß darüber nachzudenken, würde ich mir nie verzeihen können. Jetzt war es zu spät.

Was, wenn er ohne Fell schwächer und schwächer wurde, weil eine Verwandlung unmöglich war?

Selkies waren dem, der ihre Seehundhaut besaß, bedingungslos ausgeliefert. So beschrieb es jede Version der Legende. Was bedeuten musste, dass ihr Leben vom Fell abhing. Ich musste zurück nach Skara Brae, aber vor morgen früh würde ich an kein Boot herankommen.

Mein Tee schmeckte plötzlich bitter. Ich stellte die Tasse neben meinem Sessel auf den Boden und blickte auf das Gemälde, das von zwei Phönixpalmen flankiert an der Wand neben mir hing. Eine Replik von Rubens Leda und der Schwan[7]. Zärtlich schmiegte sich der Vogel an den nackten Leib der Frau, die Flügel halb ausgebreitet, seinen Schoß an den ihren gedrückt. Seidig wie die Federn eines Schwans fühlte sich auch das Fell an. Ich ließ es über meine Wange gleiten, dann über meinen Hals und die Arme. Vor meinem inneren Auge war er wieder bei mir. Aus schwarzen, unergründlichen Augen blickte er auf mich herab, faszinierend wie die magischen Wesen aus antiken Märchen.

Verflucht, was hatte ich nur getan? Ich musste meinen Fehler wiedergutmachen. Irgendwie.

Mit brennenden Augen ging ich hoch in mein Zimmer, zog einen dicken, braunen Wollpullover über mein Hemd, tauschte die Leggings gegen eine schwarze Cordhose, wickelte mir meinen grauen Lieblingsschal um den Hals und rannte, das Fell des Selkies unter einen Arm geklemmt, nach draußen. Dad schlief auf dem Sofa vor dem Fernseher und bemerkte nicht, dass ich an ihm vorbeihuschte. Mühsam kämpfte ich mich durch knietiefen Schnee, dicht entlang der Klippen, die rechts von unserem Haus nach etwa fünfzig Metern in einem breiten Strand ausliefen. Brandungswellen spien leuchtende Gischt in das Dunkel der Winternacht. Als ich am Rand des aufgewühlten Wassers stand, holte ich tief Luft und schrie aus vollem Hals: „Es tut mir leid. Ich bringe es dir zurück. Bitte verzeih mir."

Eine heftige Böe packte das Fell und riss es mir fast aus der Hand.

„Hier ist es. Ich gebe es dir zurück."

Was tat ich hier? War ich völlig bescheuert? Ich stand am Strand und rief nach einem Selkie. Das Verrückteste an all dem war der Gedanke, dass ich mich überhaupt nicht verrückt fühlte.

Wellen schäumten über den Kies, leckten am Schnee und warfen Gischtflocken in den sternenübersäten Himmel. Ich schloss die Augen, atmete tief ein und glaubte, den Herzschlag der See zu spüren, wie ein Vibrieren in meiner Seele. Draußen in der Tiefe lagen Ewigkeit und Geheimnis. Die Weite

---

7 Leda war die Gemahlin eines spartanischen Königs. Zeus verliebte sich in sie und erschien ihr in Gestalt eines Schwanes, um sich mit ihr zu vereinen.

des Ozeans kannte keine Grenzen. Ich malte mir wie tausend Mal zuvor aus, in das Wasser zu rennen und eins mit ihm zu werden. Mit dem Salz und der Dunkelheit, dem ewigen Schlagen der Wellen und den endlosen Strömungen.

Ein Instinkt meines Unterbewusstseins flüsterte mir ein, dass mein Selkie hier war. Vielleicht war es auch nur Wunschdenken. Ich stellte mir vor, dass er mich beobachtete, verborgen unter dem Spiegel der Wellen. Oder auf einem der Felsen sitzend, die mit dem Wasser und der Nacht verschmolzen.

„Du bist eine Spinnerin!" Ich lachte über mich selbst. „Was kommt als nächstes? Willst du Elfen jagen oder Einhörner fangen?"

Ich wollte verschwinden, zurückkehren in die Normalität.

Doch dann sah ich ihn.

Alles in mir erstarrte.

Zögernd tauchte er aus dem Wasser auf. Zuerst sein Kopf, eingerahmt von schwarzem Haar, dann die Schultern. Sein Blick brannte auf meiner Haut, als er dem eiskalten Meer entstieg. Ich rührte mich nicht, atmete nicht. Seine Brust, sein Bauch und seine Hüfte wurden enthüllt. Es war, als materialisierte er sich aus der See, erschaffen aus Kälte und Gischt.

Es ist wahr!, jubilierte jene Stimme in mir, die von keinerlei Dogmen tangiert wurde. *Alles ist wahr. Die Märchen, die Legenden. Sie sind alle wahr.*

Mit grimmigem Blick schritt er auf mich zu, kam näher und näher, dann war er bei mir und griff mit einer ruppigen Geste nach dem Fell. Willenlos ließ ich es mir aus den Armen ziehen. Seine Nähe und seine spürbare Wut ließen jedes Wort in meiner Kehle gefrieren. Lähmten jeden Gedanken. An seinem Oberschenkel war keine Narbe zu sehen. Nichts.

Da hast du ihn. Den letzten Beweis, dass er kein Mensch ist.

Ich starrte zu ihm auf, aus frostigen Onyxaugen blickte er zurück.

So gerne hätte ich ihn berührt. Ich wollte spüren, dass er wirklich war. Stattdessen gefror ich zur Salzsäule und konnte mich auch dann nicht rühren, als er sich umwandte und zum Wasser zurückkehrte.

Verschwinde nicht! Bitte!

Wellen umschlossen seine Beine, dann seine Hüften. Das Fell schmiegte sich wie fließendes Silber um seine Schultern.

„Es tut mir leid“, hörte ich mich flüstern. Viel zu leise, als dass er es hätte hören können. Und doch wandte er sich um.

„Was tut dir leid?“

Seine Stimme zu hören stürzte mich in Konfusion. Mit offenem Mund gaffte ich ihn an. Er sprach kalt und emotionslos, frostig wie die See im Winter, doch zugleich war seine Stimme das Schönste, was ich je gehört hatte. Sie schien direkt in meine Seele einzudringen und umschmeichelte sie verführerischer als die harmonischsten Klänge. Sie fand einen Gleichtakt zu der Schwingung meines Körpers und ließ ihn schaudern. Vor Genuss. Vor Angst.

„Was tut dir leid?“, wiederholte er. „Sag schon. Was tut dir leid?“

„Dass ich es genommen habe.“ Ich deutete auf das Fell. Eng schmiegte es sich um seine Schultern, als sei es dabei, mit seinem Körper zu verschmelzen. Letztendlich würde ich erst vollkommen von der Existenz der Selkies überzeugt sein, wenn ich die Verwandlung sah. Ich flehte innerlich darum, dass er es tun würde. Hier vor meinen Augen, auch wenn ich keine Ahnung hatte, ob mein Verstand es würde verarbeiten können.

„Ich weiß nicht, warum ich das getan habe“, stammelte ich. „Es tut mir leid. Ich hätte das nicht tun dürfen.“

Die Momente, in denen er mich stumm ansah, schienen endlos zu währen.

„Du wolltest, dass ich zu dir komme“, erklang endlich wieder seine Stimme. „Du hast die Geschichten gehört und gehofft, ich würde dir gehören, sobald du mein Fell besitzt. Sieben Jahre lang. Ich kenne die Märchen.“

„Sind es denn welche?“

Ein Funkeln huschte durch seine Augen. Seine Wut schien zu weichen, aber sein Blick blieb kalt. „Manche Märchen sind wahr. Ohne das Fell kann ich nicht leben. Wer es besitzt, besitzt auch eine gewisse Macht über mich. Bereust du, es mir wiedergegeben zu haben?“

Meine Wangen glühten trotz des frostigen Windes. Beschämt blickte ich zu Boden, scharrte mit den Füßen im Kies herum und war mir einen Moment lang sicher, zu träumen. Doch als ich aufblickte und sah, wie der Junge auf mich zukam, nass von Gischt und mit perlenden Wassertropfen auf seiner Brust, begriff ich, dass all das hier real war.

„Es tut dir wirklich leid“, raunte er hörbar verwundert. „Und du hast Angst.“

„Ja.“

„Warum?“

„Weil ich es nicht verstehe.“

Jetzt hoben sich seine Lippen zu einem Lächeln. Es war vielmehr spürbar als sichtbar. Die Beine drohten unter mir nachzugeben.

Ihn anzusehen, tat weh. Ich hatte immer geglaubt, nichts könnte ergreifender sein, als sich im Anblick des Meeres zu verlieren.

Doch jetzt wurde ich eines Besseren belehrt.

Plötzlich empfand ich Neid. Auf die Freiheit, in die er sich flüchten konnte. Auf seine Ursprünglichkeit. Er konnte das tun, wovon ich nur träumte. Eins werden mit den Wellen und den Strömungen.

„Zweimal verriet ich Menschen die Wahrheit“, sagte er. „Das erste Mal liebten sie mich. Das zweite Mal versuchten sie, mich umzubringen.“

„Du bist …“ Ich würgte an dem hartnäckigen Kloß in meinem Hals. „Du bist ein …“

„Ja?“ Er neigte den Kopf. Im Geiste strichen meine Finger durch sein feuchtes Haar. Mein Herz raste, als wolle es die ihm vorbestimmte Anzahl von Schlägen innerhalb weniger Minuten abarbeiten.

„Du bist ein Selkie?“, stieß ich hervor.

„Ich habe keinen Namen. Was einen Namen hat, kann gefangen oder getötet werden.“

„Das passiert auch ohne Namen.“

„Ich weiß. Aber ich mag meine Illusionen.“

„Du redest nicht wie jemand, der …“

„… mehr Tier als Mensch ist?“, fuhr er mir über den Mund. „Ich lebte ein paar Jahre unter deinesgleichen. Sie brachten mir ihre Sprache bei und ihre Art zu denken. Außerdem höre ich euch reden, wenn ihr auf euren Booten über das Meer fahrt. Oder wenn ihr an den Stränden feiert. Ich höre euch oft zu. Und lerne.“

Sein Blick heftete sich auf unser Haus. Als ich die Sehnsucht darin aufflackern sah, wusste ich – vielleicht zum ersten Mal in meinem Leben –, was die richtigen Worte für den richtigen Moment waren.

„Du willst nicht allein sein, stimmt's? Dann komm mit und wärm dich auf. Mein Dad hat dir geholfen, er würde dich niemals verraten. Und ich genauso wenig.“

Ein wehmütiges Lächeln erschien auf seinem Gesicht. Ich wollte es berühren. Es erforschen. Ihm zeigen, dass er bei mir sicher war. Vor allem aber wollte ich spüren, dass er echt war.

„Ich weiß, das kann jeder sagen“, drang ich weiter auf ihn ein. „Aber ich meine es ehrlich. Du kannst mir vertrauen. Dad und ich wussten vom ersten Moment an, dass du kein Mensch bist. Hätten wir dir was antun wollen, wäre das längst schon passiert. Komm.“ Ich ließ meine Stimme lockend klingen. Als wollte ich das Vertrauen eines scheuen Wildtieres gewinnen. „Komm. Dir passiert nichts.“

Endlich willigte er mit einem Nicken ein, nahm das Fell von seinen Schultern und wickelte es wie ein Kleidungsstück um seine Hüfte. Süßer Triumph ging Hand und Hand mit der Angst davor, etwas Magisches zu zerstören. Jetzt nur nichts falsch machen. Jeden meinen Schritte setzte ich behutsam, wandte mich um, lächelte meinem Selkie zu und hoffte, das zarte Band unseres Vertrauens zu festigen.

Menschen hatten ihn um ein Haar getötet. Dass der Junge mir dennoch folgte, obwohl ich zu seinen Feinden gehörte, machte mich glücklich und traurig zugleich. Er konnte nicht sicher sein, dass wir ihm nichts Böses wollten.

Und deshalb war sein Vertrauen umso kostbarer.

„Alles okay." Ich streifte sanft seinen Arm, als er durch die geöffnete Tür schlüpfte. Seine Haut war eiskalt. Und doch fühlte sie sich wunderbar an. Glatt und seidig. Wie die Haut eines Meeresgeschöpfs sein musste, um mühelos durch das Wasser zu gleiten. „Du frierst sicher."

„Nur in diesem Körper", gab er zurück.

„Du meinst deinen Menschenkörper?"

„Ja."

Dad stand mitten im Wohnzimmer und empfing uns mit schamlosem Gegaffe. Er hatte ein Talent dafür, gerade dann aufzuwachen, wenn ich es nicht gebrauchen konnte. Zum Beispiel, wenn ich aus wie auch immer gearteten Gründen versuchte, unbemerkt in mein Zimmer zu schleichen oder wie jetzt jemanden hineinschmuggeln wollte. Dass sein Instinkt auch diesmal einwandfrei funktionierte, entlockte mir ein Stöhnen.

„Dad, ich …"

Darf ich dir meinen neuen Freund vorstellen?, formulierte ich in Gedanken. *Gestatten, Selkie. Umgangssprachlich auch Seehundmensch genannt. Aber das weißt du ja schon, oder?*

„Mari", presste er nur hervor. Sein Gesicht wurde fahl, sein Haar stand zu Berge.

„Ja?"

„Du weißt, was du tust?" Wachsam trat er näher. Der Junge versteifte sich, ohne zurückzuweichen. Seine schwarzen Seehundaugen blickten sanft, doch ich sah die Furcht dahinter. Eine aus schlechten Erfahrungen geborene, tief sitzende Scheu.

„Er ist kein Monster, Dad. Ich dachte, das wüsstest du."

„Nein. Ja. Er ist kein Mensch."

„Na und?" Ich rollte mit den Augen. „Vielleicht sollte ich dich darauf hinweisen, dass er unsere Sprache versteht. Und sie sogar sehr gut spricht. Sei lieber froh, dass es ihm gut geht."

Dad schien mich nicht einmal wahrzunehmen. Er streckte den Arm aus und legte eine Hand auf die Brust des Jungen. Offenbar war er sich sicher gewesen, durch ihn hindurchzufassen, denn als er sah, dass nichts dergleichen geschah, zuckte er mit einem erstickten Ächzen zurück. Seine Augen nahmen die Größe von Suppentellern an. Er schwankte.

„Hör zu, Dad. Du weißt, dass du mir vertrauen kannst. Es ist alles in Ordnung."

„Er soll sich was anziehen. Jetzt! Sofort!"

„Ich suche ihm was raus." Behutsam lotste ich den Jungen an meinem Vater vorbei. Anstandslos ließ er sich ins Badezimmer führen, wobei sein Blick staunend umherschweifte. Für Mum war das Bad ein Tempel gewesen, genauso sah es auch aus. Die schwarze Eckbadewanne war von graublauem Marmor eingefasst. Die Schränke aus Bambus waren dunkelbraun, die Handtücher hellbraun. Es gab eine große Phönixpalme und mehrere Farne, die auf Holzregalen standen. Alles war vom Feinsten, denn als Mum noch hier gewohnt hatte, waren Geldsorgen dank ihrer erfolgreichen Tätigkeit als Ärztin kein Thema gewesen.

Ich wollte gerade hinausgehen und ein paar Sachen für meinen Gast zusammensuchen, als ich seinen begeisterten Ausruf hörte.

„Warmes Wasser!"

Der Junge stürzte zur Wanne hinüber und befühlte die messingfarbenen Hähne. „Gibt es hier warmes Wasser? Das kenne ich noch von früher. Ein großer Kasten heizt es auf, aber ich sehe hier keinen."

Seine scheue Nervosität rührte mich.

„Natürlich gibt es hier warmes Wasser. Auch ohne großen Kasten."

Begeistert deutete er auf die Wanne. „Kannst du welches da rein tun?"

„Sicher doch." Ich unterdrückte ein Grinsen, drehte an den Hähnen und mischte eine angenehme Temperatur ab, was er aus großen Augen beobachtete. Unauffällig wanderte mein Blick währenddessen seitwärts und blieb auf seinem nackten, wohlgeformten Schenkel ruhen, den das Fell nicht verhüllte. Ebenso wenig wie seinen Rücken und eine andere, bemerkenswert formharmonische Körperstelle.

Faszinierend.

„Darf ich?“, fragte er. „Ich habe das schon ewig nicht mehr gemacht.“

Ertappt klappte ich meinen offen stehenden Mund wieder zu. Der Junge schien nichts von meinem Gegaffe bemerkt zu haben oder schien sich entschieden zu haben, es zu ignorieren. Ungeduldig deutete er auf das einlaufende Wasser.

„Was hast schon ewig nicht mehr gemacht? Gebadet?“

„In einer Wanne. Ja.“

„Nur zu.“ Mein Kopf glühte. Praktischerweise konnte man das problemlos auf das gut beheizte Badezimmer schieben. „Soll ich solange rausgehen?“

„Nein. Warum?“

Ich hob nur die Schultern. Offenbar störte es ihn nicht, wenn ich ihm beim Bad Gesellschaft leistete. Sei es drum.

Achtlos warf er sein Fell auf den Boden und glitt nackt, wie die Natur ihn erschaffen hatte, in das dampfende Wasser. Ich schluckte ein paar Mal und war inständig bemüht, nicht auf eine gewisse Körperstelle zu starren. Stattdessen überspielte ich die peinliche Situation, indem ich das Fell aufhob, es zusammenlegte und auf dem Wannenrand positionierte. Fehlte nur noch, dass er mich dazu einlud, mit in die Wanne zu steigen.

Meinem Selkie entfloh ein genüsslicher Seufzer. Mit verklärtem Lächeln blickte er zu mir auf, sah mich so intensiv an, wie es niemand je zuvor getan hatte, und plötzlich malte ich mir aus, wie es wäre, mich neben die Wanne zu knien, sein Gesicht zwischen meine Hände zu nehmen und ihn zu küssen.

Grundgütiger, wo war mein Anstand, wenn ich ihn brauchte?

Ich kniff die Augen zusammen, und als ich sie wieder öffnete, geschah es. Mein Blick heftete sich zielgenau auf seine pikanteste Stelle.

Sehr interessant.

Abgesehen von seinem Kopf schienen nirgendwo Haare zu wachsen. Er war makellos glatt und blass. Alles an ihm.

„Gut so?“, krächzte ich und nestelte verlegen an meinen Haaren herum. „Willst du es wärmer? Oder kälter?“

„Perfekt“, schnurrte er.

Ihn anzustarren, glich einem unwiderstehlichen Drang. Ein nackter Fremder lag vor mir in der Wanne. Ein lebendes, mythologisches Wesen.

Wer wollte mir vorwerfen, dass ich keinen vernünftigen Gedanken fassen konnte?

„Noch etwas Badeschaum?"

„Nein." Er räkelte sich zufrieden. „Ich mag es so, wie es ist. Einfach nur warmes Wasser."

„Wie du willst."

Schaum wäre hilfreich gewesen, doch so musste ich andere Wege finden, mich abzulenken. Aus dem Wohnzimmer ertönte Beethovens Mondscheinsonate. Eines von Dads Lieblingsstücken.

Das er vermutlich gerade bitter nötig hatte.

Während ich im Schrank nach einem grobzinkigen Kamm suchte, summte ich leise die Melodie mit. Schließlich, als ich ein geeignetes Exemplar gefunden hatte, kehrte ich zu dem Jungen zurück.

„Deine Stimme ist schön." Er hatte die Arme auf dem Wannenrand verschränkt und seinen Kopf darauf abgestützt. Arglos hielt er die Augen geschlossen. Seine Haut dampfte vor Hitze. Wassertropfen perlten über Arme und Rücken. Eine ganze Weile stand ich einfach nur da und sog den surrealen Anblick in mich auf.

„Ich kann nicht singen", murmelte ich irgendwann.

„Doch, kannst du."

„Darf ich mich um das da kümmern?" Als er zu mir aufsah, deutete ich eine Spur zu hastig auf sein verfilztes Haar. „Und ganz nebenbei fragen, wie dein Name ist? Oder hast du keinen?"

„Louan."

Louan. Ich sprach ihn in Gedanken mehrmals aus. Ja, er passte zu ihm. Sein Klang war geschmeidig, exotisch und geheimnisvoll.

„Und ja", fügte er hinzu. „Du darfst."

Schwindelnd setzte ich mich auf den Wannenrand und sandte ein Stoßgebet zum Himmel, in dem ich darum flehte, alles richtig zu machen.

Behutsam teilte eine Strähne seines Haares ab. Vorsichtig begann ich, sie von unten her durchzukämmen. Louan schloss die Augen. Offenbar genoss er meine Berührungen.

„Wie alt bist du?“, fragte ich.

„Ich weiß es nicht.“

„Nicht einmal annähernd?“

„Vieles hat sich geändert, seit ich das letzte Mal unter Menschen war.“

Ahnte er, wie sehr mich sein leises Seufzen aus dem Konzept brachte? Hier zu sitzen und behutsam sein Haar zu kämmen, Strähne für Strähne, war das Aufregendste, das ich je erlebt hatte.

Blieb nur zu hoffen, dass ich nicht hyperventilierte.

So wie damals, als Ryan das erste Mal unter mein Shirt gefasst hatte.

Mit jedem verstreichenden Atemzug erschien mir die Tatsache, dass mein Gast ein Märchenwesen war, weniger unwirklich. Er sah echt aus, er fühlte sich echt an. Und ich war Zeit meines Lebens eine Träumerin gewesen, die alles für möglich gehalten hatte.

„Seit wann benutzt ihr keine Grammophone mehr?“, fragte er mit schlaftrunkener Stimme.

„Grammophone? Die Dinger gibt es seit Ewigkeiten nicht mehr.“

„Wir werden älter als Menschen.“

Mein Herz machte einen aufgeregten Hüpfer. „Weißt du noch, wer an der Macht war, als du bei den Menschen gelebt hast?“

Er antwortete ohne zu zögern: „Queen Victoria.“

Mir klappte der Kiefer nach unten. Bitte was?

Die Locke, die ich gerade fertig durchgekämmt hatte, rutschte aus meinen Fingern.

„Queen Victoria regierte von 1837 bis 1901.“

„Wir altern sehr langsam“, antwortete er gleichmütig. „Wird der Mensch zum Tier oder das Tier zum Menschen, erneuert sich der Körper. Es ist wie eine Geburt. Wieder und wieder. Bleiben wir in einer Gestalt, altern wir genauso schnell wie ihr.“

„Unbegrenzte Zellerneuerung. Das ist ja der Wahnsinn. Anders gesagt, seid ihr unsterblich, solange ihr euch regelmäßig generalüberholt. Ich meine verwandelt."

Louans Lippen wurden zu einem harten Strich. „Wir sind nicht unsterblich. Meine Gruppe wurde getötet. Von Pelzjägern. Niemand blieb übrig. Nur ich."

Abrupt hielt ich inne. Dann war die Geschichte über die Selkies von Skara Brae also wahr? Man hatte sie alle getötet? Alle bis auf Louan? Gut möglich, dass es die Bewohner dieses Dorfes getan hatten, vor langer Zeit. Meine Vorfahren.

„Ist es auf der Insel geschehen, auf der du lebst?"

„Nein", antwortete er zu meiner Erleichterung. „Viel weiter im Norden."

„Es tut mir so leid." In meinem Kopf vollführten grausame Bilder einen scheußlichen Reigen. „Wie lange ist es her?"

„Lange", antwortete er nur.

Ich nahm eine weitere Strähne auf. Sanft begann ich zu kämmen. Streichelte und liebkoste sein Haar, versuchte, Trost zu vermitteln. Sein Gesicht erweckte den Eindruck, aus Eis herausgeschliffen worden zu sein. Es war so kalt, so starr. Ich spürte seinen Schmerz wie ein Stachel in meinem eigenen Herzen und wusste nicht, was ich dagegen hätte ausrichten können. Schuldgefühle schnürten mir die Kehle zu. Meinesgleichen hatte ihm das angetan.

„Vielleicht gibt es irgendwo noch andere", mutmaßte ich. „Die Welt ist groß. Es könnte doch sein, oder?"

Louan schüttelte den Kopf und gab ein leises Schnurren von sich, als ich mit den Fingern beider Hände durch sein Haar fuhr. „Das Meer würde mir sagen, wenn es noch Wesen gäbe, die sind wie ich. Ich würde es spüren. Aber da ist nichts. Ich bin der Letzte meiner Art."

Wir verfielen in Schweigen. Langsam kämmte ich weiter und verknüpfte in meinem neuen Weltbild Fantasie mit Wirklichkeit, bis beides untrennbar verschmolzen war. Es fiel mir leicht, vielleicht ein bisschen zu leicht. Womöglich lag es daran, dass ich mit Legenden aufgewachsen war. Mit den

Märchen einer Fischerfrau, mit Steinkreisen und alten Ruinen, in denen bleiche Geister hausten. Langsam trocknete Louans Haar. Die Locken wurden weich und geschmeidig. Ich liebte die silbernen Strähnen darin. Sie waren wie Mondlichtstreifen auf tiefem Schwarz und schillerten metallisch, wenn das Licht in einem bestimmten Winkel darauffiel. Louan hatte meine Nähe gesucht, doch ich war kein Ersatz für seine Familie.

Höchstens ein flüchtiger Trost, so gern ich auch mehr für ihn getan hätte.

Irgendwann war das Wasser kalt und sein Körper warm. Ich gab ihm einen der flauschigen Bademäntel, die Mum damals gehortet hatte, führte ihn in mein Zimmer und deutete auf das Bett. Er sah sich nicht einmal um, fiel stattdessen mit einem müden Seufzen zwischen die Kissen. Und noch ehe ich mich neben ihn legen konnte, war er eingeschlafen.

Sein Vertrauen erschreckte und rührte mich. Er lieferte sich uns aus, begab sich schutzlos in unsere Hände. Weil er wusste, dass wir ihm nichts Böses wollten? Oder weil es ihm egal war, was geschehen konnte? Seine fleischliche Wunde war geheilt, aber ich spürte seine Einsamkeit. Vielleicht lag er deswegen hier und gab jede Vernunft auf.

Um nicht alleine zu sein.

Als ich noch einmal in das Bad zurückging, begegnete ich meinem Vater, der mit skeptisch hochgezogenen Augenbrauen meinen Blick suchte. Ich lächelte ihm zaghaft zu und holte das Fell, das noch auf dem Wannenrand lag, rollte es behutsam zusammen und legte es in meinem Zimmer auf den Hocker neben meinem Bett. So würde Louans Blick sofort darauffallen, wenn er die Augen öffnete.

Bis zum Morgengrauen lag ich neben ihm und bewachte seinen Schlaf, befallen von der Angst, er könnte verschwinden, sobald ich die Augen schloss.

Doch irgendwann, als hinter dem Fenster das Morgenrot leuchtete und in mein Zimmer kroch, glitt ich in dunkle Tiefen hinab. Der Schlaf hüllte mich ein. An meinen Selkie geschmiegt, glitt ich ins Land der Träume hinüber.

Faröer Inseln, Anfang des 19. Jahrhunderts

~ Louan ~

Kein Mensch lebte auf der Insel. Aber ein Steinkreis, der im Sand nahe der Brandung verwitterte, erinnerte an die einstigen Bewohner, deren Seelen vor langer Zeit mit dem Wind gegangen waren. Wann immer wir es schafften, den wachsamen Augen meiner Mutter zu entgehen, flüchteten wir uns hierher. Es gab Felsen, auf denen wir uns sonnen oder hinter denen wir uns versteckten konnten, wenn Fischkutter vorbeifuhren. Es gab weichen Sand, in dem wir uns wälzen, und flüsterndes Gras, dem wir zuhören konnten. Liebend gerne setzte ich mich ins flache Wasser zwischen die Felsen, ließ den Wind über meine Haut streichen und kaute auf einem Strang Seetang herum.

So tat ich es auch heute.

Ciaras Lachen hallte über die kleine Insel. Ich liebte es, ihr zuzusehen. Ihr kleiner, biegsamer Menschenkörper tanzte so anmutig über die Felsen, wie ihr Seehundkörper sich unter Wasser bewegte, ihr goldenes Haar leuchtete im Sonnenschein. Meine Schwester schien schwerelos zu sein. Luftig wie ein Gedanke. Zart wie eine Blumenqualle. Doch ihr Charakter glich dem eines Hais.

Gerade als ich die Augen schloss und vor mich hinzuträumen begann, mit dem Rücken an den Felsen gelehnt, stürzte sich Ciara auf mich. In ihrem zerbrechlich wirkenden Körper ruhte eine ungeheure Kraft, weshalb es ihr gelang, mich der Länge nach ins Wasser zu werfen. Grollend packte ich sie bei den Schultern, drehte sie ihrerseits herum und verpasste ihr einen Stoß in die Seite.

„Sei nicht so grob!" Ciara zappelte aus Leibeskräften, als ich sie über meine Schulter warf und an den Strand schleppte. Ihr nasses Haar streifte meinen Rücken. „Du tust mir weh."

„Ach ja?“ Kaum setzte ich sie ab, fing ich mir einen Tritt gegen das Schienbein ein. „Weißt du, wie ich das sehe, du hinterhältige Krabbe?“

„Ja.“ Herausfordernd warf sie den Kopf in den Nacken und wich meinen zupackenden Händen aus. „Du findest, dass ich dir wehtue. Aber das bist du selbst schuld. Du bist langsam, Bruder. Schwach und langsam.“

Jetzt trieb sie es zu bunt. Mein Stolz war nicht weniger ausgeprägt als meine Liebe zu diesem kleinen Ungeheuer. Ciara kreischte, als ich auf sie zusprang. Flink wie eine Sardine entwischte sie mir, huschte über den Sand und sprang über die Felsen.

„Fang mich, wenn du kannst!“ Sie griff nach ihrem Seehundfell und stürzte sich vom höchsten Stein aus ins Wasser. Fast erwischte ich sie, als ich ihr hinterhersprang. Mit einer Drehung, deren Eleganz wir in endlosen Übungen perfektioniert hatten, verschmolzen wir mit unserem Fell und schossen in Seehundgestalt über die Muschelbänke hinweg ins tiefe Wasser.

Über dem blauen Abgrund umkreiste Ciara mich, lauernd wie ein Hai auf Beutezug. Ich schnappte nach ihr, schnell aber sanft, um ihr nicht weh zu tun. Gelang es mir, sie in die Schwanzflosse zu zwicken, stieß sie ein blubberndes Knurren aus und biss zurück, deutlich weniger behutsam als ich, sodass mein Körper bald von brennenden Zahnabdrücken gezeichnet war. Übermütig jagten wir durch das Wasser. Mit niemandem fühlte ich mich freier als mit ihr. Niemand konnte es mit uns aufnehmen, was das Schwimmen und Tauchen betraf.

Unsere Herde war an diesem warmen Sommertag auf der Sandbank zurückgeblieben, um sich von der Zeit der Paarung zu erholen. Während die Jungen sich die Zeit im flachen Wasser vertrieben, gaben sich die erwachsenen Weibchen und Männchen drei Nächte hintereinander dem Rausch hin. Im Schein des Vollmondes liebten sie sich, bis der Morgen graute, um eng aneinandergeschmiegt in einen tiefen Schlaf zu fallen und erst wieder zu erwachen, wenn erneut die Nacht hereinbrach. In der Zeit des Rausches waren Selkies verwundbar, denn sie ließen jede Vorsicht außer Acht. Die Erschöpfung am Morgen war so tief, dass niemand ihr widerstehen konnte.

Und kam die Dunkelheit, samtig und warm, wurde die Müdigkeit von einem solchen Verlangen abgelöst, dass nichts mehr existierte außer der Körper und der Geist des Partners, mit dem man sich in Ekstase vereinte.

Ciara und ich waren noch zu jung, um an diesem Spiel teilzuhaben. Vielleicht würde der Rausch im nächsten Sommer über uns kommen. Vielleicht auch erst im übernächsten. An diesen Abend interessierte uns nur die verlockende Freiheit. Wir hätten in der Nähe der Gruppe bleiben sollen, doch weder Ciara noch ich gaben viel auf die Warnungen der Erwachsenen. Wir waren schneller als die Orcas. Kein Fischer sah uns, wenn wir nicht gesehen werden wollten. Kein Jäger, ob aus dem Meer und vom Land, nahm unsere Spur auf.

Vergnügt tollten wir durch das Meer, jagten Heringe und Schollen, schlugen uns die Bäuche voll und trugen spielerische Kämpfe aus. Die Orcas ließen sich bis zum Abend nicht blicken. Vielleicht, weil sie inzwischen wussten, dass wir unmöglich zu fangen waren.

Als das Licht der Sonne bernsteinfarben auf den Wellen schimmerte, wandten wir uns in westliche Richtung, um die Sandbank unserer Familie aufzusuchen. Erschöpft von unseren wilden Jagden schwamm Ciara sanft und zahm neben mir her. Glück durchströmte mich, so unverfälscht, wie ich es nur nach einem Tag voller Abenteuer und Lebenslust fühlte, an dem ich erschöpft durch das stille Abendmeer glitt und sich alles so leicht anfühlte, als gäbe es weder Vergänglichkeit noch Schmerz.

So dachte ich zuerst nichts Böses, als ferne Stimmen uns erreichten. Menschliche Stimmen. Vielleicht war es ein Krabbenkutter voller betrunkener Seemänner. Oder die Besatzung eines der Boote, die die Hummerkörbe zu den Klippen brachten. Ciara warf mir einen warnenden Blick zu und behielt die Oberfläche im Auge. Doch kein Schatten regte sich. Gerade begannen wir, unseren Argwohn wieder zu vergessen, als ferne Schüsse erklangen. Die Stimmen wurden lauter. Sie brüllten. Dazwischen hörte ich Seehunde in Todesangst schreien. Unsere Sandbank lag so nah, dass jeder Zweifel ausgeräumt wurde.

Der Lärm kam von dort. Vom Ruheplatz meiner Familie.

Mein Herz geriet ins Stolpern. Kälte erfüllte mich von der Schnauze bis zur Schwanzflosse. Die Angst ließ mich schneller schwimmen, ließ mich schwimmen so schnell ich konnte und vernebelte meine Gedanken. Im Wasser lag der Geruch von Blut. Und von Tod.

Die Schüsse donnerten, sterbende Seehunde brüllten vor Schmerz.

Nein! Nein! Nein!

Seite an Seite tauchten wir aus der Brandung auf. Unsere schlimmsten Befürchtungen wurden wahr. Was sich unseren Blicken zeigte, übergossen vom Licht der letzten Sonnenstrahlen, war zu schrecklich, um es zu begreifen.

Ganz in der Nähe schaukelte ein dreimastiges Segelschiff auf den Wellen. Männer mit Spitzhacken und Knüppeln hatten die Sandbank zu Dutzenden gestürmt. Männer mit Gewehren, scharfen Haken und Messern. Ich sah bluttriefenden Sand, abgezogene Felle, tote Seehunde, sterbende Seehunde. Wieder und wieder schlugen die Jäger zu. Versuchte ein Tier zu entkommen, wurde es von Gewehrkugeln niedergestreckt. Geschwächt vom Paarungsspiel und dem tiefen Schlaf, vermochte es kein Selkie, sich zu verwandeln. Helfer schleppten die abgezogenen Felle zu den Ruderbooten, die im flachen Wasser festgepflockt lagen. Die Leichname der Toten blieben unberührt liegen. Zwei Männer stürzten sich auf meinen Vater, ein dritter hob die Hacke mit dem spitzen Stachel. In seiner Tiergestalt war er ein wilder, starker Kämpfer, doch auch er starb nach zwei Schlägen in einer Lache aus strömendem Blut. Neben ihm lag meine tote Mutter. Ihr Fell wurde von zwei Jägern abgezogen, die fast noch Kinder waren. Jede ihrer ruckhaften Bewegungen löste ungeheure Qual in mir aus.

Meine Familie war tot. Meine Herde gab es nicht mehr.

Die Dämmerung senkte sich über ein Bild, das ich nicht wahrhaben wollte. Alles roch nach Blut. Das Meer hüllte sich in den Gestank des Todes, die Sandbank war übersät von gehäuteten Körpern. Als Kugeln dicht neben uns ins Wasser zischten, tauchten wir unter und schwammen um unser

Leben. Wir waren allein. Die letzten Überlebenden unseres Volkes. Ohne Heimat, ohne Familie.

Ein Gedanke, zu schrecklich, um ihn zu begreifen.

Ich fuhr hoch und fand mich in einem Kasten wieder, bis zum Hals eingepackt in etwas Weiches, Schwarzes. Wände drückten sich um mich zusammen, Gerüche strömten auf mich ein. Blut, Angst, Menschen, der Rauch von Gewehren. Panik schnürte mir den Atem ab, ließ mein Herz rasen, lähmte meinen Körper.

Doch dann erinnerte ich mich. Die Erkenntnis kam langsam, Stück für Stück. Mein Schrecken wurde zu purem Staunen.

Es war das Zimmer des Mädchens.

Mari.

Und ich trug den Morgenmantel, die sie mir gegeben hatte. Fassungslos befühlte ich den flauschigen Stoff, der noch weicher war als meine Seehundhaut, sah mich um und versuchte zu begreifen, was geschehen war.

Das Menschenmädchen hatte mich in ihr Haus gelockt, und ich war ihr gefolgt. Ich hatte mich ihr anvertraut, einfach so, nach all den Jahrzehnten des Alleinseins und des Misstrauens … und dann war ich vor ihren Augen eingeschlafen. Viel zu müde und viel zu benommen, um nachzudenken.

Ungläubig sah ich Mari an. Die rotgoldenen Strähnen ihres Haares ergossen sich über das weiße Kissen, ihr Gesicht verströmte Ruhe und Glück.

Draußen vor der Tür vernahm ich das leise Schlagen eines Herzens. Ihr schlafender Vater, der Wache hielt.

War ich wirklich hier? In diesem seltsamen, wirren Raum voller Farben und sonderbarer Dinge? An Maris Seite, in ihrem Bett? Mein Haar fühlte sich anders an als sonst. Weich und ohne Knoten. Sie hatte es gekämmt, gestern Nacht, als ich zum ersten Mal seit Ewigkeiten wieder warmes Wasser genossen hatte.

Die Erinnerung an ihre Berührungen tat weh. Sie waren so zart gewesen. So vorsichtig. Es hätte nicht passieren dürfen. Mari war ahnungslos, sie wusste nicht, dass unsere Welten unvereinbar waren. Unser Fluch war es, das Schlechte in den Menschen zum Vorschein zu bringen. Ihren Neid, ihre Gier. Und geschah es doch einmal, dass ein Landbewohner uns aufrichtig liebte, fiel er dem Alter zum Opfer. Oder dem Schmerz darüber, nie ganz zu uns zu gehören. Alles Menschliche war zu vergänglich, um sich darauf einzulassen.

Mach schon! Verschwinde, ehe es zu spät ist.

Mit sachten Bewegungen stand ich auf, zog den Morgenmantel aus und legte ihn über den bunt karierten Sessel, der mitten im Zimmer stand. Je länger ich blieb, umso schwerer würde es werden. Meine Augen brannten, als ich das Fell vom Hocker nahm und hinausschlich. Zu gerne hätte ich Mari noch einmal berührt, ihre Stimme gehört und ihren Geruch in mich aufgesogen. Aber wieder in mein Leben zurückzukehren, war auch so schon schwer genug. Der Vater des Mädchens lag zusammengerollt vor der Tür und schlief auch dann noch weiter, als ich vorsichtig über ihn hinwegstieg.

Leise knirschten die Dielen unter meinen Schritten, Stille summte im Haus. Draußen empfing mich das aufgewühlte Meer. Der Himmel war klar und blau, der Wind kräftig. Die Kälte des Morgens tat gut und klärte meine Gedanken, doch sie konnte nicht verhindern, dass ich mir ausmalte, wie mein Leben hätte sein können, wäre ich ein kurzlebiger Mensch.

Oder wäre Mari ein Selkie wie ich.

Sinnlose Gedanken. Nutzlose Gedanken. Das eine wie das andere war unmöglich.

Ich rannte hinab zur Brandung, legte das Fell um meine Schultern und sprang in die nächste Welle. Im Wasser drehte ich mich, ließ Mensch und Tier verschmelzen, spürte das Ziehen und Prickeln der Metamorphose und schoss vorwärts, als mein Körper seine menschlichen Formen verlor.

Der Zorn ließ mich schnell schwimmen, wild und frei, als könnte ich allen Träumen und Hoffnungen entfliehen, wenn ich mich nur im Rausch des Meeres verlor. Von fern erklangen die Klicklaute jagender Orcas. Es waren fremde, wandernde Wale. Ihre Jagdlust strömte durch das Wasser und entfachte in mir den ursprünglichsten aller Instinkte.

Den Überlebenstrieb.

Wenn wir aufeinandertrafen, würden diese Orcas nicht spüren, was ich war. Ein verlockender Gedanke. Ich jagte vorwärts, schoss durch den Wald aus Tang und landete mitten in einem Schwarm Heringe. Blut breitete sich im Wasser aus, als ich instinktiv nach den Fischen schnappte. Schuppen rieselten wie Schneeflocken in die Tiefe. Ich verschlang ein Tier nach dem anderen, jagte und biss und riss in Fetzen, tauchte ab und schoss wieder empor, um den wimmelnden Schwarm zu zerteilen wie ein Blitz die Wolken.

Dann sah ich sie kommen. Schwarzweiße Kolosse, gespenstisch still, die aus dem Blau der Tiefe auf mich zuschnellten.

Mit grimmiger Freude ergriff ich die Flucht. Die Wale streiften die Fische mit keinem Blick. Eine schnelle, wendige Beute war ihrem Jagdfieber zuträglicher. In meinem Kopf summte es. Die Euphorie der tödlichen Gefahr sickerte durch meinen Körper und verlieh ihm ein Übermaß an Kraft. Das Wasser schoss nur so an mir vorbei. Felsen, Muschelbänke, auseinander stiebende Fische. Wogender Tang, durch den ich mich hindurchschlängelte. Die Wale blieben mir dicht auf den Flossen. Sie begannen zu pfeifen und zu singen, längst zu erregt, um die Manier guter Jäger beizubehalten und still zu bleiben.

Ich schwamm in nördlicher Richtung, hin zu den Seehundbänken. Die letzte Rettung vor der Weite der offenen See. Einer der Orcas holte auf, schnappte nach meiner Schwanzflosse und biss ins Leere, als ich im letzten Moment eine Drehung vollführte. Hart klackten seine Zähne aufeinander. Ich jagte weiter, drehte mich mal nach links, mal nach rechts. Tauchte steil ab und schoss wieder empor, um mit einem kraftvollen Sprung die Oberfläche zu durchstoßen. Ganz in der Nähe tuckerte ein Fischerboot vorbei. Zwei Männer beobachteten mich mit einem Fernglas, entdeckten hinter mir die Wale und verfielen in aufgeregte Rufe. Ich schwamm dich am Kutter vorbei, streifte seinen blau gestrichenen Rumpf und tauchte wieder ab. Das Singen meiner Verfolger klang wütend. Sie waren wendig und schnell, doch nach und nach gelang es mir, den Abstand zwischen uns zu vergrößern. Da vorne waren sie, die Seehundbänke. Noch einmal nahm ich alle Kraft zusammen, ließ meinen Körper durch das Wasser schnellen wie ein Sturmtaucher und wich zuschnappenden Zähnen aus.

Ein schwarzweißer Schatten war plötzlich über mir. Ich brach nach rechts aus, schwamm direkt vor das Maul eines zweiten Wales und sah, wie es sich weit öffnete, um mich zu verschlingen. Der Tod war verlockend nah. Ich musste es nur zulassen. Eine kurze Qual, dann Frieden. Ciara, Evelyne, meine Familie. Wir alle wären wieder vereint.

Ein kurzer Schmerz brach an meiner Flanke auf. Pfeilschnell drehte ich mich und rutschte seitlich über den Kopf des Orcas. Er warf mir einen verdrießlichen Pfiff hinterher, als ich seinen Kiefern um Haaresbreite entwischte. Mit aller Kraft holte ich Schwung, sprang aus dem Wasser und landete hart auf einem Felsen. Der Aufschlag presste mir die Luft aus den Lungen. Ich ignorierte den Schmerz, schleppte ich mich höher, außer Reichweite der Wale, bis ich auf sonnenwarmem Stein erschlaffte.

Die Erschöpfung ließ mein Blut nur umso heißer kochen. Ein kurzer Blick auf meine schmerzende Seite zeigte mir, dass die Zähne nur die oberste Hautschicht geritzt hatten. Nichts von Bedeutung. Frustriert zogen die Orcas vor der Sandbank ihre Bahnen und schnappten nach den Tieren, die die Gefahr nicht schnell genug wahrgenommen hatten. Sie erwischten einen alten Seehund. Gnadenlos schleuderten sie den Unglückseligen hin und her, bis er das Bewusstsein verlor. Einer der Wale warf das Tier mit einem Schlag seiner Schwanzflosse hoch in den Himmel und sah zu, wie es wieder auf das Wasser klatschte. Ein kleinerer Orca wiederholte das Spiel, wieder und wieder, bis der größte Wal den nunmehr toten Seehund schnappte und verschlang.

Sonnenwärme trocknete mein Fell, während ich die Jagd verfolgte. Ausgehungert von der Wanderung kreisten die Jäger umher und warteten auf das nächste unvorsichtige Tier. Die Seehunde entluden ihre Angst in wildem Geschrei. Wie seltsam, dass meine Gedanken ausgerechnet jetzt um Mari kreisten. Hier lag ich, in Gestalt des Tieres als Teil einer wilden, gnadenlosen Welt, in der jeder Gedanke an das Menschsein fern war.

Lass los!, verlangte meine Vernunft. *Es bedeutet nur Schmerz.*

Spüre sie noch einmal, wünschte sich mein Herz. *Ihre Wärme. Ihren Trost.*

Das Tuckern des blauen Kutters riss mich aus meinen Gedanken. Die Männer hatten mich verfolgt, weil sie in mir den Seehund erkannten, der ihre Netze zerbiss. Einer der Fischer hob sein Gewehr.

Die Kugel schoss durch das Wasser, gerade als ich mich hineingleiten ließ. Sie verfehlte mich um Armeslänge. Ich tauchte tief und schwamm weit, bis die großen Strömungen mich auffingen und mit sich nahmen, hinaus in das endlose Blau, hinter dem irgendwo eine neue Heimat lag.

Kapitel 5

Wie ich mich befreite

„Vorüber die Flut.
Noch braust es fern.
Wilde Wasser und oben Stern an Stern.
Wer sah es wohl, o selig Land,
wie dich die Welle überwand.
Noch braust es fern.
Der Nachtwind bringt Erinnerung
und eine Welle verlief im Sand."

Rainer Maria Rilke

Universität Inverness, Institut für Molekularbiologie

~ Dr. Aaron Welsh ~

„Die beiden wichtigsten Arbeitsfelder in der Molekularbiologie sind die Erforschung der Funktion der Proteine in der Zelle und die Erforschung der Genexpression und Genregulation."

Aaron verkniff sich ein genervtes Seufzen. Dreizehn Gesichter schweiften im Labor umher und deckten sämtliche Facetten von desinteressiert bis zu Tode gelangweilt ab. Warum machte er das hier? Ach ja, er war zu dieser Schülerführung verdonnert worden. Weil er erst sechs Monate in diesem Institut arbeitete und weil er der Idiot für alles war. In erster Linie betraf das sämtliche Aufgaben, für die sich die anderen Mitarbeiter zu schade waren.

Wo war er hin, sein Traum vom großen Erfolg? Wann waren sie geplatzt, seine Seifenblasen aus Illusionen und Hoffnungen? Nein, noch gab er nicht auf. Was waren schon sechs Monate? Irgendwann würde es schon bergauf gehen, er durfte nur nicht aufhören, daran zu glauben. Aaron dachte an seine vor Jahren gestorbenen Eltern und fühlte das übliche Elend in seinen Eingeweiden. Die beiden hatte es mit unermüdlicher Arbeit und trotziger Entschlossenheit geschafft, sich aus Bombays Slums freizukämpfen und in einem Dreihundert-Quadratmeter-Loft inmitten von London zu landen. Würde er jemals auch nur annähernd so viel leisten? Betrachtete er die dümmlich glotzende Schar vor sich, zweifelte er daran. Immerhin war er nicht mehr der Jüngste. Nächstes Jahr beging er seinen vierzigsten Geburtstag. Viel Spielraum für eine steile Karriere gab es nicht mehr.

„Zunehmend wird das Forschungsgebiet der Molekularbiologie von weiteren Feldern der Biologie und Chemie überlappt", spulte er weiter seinen Text hinunter und führte die Schüler an den Reihen aus Tischen, Computern und hochmoderner Labortechnik vorbei. „Insbesondere seien genannt die Biochemie und die Genetik. Das Steckenpferd meiner Person ist allerdings die Krebsforschung."

Neben Kaffeekochen, Reagenzgläser sortieren, Mäusekäfige putzen und Rotzlöffel durch die Labore führen.

„Woran wird hier gerade gearbeitet?", fragte eine Schülerin aus den vorderen Reihen. Aaron war verblüfft, denn er hätte schwören können, dass jeder der Anwesenden seinen Vortrag so spannend fand wie einen betäubten Regenwurm.

„Mutagenese", antwortete er mit einem gekünstelten Lächeln. „Die Erzeugung von Mutationen im Erbgut von Lebewesen."

„Krank", kommentierte jemand in der hintersten Reihe. „Wette, die haben Menschen mit Schafsköpfen im Keller und sezieren Welpen bei lebendigem Leib."

Aaron verdrehte die Augen. Ja, genau. Sie waren eine gewissenlose Horde irrer Wissenschaftler, die mit glühendem Blick und Einstein-Frisuren in irgendwelchen Kellern Ungeheuer zusammenbastelten und Unschuldige sezierten. Ihm stieg die Galle hoch. Das war das letzte Mal, dass er sich als Führer verdingte, und wenn die Konsequenz in lebenslanger Taufliegenzucht bestand.

„Es tut mir leid“, sagte er in fachmännischem Tonfall, „euer zweifellos filmreifes Kopfkino abwürgen zu müssen, aber hier geht es aktuell nur um Bakterienkolonien. Das Perverseste, was ich Ihnen in unserer Laufbahn anbieten kann, ist unsere sogenannte Knock-Out-Maus. Das ist eine Maus, die dank Genmanipulation eine Neigung zur spontanen Bewusstlosigkeit zeigt. Genauer gesagt fällt sie andauernd in Ohnmacht. Und nun darf ich die frohe Kunde verbreiten, dass diese Führung beendet ist. Mein Kollege dort hinten wird Sie in Empfang nehmen und Ihnen die nächste Abteilung zeigen. Diese besteht aus unserer Kantine.“

Schnatternd trollte sich die Schülerschar, während Aaron die Hände in seine Kitteltaschen schob und auf den Zehenballen auf und ab wippte. Ganze fünf Minuten musste er warten, bis sich die Türen hinter dem letzten Nachzügler schlossen und Ruhe ins Labor einkehrte.

„Kein Kommentar, kapiert?“ Er warf seinen grinsenden Kollegen ein paar finstere Blicke zu. „Derjenige, der seinen Mund aufmacht, bekommt von mir persönlich eine Mutation verpasst, die ihn für den Rest des Lebens dazu zwingt, sechs Paar Schuhe und drei Mützen zu tragen.“

Verhaltenes Gegacker erklang. Gefolgt von einem gemurmelten Kommentar, den er nicht verstand. Vermutlich wieder etwas latent Beleidigendes, oder ein Scherz auf seine Kosten. Aaron vollführte eine abwinkende Geste.

Er brauchte dringend Kaffee. Am besten zäh wie Motoröl. Woran lag es, dass ihn niemand hier respektierte? An seinem zu guten Abschluss? An seiner indischen Abstammung? An seinen langen Haaren, der braunen Haut oder an der Tatsache, dass er nach zu viel Alkoholgenuss auf einer Institutsparty dummerweise von seiner Vorliebe für Bollywood-Filme schwadroniert hatte?

Aaron verließ das Labor mit wehendem Kittel und einem politisch unkorrekten Fluch auf den Lippen. Seine Lederschuhe quietschten bei jedem Schritt auf dem gewienerten, grauen Laminat, was seine blank liegenden Nerven zusätzlich reizte. Als er sich bis auf zehn Meter dem Kaffeeautomaten genähert hatte und das Kleingeld aus seiner Hosentasche fischte, huschte ein weißer Schemen auf ihn zu. Abrupt griff dieser Schemen nach seinem Kragen, riss ihn herum und schleifte ihn mit sich. Aaron wusste kaum, wie ihm geschah.

War das etwa Dr. Ruth Chapman? Die heißeste Braut des Instituts? Oh ja, sie war es. Eine Amazone mit weißblondem Pferdeschwanz und den blausten Augen, die sich eine Männerfantasie ausmalen konnte. *Du bist der tollste Kumpel, den man sich wünschen kann,* hatte sie auf der letzten Institutsparty weinselig geschworen. *Mit dir würde ich Klon-Schafe stehlen.*

Tatsächlich hatte das, was er wahnsinnig gerne mit Ruth tun wollte, absolut gar nichts mit Schafdiebstahl zu tun. Und schon gar nichts mit platonischer Freundschaft. War ihr womöglich die Idee gekommen, dass sie doch mehr für ihn empfand? Warum zerrte sie ihn sonst hinter sich her wie eine Kriegerin ihre Beute? In Aarons Fantasie lagen sie bereits ineinander verkeilt auf dem Tisch des Materialraums und ließen ihnen primitiven Trieben freien Lauf.

„Hier rein." Sie schob ihn nicht in den Materialraum, sondern in ein kleines, exquisit ausgestattetes Labor, warf mehrere Blicke nach rechts und links und schloss, als ihre Sondierung beendet war, gewissenhaft die Tür hinter sich. Aaron frohlockte. Das hieß also, dass Ruth nicht gestört werden wollte. Eine Spur zu hektisch strich er sich über die Haare. Hätte er sie doch heute Morgen gekämmt, anstatt sie einfach zusammenzubinden. Er war neununddreißig, Ruth sechs Jahre älter, obwohl jeder sie für Mitte zwanzig hielt. *Gute Gene*, erklärte sie diesen Umstand gerne lapidar. Zweifellos würde ihre Beziehung für jede Menge Getuschel sorgen.

Egal. Er war bereit, sich dem zu stellen.

„Das hier hat man mir heute Morgen zugespielt."

Zu seiner großen Enttäuschung riss sie ihm nicht die Kleider vom Leib, sondern huschte an ihm vorbei und ließ sich auf dem Computersessel nieder. Ihre Hände zitterten, während sie die Maus bearbeitete. So hatte er Ruth in all den Monaten nie erlebt. Üblicherweise war sie die Ruhe in Person. Ein Mensch, der selbst dann noch besonnen reagierte, wenn die Welt in einem Inferno unterging.

„Bevor ich es dir zeige", raunte sie verstohlen, „musst du mir versprechen, keinem auch nur ein Sterbenswörtchen davon zu erzählen. Hast du mich verstanden? Niemandem erzählst du was. Absolut niemandem. Das muss unter uns bleiben."

„Klar wie Kloßbrühe." Aaron ließ sich auf die Schreibtischkante sinken. Bittere Enttäuschung wühlte sich durch die Kehle in seinen Magen hinunter. Ruth wollte sich wieder bei ihm ausheulen. Na klar, was auch sonst? Vielleicht war ihr irgendein Patzer unterlaufen, der ihr offiziell niemals widerfahren würde, weil sie für Fehler viel zu genial war. Er war der Mann, der über keinerlei Sozialkontakte verfügte und daher nicht den Drang verspürte, ihm angetragene Geheimnisse weiterzuverbreiten.

„Wer hat dir was zugespielt?", grummelte er.

„Der Sohn vom Bruder meines Onkels väterlicherseits."

„Hä?"

Ruth winkte unwirsch ab. „Vergiss es. Der Junge wohnt oben auf den Orkney-Inseln. Letztes Wochenende hatte er Streit mit seinen Eltern, schnappte sich ein Boot und fuhr auf eine einsame Insel, um ihnen einen Denkzettel zu verpassen. Auf dieser Insel hat er etwas aufgezeichnet, das … verdammt, sieh's dir einfach an. Dann wirst du wissen, was mit mir los ist. Und wenn du irgendwem was sagst, reiße ich dir den Arsch auf."

„Mit Vergnügen", erwiderte Aaron brüskiert. „Könnte mir gar nichts Schöneres vorstellen."

Ruth warf ihm einen scharfen Blick zu und öffnete das Video. Es war von mittelmäßiger Qualität und zeigte eine typische Landschaft der Orkneys. Meer, kahles Land und graue Wolken. Inmitten eines Tanghaufens lag ein toter Schweinswal. Offenbar der Grund, weshalb der Junge seine Kamera angeschaltet hatte.

„Und?" Aaron hob die Arme und ließ sie wieder fallen. „Was bitte meinst du?"

„Warte!" Das Zittern beschränkte sich nicht mehr auf Ruths Hände.

So aufgedreht hatte er sie noch nie gesehen.

Inzwischen bebte ihr gesamter Körper, als wäre sie an eine Autobatterie angeschlossen. „Da, jetzt kommt er. Pass genau auf."

Die Kamera schwenkte zur Seite, zeigte die rollende Brandung und etwas Helles, das aussah wie ein Seehund. Das Tier zog sich an den Strand hinauf, rollte sich auf die Seite und blieb still liegen. Sein Fell glänzte bemerkenswert silbern.

„Hübsch", kommentierte Aaron. „Ungewöhnlich, aber nicht spektakulär. Wohl die hell gefärbte Unterart einer gewöhnlichen ..."

Er stockte. Etwas geschah mit dem Tier. Es drehte seinen Bauch zur Kamera, krümmte sich und zuckte wie unter Schmerzen. Der Grund für seine Qual war offensichtlich: Ein klaffender Schnitt zog sich von der Schwanz- bis zur Brustflosse, als hätte ein Unsichtbarer ein ebenso unsichtbares Messer über die Haut der Robbe gezogen. Aaron zog eine angeekelte Grimasse. Blut floss in den Sand. Jede Menge Blut. Und plötzlich wühlte sich ein menschlicher Arm aus dem Tierkörper hervor.

Heilige Scheiße!

Immer heftiger wand sich das Geschöpf. Es warf sich hin und her, riss die Wunde weiter auf, bis zwei Hände, blutbeschmiert und blass, an dem Fell zerrten. Hervor kam ein Mensch. Er schlüpfte aus dem Tier wie ein Schmetterling aus einer Puppe, streifte das blutige Fell von seinem Körper und richtete sich zu voller Größe auf.

„Großer Gott." Alles Blut sackte aus seinem Kopf. „Ich werd' verrückt. Was zum Teufel ist das?"

Da stand das Wesen, hielt den Robbenpelz an seine Brust gedrückt und sah gedankenverloren auf das Meer hinaus. Es schien ein junger Mann zu sein, kaum älter als zwanzig, mit nackenlangem, schwarzem Haar, durch das sich helle Strähnen zogen. Sein athletischer Körper war besudelt von Blut und unidentifizierbaren Resten der Metamorphose. Das Wesen tat nichts, außer dazustehen und bewegungslos in die Ferne zu blicken. Die Aufnahme begann zu zittern, vermutlich, weil der Junge, der die Videokamera hielt, kurz vor einem Herzinfarkt stand. Das Bild ruckelte und bebte immer heftiger, bis man schließlich nichts mehr sah. Nur einen feuchten, schwarz glänzenden Felsen.

„Pack alles zusammen. Noch heute Abend setzen wir uns ins Auto.“ Ruth schloss das Video und stand auf. Wahnhafte Entschlossenheit funkelte in ihren Augen wie Splitter in einem eisblauen Meer. Sie bückte sich, hob einen langen Koffer auf den Schreibtisch und öffnete ihn. Aaron schnappte nach Luft, als er ein Gewehr darin liegen sah.

„Aber das ist …“

„Nur zur Betäubung, du Idiot.“ Sie öffnete eine in den Koffer integrierte Tasche. Etwa ein Dutzend silberne, mit roten Büscheln bestückte Pfeile befanden sich darin. „Denkst du, ich bin bescheuert? Lebend ist er um ein Vielfaches wertvoller als ausgestopft.“

„Du willst …“ Aaron rieb sich die Schläfen. „Natürlich willst du. Herrgott, woher wissen wir, dass das Video echt ist? Kennst du dich überhaupt mit der Dosierung aus? Was, wenn du die Dinger auf ihn abschießt und hinterher kommt raus, dass er nur ein ganz normaler Mensch war? Das bringt uns nicht nur Teufels Küche, das ruiniert unser Leben bis auf die Grundpfeiler.“

Sein Blut kochte, seine Gedanken fuhren Achterbahn. Befürchtungen, Pläne, Triumph, Angst und Euphorie schaukelten sich zu einem Feuerwerk auf. Ganz nebenbei tauchte noch ein ganz anderer, in diesem Zusammenhang trivial anmutender Gedanke in ihm auf.

Er und Ruth allein auf einer geheimen Mission.

Er und Ruth in einem Hotelzimmer, er und Ruth auf der Rückbank des Autos.

Er und Ruth …

„Dieses Video ist echt!“ Sie knallte den Koffer zu und stellte ihn zurück auf den Boden. „Es ist unser Weg zu weltweitem Ruhm. Wir werden auf die Insel fahren und wir werden den Selkie finden.“

„Gut.“ Aaron nickte langsam. „Du willst ihn also ausknocken, knebeln, fesseln und in meinen Wagen verfrachten?“

Ruth packte ihn bei den Schultern. Ihr Blick war der einer Gottesanbeterin. Allmächtiger, am liebsten würde er sie …

„Ist dir eigentlich klar, was wir da gerade gesehen haben?“, blaffte sie ihn an. „Dieser Seehund hat sich in einen Menschen verwandelt. Er ist ein Selkie. Ein Gestaltwandler, den der Rest der Welt für Magie hält. Er ist ein Wesen, das unsere kühnsten Träume wahr werden lässt. Wir müssen ihn finden. Wir müssen, Aaron! Und wir werden die Ersten sein, die ihn untersuchen. Ich lasse ihn mir nicht wegnehmen. Von niemandem. Was glaubst du, was man tun wird, wenn wir unseren Vorgesetzten dieses Video zeigen? Man wird eine ganze Horde an Jägern zu dieser Insel schicken. Man wird den Selkie fangen, in ein Labor verschleppen und vor dem Rest der Welt geheim halten. Unsere Namen werden nirgendwo auftauchen, wir werden als elende, unbedeutende Kreaturen sterben. So sieht es aus. Deshalb werden wir still und leise unsere Koffer packen und die Sache selbst in die Hand nehmen. Erst, wenn wir genügend brauchbare Forschungsergebnisse haben, wenden wir uns an die Öffentlichkeit. In drei Monaten findet die Jahreskonferenz für Genetik und Molekularbiologie in London statt. Wenn wir unsere Ergebnisse dort vorstellen, kann uns niemand mehr an die Karre fahren. Der Ruhm gehört uns. Allein uns.“

Aaron schwindelte. Sein Schädel dröhnte wie zuletzt zu seiner Studentenzeit. Es würde vermutlich Tage dauern, bis er das soeben Erlebte realisiert hatte. Wirklich glauben würde er es sowieso erst, wenn sich der Selkie vor seinen Augen verwandelte und ein Stück dieses Wesens unter seinem Mikroskop lag.

Heilige Scheiße, und er war vor Stolz fast hintenüber gekippt, weil er die Gene einer Fruchtfliege verändert hatte.

Was die Entdeckung eines solchen Wesens für die Krebsforschung bedeutete, war kaum auszudenken.

Falls es überhaupt existierte.

„Wenn wir ihn haben“, überlegte er laut, „dann schaffen wir ihn wohin?“

„In deinen Keller“, gab Ruth trocken zurück.

„Wie bitte? Du willst meinen Keller in Area 51 verwandeln? Vergiss es."

„Wo sollen wir es sonst tun? Hier fliegen wir sofort auf. Bei mir Zuhause ist es genauso unmöglich. Ich bin verheiratet mit einem grenzenlos neugierigen Vollpfosten. Du lebst allein in einem Haus mit großem Keller. Wir richten ihn mit allem Nötigen ein, sobald der Selkie uns gehört."

Irre Wissenschaftler, die in irgendwelchen Kellern Unschuldige sezieren …

„Das gefällt mir nicht." Aaron schüttelte den Kopf. Wieder und wieder. „Das gefällt mir ganz und gar nicht. Du kennst meinen Keller nicht. Er ist das pure Chaos. Unmöglich, da irgendwas … verdammt. Das gefällt mir überhaupt nicht."

„Komm mir jetzt nicht Gewissensbissen", zischte Ruth. „Wir stehen vor der Entdeckung eines Phänomens. Der Selkie ist unser Schlüssel zu allem, was wir uns je erträumt haben."

Plötzlich schmiegte sie sich an ihn wie ein Kätzchen. Während ihre Hände über seine Brust wanderten, zerschmolz ihre harte Miene zu einem Antlitz sinnlicher Verführung. Auf gewisse Weise war Ruth ebenfalls ein Gestaltwandler. Von Eisklotz zu Sirene innerhalb einer Sekunde.

„Du bist der einzige Mensch, dem ich vertraue", schnurrte sie mit zuckersüßem Timbre. „Bitte Aaron, ich kann das nicht allein schaffen. Du bist der Mann, den ich an meiner Seite haben will. Wir beide verändern die Welt. Was sagst du?"

Er seufzte. Ihm war sonnenklar, dass Ruth schamlos ihre Wirkung auf ihn einsetzte, und ihm war klar, dass er nur zu gerne darauf hereinfiel. Aber verdammt, sie hatte recht mit ihrer Prognose. Sie hatte verdammt noch mal recht, und ihm schwirrte gehörig der Kopf. Wenn die Jagd auf den Selkie tatsächlich erfolgreich verlief, würde die Welt der Wissenschaft vor ihnen auf die Knie fallen. Das wäre das Wunder, auf das er ein Leben lang hingearbeitet hatte. Selbst seine Entzugserscheinungen nach zwei Jahren Keuschheit rückten darüber in den Hintergrund.

„Was ist mit dem Jungen, der dir das Video zugespielt hat?"

Ruth schnaufte. „Er wollte natürlich entlohnt werden. Raffgieriges Balg."

„Und du hast was getan?“

„Mich mit ihm getroffen, seine Kamera eingesackt, ihm fünfzig Pfund überreicht und anschließend dermaßen einen vom Pferd erzählt, dass er sich vor Angst fast in die Hosen geschissen hat. Glaub mir, der hält die Klappe.“

„Ich nehme an, er rechnet im Falle des Weitererzählens damit, von einer Geheimorganisation der Regierung entführt und durchgefoltert zu werden? Inklusive Gehirnwäsche?“

Ruth grinste. „So ungefähr. Abgesehen davon wird der Kleine ab morgen in ein Internat verfrachtet. Sein Vater hatte nach dem Ausflug endgültig die Nase voll.“

„Also gut“, befand er. „Tun wir es.“

Ruth zeigte ein Lächeln, das eisige Schauer seine Wirbelsäule herabrieseln ließ. Mein Gott, sie war eine menschliche Venusfliegenfalle, und er mimte die Fliege, die darin zappelte. Noch einmal klickte sie auf den Play-Knopf. Noch einmal verfolgten sie etwas, das nach allen Regeln der Biologie unmöglich war. Der Seehund. Aufplatzendes Fell. Strömendes Blut. Menschliche Hände, die den Pelz über blasse Haut schoben. Dieses Wesen war fast noch ein Junge. Unvorstellbar, ihn einfach in einen Keller zu sperren und auseinanderzunehmen. Aber damit würde er leben müssen.

„Hallo, mein Schöner.“ Andächtig strich Ruth mit den Fingern über das Gesicht des bewegungslos dastehenden Selkies. „Du weißt es noch nicht, aber das ist der Beginn einer wunderbaren Freundschaft.“

~ Mari ~

Der Sommer kam, ohne dass ich ihn wiedersah. Am Tag nach Louans Verschwinden war MacMuffin mit einem prächtigen Fang zurückgekehrt. Die Glückssträhne hatte zehn Tage gewährt, um anschließend dem üblichen Pech zu weichen. Sechs Monate lang blieb es bei mickrigen Fängen oder völlig leeren Netzen, doch seit zwei Wochen schien er die Fische wieder magisch anzuziehen. Mit vollem Schiffsbauch kehrte MacMuffin Tag für Tag in den Hafen ein, als hätte ihm ein Selkie die Schwärme ins Netz gesungen.

Gemeinsam mit Dad fuhr ich viele Male nach Skara Brae. Jeden Sonntag nach einem späten Frühstück. Es wurde ein Ritual für uns, eine willkommene Auszeit, die mich ebenso glücklich wie traurig machte, denn nirgendwo fand ich eine Spur meines Selkies. Er war fort. Vielleicht für immer?

Nachts saß ich eingewickelt in eine Decke am Rand der Klippen und träumte mich auf das Meer hinaus. Ich dachte an Louan, versuchte mir vorzustellen, wie er irgendwo dort draußen frei und glücklich lebte, unberührt von allen Sorgen. Weit, weit weg. Wo keine Gewehrkugel und kein Fischernetz ihn erreichten.

Ob ich ihn je wiedersehen würde?

Meine letzten Sommerferien brachen an. Im nächsten Jahr würde ich die rechte Hand meines Vaters werden. Ein wunderbarer Gedanke, der mich zuversichtlich stimmte und meine Enttäuschung über Louans Verschwinden milderte. Es war besser für ihn, fernab der Inseln zu leben. Es gab zu viele Geschichten über weiße Seehunde, die die Netze der Fischer zerbissen. Und es gab zu viele Jäger, die danach trachteten, seltene Beute zu machen. Seine Welt war da draußen, meine war hier.

Die Gärtnerei lief besser, das Geschick meines Vaters für seltene und exotische Schätze sprach sich langsam auf dem Festland herum. Immer häufiger kehrten seltsame Menschen bei uns ein. Verschrobene, verträumte Männer und Frauen auf der Suche nach geheimnisvollen Orchideen, zauberischen Zutaten und duftenden Dschungelblüten. Seit Dad eine Webseite samt Online-Shop eingerichtet hatte, lief es sogar noch besser. Auch wenn das bisher nur bedeutete, dass sich die roten Zahlen im dreistelligen und nicht im fünfstelligen Bereich bewegten. Es tat ihm im Herzen weh, seine liebevoll umsorgten Schätze in Kartons oder Kisten zu stopfen, aber die Erhaltung unseres Lebenstraumes stand an erster Stelle. Vielleicht, und das hofften wir beide aus tiefstem Herzen, stieg das Interesse noch weiter und brachte uns ins naher Zukunft endlich wieder Gewinne ein.

„Geduld musst du haben“, war der liebste Spruch meines Vaters. Es machte ganz den Anschein, als behielt er recht. Nur eines schien nicht einmal Geduld herbeizuführen. Die Rückkehr der Magie in mein Leben. Das Wiederaufleben des Zaubers. Ich wusste, dass es besser war, wenn Louan den Inseln fernblieb, und doch ertappte ich mich wieder dabei, wie ich nach ihm rief.

Ich flüsterte seinen Namen in den Wind hinaus, wenn ich nachts auf den Klippen saß. Ich schlief mit seinem Gesicht vor Augen ein und wachte mit ihm in meinen Gedanken auf. Ich konnte nicht loslassen. So sehr es der Vernunftmensch in mir auch wollte, und so oft ich mir auch einzureden versuchte, dass ich ihn kaum kannte. Wir hatten ihm das Leben gerettet, ich hatte eine Nacht lang an seiner Seite gelegen und seinen Schlaf bewacht.

Konnte das reichen, um mich so lange mit Sehnsucht zu füllen?

Heute, am ersten Tag meiner Ferien, hockte ich mit einem Schlafsack und einer Decke im Gepäck auf MacMuffins Kutter und blickte dem Strand von Skara Brae entgegen. Dad hatte in der Gärtnerei zu tun und konnte mich nicht begleiten, weshalb der Fischer mit der strengen Auflage geschlagen war, alle zwei Stunden an der Insel vorbeizufahren und nach dem Rechten zu sehen. Wie immer, wenn ich nach Skara Brae fuhr, hatte ich mich dem Eiland farblich angepasst. Ich wollte kein Kratzer auf einem perfekten Gemälde sein. Meine Hose und der Rucksack waren braun wie die Erde, mein Kapuzenpullover dunkelgrün wie der Tang, den die Brandung anspülte. Der Schlafsack und die Decke sandfarben. Ich wollte ein Teil der Insel sein. Dazugehören wie die Steine, die Möwen und die Seehunde.

„Ich hole dich heute Abend wieder ab“, brummte MacMuffin und blickte mich streng an. „Verrückte kleine Sprotte. Dass dein Vater dir so was erlaubt. Und denk dran, alle zwei Stunden bist du am Strand und zeigst mir, dass es dir gut geht.“

„Muss es alle zwei Stunden sein?“ Ich ließ das Ruderboot zu Wasser und kletterte hinein. „Was soll mir hier schon passieren? Ich kann nicht ausspannen, wenn du mich andauernd beobachtest.“

„So und nicht anders lautet mein Auftrag. Schau alle zwei Stunden nach ihr, oder das war's mit unserer Freundschaft. So hat's dein alter Herr gesagt. Was ist, wenn dieser komische Junge wiederkommt?"

„Der Junge ist harmlos, ich schwöre es dir."

„Ach ja? Nichtmal dein Vater ist sich da sicher, obwohl er es Stein auf Sprotte behauptet hat. Ich habe es an seinem Blick gesehen."

„Schluss jetzt." Warum taten alle so, als wäre ich ein Kleinkind? Mit MacMuffin im Nacken würde ich nie abschalten können. „Ich will für ein paar Stunden allein sein. Das ist eine winzige Insel, hier kommt keiner her. Bitte, Muffy ... ich meine Andreas. Ich will einfach nur meine Ruhe. Allein sein. Absolut allein sein. Verstehst du?"

„Hm", brummte MacMuffin. „Du bist alt genug. Es ist die Sache deines Vaters, dir solche Dummheiten zu verbieten. Nicht meine. Wir sehen uns heute Abend."

„Danke", knirschte ich. „Was wäre ich nur ohne dich?"

„Eine noch verrücktere kleine Sprotte." Der Fischer packte das Steuer und lenkte seinen Kutter auf die offene See hinaus. Ich wartete, bis er nur noch ein heller Punkt am wellentanzenden Horizont war, dann ruderte ich ans Ufer, zurrte das Boot fest und tauchte in meine geliebte Einsamkeit ein.

Sämtliches Gepäck, mit Ausnahme meines Rucksacks, ließ ich in der Ruine zurück, wo ich, geschützt vor dem Wind, gemeinsam mit Dad schon so manche Nacht verbracht hatte. Ein wenig vermisste ich ihn. Seine Stimme, seine leisen, neugierigen Grunzer, die er ausstieß, wenn er irgendein Fundstück untersucht hatte. Sein gelöstes Gesicht. Die vielen Besuche auf der Insel, die ohne jede magische Begegnung geendet waren, hatten ihn wohl zu der Überzeugung gebracht, es gäbe weit und breit keinen Selkie mehr. Anderenfalls hätte er mich nie allein hierherfahren lassen. Dessen war ich mir sicher.

Ich ging zum zerklüfteten Nordende der Insel und setzte mich auf einen Felsen. Die Ebbe kehrte ein. Glucksend strömte das Wasser durch die Priele und hinterließ eine Ebene, die mich an die gerillte Bauchhaut eines Wales erinnerte. Das bleiche Licht des Himmels spiegelte sich im Schlick. Eine Traumwelt. Weit und verschleiert. Gemacht, um sich darin zu verlieren.

Ich war froh, dass graue Wolken die Sonne verdeckten. Ich war froh über das Weltfremde, das sich wie eine Glocke über die Wirklichkeit legte, denn all das löste jene Stimmung in mir aus, nach der ich mich sehnte. Es war ein Tag, an dem Wirklichkeit und Märchen eine Symbiose eingingen.

Mein Magen knurrte, als wollte er mich daran erinnern, dass die schnöde Realität keineswegs blasser geworden war. Ich nahm einen der Butterkekse heraus, die Dad gestern Abend gebacken hatte. Ein einzelner Keks, der den Begriff Kalorienbombe neu definierte, deckte den Energiebedarf eines ganzen Tages.

Gedankenverloren kaute ich auf dem krümeligen Block herum. Das Zeug war fantastisch. Vielleicht sollte Dad eine Bäckerei gleich neben der Gärtnerei eröffnen, anstatt seine Köstlichkeiten auf einem Beistelltisch anzubieten, der nur dafür sorgte, dass Leute ihn leer räumten und anschließend wieder hinausgingen, ohne etwas zu kaufen.

Dads Kekse waren ideal für Survival-Trips. Mit ihrer Hilfe überlebte man problemlos jede Odyssee. Ich sah den Werbespruch schon vor mir: *Der Keks für echte Helden. Bringt dich durch die Arktis und auf die Spitze des Mount Everests.*

Leises Klackern riss mich aus meiner Gedankenwelt. Waren das nicht Kiesel, die sich unter Schritten bewegten? Ich fuhr herum, eine Spur zu hastig, sodass mein Rucksack vom Felsen purzelte. Kekse, ein schwarzes Kapuzenshirt, zwei Flaschen Mineralwasser mit Kirschgeschmack und eine Tüte Schinkenchips lagen im Sand verstreut.

Atemlos lauschte ich. Zu hören war nur das Gluckern in den Prielen und die Schreie der Seevögel. Keine fünf Meter entfernt war der Stein, auf dem ich damals sein Fell gefunden hatte. Und hier, genau vor mir, war Louan ins Wasser geflüchtet, als MacMuffin seine Warnschüsse abgegeben hatte.

Mir schien, als sei er ganz nah. Als wäre er ein unsichtbarer, aber spürbarer Geist, der genau vor mir stand.

„Louan?“ Meine Stimme störte einen seit Urzeiten bestehenden Frieden. Sie klang falsch. Fremdartig und hart. „Bist du hier?“

Stille. Was auch sonst.

Resigniert ließ ich die Schultern hängen. Ganz andere Gedanken eroberten meinen Kopf und rumorten übellaunig in meinem Magen. Keine Woche verging, in der ich nicht hierherkam. Wie musste das auf ihn wirken, wenn er mich beobachtete? Ich wollte ihn zu nichts drängen, ich war weder eine Stalkerin noch ein hormongeplagter Backfisch, der sich Hals über Kopf blamierte. Ich liebte Skara Brae aus tiefstem Herzen. Diese Insel gab mir Frieden, doch sie war nicht meine, sondern Louans Heimat. Ich hatte kein recht, wieder und wieder hier einzudringen.

Heute zum letzten Mal, schwor ich mir. Und dann nie wieder. Ich musste loslassen, die Selkies zurück in die Märchenwelt verbannen und mein Leben weiterleben.

Ich rutschte vom Felsen, stopfte die herausgefallenen Utensilien wieder in meinen Rucksack und wandte mich um. Wie aus dem Nichts stand Louan plötzlich hinter mir.

Großer Gott!

Ich stolperte gegen ihn, wurde aufgefangen und an eine glatte, kühle Brust gedrückt. Meine Finger umschlossen seine Oberarme. Spürten die sich anspannenden Muskeln und Sehnen. Ich sog tief die Luft ein. Schnupperte einmal, zweimal, dreimal. Salzige Nässe bedeckte seine Haut und betörte meine Nase mit herbem Meeresduft.

„Geh nicht“, sagte er. „Bitte.“

Die Erwiderung blieb mir in der Kehle stecken. Ich wich vor ihm zurück, schlang meine Arme um den Oberkörper und biss mir auf die Zunge. Dort, wo wir uns berührt hatten, standen meine Nerven in Flammen. Auf meinen Händen brannten das Salz und die Feuchtigkeit seines Körpers.

„Hat es dir die Sprache verschlagen?“ Der Schalk blitzte in seinen Augen, als er mich mit schief gelegtem Kopf musterte. „Ich beiße schon nicht. Nicht in diesem Körper jedenfalls.“

„Wo kommst du so plötzlich her?“

„Aus dem Nichts.“

Angesichts seines wölfischen Grinsens schlug mir das Herz bis zum Hals. Wenn die Geschichten wahr waren, wenn Selkies die Menschen nur umgarnten, um ihnen ihre Seele zu stehlen, wenn sie Heimtücke mit einer verführerischen Stimme und einem schönen Gesicht tarnten, war ich Louan hier und jetzt völlig ausgeliefert. MacMuffin würde frühestens in neun Stunden zurückkehren. Ich hatte nur das winzige Ruderboot und keinen Handyempfang. Mir wurde flau im Magen. Da stand er vor mir, das Seehundfell um die Hüften gebunden, ein Funkeln in den kohlschwarzen Augen und so wild und wundervoll, dass ich mich fühlte wie eine der Heldinnen in den Geschichten, die ein unsichtbares Tor durchschritten und plötzlich eine andere Welt betraten. Eine Welt, in der alles möglich war. Im Guten wie im Bösen. Vor mir stand ein Fabelwesen. Jung und uralt, unbegreiflich und unberechenbar. Mein Blick huschte über den Horizont. MacMuffin war nirgendwo auszumachen.

„Willst du einen Butterkeks?“, platzte es aus mir heraus.

Ich stöhnte innerlich. Wie bescheuert war diese Frage? *Willst du einen Butterkeks?* Wunderbar. Eine dämlichere Bemerkung hätte mir wohl nicht einfallen können. Die Membran aus Magie platzte dank meiner Unbeholfenheit.

„Gern“, sagte er. „Und bitte, Mari, beruhige dich. Dein Herz bleibt gleich stehen, wenn du es nicht zügelst.“

„Kannst du es etwa hören?“

„Ja.“ Er tippte grinsend auf sein Ohr. „Raubtierinstinkte.“

„Versprichst du mir, nicht meine Seele zu rauben, mich nicht zu ertränken und auch davon abzusehen, mich in den Wahnsinn zu treiben?“

Er zog eine Augenbraue hoch. War es Verwirrung, Spott oder gut getarnte Heimtücke, die in seinem Blick lag? Ich wusste es nicht.

„Keine Angst, Mari“, sagte er schließlich. „Es ist ewig her, dass ich eine Seele geraubt habe. Sie schmecken mir nicht besonders.“

Ich zog eine Grimasse und griff in meinen Rucksack. Nur zwei Kekse waren übrig geblieben, die restlichen lagen paniert im Sand. Ehe ich Louan das Gebäck reichte, bedachte ich ihn mit einer Gouvernantenmiene. Humor war eine wunderbare Ablenkung.

„Ist das artgerechte Nahrung für dich?"

„Finden wir's raus." Das Funkeln in seinen Augen ließ mich an Eissplitter denken, eingeschlossen in Onyx. So schnell, dass ich seiner Bewegung nicht folgen konnte, schnappte er sich den Keks. Seine Miene sprach Bände, als er darauf herumkaute. Dads Backkünste überzeugten selbst magische Wesen.

„Das letzte Mal habe ich sowas gegessen", murmelte Louan mit vollem Mund, „als ihr Musik durch Grammophone gehört habt."

„Irre." Ich wollte mich wieder auf den Felsen hinaufziehen, doch er griff nach meinem Arm und schüttelte – noch immer begeisternd kauernd – den Kopf. Durch den Stoff meines Pullovers spürte ich, wie warm seine Haut geworden war.

„Komm mit." Er deutete auf das Watt, in dem sich Licht und Schatten jagten. „Ich will dir etwas zeigen."

Oha. Ein Selkie lud mich also ein, seine Welt kennenzulernen. Im Geiste hörte ich Dads Warnungen, doch ich wischte sie beiseite. Dieser Tag war ein Abenteuer, und was war das Leben ohne Abenteuer? Mit klopfendem Herzen zog ich meine Schuhe aus, krempelte die Jeans hoch und folgte Louan. Erst, als der Schlick durch meine Zehen glitt, sonnenwarm und geschmeidig, verlangsamte sich mein ungesunder Herzschlag. Ich liebte dieses Gefühl. Blieb ich stehen, spürte ich die Bewegungen winziger Tiere, die sich unter dem Druck meiner Füße wanden. Pure Lebendigkeit.

„Hast du uns jedes Mal beobachtet?", fragte ich. „Ich hoffe, dass … ich meine, wir hätten nicht ständig hier aufkreuzen dürfen. Du musst mich für eine lästige Stechmücke halten."

„Keine Angst, ich war nicht hier. Und selbst wenn ich es gewesen wäre, hätte ich dich nicht als Stechmücke empfunden."

„Als was dann?"

„Du bist eine Seeschwalbe."

„Wie kommst du darauf?"

„Du bist zart, schön und fragil, aber zugleich stark genug, um selbst im Orkan zu fliegen."

„Aha." Während ich über diese Worte sinnierte, schweifte Louans Blick aufmerksam hin und her, als suche er etwas.

Er fand mich schön?

Mich, den dürren Rotfuchs? Das konnte nur auf einen Knick in der Optik hindeuten.

Müsste er naturgemäß nicht dralle, stromlinienförmige Körper bevorzugen? Paarten sich Selkies in menschlicher oder in tierischer Gestalt? Konnten sie mit Menschen Kinder zeugen?

Das waren drei Fragen, die ich ihm in absehbarer Zeit nicht stellen würde.

Ich wagte einen unauffälligen Blick aus dem Augenwinkel. Louans Fell enthüllte mehr als es verbarg. Mein Gott, all das hier war so unwirklich. So unfassbar aufregend. Louan war bei mir. Er redete mit mir, ging mit mir durch seine Welt und zeigte mir allein durch seine Existenz, wie wundersam das Leben war. Jeder seiner Schritte symbolisierte Zugehörigkeit zu dieser Welt. Er gehörte hierher. Er war ein Teil des Ozeans. Ein Teil des schimmerndes Watts, der Wellen und des Windes.

„Wo warst du?", wagte ich zu fragen, ruderte jedoch gleich wieder zurück: „Wobei mich das natürlich nichts angeht."

„Ich musste weg."

„Warum?"

„Die Fischer sind hinter mir her. Ich habe zu viele ihrer Netze zerstört."

„Das dachte ich mir schon. Sie waren kurz davor, sämtliche Seehunde abzuschießen."

„Haben sie davon abgesehen?"

Ich nickte. „Aber nur, weil es zu keinen weiteren Übergriffen kam."

Louan verzog das Gesicht und sagte nichts darauf. Als das Schweigen begann, unangenehm zu werden, stellte ich eine weitere Frage.

„Warum bist du wieder zurückgekommen?"

Die Antwort kam ohne zu zögern: „Deinetwegen."

Ich schnappte nach Luft. Genau darauf hatte ich gehofft. Nein, ich hatte es befürchtet. Oder beides zusammen? „Meinetwegen?"

Louan blieb stehen, ohne zu antworten. Er kniff die Augen zusammen, sein Blick wurde lauernd, sein Körper war angespannt. Mir wurde klar, was er vor allem anderen war: ein Raubtier. Selbst in dieser Gestalt weit entfernt vom Menschsein – und unberechenbar. In seiner Welt musste vieles anders sein. Moralvorstellungen, Gesetze, Regeln.

Blitzschnell huschte Louan vor, bohrte seine Finger in den Schlamm und zog eine Spoot hervor. Jene langen, braunen Muscheln, die auf den Orkneys als Delikatesse gelten. Letzten Sommer hatte man Dad und mich auf ein Fest eingeladen, in dessen Rahmen Unmengen dieser Tiere gegrillt worden waren. Traditionsgemäß legte man sie bei lebendigem Leib auf den Rost, wo sie im Todeskampf Fontänen aus Salzwasser ausgespuckten. Ihr Name beruhte auf einem Verzweiflungsakt. Dad hatte den Gastgeber als barbarischen Idioten beschimpft und war mit mir im Schlepptau davongerauscht.

„Möchtest du?", fragte er mich. „Sie schmecken besser als sie aussehen."

„Nicht für mein Empfinden. Aber danke."

Louan zuckte die Schultern. Während er das Schalentier knackte und verspeiste, suchte ich den Horizont ab. Nur für den Fall, dass MacMuffin sein Versprechen vergaß. Ich unterstellte ihm keine bösen Absichten. Er war nach meinem Vater der einzige Mensch, dem ich mein Leben anvertrauen würde. Doch er hatte mein Beisammensein mit Louan schon einmal falsch interpretiert. Ich wusste, dass er ihm niemals etwas angetan hätte, seine Schüsse damals hatten nur als Abschreckung gedient. Doch was Fabelwesen betraf, an die der Rest der Welt nicht glaubte, war jeder Mitwisser ein Eingeweihter zu viel.

Louans Augen verengten sich zu Schlitzen, während er zwei vorsichtige Schritte zur Seite vollführte. Er fing eine weitere Spoot, knackte sie und pulte das cremegelbe Fleisch heraus.

„Du bist also meinetwegen zurückgekommen“, hakte ich nach. „Du setzt dein Leben für mich aufs Spiel? Ist das dein Ernst? Wir kennen uns doch gar nicht.“

„Du meinst abgesehen von der Tatsache, dass du mir das Leben gerettet hast?“ Er grinste überraschend menschlich. Sein kühles, frostiges Gesicht wurde plötzlich eine Spur sanfter, und ich spürte, wie ich sein Lächeln erwiderte. „Die Nächte im Eis sind sehr einsam. Zu einsam.“

„Du warst also hoch im Norden?“

„Ja. Ich habe unter dem Eis gejagt und darauf geschlafen. Es war schön. Wenigstens eine Weile. In der Nacht war der Himmel voller Nordlichter, und die weißen Wale kamen, um mit mir zu schwimmen. Aber nichts macht lange Freude, wenn man es allein tun muss.“

Wie fremd seine Worte klangen. Eine wohlige Gänsehaut überzog meinen Körper, als ich mir ausmalte, wie ein silberner Seehund durch das stille, finstere Meer der Arktis schwamm, den Tanz der Nordlichter am Sternenhimmel über sich, die weißen Wale an seiner Seite.

„Du hättest nicht zurückkommen dürfen“, flüsterte ich. „Da oben wärst du sicherer gewesen.“

„Ich habe meine Insel vermisst“, erwiderte er. „Und ich habe …“

„Ja?“, presste ich atemlos hervor.

„Ich habe dich vermisst.“

Verwirrt schloss ich die Augen und schüttelte den Kopf. „Warum? Wir kennen uns doch kaum.“

„Weil du …“ Er sah hinreißend konzentriert aus, während er nachdachte. „Weil du ein seltsamer Mensch bist. Seltsamer als die anderen. Ich will mehr über dich wissen. Das passiert mir sonst nie. Alle anderen deiner Art lösen nur einen Instinkt in mir aus: wegschwimmen.“

„Aha.“ Ich bekämpfte das flaue Gefühl in meinem Magen mit einem unsicheren Lachen. „Ein Selkie sagt mir, ich wäre seltsam. Alles klar. Dann wird es also meine Schuld sein, wenn die Fischer dir das Fell über die Ohren ziehen.“

„Rede nicht so.“ Seine Stimme wurde scharf, seine Augen blitzten und funkelten. „Ich tue, was ich will. Es war allein meine Entscheidung. Du bist an gar nichts schuld.“

„Okay.“ Ich hob abwehrend die Arme. Warum machte ihn das so wütend? Hatte ich einen wunden Punkt getroffen? „Du hast recht. Du bist alt genug, um zu wissen, was das Richtige ist.“

Louan schnaufte. „So alt wird niemand.“

Eine Weile ging er stumm neben mir her. Ich spürte, wie aufgewühlt er war, aber ich wusste nicht, warum. Sein Körper war angespannt, seine Hände zu Fäusten geballt. Fast war ich erleichtert, als er wieder zu sprechen begann: „Das Meer ist leer geworden. Es gibt kaum mehr Fische. Um satt zu werden, muss ich Muscheln essen oder weit hinausschwimmen.“

„Ich weiß.“ Jetzt hatte er ein Thema gefunden, dass mich unangenehm berührte. „Und wer ist daran schuld? Meinesgleichen.“

„Du bist an gar nichts Schuld, Mari.“

„Aber ich fühle mich schuldig. Weil ich ein Mensch bin, und weil es Menschen sind, die alles kaputtmachen. Jeden Tag kommen mehr Schiffe und Boote. Jeden Tag werden es mehr Netze. Am Strand liegen Ölklumpen und Müll.“

„Wissen das die Fischer, die die Seehunde erschießen wollten?“

Ich zuckte nur mit den Schultern.

„Gegen die großen Schiffe kann ich nichts tun“, fuhr Louan fort.„Dort, wo sie vorbeiziehen, lebt nichts mehr auf dem Grund. Alles ist zur Wüste geworden. Manchmal kippen sie etwas ins Meer, das alle krank macht. Das Wasser ist bitter und stirbt, und meine Haut fühlt sich an, als würde sie brennen.“

„Sie entsorgen Gift auf dem offenen Meer.“ Wut brodelte in meinen Eingeweiden. „Eine beliebte Methode, weil sie billig ist. Und das Schlimmste daran ist, dass sie nicht einmal etwas Verbotenes tun.“

„Dann kommt bald der Tag, an dem die Jäger der Meere verhungern müssen, weil es keine Fische mehr gibt.“

„Trotzdem hast du MacMuffin geholfen, habe ich recht?“ Vorsichtig blickte ich zu ihm auf. Wie er neben mir ging, mit windverwehtem Haar und wütendem, stolzem Blick, strahlte er eine solche Freiheit aus, dass mir elend vor Sehnsucht wurde. Ich wünschte, ich hätte ihm folgen können. Mir kam Dad in den Sinn, seine Sorgen und sein trauriges Gesicht, die Unmengen an Rechnungen und die gnadenlose Briefe der Bank, die sich nur für eines interessierten: Geld, Geld und nochmal Geld. Nach Meinung der Anzugträger war unsere Gärtnerei trotz des wachsenden Umsatzes ein aussichtsloses Unterfangen. Nicht mehr als ein Klotz am Bein, den es galt, loszuwerden. Ob Dad es schaffen würde, sie umzustimmen?

Mein Magen drehte sich um. Ich hätte diese Gedanken gerne verdrängt, doch sie saßen mir wie ein hämischer Dämon im Nacken.

„Er tat mir leid.“ Louan sah mich an, als lese er meine Gedanken. „Und du machtest dir Sorgen um ihn. Du machst dir um viel zu viele Dinge Sorgen.“

„Woher weißt du das?“

„Ich spüre es. Du magst den alten Mann. Und ich mag ihn auch. Er ist nicht gierig wie die anderen. Er will nur überleben.“

„Du magst ihn? Aber er hat auf dich geschossen.“

Louan lächelte. Es war ein so sanftes, berührendes Lächeln, dass ich den Drang verspürte, ihn in meine Arme zu schließen. Einfach so. Hier und jetzt. Nervös vergrub ich die Hände in der Bauchtasche meines Pullovers.

„Der Fischer hatte Angst um dich“, sagte er. „Ich kann es verstehen. In eurer Welt bedeutet es nichts Gutes, wenn sich ein nackter Mann über ein Mädchen beugt.“

Ich grinste dürftig. Mit einem wilden, freien Wesen über die verqueren Regeln der menschlichen Welt zu reden, war das Letzte, was ich wollte. Gemächlich ging Louan weiter, während sich über uns die Sonne durch die Wolkenschleier schmolz.

„Dann ist es also wahr?“, fragte ich schließlich. „Du kannst Fische herbeisingen?“

„Nein. Aber ich kann sie in Netze treiben." Vor einem Gezeitentümpel ging er in die Hocke. Als er seinen Arm in das Wasser tauchte, ringelte sich ein kleiner Krake um sein Handgelenk. Das zuvor dunkle Tier wurde hell und passte sich Louans Hautfarbe an, bis es bleich wie Perlmutt schimmerte. Anmutig floss der Krake um seine Finger, tastete sich den Arm hinauf und schob sich Stück für Stück voran. Wie gerne wäre ich dieses Tierchen gewesen, um mich mit meinen Saugnäpfen an ihm hochzuarbeiten.

Mir entfloh ein Glucksen, was Louan mit einem verwirrten Heben seiner Augenbrauen kommentierte. Himmel, was war nur los mit mir? Ich atmete tief durch, schloss kurz die Augen und öffnete sie wieder. Als der Krake Louans Schulter erreichte, nahm er ihn behutsam ab, wobei sich jedes Ärmchen mit einem leisen *Plopp* löste, und setzte ihn zurück in den Tümpel.

Schweigend gingen wir weiter. Ich wollte still sein und den Moment in mich aufsaugen, die Tatsache realisieren, dass ich hier war. Bei ihm. Im lichtschimmernden Watt. Irgendwann hockte ich mich vor einen flachen Gezeitentümpel, streckte den Arm aus und tauchte ihn in das Wasser. Mit der Spitze meines Zeigefingers berührte ich eine der weißen Anemonen. Ihre zarten Tentakel saugten sich an mir fest, anscheinend in der Hoffnung, ich sei essbar.

„Sei vorsichtig." Louans Hand legte sich über meine. Ich hielt den Atem an, mein Herz geriet ins Stolpern. Doch seine Stimme, die sanft auf mich einredete, kühlte mein kochendes Blut mit ihrem gespenstischen Zauber. „Wenn du deinen Finger zu schnell zurückziehst, reißt du ihre Tentakel ab. Dann kann sie keine Nahrung mehr aus dem Wasser filtern und muss verhungern. Mach es ganz langsam."

Ich tat es, behutsam geleitet von Louans Hand. Mit hauchzartem Reißen löste sich die Anemone von mir, ohne einen ihrer fadendünnen Tentakel zu verlieren.

„Gut gemacht." Er zog sich zurück und glich den Verlust seiner Berührung mit einem Lächeln aus, dass meinen Magen flattern ließ. Mir wurde die Unbedachtheit bewusst, mit der ich mich bisher durch seine Welt bewegt hatte. Ich hatte das Meer und seine Geschöpfe immer geliebt, aber jetzt wurde mir klar, wie wenig ich wusste. Plötzlich sah ich den Gezeitentümpel mit anderen Augen. Ein unberührtes, vor Leben überquellendes Universum auf kleinstem Raum.

Durchsichtige Garnelen flitzten über die Steine. Seenelken und Anemonen in sanften Pastellfarben filterten das Wasser. Schnecken und Muscheln in allen Größen reihten sich aneinander und ein winziger, cremefarbener Wurm mit fransenartigen Auswüchsen an beiden Seiten seines Körpers schlängelte sich hektisch über ein kleines Stück Sand.

Louan deutete auf eine große Miesmuschel, die mit Hilfe feiner Fäden Dutzende kleine Artgenossen an sich gefesselt hatte.

„Wusstest du, dass man früher diese Fäden zu Kleidung versponnen hat?" Louan hob den Ballen auf und zog ein wenig an den Muscheln, woraufhin zarte Fäden im Sonnenlicht glänzten. „Man nannte den Stoff Muschelseide. Er war so teuer, dass ihn sich nur Könige leisten konnten. Man musste Tausende dieser Tierchen sammeln, um genug Byssus für ein einziges Gewand zu ernten. Aber man nutzte andere Muscheln, nicht diese hier. Ich glaube, sie kamen aus einem wärmeren Meer im Süden. Wie nennt ihr es? Ich habe es vergessen."

„Mittelmeer?"

„Ja. Ich würde es gerne einmal sehen. Es ist noch blauer als diese See. Blauer als Tinte. Ich habe Bilder gesehen. Von Menschen gemalt, die dort waren."

„Dann musst du zu uns kommen und etwas tun, dass sich Fernsehgucken nennt. Um ans echte Mittelmeer zu kommen, brauchst du allerdings Geld und Papiere."

„Fernsehgucken? Du meinst diese lauten, flimmernden Kästen, in die ihr stundenlang hineinstarrt? In der winzige Menschen und Tiere herumtanzen? Ich kenne sie von den Schiffen. Ein paar der Fischer vertreiben sich gerne die Zeit damit."

„Genau. Aber die Menschen und Tiere darin sind nicht echt. Sie sind …"

„Spiegelbilder auf dem Wasser? Wie Erinnerungen, die wir abrufen und die andere in ihren Köpfen sehen können?“

Ich stutzte. „Ihr könnt fremde Erinnerungen in euren Köpfen sehen?“

„Ja. Ich glaube, ihr habt ein Wort für so etwas. Es ist kompliziert. Deswegen fällt es mir nicht ein.“

„Telepathie?“

„Genau. Telepathie.“

Ich stieß ein fasziniertes „Aha“ aus und dachte eine Weile darüber nach. Was bedeutete das? War ich für ihn ein Gefäß aus Glas, in das er nach Belieben hineinschauen konnte? „Kannst du Gedanken lesen?“, fragte ich vorsichtig.

Er schüttelte den Kopf. „Nein. Nur Gefühle und Bilder übermitteln.“

„Gut. Funktioniert es nur unter Selkies oder auch unter Tieren?“

„Ganz besonders unter Tieren.“

„Wow. Kannst du es mir zeigen? Übermittel mir was.“

Louan starrte mich konzentriert an. Einen Wimpernschlag lang verschwand das Weiß aus seinen Augen und wurde schwarz. Gerade, als dieser Anblick einen unheimlichen Schauer über meine Wirbelsäule rieseln ließ, verschwand dieser Momenteindruck.

„Funktioniert es?“, fragte er.

Enttäuscht schüttelte ich den Kopf. Es tat sich nichts.

Weder fühlte ich mich anders, noch zuckten Gefühle oder Bilder durch meinen Kopf. „Nein, tut mir leid. Wir sind für Gedankenübertragung wohl nicht gemacht.“

„Nicht mehr“, sagte er. „Früher konnten es einige Menschen. Als eure Köpfe noch nicht so voll waren. Wie genau funktioniert das eigentlich mit dem Fernsehgucken, wenn ihr keine Bilder übermitteln könnt?“

„Gute Frage.“ Ich war einen Moment lang versucht, es ihm genauer zu erklären, doch dazu hätte ich zu weit ausholen müssen. Ich bezweifelte, dass er mit Begriffen wie Kamera, Aufnahme, Special Effects und DVD etwas anfangen konnte. Mein technisches Verständnis reichte nicht weit. Es scheiterte bereits kläglich an dem Versuch, sinnvoll zu erklären, wie ein ganzer Film auf eine flache, glänzende Scheibe kam.

„Das ist kompliziert. Viel komplizierter als ein Grammophon. Ich kann es dir nicht erklären."

„Ist es eine weiterentwickelte Camera Obscura?", fragte Louan mit solch rührender Ratlosigkeit, dass er mich zum Lachen brachte. „Die Menschen, bei denen ich früher lebte, hatten so eine."

„Das trifft es wohl am besten, ja. Was waren das eigentlich für Menschen, bei denen du warst? Wussten sie, was du bist?"

„Ja. Sie wussten es."

Offenbar war Louan nicht bereit, mir mehr über diese Passage seines Lebens zu erzählen. Ich beschloss, es zu akzeptieren, hob eine Miesmuschel hoch, zwischen deren Schalenhälften eine gelblichbraune Schnecke klemmte, und hielt sie ihm vor die Nase. „Wusstest du, dass die Wellhornschnecke der erbittertste Feind der Miesmuschel ist? Sie wartet, bis ihr Opfer seine Schalen öffnet, dann rutscht sie dazwischen, verklemmt sich dort und frisst die arme Muschel nach und nach auf. Grausam, oder?"

Louan sah mich forschend an. Sein Blick ging mir durch Mark und Bein. „Es gibt Grausameres im Meer."

„Zum Beispiel?"

Statt zu antworten, deutete er auf etwas. Ein frisch geschlüpfter Nagelrochen ruhte auf dem Sand. Man erkannte das gut getarnte Tierchen lediglich an seinen Umrissen.

Bohre nicht, befahl ich mir selbst. *Sonst mochte er dich die längst Zeit.*

Eine Spur zu hastig stand er auf, ich folgte ihm stumm. Wir waren kaum eine Stunde zusammen, es war utopisch zu denken, dass er mir bereits genug vertraute, um mir seine Lebensgeschichte zu erzählen. Eine Zeitlang gingen wir schweigend nebeneinander her, hin und wieder innehaltend, wenn uns etwas Interessantes ins Auge fiel. Sei es ein Krebs, ein besonders schönes Stück Treibholz oder ein Haufen leuchtend grüner Seetang, der sich mit ausgeblichenen Muscheln geschmückt hatte. Wir taten nichts, außer uns anzuschweigen, und doch hatte ich nie etwas so genossen wie diese Wanderung durch das Watt. Louan war nicht zu vergleichen mit einem gewöhnlichen Jungen. Was allein schon daran liegen mochte, dass er mit völlig anderen Vorstellungen und Werten aufgewachsen war … nein, dass er besser gesagt aus einer vollkommen anderen Welt stammte. Aber es war noch etwas Tieferes als das. Gewöhnliche Jungen in seinem Alter waren primitiv und albern, rücksichtslos und grobmotorisch. Sie rückten mir mit peinlichen Sprüchen zu Leibe und waren tagein, tagaus darum bemüht, sich mit sinnfreien Einfällen zu übertrumpfen. Louan hingegen strahlte Ruhe aus. Eine reife, unerschütterliche Stärke, die in seinem Schweigen und in seinen Bewegungen lag. In der Art, wie er sprach und wie er mit den Lebewesen seiner Welt umging. Unter dieser Noblesse spürte ich das Tier, verborgen unter einer halbtransparenten Maske, und während ich ihn ansah und seine Andersartigkeit spürte, fielen mir eine Million Fragen ein. Eine brennender als die andere.

Er hatte früh seine Familie verloren und kämpfte eine einsame Schlacht gegen den Wandel der Zeit. Bedachte man das, war es nur natürlich, dass er um Welten erwachsener war als jeder gewöhnliche Junge oder Mann. Ganz abgesehen davon, dass er Tag für Tag und Nacht für Nacht vorsichtig sein musste. Gefahren gab es viele hier draußen. Menschen, Tiere, Krankheiten, Eis und Stürme.

Aber vor allem gab es Einsamkeit.

„Ich wollte dir etwas zeigen." Jetzt, da wir den Rand des Watts erreicht hatten und die Brandung des zurückgewichenen Meeres vor uns lag, blieb Louan stehen und zog das Fell von seinen Hüften. Kannte er gar keine Scham? Es war schier unmöglich, meinen Blick unter Kontrolle zu halten. Umso erleichterter war ich, als er ohne zu zögern in das Wasser ging. Durch die Strömung der Gezeiten war es aufgewühlt und grau, erst in etwa fünfzig Metern Entfernung ging es in einladendes, tiefes Blau über. Als er bis zu den Schultern abgetaucht war, warf er mir einen einladenden Blick zu.

„Komm. Dir passiert nichts."

„Ich soll …" Unwillkürlich wich ich einen Schritt zurück. „Du willst, dass ich …"

„Ja. Komm ins Wasser."

„Ich habe nichts zum Anziehen." Heißkalte Schauer ließen mich zittern. Es würde Louan nicht interessieren, dass mir Badesachen fehlten. Er ging völlig unbekümmert mit seiner Nacktheit um, und genauso unbekümmert würde er sein, wenn ich es ihm gleichtat.

„Wir … ich … wir machen sowas nicht."

„Ohne Kleidung zusammen schwimmen?" Er drehte sich im Wasser wie ein Fisch und warf sein nasses Haar zurück. „Ich weiß, aber wir taten es jeden Tag. Ich denke mir nichts dabei. Komm schon. Ich tue dir nichts. Und sie tun dir auch nichts."

„Sie?"

Er lächelte verschwörerisch und tauchte unter. Minutenlang sah ich nichts, glaubte bereits, ihm sei etwas widerfahren oder er wäre verschwunden, meiner Verklemmtheit überdrüssig. Doch dann teilten sich die Wellen vor mir. Louan erschien, ein diebisches Funkeln in den Augen. Nass und wild und wunderbar.

„Sei für einen Tag ein Selkie, Mari. Vergiss dein Menschsein."

Es waren Worte, die meine imaginären Fesseln lösten. Ich suchte mir einen Felsen, der trocken aussah, zog mich aus und legte die Kleidung darüber. Selbst, als ich nackt im Wind stand, kehrte die Scham nicht zurück. Es war, als hätte ich eine Grenze überschritten, hinter der nichts mehr zählte. Nur noch der Wille, das zu tun, was ich wollte.

Louan beobachtete mich, doch was in seinen Augen lag, war so arglos und liebevoll, dass ich keine Sekunde zögerte, zu ihm in das Wasser zu gleiten. Es war kalt, aber daran war ich gewöhnt.

Wenigstens eine Gemeinsamkeit, die wir miteinander teilten.

Arme schlossen sich um mich, ich spürte seinen glatten Körper an meinem. Langsam glitten wir ins tiefere Wasser, dorthin, wo es wie Lapislazuli schimmerte. Bald gähnte unter mir dunkle, unauslotbare Tiefe, doch kaum blickte ich in Louans Augen, verflog jede Angst. Er würde niemals zulassen, dass mir etwas geschah. Er war bei mir und schützte mich.

Regungslos schwebten wir im Wasser. Wir bewegten uns nicht, und doch trugen uns die Wellen, als wäre es allein der Wille meines Selkies, der das Meer dazu brachte, uns nicht zu verschlingen. Sein nasses Haar strich über meine Wange, meine Finger glitten über seinen Rücken. Ich hatte die Beine um seine Hüften geschlungen, ohne darüber nachzudenken. Meine Gedanken schwebten dahin, jenseits von Angst und Zweifeln. Ich stellte mir vor, wie er und seine Familie einst gelebt haben mussten. Auf ihrer Sandbank. Frei und unbekümmert. Ob Mann, Frau oder Kind, sie alle waren nackt im Meer geschwommen, so wie wir es jetzt taten. Ihre einzige Kleidung war der Seehundpelz gewesen. Was mich sofort auf einen Gedanken brachte.

„Was ist mit deinem Fell? Ist es nicht gefährlich, es einfach liegen zu lassen?“

„Ich behalte es im Blick.“ Louan drehte sich um und suchte nach etwas, doch sein Blick glitt hinaus auf das Meer, nicht in Richtung Land, wo sein tierischer Teil silbern schimmernd auf einer Muschelbank lag. „Habe keine Angst, sie tun dir nichts. Ich kenne ihre Anführerin gut.“

Ihre Anführerin? Was meinte er damit? Ich wollte gerade den Mund öffnen, um die Frage laut auszusprechen, als ich sie sah. Fünf riesige, schwarze Rückenflossen, zwei davon gerade und spitz wie ein Schwert, die anderen elegant nach hinten gebogen.

Orcas!

Zwei Männchen, drei Weibchen. Und sie hielten direkt auf uns zu.

Mein Instinkt schrie nach Flucht, doch ich rührte mich nicht. Großer Gott, fünf Wale schwammen auf uns zu, und ich trieb in tiefem, dunklem Wasser. Louan hielt mich fest umfangen und lächelte beruhigend. Wenn er sich nicht fürchtete, gab es auch für mich keinen Grund. Im Geiste sah ich meinen Vater vor mir. Seine Tochter schwamm nackt im Meer, gemeinsam mit einem Selkie und fünf Orcas.

Vermutlich würde er auf der Stelle einem Herzinfarkt erliegen.

Eines der Tiere tauchte steil vor uns auf, wuchs langsam in die Höhe, um schließlich, als die Hälfte des weißen Walbauches vor mir aufragte, majestätisch in das Wasser zurückzugleiten.

„Sie ist die Anführerin." Louan löste sich von mir, griff nach der Rückenflosse des Orcaweibchens und zog sich auf ihren Rücken. Kaum schwamm ich allein im Wasser, zog die Tiefe an mir. Ich fühlte mich schwer, hilflos, ausgeliefert. Hektisch begann ich zu strampeln.

„Du hast die Erlaubnis, dich auf sie zu setzen." Louan streckte mir seine Hand entgegen. „Komm."

Vier Wale umkreisten uns. Ich spürte an meinen Beinen die Wirbel ihrer riesigen Körper. Pfiffe und Klicklaute tanzten um mich herum. „Bist du dir sicher? Verstehst du sie? Kannst du mit ihnen reden?"

„So gut, wie ich mit dir reden kann." Louan packte zu. Ehe ich wusste, wie mir geschah, zog er mich vor sich auf den Rücken des Wales, legte einen Arm um mich und stützte sich mit dem anderen ab. Es war unmöglich zu beschreiben, was ich fühlte. Kein menschliches Wort erschien mir wundervoll genug. Behutsam schwamm der Orca hinaus auf das Meer und achtete darauf, dass wir nicht zu tief eintauchten. Herrlich fühlte sich der Leib des Tieres unter mir an. Glatt, stark und geschmeidig. Ebenso wunderbar wie der Körper, der sich von hinten an mich schmiegte und mir Sicherheit gab.

Louans Wange lag auf meiner, seine Lippen streiften mein Kinn. Ich wollte mich herumdrehen, wollte ihn ganz an mich ziehen und küssen, doch ich blieb still. So unbeweglich und still, wie es nur möglich war, denn ich fürchtete, jede unbedachte Regung könnte die Magie des Augenblicks zerstören.

Wellen schäumten um meine Oberschenkel, kalter Wind fuhr durch mein Haar und strich über meine Haut. Wie Tänzer glitten das Orcamännchen und die drei Jungtiere neben uns durch das Wasser. Sie tauchten auf und tauchten ab, drehten sich in den Wellen und sangen für uns.

Ein Gefühl unbeschreiblicher Freiheit überwältigte mich. Mein Lachen vermischte sich mit dem Rauschen des Wassers und dem Heulen des Windes, der die letzten Wolkenschleier vom Himmel verjagte. Ich war endlich eins mit der See. Ich war eins mit allem. Und ich war meinem Selkie so nah. So wunderbar nah und doch nicht nah genug.

Als eine Sandbank vor uns auftauchte, ließ Louan sich ins Wasser gleiten und zog mich mit sich. An seiner Seite fühlte ich mich so vollkommen sicher, als sei der Ozean ebenso meine Heimat, wie er seine war. Keuchend zog ich mich auf den Sand, ließ mich auf den Rücken fallen und streckte die Arme aus. Sonnenstrahlen wärmten meinen Körper. Ich hätte mich verletzlich fühlen sollen, peinlich berührt und ausgeliefert. Stattdessen war es, als sei ich endlich zu mir selbst zurückgekehrt. Es fühlte sich richtig an, nackt hier zu liegen. Sorglos und frei.

„Hattest du Angst?" Louan legte sich auf die Seite und sah mich an, das Kinn in die Hand gestützt und den Ellbogen im Sand vergraben. Sein Blick wanderte über meinen Körper. Ich sah die Bewunderung in seinen Augen. Ich sah Zuneigung und Staunen, doch alles davon war rein. Ohne jede boshafte oder gierige Absicht. Für ihn war es völlig natürlich, wie wir hier lagen. Und damit war es das auch für mich.

„Nein." Ich seufzte wohlig. „Sollte ich welche haben?"

„Nicht, solange ich bei dir bin."

Ich lächelte und schloss die Augen. Würde der Lauf der Dinge doch nur stillstehen. Würde ich doch für immer hier liegen und den Wind spüren, Seite an Seite mit meinem Selkie und den Walen, deren Atemfontänen eine Stille durchbrachen, wie sie am Anfang aller Zeiten geherrscht haben musste. Sie warteten auf uns. Bereit, Louan und mich noch einmal durch die Wellen zu tragen.

Alle meine Gedanken ließ ich fliegen wie die Wolken. Alle Gefühle ließ ich tief sein wie das Meer. Um den Moment für den Rest meines Lebens festzuhalten.

Kapitel 6

Wie das Leben spielt

„Wir haben das Land verlassen und sind zu Schiff gegangen.
Wir haben die Brücken hinter uns, – mehr noch,
wir haben das Land hinter uns abgebrochen.
Nun, Schiff!, sieh dich vor. Neben dir liegt der Ozean.
Es ist wahr, er brüllt nicht immer, und mitunter liegt er da,
wie Seide und Gold und Träumerei der Güte.
Aber es kommen Stunden, wo du erkennen wirst,
dass er unendlich ist
und dass es nichts Furchtbareres gibt, als Unendlichkeit."

Friedrich Nietzsche

~ Louan ~

Mari machte mich willenlos. Wann war mir das letzte Mal warm gewesen? Gefühlte zweihundert Jahre waren seitdem verstrichen, und vielleicht lag ich mit dieser Schätzung sogar richtig. Aneinandergeschmiegt lagen wir unter zwei Decken, vor dem Wind geschützt durch die Mauern der Ruine. Haut an Haut, so wie ich damals gemeinsam mit meiner Familie geruht hatte. Es fühlte sich so gut an. So gut, dass ich alles vergaß außer diesem behaglichen, tröstenden Gefühl.

Als ich hoch in den Norden geflüchtet war, hatte ich den Fehler begangen, die Tiergestalt abzulegen. Alles war richtig gewesen, solange ich als Seehund durch die kalten Gewässer der Arktis geschwommen war. Nahrung gab es im Überfluss, die Nächte waren eisig und klar, die Nordlichter spiegelten sich auf glitzerndem Frost. Aber als ich eines Abends den Pelz abgelegt und mich als Mensch auf einer Eisscholle schlafen gelegt hatte, war sie gekommen. Still, heimlich und erstickend. Die Einsamkeit. Nichts hatte sich geregt in jener Nacht, als ich erkannt hatte, was ich wirklich wollte. Kein Wind, keine Welle, kein Tier. Nur das gespenstische Knirschen und Stöhnen des Eises war durch die endlose, arktische Nacht gehallt, eine Vertonung dessen, was mir den Schlaf raubte und den Atem abschnürte.

„MacMuffin hätte längst hier sein müssen", murmelte sie schläfrig an meiner Wange. „Vielleicht ist ihm was passiert?"

„Mach dir keine Sorgen. Ihm geht es gut."

„Woher weißt du das?"

„Ich weiß es einfach. Das Meer würde mir sagen, wenn etwas nicht stimmt."

„Würde es das?"

Ich sog tief ihren Duft in mich auf. „Alles hängt im Wasser zusammen. Alles fließt zusammen. Deswegen wissen die Wale tief im Süden, wann die Passagen im Norden frei sind. Deswegen finden sie immer ihren Weg."

Mari seufzte und räkelte sich. Ihre Hand, zart wie der Flügel einer Seeschwalbe, strich über meinen Körper. So verlockend zog die Schwärze des Schlafes an mir, dass ich mich nur halbherzig dagegen wehren konnte. Mir war so warm, so wunderbar warm. In einem glückseligen Zustand jenseits aller Schwüre und Vernunft lag ich neben ihr, roch an ihrem Haar und genoss das Tasten ihrer Finger auf meiner Haut. Sie strich über meine Schultern, berührte mein Haar. Wanderte tiefer und legte ihre Hand flach auf meine Brust. Wohlig räkelte ich mich unter ihren Berührungen. Als ich es schaffte, die Augen einen Spalt weit zu öffnen, empfing mich ihr wunderschönes Lächeln.

„Wie war das damals?", fragte sie leise. „Als du bei den Menschen gelebt hast?"

Sie hätte mir jede Frage stellen können. Ganz gleich welche, auf alle hätte ich geantwortet. Die Welt dort draußen existierte nicht mehr. Nicht in diesen Momenten. Sobald die Sonne aufging, würden sie wiederkommen, die Ängste und die Vernunft. Aber noch war es Nacht. Und noch lagen wir aneinandergeschmiegt unter den Decken und hörten dem Wind zu. Die

Auster der Wirklichkeit war fest verschlossen. Wir waren alleine in schützender Dunkelheit, zusammen mit einer Perle.

„Als die Jäger meine Familie auslöschten, überlebte nicht nur ich. Wir waren zu dritt. Ciara, meine jüngere Schwester, entkam ebenfalls. Und Raer."

„Wer ist Raer?"

„Ein Selkie, ungefähr in meinem Alter. Raer tat, was immer er tun wollte. Er kannte nur sein eigenes Wohl. Nach dem Massaker vergingen nicht einmal zwei Tage, bis er Anspruch auf Ciara erhob. Sie war das letzte Weibchen unserer Art, deshalb sah er es als sein Recht an, sie zu besitzen."

Mari schnaufte verächtlich. „Niemand darf irgendwen besitzen."

„Das ist wahr. Jedes Wesen will frei sein."

„Und was geschah dann?"

„Er wurde immer aufdringlicher. Dass wir vor Schmerz wie gelähmt waren, interessierte ihn nicht. Er wollte meine Schwester, und als er eines Nachts versuchte, sie aus meinen Armen zu rauben, schlug ich ihn nieder, packte Ciara und schwamm mit ihr bis zur völligen Erschöpfung. Wir schwammen, bis unsere Sinne uns verließen, und als wir am Morgen in einer Bucht aufwachten, standen Florence und Jacob vor uns."

„Die Menschen, die euch aufgenommen haben?"

„Ja." Ein genüssliches Seufzen stahl sich von meinen Lippen, als Mari sich noch enger an meinem Körper schmiegte. Die Stimme meiner Vernunft war noch wach, doch so leise, dass ich sie kaum hörte. Nein, falsch, ich hörte sie. Aber sie war mir egal. „Beide waren schon alt. Ein Leben lang hatten sie in Reichtum und Prunk gelebt, aber als ihr Ende nahte, zogen sie sich in ein einsam gelegenes Haus am Strand zurück. Sie sagten immer, in ihrer alten Welt herrschten zu viele Gesetze, um glücklich zu sein. Jeder ihrer Schritte wäre verfolgt und beurteilt, jedes Wort auf die Goldwaage gelegt worden. Florence und Jacob wussten von Anfang an, was wir waren. Aber es störte sie nicht. Wir waren ihre Kinder. Sie liebten uns und gaben uns ein neues Zuhause. Wir lernten alles aus der Menschenwelt. Eure Sprache, eure Gebräuche und Vorstellungen. Alles war sehr seltsam, aber auch aufregend.

Es gab zwei Kamine, eine Wanne, heißes Wasser, duftenden Kuchen und süßen Kaffee. Jacob erzählte uns abends Geschichten, wie man sie Menschenkindern erzählte, und viele davon handelten von Wesen, die aus dem Meer kamen."

„Es ist nicht gut geendet, oder?" Mari sah mich aus ihren großen, wassergrünen Augen an. Ihre Gefühle waren wild wie eine Sturmflut. „Was ist aus den beiden geworden? Und aus Ciara?"

„Florence wurde eines Tages krank. Es war nichts Ernstes, nur das, was ihr eine Erkältung nennt. Sie erholte sich schnell, aber als Ciara dieselbe Krankheit bekam, verlief alles anders. Meine Schwester wurde mit jedem Tag schwächer. Das Fieber verbrannte sie, ihr Körper wurde dünn und leicht wie eine Feder. In eurer Zeitrechnung dauerte es nur sechs Tage, bis sie in meinen Armen starb."

Maris Hand, die gerade auf meiner Hüfte ruhte, hielt inne. „Das tut mir leid."

„Ich bin darüber hinweg."

„Ihr ward nicht an menschliche Krankheiten gewöhnt. Ein Körper kann sich nicht gegen etwas wehren, das er nicht kennt. Weißt du, was Immunsystem bedeutet?"

„Nein."

Plötzlich schien ihre Müdigkeit wie weggeweht. Sie fuhr hoch und starrte aus schreckgeweiteten Augen auf mich hinab. „Was, wenn ich dich mit irgendetwas anstecke? Ein für mich harmloses Virus könnte dich umbringen, weil du ein ganz anderes Immunsystem hast als ich."

„Das ist mir egal. Komm, leg dich wieder hin. Ich bin damals nicht krank geworden, und ich werde auch diesmal nicht krank werden. Und selbst wenn. Ich will einfach nur bei dir sein."

Mari knurrte widerstrebend, als ich sie an mich zog. Sie hatte Angst. Genauso wie ich. Ihre Nähe war wie das Licht des Anglerfisches, und ich war die Beute, die dem Glanz nicht widerstehen konnte. Ich wollte sie nicht gehen lassen. Niemals wieder. Aber alles lief darauf hinaus.

„Da ist noch etwas", bemerkte sie. „Irgendetwas, dass … ich weiß nicht."

Las sie so gut in meinem Gesicht?

„Florence rief damals einen Arzt", antwortete ich. „Er sollte Ciara heilen. Ich weiß nicht, woran er es erkannte, aber er fand schnell heraus, dass meine Schwester anders ist. Seinen Eifer schob ich eine ganze Weile auf die Entschlossenheit, ihr Leben zu retten. Ich war naiv und dachte, er wollte ihr helfen. Bis ich ein Gespräch belauschte. Der Arzt befand, Ciaras Leben sei verwirkt. Es gäbe nichts mehr, was sie retten könnte. Er bat Florence und Jacob um die Erlaubnis, ihren Körper der Wissenschaft zur Verfügung stellen zu können. Anschließend äußerte er die Vermutung, ich könnte an derselben vererbten Krankheit leiden. Und dass es besser sei, mich mitzunehmen. An einen Ort, an dem man mir helfen könnte."

In Maris Augen funkelte Wut. „Das ist widerwärtig. Darum wolltest du keinen Arzt."

„Ich gehe davon aus, dass sich gewisse Dinge niemals ändern."

„Nein, sie sind schlimmer geworden." Ihre Lippen strichen sanft über meine Brust. Sie wollte mich trösten, und dieses Wissen war so grausam schön. „Was ist dann passiert? Bist du bei Florence und Jacob geblieben?"

Ich schüttelte den Kopf. „Ciaras Verlust veränderte alles. Mit ihr hatte ich alles verloren, was von meiner Familie übrig geblieben war. Nach alter Sitte übergab ich sie den Meerestiefen und verschwand. Florence und Jacob waren alt, ich wusste, dass sie bald sterben würden. Noch jemanden zu verlieren, den ich liebte, hätte ich nicht ertragen. Ich wanderte durch das Meer und hoffte darauf, irgendwann zu vergessen. Aber ich vergaß nichts. Gelandet bin ich am Ende hier. Auf Skara Brae."

„Was ist mit Raer?" Mari strich mir sanft über das Haar. Als ich in ihr Gesicht sah … in ihr weiches, liebliches Menschengesicht … fühlte ich mich glücklich und elend zugleich. Ehe ich wusste, wie mir geschah, schloss ich sie noch fester in meine Arme und drückte ihren zitternden Körper an mich. Beim Salz der See, sie fühlte sich herrlich an. Ihr Geruch nach Vanille und Menschenmädchen ließ mich schwindeln und entlockte meiner Kehle ein wonniges Knurren. Es fühlte sich an wie der Rausch, aber bis zur ersten Vollmondnacht dauerte es noch einige Tage.

„Ich glaube, dass er tot ist“, schnurrte ich an ihrem Ohr. Meine Stimme ließ ihren Körper vibrieren wie die Saiten einer Geige. „Seit Jahrzehnten habe ich ihn nicht mehr gesehen oder gespürt. Das letzte Mal kurz nach Ciaras Tod. Er griff mich an, weil er der Meinung war, alles sei meine Schuld gewesen. Raer hasste Menschen. Ausnahmslos. Vielleicht ist er verrückt geworden. Oder er wurde von einem Orca gefressen, weil er vor lauter Wut und Hass nichts mehr wahrnahm.“

Mari stieß einen klagenden Laut aus. „Ich wünschte, ich wäre wie du. Könnte ich nicht so werden? Wie seid ihr entstanden? Gibt es für Menschen die Möglichkeit, ein Selkie zu werden?“

Schmerz brach in mir auf. Ich wusste die Antwort darauf, doch ich wollte nicht daran denken. Nicht heute Nacht. Stattdessen atmete ich ihren Duft ein. Sog ihre Wärme in mich auf und wünschte mir, dass diese Nacht nie endete.

Wie zufällig geschah es, dass unsere Lippen sich berührten. Mein Körper verkrampfte sich, als ihr Geschmack auf meiner Zunge explodierte. Er glühte wie das sommerliche Meeresleuchten.

Ich wollte mehr davon.

Viel mehr.

Mari seufzte, als ich sie zu küssen begann. So federleicht lag sie in meinen Armen, so süß schmeckten ihre Lippen, dass eine gewaltige Sehnsucht in meinem Körper klaffte.

Ihre Finger gruben sich in mein Haar, ihr Bein legte sich über meine Hüfte. Sie schien unter mir zu zerschmelzen. Ich spürte, was sie wollte. Wonach sie sich entgegen aller Vernunft verzehrte. Es wäre so einfach gewesen, ihr Sehnen zu erfüllen. Unter meinen Lippen und streichelnden Händen zitterte sie.

Hör auf, bevor es zu spät ist.

Sie gab einen fragenden Seufzer von sich, als ich zurückwich.

Ihr Geschmack vernebelte meinen Verstand.

Nie hatte ich mich so gefühlt. Wie eine Robbe zwischen Gaumen und Zunge eines Orcas. Irgendwo zwischen Angst, Ungläubigkeit und verzweifelter Euphorie.

Das Verlangen tobte in meinen Eingeweiden und focht ein Kampf gegen das Bedürfnis aus, dieses zarte Wesen einfach nur schützend im Arm zu halten.

Dass Letzteres in dieser Nacht den Sieg davon trug, lag nur an dem durchdringenden Tröten, dass plötzlich die Nacht zerfetzte.

Ich kannte diesen Laut. Es war die Hupe des Fischkutters.

„MacMuffin." Mari fuhr auf und schwankte benommen. „Oh verdammt, ich hatte ihn ganz vergessen. Mist, Mist, Mist."

Hektisch zerrte Mari ihre Sachen aus dem Rucksack, zog sich an, raufte sich die Haare und stieß ein paar Flüche aus, die mich zutiefst rührten.

„Die Decke gehört dir", sagte sie. „Sehen wir uns wieder?"

„Das wäre schön."

„Würdest du … ich meine, hättest du Lust, morgen Abend zu uns zu kommen?"

Meine Vernunft rebellierte, doch ich ignorierte sie. „Ich komme, wenn die Sonne untergeht."

Mari bückte sich, nahm mein Gesicht zwischen ihre Hände und küsste mich. Beim Salz der See, ich wollte sie nicht gehen lassen. Ich wollte mit ihr hier liegen, die ganze Nacht lang.

Eine immerwährende Nacht lang.

Doch sie löste sich von mir, wischte eine Träne aus ihrem Augenwinkel und stürmte in die Dunkelheit hinaus. Ich hörte ihre Schritte auf den Dünen, dann das Rascheln des Strandhafers und zuletzt ein schleifendes Geräusch. Ihr Ruderboot, das über den Sand schrammte.

Maris Geruch hing in der Decke fest, die sie mir geschenkt hatte.

Ich zog sie bis zur Nase hoch, rollte mich zusammen und ließ mich darin fallen.

„Es ist nach Mitternacht“, polterte mein Vater los, kaum dass wir durch die Tür traten. „Ich bin fast gestorben vor Sorgen. Was fällt euch ein?“

„Tut mir leid“, brummte MacMuffin. „Aber ich habe das Seltsamste erlebt, dass man sich vorstellen kann. Orcas. Fünf Stück. Sie trieben mir die Fische ins Netz, ich sag's euch. Den ganzen Nachmittag lang fing ich nichts, und dann, als ich die kleine Sprotte holen wollte, sind sie auf einmal aufgetaucht. Und mein Kutter soff fast ab, weil das Netz so schwer war. Glaubt mir es oder nicht, mir ist es gleich. Aber ich sage euch die Wahrheit.“

Dad und ich sahen uns an. Eine schweigende Konversation begann.

Er war es, oder?, sagte sein Blick. *Er hat das gemacht, auch wenn ich nicht weiß, wie.*

Ich habe ihn gefunden, bestätigte ich mit einem hauchfeinen Nicken.

Du bist verrückt! Dad gab ein leises Knurren von sich und zog die Augenbrauen zusammen. Sein scharfer Blick durchbohrte zuerst mich, dann MacMuffin. *Ich hätte dich nie gehen lassen sollen. Dir hätte sonst was passieren können. Ihr beide seid verrückt!*

„Ich glaube dir, Muffy. Danke für's Mitnehmen.“

„Das war das letzte Mal, dass ich sie alleine mit dir mitfahren lasse“, echauffierte sich mein Vater. „Ihr seid unzuverlässig und treibt mich in den Wahnsinn.“

„T'schuldigung“, nuschelte der Fischer in seinen Bart, ging nach draußen und schloss die Tür hinter sich. Schlechtes Gewissen rumorte in meinem Bauch. Louan hatte die Orcas zu Muffy geschickt, um mehr Zeit herauszuschinden. Ein befremdlicher Gedanke. Es hatte nie in meiner Absicht gelegen, dem alten Mann Ärger einzubrocken. Blieb nur zu hoffen, dass mein Vater ihm schnell verzieh.

Louan ...

Stumm flüsterte ich seinen Namen in mich hinein. Meine Lippen brannten noch immer von unserem Kuss. Jeder Teil meines Körpers, den er berührt hatte, war bis zur Schmerzgrenze empfindsam. So fühlte es sich also an. Der berühmte Taumel des Glücks. Das schwerelose Verliebtsein. Nur war es in diesem Fall komplizierter. Mir war klar, dass über meinen Gefühlen für Louan ein Schatten lag. Sie brachten etwas mit sich, das unkontrollierbar war. Es fühlte sich an wie die unheilschwangere Stille im Auge eines Hurrikans.

Um ein Haar hätte ich in der Ruine etwas sehr Dummes getan.

Im Nachhinein erschreckte es mich, denn ich wusste nicht, ob ich es in letzter Sekunde hätte verhindern können, wäre MacMuffin nicht aufgetaucht. Louans Nähe, seine Berührungen, sein Zauber … all das hatte mir den Verstand geraubt.

Es durfte nicht wieder passieren. Nicht auf solche unüberlegte Weise.

„Du hast mich enttäuscht, Mari. Ich hoffe, dass ist dir klar."

Ich presste stumm die Lippen aufeinander.

„Aber die meiste Schuld hatte MacMuffin", fuhr er fort. „Was fällt ihm bloß ein, dich so lange allein auf der Insel zu lassen? Im Dunkeln. Es hätte weiß Gott was passieren können."

Mein Vater packte mich an den Schultern, beugte sich vor und sah mir fest in die Augen. „Mari, hatte ich recht mit den Orcas. Hat dieser Junge sie …"

Er konnte es nicht aussprechen. Weil es noch immer zu fantastisch war.

„Ja. Aber er hat es nur getan, weil er einsam ist. Er wollte nur mit mir reden, nichts weiter."

„Du kennst ihn nicht, Mari. Du kannst ihn gar nicht kennen."

„Das können wir ändern. Ich habe ihn für morgen Abend zu uns eingeladen. Bitte hör dir seine Geschichte an. Stelle ihm alle Fragen, die dir auf der Zunge brennen. Lerne ihn kennen. Zusammen mit mir."

Wir sind nackt im Meer geschwommen, fügte ich in Gedanken hinzu. *Ich saß auf einem Orca und bin auf ihm durch die Wellen geritten. Ich lag auf einer Sandbank mitten im Meer und habe mich so lebendig gefühlt, wie noch nie zuvor.*

Dads Misstrauen dominierte seine gesamte Miene. Für ihn war Louan ein unberechenbarer Faktor. Ein gewöhnlicher Menschenjunge wäre schlimm genug gewesen, doch ein Wesen, das keinen normalsterblichen Regeln unterworfen war, stürzte ihn in einen Abgrund aus Zweifel und Argwohn. Er hatte nicht stundenlang mit Louan geredet. Er hatte nicht gespürt, welch wunderbares Wesen in ihm steckte. Aber wenn alles gut ging, würde er es morgen Abend erfahren.

„Gib ihm eine Chance", flehte ich ihn an. „Auch wenn er kein Mensch ist."

„Um Himmels willen. Kann bei uns denn nichts normal verlaufen?"

„Anscheinend nicht. Ach ja, da ist noch was. Könntest du mir Kleider raussuchen? Irgendwas von früher, als du noch schlank warst? Er hat nichts anzuziehen außer seinem Fell. Und du willst doch nicht, dass er nackt bei uns am Tisch sitzt."

Wieder schweiften meine Gedanken ab. Furchtlos hatte ich Louans Körper erforscht, als wäre die schüchterne Mari nicht mehr existent.

Und er hatte sich so gut angefühlt. Noch immer fühlte ich die Bewegungen seiner Sehnen und Muskeln unter meinen Fingern. Ich hatte ihn berührt, so wie er mich berührt hatte, und im Nachhinein war der Zauber unseres Beisammenseins noch unwirklicher. Würden wir in der kommenden Nacht fortsetzen, was wir unterbrochen hatten? Ich wusste, dass er sich davor fürchtete. Die Angst vor dem Verlust sprach aus jedem seiner Blicke. Hoffentlich, und darum betete ich inständig, saß sie nicht tief genug, um unheilbar zu sein.

Während meine Gesichtsfarbe sich verdunkelte, erbleichte Dad um mehrere Facetten.

„Also gut", murmelte er. „Ich schau mal, ob ich was finde."

„Am besten Jeans und T-Shirt. In schwarz oder blau."

„Weiß MacMuffin Bescheid?"

„Nein. Aber Louan ist für seine Glückssträhne verantwortlich. Er hat ihm die Fische ins Netz getrieben. Ihm ist es zu verdanken, dass unser Freund jetzt schuldenfrei ist. Du solltest ihm vertrauen. Er ist um vieles besser als die meisten Menschen."

„Vielleicht." Er zwang sich zu einem gequälten Lächeln. „Ich hoffe es sehr für dich."

Kapitel 7

Wie ich die Zeit stillstehen ließ

„Wind ist der Welle lieblicher Buhler,
Wind mischt vom Grund aus schäumende Wogen.
Seele des Menschen, wie gleichst du dem Wasser!
Schicksal des Menschen, wie gleichst du dem Wind.“

Johann Wolfgang v. Goethe

~ Mari ~

Mit einer Jeans, einem taubenblauen T-Shirt und schwarzer Unterwäsche in den Händen saß ich auf einem Stein dicht an der Brandung und wartete auf Louan. Falls er nicht kam, und diese Möglichkeit war nicht unwahrscheinlich, würde ich es akzeptieren. Keine Besuche mehr auf der Insel, es sei denn, er wollte es. Kein Suchen mehr, falls er wieder verschwand. Der nächste Schritt gehörte allein ihm.

Den ganzen Tag lang hatte es geregnet, der Sand war nass und schwer, die Wolken in der Dämmerung von dunklem Grau und Violett. Mit jeder verstreichenden Minute wurde es kälter, bis es sich anfühlte, als wäre der Sommer ohne Übergang dem Winter gewichen.

„Komm“, flüsterte ich. „Komm zu uns.“

Und er kam.

Das Fell an seine Brust gedrückt, entstieg er im letzten Dämmerungslicht den Wellen.

Mehr denn je begriff ich, wie fremdartig er wirklich war. Obwohl ich akzeptiert hatte, was er war und was ihn ausmachte, lief es mir doch eiskalt den Rücken hinunter, als er nackt und geschmeidig den Wellen entstieg.

So selbstverständlich.

So vollkommen natürlich in seiner Unwirklichkeit.

„Zieh das hier an.“ Ich reichte ihm die Kleidung. „Mein Dad hat was dagegen, wenn du nackt am Tisch sitzt.“

Sein Lächeln war dürftig. Er schien nervös zu sein, schlüpfte hastig in die Unterwäsche, stieg in die Jeans und schnupperte prüfend am T-Shirt, ehe er es anzog. Wie menschlich er plötzlich aussah. Dads alte Sachen standen ihm ausgezeichnet, und meine Mutmaßung, dass Blautöne ihm am besten standen, stellte sich als absolut richtig heraus.

„Bereit?“

Louan nickte. Er folgte mir wie an jenem Abend, als ich ihn das erste Mal in unser Haus geführt hatte, und wie damals stand Dad im Wohnzimmer parat und begrüßte meinen Selkie mit einem Blick, der schwer zu deuten war. Ich glaubte brennende Neugier zu erkennen, Misstrauen, Faszination und Vorsicht. Er starrte auf Louans nackte Füße, dann auf seine tropfnassen Locken, räusperte sich zweimal und reichte ihm schließlich die Hand.

„Willkommen. Wie geht es dir? Alles okay?“

Louan warf mir einen unsicheren Blick zu. „Ja“, antwortete er zögernd. „Danke für die Einladung.“

„Frierst du nicht?“

„Nein.“ Sein Lächeln war entwaffnend.

Dad wurde rot, hob in einer hilflosen Geste die Arme und nickte zum Gewächshaus hinüber. „Geht doch schon mal rüber. Das Essen braucht noch eine Weile. Wenn du willst, Mari, führe unseren neuen Freund doch ein bisschen herum.“

„Eine wunderbare Idee. Komm, ich zeig dir alles.“

Ich nahm Louans Hand und führte ihn hinüber in unser Refugium.

Dad starrte uns fassungslos hinterher.

Feuchte, duftende Tropenluft hüllte uns ein, als ich die Glastür des Gewächshauses hinter uns schloss.

Mein Selkie war augenblicklich Feuer und Flamme. Er löste sich von mir, huschte hierhin und dorthin, schnupperte und befühlte, studierte die farbenfrohen Blüten und wurde zunehmend gelöster.

„Gefleckter Schierling." Vorsichtig berührte er die weißen Blütendolden. „Mit seinem Saft hat man Sokrates hingerichtet. Kennst du Sokrates?"

Ich nickte und verkniff mir ein Grinsen. Louans Begeisterung hatte etwas Kindliches an sich. Etwas absolut Unschuldiges.

„Wenn du aus dem Schierlingsbecher trinkst", erzählte er weiter, „steigt von den Füßen her eine Lähmung auf. Sie kriecht langsam höher und höher, bis zu bei vollem Bewusstsein erstickst. Ein grausamer Tod. Und er dauerte manchmal Stunden."

„Du weißt viel über solche Dinge." Während Dad den Tisch im Wintergarten deckte, nahm ich wieder Louans Hand und führte ihn durch einen Anbau, der allerlei Kräuter, Gift- und Heilpflanzen beherbergte. Immer wieder musste ich innehalten und ihn betrachten. Die alte Jugendkleidung meines Vaters stand ihm ausgezeichnet. Auf der einen Seite gab es ihm etwas hinreißend Normalsterbliches, auf der anderen Seite untermalte seine Maske die Tatsache, was das hier in erster Linie war: Der klägliche Versuch einer Tarnung.

„Florence besaß auch ein Gewächshaus." Louan zog mich hinüber zu der gelben Engelstrompete und strich mit der Spitze des Zeigefingers über eine der großen, glockenförmigen Blüten. „Jede Krankheit und Verletzung behandelte sie selbst. Nur bei Ciara versagt ihr Talent."

Ich senkte beklommen den Blick. Besser, ich sagte nichts dazu. Gemächlich durchschritten wir die engen Gänge, die zwischen den Beeten und Glaskästen hindurchführten.

„Dad sagt immer", begann ich zu plaudern, „dass er irgendwann mal eine Flugsalbe herstellen will. Hier ist alles, was er dafür braucht. Eisenhut, Schierling, Belladonna, Beifuß, Engelstrompete."

„Und was ist mit Fledermausflügel, Wolfsherz und dem Fett eines ungetauften Kindes?" Louan zupfte einen Zweig des Lavendels ab, zerrieb ihn zwischen den Fingern und schnupperte daran. „Hat er das auch vorrätig?"

„Es gibt viele Rezepte für Flugsalben. Ich denke, wir bevorzugen die harmlose Variante."

Jetzt standen wir vor unserem prächtigen Belladonna-Busch. Louan stellte sich hinter mich, schloss seine Arme um meinen Oberkörper und strich mit den Lippen zart über meinen Nacken.

Ich biss mir so fest auf die Unterlippe, dass ich Blut schmeckte.

Mein Gott, es fühlte sich so gut an.

So richtig.

Ich wollte mich umdrehen und endlich wieder seine Lippen auf meinen spüren, doch mein Körper war gelähmt. Gefangen in der Wärme seiner Arme.

„Früher glaubte man, die Belladonna wäre die Heimat des Hausgeistes", flüsterte er mir ins Ohr. „Man hat ihre Früchte als Aphrodisiakum genutzt. Und als Mittel gegen Krämpfe und Tollwut."

Seine Finger strichen durch mein Haar, während er Küsse auf meinen Hals hauchte. Aphrodisiakum? Was wollte er mir damit sagen? Zitternd lehnte ich mich gegen seinen Körper, und als sich seine Arme noch enger um mich schlossen, kam ein Seufzen über meine Lippen.

„Nimmst du nur ein paar Beeren, verfällst du in einen Rausch."

Seine Stimme wurde dunkel und warm. Unverhohlen verführerisch.

Ich spürte sein weiches Haar an meiner Wange, roch sein salziges Aroma.

„Deswegen nennt man sie auch Tollkirsche. Du weißt nichts mehr von Vernunft oder Gewissen. Du tust wie von Sinnen nur noch das, was du wirklich willst."

Meine Beherrschung wankte. Noch ein wenig mehr, ein wenig mehr Flüstern, ein paar weitere Berührungen, und ich würde keine Belladonna brauchen, um mich zu verlieren. Seine Lippen schwebten über meinem Hals, fuhren die Linie meines Kiefers nach und glitten zur Schläfe hinauf.

„Du bist wie die Belladonna. Wenn ich bei dir bin, fühle ich mich wie im Rausch. Ich will nur noch eins: mehr von dir. Auch wenn es nicht gut ist."

„Nicht gut? Warum?"

Ich drehte mich in seinen Armen und blickte zu ihm auf. Hinter dem silbergestreiften Schwarz seiner Haare glühten seine Augen. Er verbarg nicht, was er wollte. Der Wunsch lag in seinem Blick, in seinem Lächeln und den lauernden Schritten, mit denen er vor mir zurückwich.

„Zeig mir die Rosen."

Ich nickte, holte ein paar Mal tief Luft und folgte dem Gang in den nächsten Abschnitt unseres Gewächshauses. Wie eine wild gewordene Trommel hämmerte das Herz in meiner Brust.

Würde er über Nacht bleiben oder wieder nach Skara Brae flüchten?

Würde er die einsame Kälte des Meeres der Wärme in meinem Zimmer vorziehen?

Feuerfarbene, violette, rote und gelbe Blüten füllten das gläserne Zimmer, in das wir nun traten. Es gab betörend duftende, malvenfarbene Rosen, blass vanillefarbene Rosen, schwarze, blutrote, orange und weiße Rosen.

Dad legte keinen Wert auf Ordnung, sodass alte Sorten neben modernen standen, englische Rosen neben deutschen, Damaszenerrosen neben Kletterrosen.

Louan blieb stehen, schloss die Augen und drehte sich um seine eigene Achse. Verzückung legte sich über sein Gesicht.

Plötzlich war sie wieder da. Die unverfälschte, trügerische Unschuld, die kein Wässerchen trüben konnte.

„Woher stammt ihr?", fragte ich. „Wo liegt der Ursprung eurer Rasse?"

„Ich weiß es nicht." Er zuckte nur die Schultern und befühlte eine Blüte nach der anderen. „Es gibt Mythen, Sagen und Legenden. Mündliche Überlieferungen über Jahrtausende hinweg, von denen jede einen wahren Kern hat."

„Und was sagen diese Geschichten?"

Louan umfasste eine Rose, in der sich gelbes Feuer zum Blütenrand hin in rote Flammen verwandelte. „Die Alten erzählten, dass am Anfang der Zeiten mächtige Wesen in unsere Welt kamen, um Menschen und Tiere zu erschaffen. Als sie aber sahen, dass der Mensch sich vom Rest der Schöpfung löste, kam ihnen der Gedanke, sie wieder daran zu erinnern, dass alles auf demselben … wie sagt ihr das?"

„Auf derselben Grundlage?"

„Ja. Es gibt weniger Unterschiede zwischen einem Seehund und einem Menschen, als ihr denkt. Das trifft auf jedes Tier zu. Wir wurden alle aus demselben Stoff geschaffen, leben aber unterschiedliche Leben, tragen unterschiedliche Gestalten und sprechen unterschiedliche Sprachen. Die mächtigen Wesen versuchten, die Grenze zwischen Mensch und Tier zu verwischen. Viele so entstandene Geschöpfe lebten nicht lange, aber keines der mächtigen Wesen konnte sagen, warum das so war. Also versuchten sie es weiter, und als sie den Seehund nahmen, um ihn mit dem Menschen zu vereinen, gelang ihr Plan. Die Selkies entstanden und vereinten das Tier mit dem Menschen. Leider hielt der Frieden nicht lange. Die Schöpfer machten uns zu mächtig. Sie beschenkten uns mit der Fähigkeit, zwischen Land und Meer zu wechseln. Sie machten unsere Körper stark, langlebig und schön. Sie schenkten uns heilende Kräfte. Gedacht war all das, um den Menschen Gutes zu tun und ihr Vertrauen zu gewinnen. Aber in Wirklichkeit weckten Selkies nur eins: ihren Neid."

„Wenn du mich fragst, waren die Schöpfer reichlich dämlich. Geben der einen Spezies alles, der anderen nur eine Handvoll, und dann wundern sie sich, warum eine Seite Frust schiebt."

„Vielleicht haben die Schöpfer einfach nicht nachgedacht. Viele Fehler passieren aus Unwissenheit."

„Und eine einzige Gruppe hat diesen Neid überlebt?"

Louan schritt gemächlich weiter. Unter einem Kletterrosenstrauch blieb er stehen, neigte den Kopf und sah mich nachdenklich an. „Früher lebten wir auf Felseninseln hoch oben in der Arktis. Daher das helle Fell. Ich kann mich nicht mehr an dieses Leben erinnern. Dafür war ich zu jung, als wir den Norden verließen."

„Kommt ihr als Seehund zur Welt?"

„Ja. Am Anfang sind wir immer Tiere. Erst später verwandeln wir uns das erste Mal." Seine Stimme wurde verträumt und wehmütig. „Meine Mutter erzählte mir von blauen Gebirgen aus Eis, die unter Wasser leuchteten. Von

Spitzen, Türmen und Schluchten, durch die wir schwebten, sobald wir in eines der Eislöcher tauchten. Im Sommer lagen die Felsinseln frei, im Winter waren sie von Packeis umgeben. Es muss ein wundervolles Leben gewesen sein. Meine Mutter kam nie darüber hinweg, dass wir all das hinter uns lassen mussten. Als ich die letzten Monde in der Arktis verbracht habe, bekam ich einen kleinen Eindruck davon, wie unser Leben gewesen sein muss."

„Ihr musstet wegen den Menschen fliehen?"

„Eines Morgens tauchten riesige Dreimaster am Horizont auf."

Seine Stimme klang kühl. Monoton und leise.

„Schiffe mit geblähten Segeln und unzähligen Männern, die mit Hacken, Knüppeln und Messern auf uns losgingen. Wir hatten Glück, weil wir sie kommen sahen. Die Herden auf den Nachbarinseln waren in der ersten Morgendämmerung überrascht worden. Kaum ein Selkie dieser Gruppen blieb am Leben. Und die Jagd ging weiter, auch als es uns gelang, zu fliehen. Wo auch immer wir auftauchten, trachteten die Menschen nach unserem Pelz. Die Meere wurden nach und nach von eurer Rasse erobert. Viele von uns starben, ehe sie eine neue Heimat fanden. Es erging uns genauso wie der Stellerschen Seekuh oder dem Riesenalk. Innerhalb weniger Jahre waren wir so gut wie ausgestorben."

„Das tut mir leid."

Nichts konnte den Frevel wiedergutmachen, den meinesgleichen an der Welt begangen hatte. Gewaltige Tiere wie die Stellersche Seekuh, deren Gattung Millionen von Jahren überlebt hatten, waren innerhalb weniger Jahrzehnte restlos vernichtet worden. Ein unfassbarer Gedanke. Wäre Louan den Jägern zum Opfer gefallen, stünde nun auch seine Rasse auf der endlos langen Liste ausgerotteter Arten. Und das, noch bevor der Mensch von dem Wunder der Selkies erfahren hatte.

Was wiederum dazu geführt hätte, dass man sie eingesperrt und ausgestellt, seziert und missbraucht hätte. Es war deprimierend.

Wie lebte man in dem Wissen, der letzte seiner Art zu sein? Ich beobachtete Louan, wie er von einem Rosenbusch zum nächsten ging, vertieft in Düfte und Farben. Er wirkte entspannt. Immer wieder warf er mir ein begeistertes Lächeln zu, und ich glaubte, Dankbarkeit darin zu lesen. In diesem Augenblick kam mir eine Idee. Ich ging zu dem Holzkasten hinüber, in dem das Vogelfutter lag, nahm einen Hirsekolben heraus und hielt ihn ihm entgegen.

„Leg das auf deine Hand", wies ich ihn an. „Und dann schau, was passiert."

Er tat es, und kaum hatte ich ein lockendes Zwitschern ausgestoßen, kamen sie vom Wintergarten her angeflattert. Zwölf leuchtend bunte Gouldamadinen. Ohne Scheu ließen sie sich auf Loans Hand und seinen Arm nieder, pickten am Kolben herum und verteidigten flatternd und zwitschernd ihren Platz. In schneller Abfolge wechselten die Vögel, manche wurden von ihren Artgenossen weggestoßen, andere überließen freiwillig dem Nächsten ihren Platz. Louan war stumm vor Staunen. Sein Blick verfolgte entzückt das Geschehen und verdunkelte sich vor Enttäuschung, als der Kolben leer gefressen war und die Vögel das Weite suchten.

„Wie nennt man sie?", flüsterte er atemlos.

„Gouldamadinen", sagte ich. „Nach Elizabeth Gould, der Frau des Zoologen John Gould."

„Erzähl mir von ihr."

„Sie begleitete ihren Mann Anfang des neunzehnten Jahrhunderts auf seinen Reisen nach Australien und Tasmanien. Die meisten Zeichnungen in seinen Werken stammen von ihr. Sie war eine begnadete Künstlerin, aber als Frau stand Elizabeth immer im Schatten ihres Mannes. Niemanden interessierte ihr Talent, alle sahen nur Johns Ruhm. Trotzdem waren die beiden ein glückliches Paar. Er hat seine Frau nie als niederen Menschen angesehen, sondern sie in die weite Welt mitgenommen. All seine Entdeckungen und Ergebnisse verewigte Elizabeth in wunderschönen Bildern."

„Und wie ist es geendet?" Aus Louans Blick sprach eine solche Traurigkeit, dass es mir das Herz zusammenschnürte. Wusste er von dem tragischen Ende der Liebenden? Oder war es etwas anderes?

„1840 kehrten sie nach England zurück“, sagte ich leise. „Elisabeth starb kurz darauf bei der Geburt ihres siebten Kindes im Wochenbett. Ihr zu Ehren nannte ihr Mann diese Vögel *Lady Gould's Amadinen*. Weil sie die wunderschönsten Wesen waren, die er je erblickt hatte.“

Louan sah mich schweigend an. So ernst und starr, dass es mir kalt den Rücken hinab lief.

„Hast du noch so eine Pflanze?“, fragte er schließlich.

„Jede Menge. Warte, ich gebe dir noch eine.“

Ein Lächeln hellte sein frostiges Gesicht auf, als ich einen zweiten Kolben hervorholte. Gerade, als ich ihn ihm bringen wollte, erklang Dad's Ruf.

„Kommt ihr? Wir warten auf euch.“

„Wir?“, echote ich verblüfft. „Wen meint er mit *wir*? Ich dachte, wir wären unter uns.“

Das durfte doch wohl nicht wahr sein. Ich wollte meinem Vater Louans Natur näher bringen. Ich wollte tiefer in die Welt der Selkies eintauchen und tausend Fragen stellen, aber wenn tatsächlich jemand mit uns aß, lief alles auf eine einzige Farce hinaus. Was, wenn Louan sich verriet? Wen zum Geier hatte Dad eingeladen? Etwa MacMuffin?

Die Hände zu Fäusten geballt, rauschte ich in den Wintergarten. Mein Vater lächelte mir schuldbewusst entgegen.

Neben ihm saß Olivia, diesmal selbst ganz in schwarz.

„Sie weiß es“, sagte er mit gesenktem Blick. „Sie weiß alles. Es ist okay. Wir können ihr vertrauen.“

Mir klappte die Kinnlade herunter.

Hatte ich richtig gehört?

Sie wusste alles?

Olivia zuckte zusammen und stieß einen Laut ungläubigen Staunens aus, als Louan neben mir auftauchte. Augenblicklich war jede Wut vergessen.

Was war hier los? Mein Blick wanderte zwischen dem Selkie und Olivia hin und her. Beim heiligen Kelpie, die beiden schienen sich zu kennen.

„Oh mein Gott“, stieß sie hervor. „Oh mein Gott.“

Louan schwieg. Steifbeinig ging er zu dem nächsten freien Stuhl, setzte sich und verschränkte die Arme vor der Brust. Nervös huschte sein Blick hin und her.

Oh verdammt, ich hätte Dad umbringen können. So hatte ich mir das nicht vorgestellt. Absolut nicht.

„Olivia?“ Dad räusperte sich. „Alles in Ordnung?“

Sie nickte. Ihre Finger gruben sich in goldblonde Locken, während sie hektisch nach Luft schnappte. „Moment, ich muss mich nur … Scheiße, ich dachte, ich hätte mir alles nur … oh mein Gott.“

„Warum hast du sie eingeladen?“ Ich konnte nicht mehr an mich halten. Statt mich zu setzen, packte ich Dad bei den Schultern und ließ meiner Wut freien Lauf. „Warum musstest du das tun? Dad, ich habe dir vertraut. Du weißt genau, dass … verflucht, warum hast du das getan?“

Er drückte meine Arme zur Seite. Zum ersten Mal sah ich Zorn in seinen Augen funkeln. „Ist dir schon mal der Gedanke gekommen, Mari, dass auch ich jemanden zum Ausheulen brauche? Dass auch ich manchmal Unterstützung brauche, um nicht völlig den Verstand zu verlieren? Du vertraust mir, und ich vertraue Olivia. Sie liebt Selkies seit ihrer Kindheit. Von ihr kenne ich alle Geschichte darüber. Also bitte, Mari, setz dich hin und gib ihr eine Chance.“

Ich presste die Lippen aufeinander und gehorchte. Zahllose Gefühle strömten wie eine Flut auf mich ein. Schlechtes Gewissen, Sorge, Angst, Schuldbewusstsein. Wut auf mich selbst, Wut auf Olivia, die Louan mit untertassengroßen Augen begaffte. Totale Verwirrung.

„Ich habe euch Maris Lieblingsessen gekocht.“ Dad versuchte sich kläglich im Umschiffen dieser heiklen Situation. „Salzbraten und selbst gebackenes Baguette, Meersalzbutter und Tomatensalat. Also, greift zu.“

„Warum hast du mir damals nicht geholfen?“ Olivias Worte schwebten inmitten ungläubigen Schweigens.

Mir sackte alles Blut aus dem Gesicht.

„Was meinst du damit?“, fragte ich. „Woher kennt ihr euch?“

Jetzt war es Louan, der das Wort ergriff: „Ihre Eltern besaßen damals ein Selkiefell. Olivia stahl das Fell, stürzte sich ins Wasser und versuchte, sich zu verwandeln. Sie hatte Geschichten gehört, dass es Menschen möglich wäre, zum Seehund zu werden."

„Wenn sie es sich nur fest genug wünschen, ja." Olivias Augen schwammen plötzlich in Tränen. „Es hätte funktioniert. Ich habe es gespürt. Und dann kamst du. Deine Augen sind dieselben. Ich wäre bei dir gewesen, als deinesgleichen, aber mein Vater zog mich aus dem Wasser."

Plötzlich fiel der Groschen. Die Geschichte, die Olivia mir erzählt, oder besser gesagt grob umrissen erwähnt hatte. Das erste und einzige Mal, dass ihre Eltern sie geschlagen hatten. Das Fell aus ihrem Keller.

Warum hast du mir damals nicht geholfen?

Dabei geholfen, zum Meer zu gehören. Nicht, an Land zurückzukommen. In meinen Ohren rauschte das Blut. Besaß Olivia dieses Fell noch immer? War es tatsächlich möglich für einen Menschen, zum Selkie zu werden? Ich warf Louan einen scharfen Blick zu.

Sag es mir! Ist es möglich?

„Du wärst gestorben", antwortete er sanft. „Kein Mensch überlebt die Verwandlung. Eure Körper sind nicht dafür geschaffen."

„Ich wäre nicht gestorben." Olivias Stimme zitterte, Tränen rannen über ihre Wangen. „Ich wäre zum Seehund geworden. Ich hätte alles hinter mir gelassen."

„Nein. Für beide Seiten ist es unmöglich, die Grenze zu überschreiten. Ich kann niemals ein Mensch bleiben, du könntest nie zu meiner Welt gehören."

Olivia spießte ihre Gabel in ein dampfendes Stück Braten. Schluchzend begann sie, es in kleine Würfel zu zerlegen.

„Woher hattet ihr ein Selkiefell?", fragte ich vorsichtig.

Sie zuckte mit den Schultern. „Ich weiß es nicht. Es lag im Keller, seit ich denken kann."

„Existiert es noch?"

„Nein. Nachdem mein Vater mich aus dem Wasser fischte, warf er das Fell auf den Müll."

Louan und ich tauschten einen vielsagenden Blick. Die Tatsache, dass etwas so Schönes und Bedeutsames im Müll endete, erschien mir ungeheuerlich. Ich sah, wie er kaum merklich den Kopf schüttelte.

„Es gehörte einem Mädchen, das sich unsterblich in einen Fischer verliebte." Seine Stimme nahm eine hypnotische Weichheit an. Dunkel war sie, traurig und auf einer Ebene betörend, die direkt auf das Unterbewusstsein einwirkte. Während er sprach, fühlte ich mich, als trüge mich eine lockende Strömung sanft auf das Meer hinaus. „Sie war bei ihm, wann immer er zum Fischen hinausfuhr. Aber als er sie eines Tages entdeckte, dachte er, sie wolle seine Netze zerbeißen. Er erschoss sie, zog ihr das Fell ab und warf ihren Kadaver zurück ins Wasser. Es muss zu Zeiten deines Urgroßvaters gewesen sein. Weißt du etwas über ihn? War er Fischer auf den Faröer-Inseln?"

Olivia erwiderte fassungslos Louans Blick. „Ja, das war er. Mein Vater hat mir alte Fotos gezeigt. Der Fischer hieß William. Oh mein Gott, dann hat er sie getötet? Er hat das Mädchen getötet, das ihn liebte?"

Louan nickte. „Ihre Seele blieb mit dem Fell verhaftet. Sie war darin gefangen, deshalb hattest du als Kind das Gefühl, es dir unbedingt umlegen zu müssen. Das Mädchen wollte ins Leben zurückkehren und hat nach dir gerufen. Vielleicht hätte sie es dir ermöglicht, zum Selkie zu werden, aber du wärst fortan mit ihr gemeinsam in einem Körper gefangen gewesen. Du hättest mit ihr nach einem Fischer gesucht, der seit Jahrzehnten tot ist. Du wärst wie sie verrückt geworden vor Trauer."

Olivia starrte ins Leere. Dann, als wäre nichts gewesen, begann sie ihren Braten zu essen. Stück für Stück, so vollkommen ruhig und beherrscht, dass ich beinahe auf ihre Maske hereingefallen wäre.

„Lasst uns essen", sagte Dad. „Danach reden wir über alles."

Ich verspürte keinen Hunger, tat ihm jedoch den Gefallen.

Kalt wie ein Stein lag die Geschichte des Selkiemädchens in meinem Magen. Gab es für solche Liebe denn niemals ein gutes Ende?

Während wir aßen, sangen Licia Albanese und Beniamino Gigle ihr *O soave fanciulla* aus der Oper La Bohéme. Um mich abzulenken, schwang ich mich im Geiste gemeinsam mit den Beiden in ekstatische Leidenschaft hinauf und verlor mich in ätherischen Höhen. Als das Stück im Jahr 1938 aufgenommen worden war, war Louan für Menschenverhältnisse bereits alt gewesen. Alt und doch jung. Eine unglaubliche Vorstellung. Alles fügte sich zu einem Gemälde von surrealer, erbarmungsloser Schönheit zusammen. Die Musik, der Duft des Essens, mein Schmerz, das Zwitschern der Gouldamadinen und die Aromen zahlloser exotischer Blüten.

Als das Essen abgeräumt wurde und mein Vater jedem eine Tasse duftenden Kaffee kredenzte, erzählte Louan seine Lebensgeschichte. Seine Stimme war wie der Sog der Gezeiten. Für den Rest meines Daseins wollte ich hier sitzen und ihm lauschen. Als Maria Callas mein geliebtes *Ave Maria* sang, stiegen mir die Tränen in die Augen.

Vor meinem inneren Auge entstanden Bilder zu Louans Worten. Eine windumtoste Insel mitten im Atlantik, auf denen sich weiße Seehunde aneinanderdrängten. Ein Tanz nackter, geschmeidiger Menschenkörper unter Wasser, jenseits aller Grenzen. Liebesnächte unter dem Sommermond. Bluttriefende Spitzhacken und abgezogene Felle, silbrig in der Dämmerung glänzend. Ich malte mir Louans und Ciaras Flucht aus, die endlosen Tage und Nächte im kalten Meer, und ich sah, wie sie in dem Haus am Strand neues Glück fanden. Glück, das nach kurzer Zeit zerstört worden war.

Zuletzt dachte ich an die Seele, gefangen in einem alten, staubigen Fell. Verdammt zu endloser Trauer.

„Was geschah danach?", fragte Olivia, als Louan in Schweigen verfiel und beide Hände um seine Kaffeetasse legte. „Hast du all die Zeit allein auf der Insel gelebt?"

„Es müssen in eurer Zeitrechnung mindestens einhundertdreißig Jahre gewesen sein. Aber es fühlte sich nicht so an."

„Großer Gott." Dad rieb sich die Stirn. „Das muss man erstmal verkraften. Ist nicht so einfach, was?"

Olivia nickte und starrte ins Leere. Mein Vater tat es ihr gleich. Vermutlich waren beide damit beschäftigt, ihre in Scherben liegenden Weltbilder neu zusammenzukleben. Sicher würde es ihnen gelingen. Die Frage war nur, ob das aus Scherben bestehende Gebilde seine Sprünge behielt.

Das Schweigen wurde schwer und unangenehm. Die CD war zu Ende, selbst die Vögel waren verstummt.

Unsichtbare Schatten legten sich über Louans Gesicht, machten es härter und verschlossener. Fast hätte man ihn an diesem Abend für einen gewöhnlichen jungen Mann halten können.

Wer ihm jedoch in die Augen sah oder das Schimmern seiner Haut genauer betrachtete, spürte das Fremdartige in ihm. Die Maske saß gut, aber längst nicht perfekt.

Ich wollte meine Hand ausstrecken und ihn berühren, doch ich konnte diesem Drang nicht nachgeben. Noch nicht. Ganz gleich, wie verzweifelt mein Körper danach schrie.

„Ich hätte nicht hierher kommen dürfen", sagte er plötzlich.

Dad, Olivia und ich fuhren synchron hoch.

„Warum nicht?", wisperte ich.

„In meiner Erinnerung gab es keine Bedeutung mehr für Wärme", antwortete er. „Ich habe gelernt, mein Leben zu leben. Ich erinnerte mich nicht mehr daran, wie es sich anfühlt, neben jemandem einzuschlafen und aufzuwachen. Nähe dieser Art gab es in meiner Welt nicht. Ich hatte all das gelöscht, um allein leben zu können. Jetzt kann ich es nicht mehr. Alles ist wieder da. Ich hätte nicht hierherkommen dürfen, weil jetzt nichts mehr so ist wie vorher."

Dads Blick huschte zwischen mir und Louan hin und her.

Seine Gefühle schwängerten so wahrnehmbar die Luft, dass ich meinte, sie schier greifen zu können. Mitgefühl war das stärkste davon.

In Olivias Blick wiederum las ich nichts.

Sie berührte meinen Vater an der Schulter und beugte sich zu ihm.

„Komm. Lassen wir die beiden alleine."

Dad erhob sich kommentarlos und suchte an Olivias Seite das Weite.

Zurück blieb ich, zusammen mit einem ins Leere starrenden Selkie, der mit dem Gedanken zu spielen schien, nach draußen zu stürmen, auf Nimmerwiedersehen im Meer unterzutauchen und uns zu vergessen.

„Geh nicht", flüsterte ich. „Bleib bei uns."

Louan fuhr so abrupt hoch, das ich zusammenfuhr. Zielstrebig hielt er auf den mit roten Beeren geschmückten Pfefferbaum zu, in dessen Zweigen die Gouldamadinen saßen und zwitscherten. Er blickte zu den Vögeln auf, als sei ihr Anblick seine Zuflucht.

„Was ist denn, wenn ich bleibe?", fuhr er mich an. „Dann ist mir einen Augenblick lang warm. Ich sehe euch altern und sterben, und danach ist die Kälte noch viel schlimmer. Du hast die Geschichte vorhin gehört. So endet die Liebe zwischen einem Selkie und einem Menschen. Einer Seite bringt es immer den frühen Tod. Als wir noch viele waren, kam es oft vor, dass ein Selkiemann sich in eine Menschenfrau verliebte, oder dass eine Selkiefrau ihre große Liebe an Land fand. Jede dieser Geschichten endete in Tod und Zerstörung. Es ist ein Naturgesetz. So, wie auf Ebbe die Flut folgt."

„Quatsch!" Trotzige Wut brach in mir auf. „Glück ist immer flüchtig. Es kommt und geht, wie es ihm gefällt. Auch wenn sich zwei Menschen finden, kann Liebe das Schlimmste bedeuten oder das Schönste. Sicherheit gibt es nie."

„Mari." Louan schloss gequält die Augen. „Ich will nicht, dass du so endest wie dieses Selkiemädchen. Glaube mir, ich wünsche mir nichts sehnlicher, als bei dir zu sein, aber keine der Liebesgeschichten, von denen ich je gehört habe, endete gut. Wir zerstören euch. Wir rauben eure Seelen. Wir machen euch krank, ob wir es wollen oder nicht."

„Unsinn", erwiderte ich hitzig. „Ich habe mich nie besser gefühlt als jetzt."

„Am Anfang ist das immer so."

„Und ich bin davon überzeugt, dass alles einen Sinn hat. An dem Abend, an dem ich dich fand, wollte ich nicht mehr an das Meer. Aber ich hatte plötzlich das Verlangen nach einem Strandspaziergang. Das Schicksal wollte, dass wir uns fanden. Es hat etwas mit uns vor."

„Genau das befürchte ich." Seine Hand legte sich auf meine Wange. Der Kloß in meiner Kehle verwandelte sich in einen Ball aus scharfen Stacheln.

„Und wir sind wie Robben, die in ständiger Angst davor leben, ins Wasser zu gehen, weil dort ihr schlimmster Feind lauert. Aber letztlich müssen wir doch hinein. Um zu überleben."

Ich empfand nichts als Empörung. Eine Wut gegenüber der gesamten Welt, die die Dinge so sein ließ, wie sie waren, und die alles gleichgültig hinnahm. Das Universum interessiert sich nicht für unsere Ängste und Hoffnungen. Damit mussten wir leben. Aber heute Abend würde es auch mir gleichgültig sein. Mochte geschehen, was immer geschehen wollte. Diese Stunden gehörten allein uns beiden.

Niemand konnte sie uns nehmen.

„Komm." Ich nahm Louans Hand und zog ihn zur Treppe hinüber.

Im Vorbeigehen griff er nach seinem Fell, das zusammengerollt auf dem Sideboard lag.

Mit jeder Stufe, die wir emporstiegen, wurde ich ungeduldiger. Zugleich wuchs mein Mut ins Unermessliche. Nein, Mut war es nicht. Eher Verzweiflung. Ein wilder Trotz gegenüber allen Fesseln, die uns auferlegt wurden oder die wir uns selbst auflegten.

In meinem Zimmer nahm ich Louan das Fell ab, legte es auf meinen Sessel und schmiegte mich an ihn, ehe mein Verstand Einwände erheben konnte. Seine Arme schlossen sich um mich, gaben mir allen warnenden Mythen zum Trotz das Gefühl, am sichersten Ort der Welt zu sein.

Sein Blick schweifte über die dunklen, staubbedeckten Kolonialstil-Möbel, den cremefarbenen Teppich, die Caspar-David-Friedrich-Kunstdrucke und blieb schließlich an meinem Heim-Planetarium hängen. Es ähnelte einer fußballgroßen, schwarzen Kugel mit einem Loch darin.

„Was ist das?", fragte er. „Was macht es?"

„Sterne."

Er runzelte die Stirn.

Mein Blick hing an seinen Lippen, jede ihrer hauchfeinen Regungen versetzte mich in Entzückung.

Ich wollte ihn.

Ich brauchte ihn.

Wie ferngesteuert hob ich meine Hand und strich ihm eine Locke zurück, die in seine Stirn gefallen waren. Louan schauderte unter meiner Berührung, sonst bewegte er sich nicht. Er stand einfach nur da und sah mich an.

„Wie macht es Sterne?", hakte er nach.

Ich musste lachen. „Projektion. Im Inneren der Kugel befindet sich eine Lampe und eine transparente Platte, auf der die Sterne aufgedruckt sind. Das Licht wirft die Sterne als Projektion an die Decke. Wie ein Spiegelbild im Wasser."

„Projektion." Er nickte gewichtig. Höchstwahrscheinlich hatte er noch nie von diesem Wort gehört. Wozu auch? Seine Welt war viel einfacher und geordneter als das selbst erschaffene Chaos des Menschen, in dem sich schöne und hässliche Dinge längst nicht mehr die Waage hielten.

„Können wir einfach nur …" Er sah hinüber zu meinem Bett. Soviel Sehnsucht nach Ruhe und Vergessen lag in seinem Blick, dass mir schier das Herz überging.

„Sicher doch." Ich nahm ihn an der Hand und führte ihn.

Als wir uns unter die Decke legten, Rücken an Bauch und eng umschlungen, entfloh ihm ein Seufzer, der sich für immer und ewig in meiner Erinnerung einprägen würde. Angst klang darin mit, Traurigkeit und eine Spur Verzweiflung. Aber auch Glück.

Das Glück, hier zu sein. In diesem Augenblick.

Louan rollte sich zusammen wie ein Kind, presste seinen gewölbten Rücken gegen mich und schauderte, als ich meine Arme noch fester um ihn schloss. Die Nase in seinem Haar vergraben, schloss ich die Augen.

Ich würde ihn nie wieder loslassen.

Nie wieder.

„Es war kein Fehler", flüsterte ich. „Es kann nicht falsch sein. Nicht, wenn es sich so richtig anfühlt."

Er sagte nichts. Da waren nur die Bewegungen seines Atems an meiner Brust, der Meeresgeruch seines Haares und Finger, die sich um meine schlossen. Sein Schweigen schnürte mir die Kehle zu. Er vertraute mir nicht. Wenigstens nicht, was meine Hoffnung anging, kein Unheil heraufbeschworen zu haben.

„Mari?", flüsterte er nach einer Weile, als ich schon sicher war, er sei eingeschlafen. „Erfüllst du mir einen Wunsch?"

„Sicher doch."

„Zeig mir eine Stadt."

Ich glaube, mich verhört zu haben. „Eine Stadt?"

„Ja. Bring mich hin. Zeig sie mir. Zeig mir, wie ihr lebt."

„Wir werden mit einer Fähre unterwegs sein. Unter vielen Menschen."

„Ja", murmelte er im Halbschlaf. „Ich will sie sehen. Ich will eure Welt kennenlernen, und nicht länger Angst davor haben. Bring mich morgen hin."

Unsere Welt kennenlernen? In einer Stadt?

Lieber nicht, wollte ich sagen. *Das ist gefährlich. Es ist laut und schmutzig und nicht gut für dich.*

„Wenn du willst", hörte ich mich stattdessen sagen, und ich dachte statt der Gefahr an einen Tag, den ich gemeinsam mit ihm verbringen würde. Wir beide, zusammen. Bei einem Ausflug in die Stadt. Wie ein ganz normales Paar.

~ Louan ~

So viele Menschen. Unmengen von Menschen. Sie strömten an mir vorbei wie wirbelnde Sardinen, plapperten und lachten und rannten und streiften mich mit ihren warmen, weichen Körpern. Bunt, laut und so hektisch, dass mir der Kopf schwirrte, aber auch auf seltsame Art herrlich, denn ich bewegte mich unter ihnen, und sie alle taten so, als gehörte ich dazu. Sie sahen mich an, lächelten mir zu, starrten neugierig oder drehten sich um, wenn ich vorbeiging, aber sie sahen mich als Mensch. Niemand schoss auf mich, niemand nahm mich als Fremdkörper wahr.

Ich bewegte mich einer Welt, die ich immer gefürchtet hatte, aber ich hatte keine Angst mehr.

Alles war so riesig, so gewaltig und zahlreich, dabei gehörte diese Siedlung nicht einmal zu den großen Vertretern ihrer Art, wie Mari mir auf der Fähre gesagt hatte. Es gab Dörfer mit Millionen von Menschen. Dörfer so groß, dass sie von einem Horizont bis zum anderen reichten, zum Himmel stanken und den Atem vergifteten. Es gab glatten Asphalt, tausende rollende, knatternde Wagen, dröhnende Schiffe, bunt leuchtende Buchstaben und grelle Bilder, groß wie Häuser. Überall klingelte und rauschte, klopfte und hämmerte, kreischte und summte es. Dazu kamen ganze Flutwellen an Gerüchen, die meine Sinne kaum sinnvoll verarbeiten konnten. Körpergerüche, Nahrungsgerüche, Chemie und Qualm. Parfüm, Teer und tausend Aromen, die ich nicht einordnen konnte.

Schon die Fahrt mit der Fähre war befremdlich gewesen, aber diese Stadt war noch weitaus seltsamer.

Egal. Ich war bei Mari, nur das zählte.

Und ich überwand meine Ängste. Ich konnte die zierlichen Hände des Menschenmädchens beobachten, wenn sie ihre Worte mit Gesten untermalte. Ich konnte ihre Haare im sich verändernden Licht schimmern sehen, ihren Duft atmen, ihre Stimme trinken. Garnelen zappelten in meinen Eingeweiden, ich fühlte mich so leicht, so wunderbar leicht, als wäre ich nicht an Land, sondern im Wasser, das mich schwerelos auf einer warmen Strömung trug. In mir brodelte das wilde Bedürfnis, sie zu beeindrucken. Aber wie? Hier gab es keine Fressfeinde, vor denen ich sie beschützen konnte. Ebenso wenig konnte ich haarscharf am Maul eines Orcas vorbeischwimmen, um sie von meinem Mut zu überzeugen.

„Alles klar?“ Fürsorglich drückte Mari meine Hand, während wir die Straße entlanggingen. „Geht es dir gut?“

„Denkst du, ein paar Menschen machen mir Angst?“, brummte ich. „Jeden Tag muss ich damit rechnen, gefressen oder erschossen zu werden.“

Unternehmungslustig sah ich mich um. Wenn wenigstens ein Menschenmann auf sie losgegangen wäre, um sie für sich zu beanspruchen. Ich hätte sein Innerstes nach außen gekrempelt und ihn über die Hafenmauer geworfen, um anschließend in Maris Bewunderung zu baden.

Ihr fürsorglicher Blick ging mir durch Mark und Bein. So viele Gefühle, die nur mir galten. Ich straffte mich und drückte die Brust heraus, doch innerlich fühlte ich mich, als hätte mir etwas alle Kraft ausgesaugt. So aufregend die Stadt auf ihre Art auch war, sie machte mich schwach. Meine Sinne spielten verrückt, meine Beine waren weich wie Quallen. Und wäre ein Balzkampf mit einem Menschenmann nötig geworden, hätte ich vermutlich schändlich verloren. Das einzig Kraftspendende in dieser Welt waren neben Mari die Bäume mit den Vögeln darin. Grüne, sich im Wind wiegende, duftende Bäume. Blumen wuchsen auf kleinen Grasflächen, aber inmitten der stinkenden Kisten und wuselnden Menschen wirkten sie traurig und eingesperrt. Tausend Blicke schienen mich zu durchbohren. Die Luft stank, mein Kopf schmerzte. Zu viele Reize, zu viele Farben, Gerüche und Gefühle. Um nicht verrückt zu werden, starrte ich auf Marias glänzendes Haar.

„Es ist so laut.“ Meine Faszination für dieses lärmende Ungetüm erhielt einen Dämpfer nach dem anderen. „Überall riecht es. Die Menschen laufen aneinander vorbei, als würden sie sich gar nicht kennen.“

Mari zwinkerte mir zu. „Sie kennen sich auch nicht.“

„Aber sie leben doch zusammen.“

„Schon. Es sind nur zu viele. Es kann nicht jeder jeden kennen.“

„An Land ist vieles anders als im Meer.“

„Da hast du recht.“

Die Zweibeiner, dachte ich bei mir, sind anscheinend nicht dazu fähig, ohne Worte miteinander zu kommunizieren. Stattdessen halten sie sich mit verkniffenen Gesichtern kleine Kästchen an die Ohren. Ich wusste von meinen Beobachtungen, dass sie sich liebend gern mit diesen Dingern unterhielten, aber ich hatte keine Ahnung, warum. Später würde ich Mari danach fragen. Wenn sich mein Kopf nicht mehr anfühlte, als wäre er mit Feuerquallen gefüllt.

„Man merkt, dass ihr keine Fressfeinde mehr habt." Eine ohrenbetäubend knatternde Kiste raste an mir vorüber. Instinktiv machte ich einen Satz zur Seite, wobei ich Mari fast von den Füßen riss.

Kichernd klammerte sie sich an mir fest und murmelte etwas Beruhigendes. In meinen Ohren klingelte es. Dieser Lärm machte mich wahnsinnig. War das wirklich meine Idee gewesen? Hatte ich sie bis vor Kurzen wirklich noch für gut gehalten?

„Ihr Menschen müsst auf nichts mehr aufpassen. Ihr könnt euch mit allem Möglichen vollstopfen und in diesem Krach herumlaufen, ohne dass ihr verrückt werdet."

Mari zuckte mit den Schultern. „Du hast noch gar keine echte Stadt gesehen. New York zum Beispiel. Oder London. Da hättest du Grund, auszurasten."

Ihr Versuch, aufmunternd zu klingen, scheiterte kläglich. „Komm." Sie packte meine Hand. „Wir kaufen dir Sachen und verschwinden wieder."

Willenlos ließ ich mich von ihr mitziehen. Hinein in eine dröhnende, nach Schweiß riechende, grellbunte Höhle. Fremdartige Musik wie das Donnern von Wellen malträtierte meine Ohren. Überall hingen Stoffe an Gestellen oder lagen säuberlich gestapelt auf Tischen und in Schränken. Hier besorgten sich die Menschen also ihre Felle. Damals hatte Florence unsere Kleider ausschließlich selbst genäht, aber ich wusste, dass man in großen Fabriken Stoffe in allen nur erdenklichen Farben herstellte, damit Menschen sie sich als Fellersatz umhängen konnten. In sah mich in Dutzenden Spiegeln, mit zerzaustem Haar, blassem Gesicht und staunenden Augen. Der schwarze Boden glitzerte wie ein klarer Nachthimmel, als wären unzählige Sterne darin eingelassen. Silberne Kugeln an der Decke leuchteten in hellem

Blau und drehten sich. Ich wusste kaum, wohin ich zuerst hinschauen sollte. In schneller Abfolge hielt Mari mir Hosen vor die Nase, eine so unauffällig wie die andere.

„Was ist mit der da?" Ein blaues Funkeln an der Stange neben mir fesselte meine Aufmerksamkeit. Ich zog das Ding hervor und war begeistert. In unzähligen glitzernden Plättchen fing sich das Licht, als sei der Stoff mit Diamanten besetzt. Nie hatte ich etwas Schöneres gesehen.

„Bist du irre?" Mari riss mir die Hose aus der Hand. „Erstens ist das nur was für Frauen und zweitens gehört so was höchstens in ein billiges Musikvideo."

„Warum?" Schnell wurde der blaue Glitzerstoff zwischen schlichteren Kleidungsstücken versteckt.

Versteh einer die Menschen.

Das Ding war unglaublich hübsch. Warum waren hübsche Sachen nur Frauen vorbehalten? Mit derselben Empörung riss Mari mir kurz darauf eine türkisblaue Jacke und eine mit Spiegelsplittern besetzte Tasche aus den Fingern. Ich wollte gerade meine Verwirrung zum Ausdruck bringen, als das Gekicher zweier Verkäuferinnen meine überreizte Aufmerksamkeit erfolgreich ablenkte. Sie standen dicht beisammen, begafften mich und verfärbten sich unter meinem Blick wie Kraken. Ihre Herzen schlugen so laut, dass sie den Lärm der Stadt und der Musik überlagerten. Lockstoffe schwängerten die Luft, unbewusst ausgeatmet und abgesondert mit ihrem Schweiß.

Die Leichtigkeit, mit der Menschen verführt werden konnten, war die Grundlage für alle Geschichten, die sich um Selkie-Flüche drehten. Damals, als ich zerfressen gewesen war von Hass, hatte ich die Gabe meiner Spezies gewissenlos ausgenutzt. Die Worte meines Vaters schwirrten in meinem Kopf herum. So oft hatte ich ihre Botschaft befolgt.

Selkies spielen mit menschlichen Sehnsüchten. Dafür sind sie geschaffen. Sie verwirren Menschen, verschlingen sie, vernichten sie. Und Menschen haben unser Blut an ihren Fingern. Sie reißen uns das Fell vom Fleisch, erschießen und erschlagen uns, weil sie Angst haben. Angst vor dem, was sie nicht beherrschen können. Niemals können wir unsere Feindschaft hinter uns lassen. Der eine ist der Tod des anderen.

Ich wünschte mich zurück auf meine Insel. Zurück ins Meer. Gemeinsam mit Mari. Dieses Mädchen war nicht mein Feind. Es würde nie mein Feind sein.

Als ich mich ihr wieder zuwandte, empfing sie mich mit einem höchst entzückenden Gesichtsausdruck. Die Arme vor der Brust verschränkt, die Unterlippe vorgeschoben, schmollte sie vor sich hin.

„Was ist los?"

„Die da", blaffte sie. „Sie glotzen wie Hühner, auf die ein Lastwagen zurast. Und sie sehen dich an, als wärst du ein Stück Kuchen."

„Ein Stück Kuchen?"

„Etwas, das man gerne vernaschen will."

Ich lachte und zog sie in meine Arme. Maris wundervoller Seeschwalbenkörper bebte, als ich über ihr Haar streichelte. Ihr Duft machte mich hungrig, ihr klopfendes Herz war Musik in meinen Ohren.

„Kümmere dich nicht um sie. Ich bin deinetwegen hier. Nur deinetwegen. Also, jetzt sag schon. Was würdest du gerne an mir sehen?"

Mari brummte etwas Unverständliches, entwand sich mit einem nervösen Kichern meinen Armen und hielt auf eine Ecke zu, in der sich nur schlichte Farben befanden.

Nun gut, wenn sie meinte, dass mir Felle in der Farbe von Tang und Vogelkot besser standen, würde ich mich ihrem Urteil fügen.

„Die hier." Sie pflückte eine bläuliche Hose aus dickem, grobem Stoff heraus.

Die Färbung war nicht die Schlechteste, aber das Ding sah aus, als wäre es zwischen zwei kämpfende Robben geraten.

„Aber sie ist kaputt." Ich zupfte an den ausgefransten Rändern der Löcher. „Sie ist sogar ziemlich kaputt."

„Das muss so sein."

„Sie muss kaputt sein?"

„Ja. Zieh sie an. Und dazu das hier." Der kaputten Hose folgte ein dunkelblaues T-Shirt, das zwar nicht ansatzweise an das herrliche, tiefblaue Geglitzer meines Favoriten heranreichte, aber doch ganz nett aussah.

„Bist du dir sicher?", hakte ich nach.

„Absolut." Mari warf sich an mich. Ein Blick in Richtung der Verkäuferinnen stellte unmissverständlich ihre weiblichen Besitzansprüche klar. „Du wirst umwerfend darin aussehen. Und jetzt los, ab in die Kabine."

„Komm mit."

Kleine Schweißtropfen traten auf ihre Stirn, ihre Unterlippe zitterte. „Das Ding ist ziemlich eng."

„Ja. Ist es."

Maris Anblick heizte meinen Körper auf. Ich wollte bei ihr sein, mich durch sie lebendig fühlen, egal was wir damit auslösten. Vielleicht war es gut, dass wir hier waren. Alles war so laut, so bunt und grell, dass mich der Ruf des Meeres nicht erreichte, und damit auch nicht das Schicksal.

„Komm mit", wiederholte ich.

„Besser nicht. Geh schon. Geh!"

Ich witterte, wie sehr sie bei mir sein wollte, und doch weigerte sie sich. Seltsame Menschen. Möglicherweise waren es die Blicke der Frauen, die sie verunsicherten. Was auch immer es war, ich würde tun, was sie wollte. Mari lächelte sehnsüchtig, als ich in die Kabine ging. Selbst die wenigen Momente, die ich allein damit zubrachte, mich umzuziehen, dauerten mir bei weitem zu lange.

Meine Knie zitterten, als ich den Vorhang zurückzog und ihr entgegentrat. Ich fühlte mich stark und schwach zugleich, während meine Gedanken meinem Körper vorauseilten und Mari im Geiste küssten, hier und jetzt und vor allen Menschen.

„Klasse." Das Wort kam krächzend aus ihrer Kehle. „Das nehmen wir."

Sie hob eine Hand mit hochgerecktem Daumen, fingerte in ihrer Tasche herum und ging zu der Frau, die lauernd hinter einem Tresen stand. Während beide Scheine, Münzen und Zettel austauschten, kam eine der Verkäuferinnen zu mir herüber, beugte sich nah an mich heran und stopfte mir etwas in die Hosentasche. Ein betäubend intensiver Duft nach Blumen ging von ihrem Hals aus.

„Falls du mal Lust auf richtigen Spaß hast", hauchte sie in mein Ohr, „dann ruf mich an, Süßer."

Sie verschwand wieder, schnell und leise wie ein Gespenst, aber nicht ohne ihre Hand über meinen Arm streifen zu lassen. Der Zettel, den ich aus meiner Tasche zog, war beschrieben mit einer Abfolge von Zahlen. War das eine geheime Botschaft? Was sollte ich damit anfangen?

„Willst du wieder nach Hause?" Mari stand unvermittelt vor mir. So abgelenkt war ich von den Farben, den Geräuschen und meiner Ratlosigkeit, dass ich sie nicht kommen gespürt hatte. „Geht's dir gut? Was ist das?"

Sie schnappte sich den Zettel, musterte ihn und zog die Augenbrauen zusammen. Geschwängert von dem aufkeimenden Ärger, heizte sich die Luft um uns herum auf.

„Wer hat dir das gegeben? Eine dieser Schnepfen?"

„Ja. Was ist das?"

„Eine Telefonnummer."

„Eine was?" Ich starrte sie nur an. Mari rollte mit den Augen, zerknüllte den Zettel und warf ihn zu Boden.

„Du hast doch diese Dinger gesehen, die neun von zehn Leuten am Ohr haben?"

„Ja."

„Das ist unsere gängige Art, sich zu unterhalten. Du kaufst dir so ein Ding, bekommst eine Nummer zugeteilt und kannst diese Nummer jedem geben, mit dem du reden willst. Hat derjenige aus so ein Ding, gibt er die Nummer ein und hat dich am anderen Ende der Leitung, egal wie weit du weg bist. Klar soweit?"

Ihre Worte besaßen für mich so viel Aussagekraft wie das unverständliche Brummen eines Knurrhahns. „Wie soll das gehen? Die Dinger haben keine Leitung."

„Das geht über Satelliten. Über … ach Scheiße, ist doch egal. Jedenfalls will diese Schnepfe, dass du sie anrufst und …“ Mari stieß ein Knurren aus. Ihre Wut steigerte die Hitze in meinem Körper. Ich wollte sie festhalten, an mich drücken und dieses zornige Zittern an meiner Haut spüren.

„Weißt du was?“ Ehe ich meine Idee in die Tat umsetzen konnte, fuhr sie herum und strebte zum Ausgang hinüber. Meine zupackenden Hände griffen ins Leere. „Ich habe gerade keine Lust, dir das zu erklären. Willst du noch einen Kaffee? Oder Kuchen? Oder möchtest du nach Hause?“

„Kuchen.“ Mir lief das Wasser im Mund zusammen. „Kuchen klingt gut.“

Mit baumelnden Füßen saßen wir auf der Hafenmauer. Die Sonne brannte auf unsere Rücken, die Schiffe und Kutter rumpelten gemütlich aneinander. Ich hielt einen Pappteller mit einem Stück Apfelkuchen, teilte mit den Fingern kleine Stücke ab und fütterte Mari damit. Sie kicherte, als Krümel in ihren Schoß fielen. Die zarten Berührungen ihrer Lippen an meinem Fingern waren kurz davor, mir jede Beherrschung zu rauben. Und das, obwohl noch nicht einmal Vollmond war. Als sie den Kuchen aufgegessen hatte, drehte ich Mari herum, bis wir Rücken an Bauch saßen, zog sie an mich und steckte meine Nase in ihre Haare. Der Mann in mir wollte in diesem Moment nur eins: Sie vor allem und jedem beschützen.

Ich küsste ihren Nacken, schnupperte an ihrer Haut und sog jeden Augenblick in mich auf, denn er war flüchtig und kostbar. Auf einem der Stege saß eine Greisin in einem Rollstuhl, bewacht von einem Mädchen, das kaum älter war als Mari. Eine Faust grub sich in meinen Magen, ehe ich mich gegen sie wappnen konnte. Auch Mari würde alt werden. Schneller, als ich mir eingestehen wollte. Wenn wir zusammenblieben, würde ich irgendwann ihren Rollstuhl schieben und sie langsam sterben sehen. Im Geiste fühlte ich runzlige, trockene Haut unter meinen Fingern, durch die beinahe die Knochen brachen. Ich küsste ausgedörrte Lippen und strich über weißes Haar, um die Frau, die ich liebte, schließlich mit mir in das Meer zu nehmen. Am Ende ihres kurzen Daseins, wenn es für sie nur noch Leid gab.

Warum schenkt die Natur ihren Geschöpfen so unterschiedliche Lebensspannen? Ich hatte nie erfahren, wie alt meine Spezies tatsächlich werden konnte. Unsere Kindheit war schnell vorüber, und nach der ersten Verwandlung, die meist im jungen Erwachsenenalter geschah, alterten wir nicht mehr. Zumindest nicht, solange wir uns verwandelten. Möglicherweise bedeutete das Unsterblichkeit. Wenn jemand in meiner Herde gestorben war, dann aus freiem Willen oder wegen eines Raubtiers.

Gäbe es nur eine Möglichkeit, diese Fähigkeit auf Mari zu übertragen. Ich wollte die alte Frau im Rollstuhl nicht ansehen, ich wollte ihre Schwäche und Hilflosigkeit ausblenden, doch der Anblick hielt mich fest wie die Nesselfäden der Feuerqualle einen kleinen Fisch. Mein Magen krampfte sich zusammen. Ich starrte auf das glänzende Wasser und fühlte den Drang, mich hineinzustürzen. Ich wollte wegschwimmen. Weg vom Land und weg von dem unausweichlichen Lauf der Dinge. Ob ich es getan hätte, wäre mein Fell bei mir gewesen? Vermutlich nicht. Denn der Drang, in Maris Nähe sein zu wollen, überstrahlte alles andere.

Müde räkelte sie sich in meinen Armen und gähnte. So warm, so lebendig.

„Noch einen Kaffee?"

„Gerne." Ich wusste nicht warum, aber in einem heißen Kaffee mit viel Milch und Zucker lag eine Menge behaglicher Trost. Das war damals so gewesen, und daran hatte sich bis heute nichts geändert.

„Prima. Bin gleich wieder da. Nicht weglaufen."

Ich sah ihr dabei zu, wie sie in das Café entschwand. Ihre Hüften schwangen anmutig hin und her, als schwebe sie auf Wolken. Der Wind roch nach Leben und Vergänglichkeit, in sein Salzaroma mischte sich der Geruch nach totem Fisch und verrottendem Tang. Die Übelkeit in meinem Magen wollte weiter aufsteigen, wollte mich in die Flucht schlagen und meine Hoffnungen verspotten. Aber ich schob sie zurück. Für ein paar weitere Stunden des Glücks. Vielleicht auch für ein paar Tage. *Nimm, was das Schicksal dir schenkt,* sagte eine Weisheit der Selkies. *Und akzeptiere, wenn es dir wieder genommen wird.*

Dunkle Wolken zogen über den Himmel und erinnerten mich an die dickbäuchigen Segelschiffe vergangener Zeiten. Mari warf ihnen einen kritischen Blick zu, als sie zu mir zurückkehrte, zwei dampfende Becher in der Hand.

„Sieht so aus, als gäbe es gleich was." Rittlings setzte sie sich auf die Mauer, das Gesicht mir zugewandt. „Aber ich schätze, Selkies haben nichts dagegen, nass zu werden."

Ich zuckte nur die Schultern, schlürfte meinen Kaffee und starrte sie an. Studierte jede ihrer Gesten. Unglaublich, dass ich hier saß. Mit ihr. Unter all den Menschen am Rand einer belebten Uferpromenade. Ich hatte befürchtet, dass man meine wahre Natur erkennen würde, an irgendeiner Kleinigkeit, die in das Unterbewusstsein der Menschen sickerte, aber sie liefen einfach an mir vorüber.

Als das erste Donnergrollen ertönte, wollte Mari in das Innere des Cafés flüchten. Sanft hielt ich sie am Arm fest, zog sie wieder zurück und schloss sie in meine Arme. Sie zu berühren, glich einem Rausch. Über uns wurde der Himmel schwarz. Blitze zuckten, grollender Donner rollte über die Stadt und das Meer. Ein Echo der Gefühle, die in mir tobten. Ich weigerte mich, das Unwetter als Zeichen zu sehen, und wenn es doch eines war, dann vereinte es nur meine Gefühle mit den Elementen. Mari schauderte. Ihre Arme überzogen sich mit Gänsehaut, der Geruch nach salziger, verschwitzter Haut vereinte sich mit dem fruchtbaren Aroma des Regens. Erwartungsvoll rumorten die Wellen.

Als sich die Schleusen des Himmels öffneten, drückte sich Mari zitternd an mich. Begleitet von einem gewaltigen, rumpelnden Donner fiel eine wahre Sturzflut auf uns herab. Binnen zweier Atemzüge waren unsere Kleider durchweicht, unser Haar klatschnass, unsere Haut mit Tropfen bedeckt.

Die Menschen flüchteten, doch wir blieben sitzen. Mari zitterte immer heftiger.

„Ist dir kalt?“, flüsterte ich.

Sie schüttelte den Kopf. „Nein.“

Ihre Lippen öffneten sich. Sie seufzte, so leise und sehnsüchtig, dass es wie eine Illusion das Rauschen des Regens durchdrang.

Ich war dieser Moment.

Dieser Augenblick.

Ich war ohne Vergangenheit und ohne Zukunft.

Meine Hände umfassten Maris Gesicht, und dann küsste ich sie. Das Gefühl ihrer warmen, nassen Lippen jagte einen gewaltigen, erlösenden Schmerz durch meinen Körper. Ich schmeckte ihr Sehnen, das Salz des Regens, das Salz ihres Schweißes.

Ihre Hände glitten über mein nasses T-Shirt, wanderten tiefer und rutschten unter den Stoff. Die Welt um mich herum verschwand. Ich zog Mari an mich, küsste sie drängender und umschlang sie, spürte ihre Nägel über meine Brust kratzen. Sie war plötzlich so furchtlos, so ehrlich in ihrer Sehnsucht, dass ich fast vergaß, wo wir waren. All mein Sein reduzierte sich auf ihre Berührungen, auf den Regen und das Vibrieren des Donners, das unsere Körper erschütterte.

Ja, sie hatte recht.

Wie kann etwas falsch sein, das sich so richtig anfühlt?

Atemlos keuchte sie irgendwelche Worte hervor, drückte sich an mich, rieb sich an mir und zerwühlte mein Haar, bis sie zurückzuckte und mich aus großen, ungläubigen Augen ansah. Ihre Brust hob und senkte sich unter schweren Atemstößen. Durch das nasse, hellblaue Shirt schimmerte zarte Spitze hervor. Weiß wie Muscheln.

„Nach Hause?“, stieß sie hervor.

Ich lächelte. Witterte nach ihrem verführerischen, weiblichen Duft.

Beim Salz der See, nie hatte ich mich lebendiger gefühlt.

„Nach Hause“, flüstere ich ihr ins Ohr.

Endlich allein. Endlich zu Hause.

Die Stille zerrte an meinen Nerven. Ich biss mir auf die Lippe, um mein Zittern zu unterdrücken. Es half nichts.

„Hast du Musik?“ Sein Atem streifte meine Lippen. Er war wie der Vorbote zahlloser zärtlicher Küsse.

„Habe ich.“ Hitze schoss mir in den Kopf. Louans Wünsche waren meine. Diesmal würde uns niemand stören. Dad traf sich mit einem wichtigen Geschäftspartner und hatte mir eine Nachricht auf den Anrufbeantworter gesprochen.

Es wird länger dauern. Bitte sei vorsichtig, Mari. Ruf mich auf dem Handy an, wenn irgendwas ist. Das Fell liegt im Sideboard in der zweiten Schublade von oben. Ich habe es eingeschlossen. Der Schlüsse ist am üblichen Platz.

Louan hatte meinem Vater heute Morgen den größten Vertrauensbeweis erbracht, denn es für ihn gab. Die Obhut über sein Fell.

Ob Dad wirklich verstanden hatte, was das bedeutete? Wusste er, dass Louan ihm damit sein Leben in die Hände gelegt hatte? Dass er sich ihm vollkommen ausgeliefert hatte, nur um zu beweisen, dass er es ehrlich meinte?

„Was für Musik willst du?“

„Egal“, schnurrte er.

Ich entzog mich ihm schweren Herzens. Jeder Schritt war ein Tanz auf schmelzender Butter.

Was hatte ich momentan für eine CD eingelegt? Ich drückte auf den Knopf und lauschte.

Michael Nymans *The Piano*.

Die sanften, traurigen Klänge schnürten mir die Kehle zu, schwebten zwischen Trauer und Verspieltheit, Wehmut und Sehnsucht hin und her. Wollte mir das Schicksal damit etwas mitteilen? In der Befürchtung, die Beine könnten unter mir nachgaben, ließ ich mich auf mein Bett sinken. Still lag ich da, atemlos und hilflos, während Louan zu mir kam. Schritt für

Schritt, nicht die Spur eines Lächelns auf den Lippen. Das Herz stolperte in meiner Brust.

Vor meinem Bett blieb er stehen und holte tief Luft.

„Wir dürfen nicht glauben, dass wir zusammenbleiben können“, sagte er. „Alle, die ihre Liebe festhalten wollten, hat das Schicksal schnell getötet.“

Tod? Wie konnte er jetzt vom Tod reden?

„Wenn wir beide wissen“, fuhr er fort, „dass unsere Welten nicht zusammengehören können, wenn wir daran denken, dass unsere Wege in entgegengesetzte Richtungen führen, dann geht es vielleicht gut. Ich fühle mich wohl bei dir, Mari. Unglaublich wohl. Für einen einzigen Abend würde ich den Rest meines Lebens opfern. Aber ich kann dir nicht versprechen, für immer bei dir zu bleiben. Vielleicht muss ich in ein paar Tagen gehen, vielleicht auch schon heute Nacht. Ich kann dir nicht das geben, was ein Menschenmann dir geben könnte. Willst du das wirklich? Willst du mich, auch wenn du jetzt die Geschichten kennst?“

„Ja.“ Ich sprach es instinktiv aus. Es war mein einziger, heftigster Wunsch. „Ich will dich trotzdem. Und wenn es nur für eine Nacht ist.“

Louan lächelte. Er streifte sich das Shirt über den Kopf, ließ es auf den Boden fallen und zog, während ich ihm dabei zusah, auch den Rest seiner Kleidung aus. Ich starrte ihn ungläubig an. Sein schimmerndes Haar, seine schwarzen Augen, die blasse Meereshaut und die sich darunter bewegenden, geschmeidigen Muskeln. Er hatte so viel gesehen und erfahren, dass der Schleier, den wir Menschen vor dem Gesicht tragen, für ihn schon vor langer Zeit gelüftet worden war. Wie nahm er mich wahr? Was dachte er wirklich?

Alles war egal.

Für heute Nacht. Denn ein paar Stunden lang gehörte Louan mir, und ich gehörte ihm.

„Versprich mir eins.“ Mit der Anmut einer Katze beugte er sich über mich. „Wenn ich gehen muss, werde ohne mich glücklich. Lebe weiter dein Leben. Erfüll dir deine Träume. Ich kann dir das hier nur schenken, wenn du mir versprichst, nicht traurig zu sein.“

„Versprochen.“ Mühsam unterdrückte ich die Tränen. Das Wort war eine Klinge in meinem Hals.

Louan küsste mich, sanft zuerst, als wolle er austesten, ob ich wirklich einwilligte, dann wie losgelöst und mit leisen Seufzern, die in meinen Ohren schöner klangen als jede Musik.

Geschickt zog er mich aus. Pullover, Hose, Socken und Unterwäsche. Jede Zelle meines Körpers brannte. Millionenfache Impulse raubten mir die Sinne, als wir uns aneinanderpressten, Haut an Haut, Atem an Atem. Nie zuvor war ich einem Jungen so nahe gekommen, und jetzt geschah es mit ihm. Einem Selkie. Einem Fabelwesen, das für den Rest der Welt nur in Legenden existierte.

„Warte.“ Ich keuchte es atemlos hervor. Während ich aus der Schublade des Nachttischchens das herausholte, was ich heute während der Rückfahrt auf der Fähre besorgt hatte, glühte sein Blick auf meiner Haut. Angst verwandelte sich in bitter schmeckende Euphorie.

Wenn das Schicksal mich herausfordern wollte, würde ich mich ihm stellen. Ganz gleich, was am Ende des Weges auf mich wartete. Aber verdammt, wie sollte ich mich beruhigen, wenn er wie aus Quecksilber gegossen hinter mir lag, abgestützt mit dem Ellbogen, den Kopf auf den Handballen gelegt. Sein schwerer Atem schien in mir widerzuhallen. Sein Sehnen nach mir verwandelte die Luft in Lava.

Meine Hände zitterten derart, dass ich mehrere Versuche brauchte, um die Packung aufzureißen.

Hyperventilier nicht. Tu einfach so, als wäre es das Natürlichste der Welt. Vielleicht ist diese Nacht alles, was uns bleibt.

Louans verständnisloser Blick verfolgte jede meiner Bewegungen. Verdammt, warum war es so kompliziert, dieses Ding seinem Zweck zuzuführen? Vor Eifer klemmte mir die Zunge im Mundwinkel. Wir hatten es in der Schule geübt. Ich hatte mich mit Freundinnen ausgetauscht und mein Wissen vertieft, doch jetzt war alles sehr viel schwieriger als erwartet. Mein Kopf fühlte sich an wie ein Hochdruckkessel.

Endlich saß alles so, wie es sollte. Mit einem Stoßseufzer sackte ich über Louan zusammen. Jetzt konnte ich nur hoffen, dass er diesen seltsamen kleinen Akt ohne zu fragen hinnahm.

„Was ist das?"

Meine Hoffnung wurde nicht erhört.

„Wozu ist das gut? Gehört das dazu?"

„Ja", nuschelte ich. „Das gehört dazu."

„Aber wozu ist eine kleine rote Qualle an dieser Stelle gut?"

Meine Beherrschung suchte mit fliegenden Fahnen das Weite. Was für ein Vergleich. Ich lachte, bis mir der Bauch wehtat, bis ich japste, zur Seite kippte und nach Luft schnappte. Mit sorgenvoller Miene rollte sich Louan auf mich und hauchte Küsse auf mein Gesicht. Auf Stirn, Wangen und Kinn. Er küsste meine Augenlider, zupfte an meinem Ohrläppchen und tupfte zart mit der Zungenspitze auf meine Oberlippe, während das Gewicht seines Körpers mich in die Matratze drückte. Ich presste mich an ihn, umschlang mit meinen Beinen seine Hüften, roch die fiebrige Hitze seines Atems und sog seinen Geschmack in mich auf. Mein Gott, geschah das hier wirklich?

„Es verhindert, dass man Kinder bekommt", murmelte ich. „Oder Krankheiten."

Die Verwunderung in seinen Augen wurde nur noch größer. In seiner Verwirrung sah er zu verführerisch aus.

„Ich könnte dich fressen", knurrte ich.

Er antwortete mit einem kehligen Brummen, beugte sich wieder über mich und ließ seine Lippen über meine Kehle gleiten.

Die körperlichen Zeichen wachsender Erregung waren bei Selkies und Menschen offenbar gleich. Ich spürte, wie sich eine gewisse Stelle seines Körpers erwartungsvoll an mich drückte.

Langsam, ganz langsam, drang er in mich ein. Alle Gedanken hüllten sich in Nebel. Ich dachte nicht mehr, sondern fühlte nur noch. Tat das, was mein Instinkt mir vorgab. Der erwartete Schmerz blieb aus. Ich spürte nur einen wundervollen, befreienden Druck.

Louan sog scharf die Luft zwischen den Zähnen ein. Mit einem köstlichen Seufzer schloss er die Augen und warf den Kopf zurück. Schwarze, silber gestreifte Locken klebten schweißnass auf seiner Stirn, die Muskeln seiner Schultern wurden steinhart unter meinen Händen.

„Mari ... ich …“

„Schschsch. Alles ist gut. Ich will es so.“

Er fuhr hoch, zog mich auf seinen Schoß, ohne dass unsere Körper sich voneinander trennten, und schlang beide Arme um meine Taille. Mit der Zungenspitze strich ich über seine Stirn, schmeckte den wilden, salzigen Schweiß. Endlich … endlich. Es fühlte sich so gut an, so absolut richtig. Für heute Nacht und für den Rest meines Daseins waren wir vereint. Nie wieder wollte ich mich von ihm lösen.

Im sanften Rhythmus wiegten wir uns, so fest aneinandergepresst, als wollte auch der Rest unserer Körper miteinander verschmelzen. Doch als ich sein Gesicht mit beiden Händen umfasste und in seine Augen blickte, war es wie ein Stich ins Herz. Sie waren pechschwarz. Vollkommen schwarz, ohne eine Spur Weiß darin. Es waren die Augen eines Tieres, und plötzlich wurde mir klar, dass Louan recht hatte. Wir waren zusammen, heute Nacht, aber unsere Welten konnten niemals eins sein. Er war das Meer, ich das Land.

Und damit waren wir auf ewig getrennt.

„Mari.“

Schlaftrunken flüsterte er meinen Namen. Nichts auf dieser Welt hätte wundervoller klingen können. Draußen prasselte der Regen gegen die Scheiben und vermochte es nicht, meine Laune zu trüben. Stattdessen war das monotone Tröpfeln ein weiterer Klang in der Sinfonie meiner Seligkeit. Alles würde gut werden. Davon war ich plötzlich überzeugt. Niemals konnte etwas falsch sein, was sich so richtig anfühlte. Es würde einen Weg für uns geben. Irgendeinen.

„Was hältst du von Kaffee und dem besten Kuchen weit und breit?“

Ich strich über Louans vom Schlaf zerzaustes Haar. Sein Körper war so warm. So anschmiegsam und erschöpft von der Nacht. Nichts konnte sich besser anfühlen als dieser Junge und die kuschelige Decke, unter der wir beide lagen. „Anna ist die beste Köchin und Bäckerin, die du dir vorstellen kannst. Ihr Café ist unten am Hafen.“

Louan schien kaum die Augen aufhalten zu können. „Geh ruhig. Ich schlafe noch ein bisschen.“

„Aber …“

„Keine Angst.“ Er drehte sich um und schenkte mir sein schönstes Lächeln.

Mein Herz vollführte einen Purzelbaum.

„Ich bin noch da, wenn du wiederkommst.“

„Schwörst du es?“

„Ich schwöre es beim Salz der See.“

Enttäuschung grummelte in meinem Magen. Ich war so enttäuscht, wie man es eben sein konnte, wenn man die wunderbarste Nacht seines Lebens verbrachte hatte, gemeinsam mit dem wunderbarsten Wesen, das auf diesem Planeten existierte.

„Der Kuchen ist göttlich.“ Noch gab ich nicht auf. „Du musst doch Hunger haben. Oder soll ich dir ein paar Sardinen bringen? Quallen vielleicht? Quallen auf Toast?“

„Geh allein“, beharrte er. „Sieh’s mir nach. Ich habe seit Ewigkeiten nicht mehr so gut geschlafen.“

Er drehte sich um, zog die Decke bis an die Nase hoch und verurteilte damit jeden weiteren Versuch, ihn aus dem Bett zu locken, zum Scheitern. Nun gut. Ich würde ihm vertrauen. Dies war der einzig richtige Anfang für unseren gemeinsamen Weg. Eine Tasse Kaffee und ein Stück meines Lieblingskuchens zu verspeisen, würde keine Viertelstunde dauern. Danach würde ich wieder bei ihm sein und mich an ihn kuscheln, um den Rest des Tages im Bett zu verbringen.

Leise schlüpfte ich aus dem Bett, zog eine Jeans und einen khakifarbenen Pullover über und hauchte Louan einen Kuss auf die Stirn. Unbeeindruckt schlief er weiter.

„Wage es ja nicht, zu verschwinden."

Befallen von einem Gefühl der Schwerelosigkeit, hüpfte ich die Treppe hinunter. Unten umfing mich das Dudeln des Fernsehers. Es war gerade erst sieben Uhr. Dad war auf dem Sofa eingeschlafen und würde meinen Abstecher zu Anna höchstwahrscheinlich nicht einmal bemerken. Leise ging ich zum Fernseher, schaltete ihn aus und huschte nach draußen.

So schnell mich die Beine trugen, rannte ich durch den Regen. Während über der Insel dunkle, drohende Wolkenschiffe hingen, rot umrandet vom Licht der aufgehenden Sonne, strahlte im Osten ein klarer, grünblauer Himmel. Wie sagt man so schön? Wenn dir das Wetter nicht gefällt, dann warte fünf Minuten.

In Annas Café hatten sich wie jeden Morgen die Fischer des Dorfes versammelt. Sie rauchten, tranken Kaffee und palaverten an den Eichenholztischen, bedachten mich mit desinteressierten Blicken oder nickten mir mit bärbeißiger Freundlichkeit zu.

An einem der vorderen Tische hockte MacMuffin. Allein. Der Grund für die Abneigung seiner Kollegen stand direkt vor ihm. Ein Marmeladenbagel, belegt mit Anchovis. Vermutlich war ich das einzige Wesen weit und breit, dass angesichts dieser Mischung nicht spontan zu würgen begann.

„Hallo Sprotte", begrüßte mich MacMuffin. „Gut geschlafen?"

„Wunderbar." Ich vermied es, seinem Blick zu begegnen. Wie ich den alten Zausel einschätzte, würde er mir an der Nasenspitze ansehen, dass ich den kleinsten Teil der Nacht schlafend verbracht hatte. Sein Starren nahm bereits sondierenden Charakter an, sodass ich hastig gegenlenkte.

„Und? Hält die Glückssträhne an?"

MacMuffin begann zu strahlen. Mir wurde flau im Magen, als er den Anchovis-Marmeladenbagel mit zwei gierigen Happen verschlang. Wie zum Teufel konnte diese Kombination jemandem schmecken?

„Ich sag's dir", plapperte er mit vollem Mund, „das ist das tollste Wunder, seit Moses das Meer teilte. Gestern hat's zwei Stunden gebraucht, bis mein Kutter voll war. Ich hab's abgeliefert, bin noch mal rausgefahren und … nichts. Keine einzige Sprotte ging mir ins Netz."

„Werde nicht gierig", ermahnte ich ihn. „Die Götter des Meeres sind nur dem wohlgesonnen, der ihre Geschenke zu schätzen weiß und nicht nach immer mehr schreit."

„Hast ja recht", brummte MacMuffin. „Hast ja recht, Kleine."

Ich grinste und knüllte die Ärmel meines Pullovers zusammen.

Anna, die blonde, pausbäckige Besitzerin des Ladens, erschien mit einem Becher Kaffee und einem Stück Apfelkuchen samt Sahneklecks, stellte mir beides vor die Nase und schenkte mir ein wissendes Lächeln.

Ob man mir meine Gefühle ansah?

Höchstwahrscheinlich.

Dass sie sich trotzdem schweigend zurückzog und keine Fragen stellte, rechnete ich ihr hoch an.

Draußen wurde der Regen von strahlendem Sonnenschein abgelöst. Zufrieden mit dem Augenblick sah ich auf den Hafen hinunter, genoss meinen Kuchen und nippte an dem Kaffee. Die Kutter, deren Fahrt noch nicht begonnen hatte, rumpelten erwartungsvoll aneinander. Erschöpft schienen jene Schiffe am Pier zu liegen, die ihre nächtliche Aufgabe bereits hinter sich gebracht hatten. Möwen balgten sich kreischend um das, was die Fischer von ihrem Fang übrig ließen.

MacMuffin las seine Zeitung und stieß sporadisch einen Grunzer aus, der wohl seine Missbilligung über die aktuellen Nachrichten zum Ausdruck bringen sollte. Gerade, als ich mich an den letzten Bissen Kuchen machte, ging die Tür des Cafés auf. Zwei Fremde traten ein. Hin und wieder kamen Touristen hierher, doch um solche schien es sich bei diesen Neuankömmlingen nicht zu handeln. Ihre Mienen drückten nicht die entspannte, erwartungsvolle Neugier aus, wie sie für Urlauber typisch war. Viel eher wirkten sie verschlossen und ernst.

Den Mann schätzte ich auf Ende dreißig. Mit seiner braunen Haut und dem schwarzen Haar, das er in einem lockeren Pferdeschwanz trug, strahlte er etwas Exotisches aus, das die Blicke der Fischer ebenso auf sich zog wie die kalte, helle Noblesse seiner weiblichen Begleitung. Beide trugen olivgrüne Cargohosen und schwarze T-Shirts, die in Brusthöhe mit einem Emblem versehen waren. Das Zeichen der University of Inverness, wenn ich mich recht erinnerte. Vor ein paar Wochen hatte ich mir Infomaterial der Universität schicken lassen, nur um es nach kurzer Studie in den Mülleimer zu werfen, wieder einmal darin bekräftigt, meinen Plan bezüglich der Gärtnerei aufrecht zu erhalten.

„Einen schönen guten Morgen. Kann ich Ihnen weiterhelfen?“ Anna glänzte durch mütterlichen, rustikalen Charme, der an den Besuchern wirkungslos abprallte. „Suchen Sie etwas oder jemanden Bestimmtes?“

„Das tun wir.“ Die Frau mit dem weißblonden, schulterlangen Haar ergriff das Wort. Alles an ihr drückte Selbstbewusstsein aus, das scharf an der Grenze zur Arroganz schrammte. Niemals hatte ich so blaue Augen gesehen. Sie leuchteten förmlich aus ihrem Inneren heraus. Eher unangenehm als schön. „Wir brauchen jemanden, der sich in dieser Gegend auskennt. Mein Name ist Dr. Ruth Chapman. Das dort ist mein Kollege Dr. Aaron Welsh.“

Irrte ich mich, oder klang Geringschätzung in ihrer Stimme mit?

Der Mann warf mir einen kurzen Blick zu. Seine Unsicherheit machte ihn mir auf Anhieb sympathisch und vertiefte den ersten Eindruck, den er hinterlassen hatte. Die gesamte Situation schien ihm nicht zu behagen. Unruhig trat er von einem Bein auf das andere.

„Worum geht es?“, hakte Anna nach.

„Wir kommen im Auftrag der University of Inverness“, antwortete die Frau. „Es geht um eine Unterart weißer Seehunde, die regelmäßig in dieser Gegend gesichtet wurden. Unsere Aufgabe besteht darin, diese besonderen Tiere ausfindig zu machen und ihr Verhalten zu studieren. Wie wir hörten, gab es einige Probleme zwischen den ansässigen Fischern und diesen Seehunden.“

Mir blieb der Kuchen im Halse stecken. Hustend spuckte ich ein paar Krümel auf den Tisch, woraufhin Ruth wie eine Schlange herumfuhr und mich mit starrem Blick fixierte.

„T'schuldigung", stieß ich mit tränenden Augen hervor. „Hab mich verschluckt."

Selbst bei gewöhnlichen Augen wäre diese Sondierung unangenehm gewesen, doch dieses antarktische Blau bohrte sich wie ein Eiszapfen in meinen Geist. Verdammt! Ich wünschte inständig, mich verhört zu haben. Diese Leute konnten unmöglich heute auftauchen, an diesem wunderbaren Morgen, und nach weißen Seehunden suchen.

„Weißt du irgendetwas über die Tiere?", fragte mich die gespenstische Frau. „Hast du einen dieser Seehunde gesehen? Ist dir irgendetwas aufgefallen?"

„Nein", gab ich zurück. „Absolut nichts."

Heißkalte Schauer liefen über meine Wirbelsäule. Ich durfte nicht noch mehr Aufmerksamkeit erregen. Ob es mir gelang, äußerlich ruhig zu bleiben, wusste ich nicht. Ich starrte auf meinen halb aufgegessenen Kuchen, während meine Gedanken sich überschlugen. Forscher auf der Suche nach weißen Seehunden. Besonderen Seehunden. Wenn sie das Geheimnis der Selkies kannten, war das der Beginn einer gnadenlosen Hetzjagd. Und sie waren zielgerichtet hier aufgetaucht.

Verdammt!

„Natürlich entlohnen wir jede Hilfe großzügig." Ruth zückte einen Scheck und wandte sich an MacMuffin. Als sie ihm das Stückchen Papier unter die Nase hielt, schien ihn der Schlag zu treffen. Er räusperte sich, druckste, hustete und lüpfte mehrmals seinen Seemannshut, dann stand er auf und schüttelte Ruth die Hand.

„Gestatten? Andreas MacMuffin. Ich und mein Kutter gehören von nun an ganz Ihnen."

„Wunderbar." Ruths Lächeln troff vor zuckriger Freundlichkeit. Als ihr Blick mich ein zweites Mal traf, verwandelte sich das kalte Prickeln in meinen Eingeweiden in einen Blizzard. „Dann wären wir hiermit Partner. Am besten brechen wir sofort auf, wenn es Ihnen nichts ausmacht."

„N'türlich." MacMuffin hyperventilierte vor Begeisterung. Er wollte den Scheck schnell in seiner Hosentasche verschwinden lassen, doch Ruth nahm ihn mit einem noch schnelleren Griff wieder an sich.

„Bezahlung erfolgt nach Leistung", stellte sie klar. „Über einen Vorschuss lässt sich natürlich reden."

MacMuffin zog eine ernüchterte Grimasse. „Wie Sie meinen. Wohin soll's gehen?"

„Zu einer Insel namens Skara Brae. Man sagte uns, dort wären die Seehunde am häufigsten anzutreffen."

Mir klappte der Mund auf, ehe ich es verhindern konnte. Zum Glück war Ruth damit beschäftigt, den Scheck in ihrer Hosentasche zu verstauen. Als sie wieder aufblickte und zu mir herübersah, funkelte in ihren Augen die Jagdlust einer ausgehungerten Hyäne. Ich fingerte einen Geldschein aus meiner Hosentasche, drückte ihn Anna in die Hand und schlängelte mich zwischen den beiden Forschern hindurch. Die Knie schienen unter mir zu zerfließen.

Bleib ruhig!, befahl ich mir selbst. *Mach's nicht noch schlimmer.*

„Wer einen dieser Seehunde fängt", verkündete Ruth hinter mir in feierlichem Tonfall, „den erwartet eine großzügige Belohnung."

Die Augen der Fischer weiteten sich bei diesen Stichworten.

„Das gilt jedoch nur, sofern uns das Tier lebend und unversehrt erreicht. Für die Zeit unseres Aufenthalts wohnen wir im Pierowall Hotel. Zu erreichen sind wir am besten unter dieser Nummer."

Beim Herausgehen sah ich im Augenwinkel, wie Ruth der Wirtin ein Kärtchen in die Hand drückte. Ich sah die Fischer bereits in einer johlenden Karawane auf das Meer hinausfahren. Sie würden jede Insel durchkämmen, jeden Felsen absuchen. Einige Blicke waren auf MacMuffin geheftet, und was ich darin erkannte, gefiel mir ganz und gar nicht. Geld verdarb allzu leicht den Charakter, und dass MacMuffin soeben den großen Auftrag abgesahnt hatte, erfüllte einen Großteil seiner Kollegen mit offen zur Schau getragener Missgunst.

„Scheiße." Ich schloss die Tür hinter mir und stapfte durch das nasse Gras. „Großer Mist. Ganz großer Mist."

Meine Gedanken überschlugen sich. Louan durfte nicht auf seine Insel zurück, das stand fest. Das Beste für ihn war, dem Meer fernzubleiben. Möglicherweise wussten die Forscher nichts über die Selkies und bezogen sich lediglich auf die ungewöhnliche Gestalt und Farbe des Seehundes. Louan hatte Netze durchgebissen, viele Fischer waren Zeuge seiner verzweifelten Taten gewesen. Gut möglich, dass man auf dem Festland so von seiner Existenz erfahren hatte.

Hatte ich die Ereignisse losgetreten? Kaum lockte ich Louan an Land, wurde die Jagd auf ihn eröffnet. Was, wenn sie ihn erwischten? Ich machte ihn schwach und verwundbar. Wenn Ruth und Aaron der Wahrheit auf die Schliche kamen und herausfanden, was er für mich empfand, besaßen sie ein perfektes Druckmittel.

Es war besser, wenn Louan für immer aus dieser Gegend verschwand und dem Land den Rücken kehrte. Oder war er als Mensch unter Menschen am sichersten? Ich wusste es nicht. Wut und Resignation machten sich breit. Das Meer wie das Land boten keinen Platz mehr für ihn.

Die Zeit seiner Gattung war abgelaufen.

Entweder würde er durch die Kugel eines Fischers sterben oder sein Ende unter den Mikroskopen skrupelloser Forscher finden. Offen war wohl nur noch der Zeitpunkt, und ich hatte keine Ahnung, wie ich ihm helfen konnte.

Als ich das Haus betrat, empfing mich Stille. Dad schlief immer noch seelenruhig auf dem Sofa. Ich schlich in mein Zimmer hinauf, und mit jeder Treppenstufe presste sich die eiskalte Faust fester um meinen Magen. Ich fühlte mich unwirklich. Wie ein machtloser Geist. Konnte ich mich nicht einfach zu meinem Selkie legen, an seiner Seite einschlafen und für immer mit ihm zusammen in sorgloser, warmer Dunkelheit schweben?

Es krampfte mir das Herz zusammen, als ich ihn auf meinem Bett liegen sah. Zusammengerollt wie ein Embryo, verwundbar und ahnungslos. Kaum setzte ich mich auf die Bettkante, drehte er sich zu mir um und lächelte. Freude leuchtete in seinen Augen.

„Mari“, nuschelte er verschlafen. „Was ist los?“

„Louan … ich …“ Meine Stimme wollte mir den Dienst versagen, doch ich zwang mich dazu, weiterzusprechen. „Du bist in Gefahr. Du musst hier weg.“

„Hm?“ Er schien kaum zu begreifen, was um ihn herum geschah. Verwirrt blinzelte er zu mir hoch. „Was ist los? Du hast geweint?“

„Nein.“ Eine glatte Lüge. „Ich war unten im Café, als … ach verdammt, da waren zwei Wissenschaftler von der Universität Inverness. Ruth und Aaron. Sie sind auf der Suche nach dir. Nach weißen Seehunden. Und sie kennen deine Insel.“

Louans Gesicht verfinsterte sich. Die Freude verschwand aus seinen Augen. „Was?“

„Sie sind unterwegs nach Skara Bare.“ Ich nahm ihn bei den Schultern und sah ihn eindringlich an. „Du darfst nicht dorthin zurückkehren, hörst du? MacMuffin arbeitet als ihr Führer, aber er hat keine Ahnung. Er glaubt, dass sie nach normalen Seehunden suchen.“

„Woher wissen sie von mir?“ Louan rieb sich mit rührend unbeholfenen Gesten den Schlaf aus den Augen. Begriff er überhaupt, wie heikel die Lage war? „Bist du dir ganz sicher?“

„Ja, bin ich. Die Zeiten haben sich geändert. Mittlerweile besitzen die Menschen Techniken, die du dir in deinen wildesten Träumen nicht vorstellen kannst. Es gibt Handykameras, Internet, Infrarotkameras, Spionagesatelliten. Was weiß ich. Jeder Idiot kann aus seinem Wohnzimmer heraus die ganze Welt begaffen, indem er ins Internet geht und mit Hilfe der Satelliten Bilder und Filme abruft. Vielleicht kann man sogar auf Skara Brae runterzoomen und sieht jeden Klecks Möwenkacke. Keine Ahnung. Alles ist möglich."

Louan nickte und starrte schlaftrunken ins Leere. Ich wollte ihn schütteln, ihn anschreien, ihm irgendwie begreiflich machen, auf welche Gefahr er zusteuerte.

„Vielleicht wissen sie gar nichts von Selkies und suchen nur nach einem ungewöhnlich gefärbten Seehund", überlegte er. „Ich verwandele mich nie, wenn ich mir nicht sicher bin, unbeobachtet zu sein."

„Das spielt keine Rolle. Wenn sie noch nichts von deinen Fähigkeiten wissen, werden sie sie spätestens erkennen, wenn du ihnen ins Netz gehst und sie dir auf den Zahn fühlen."

Louan blinzelte. „Was meintest du gerade mit Satelliten?"

„Das sind so eine Art Maschinen im Weltraum." Ich wedelte ratlos mit der Hand. Musste er mich ausgerechnet jetzt mit seiner Neugier traktieren? „Sie sind bestückt mit Kameras und Messgeräten und können von dort oben aus alles überwachen. Heutzutage kannst du gar nicht vorsichtig genug sein. Vielleicht hat dich ein Fischer gefilmt, und er war so weit weg, dass du ihn nicht bemerkt hast."

„Sind eure Kameras so gut?"

„Ja", knurrte ich. „Und noch viel besser."

Jetzt schien sich seine Beunruhigung in echte Sorge zu verwandeln. „Der Weltraum, das ist weit über den Wolken, nicht wahr? Ich habe gehört, wie Menschen darüber erzählten. Wir leben auf einer blauen Kugel, die im Weltall schwebt. Und es gibt noch viele andere Kugeln wie unsere. So viele, dass man sie niemals zählen könnte. Man nennt sie Sterne."

„Du solltest dir lieber um andere Dinge Gedanken machen."

„Es muss viele Welten wie unsere da oben geben." Louan überging meine Worte einfach. „Viele andere Wesen und Gedanken."

„Verdammt, das ist doch völlig egal. Hier geht es darum, dass Menschen vermutlich dein Geheimnis kennen. Du weißt, wie das enden kann. Darüber muss ich dir nichts erzählen, oder?"

Er schüttelte den Kopf. „Sind Satelliten die leuchtenden Punkte, die nachts über den Himmel ziehen, wenn es klar ist?"

„Ja." Ich atmete tief durch. Dieser Kerl machte mich wahnsinnig. Anscheinend entging ihm nach wie vor der Ernst der Lage. „Hör zu, du hast zwei Möglichkeiten. Entweder du verschwindest von hier und suchst dir eine neue Heimat. Möglichst weit weg von hier. Oder du bleibst ein Mensch und verzichtest auf den Seehund."

„Das kann ich nicht."

Die Übelkeit schnürte mir die Kehle zu. *Lass los, Mari. Du hast ihm versprochen, es zu akzeptieren. Und dieses Versprechen musst du halten. Ganz gleich, wie weh es tut.*

„Dann geh", sagte ich. „So weit weg, wie du kannst. Wenn es ein Video gibt, kennen sie deine Menschengestalt. Es ist besser, wenn du verschwindest."

„Nein." Jetzt nahm er mich bei den Schultern und zog mich zu sich hinunter. Das Gefühl seiner Arme, die sich um mich schlossen, war unbeschreiblich schön und zugleich unbeschreiblich grausam. „Ich will nicht wieder allein sein. Ich bleibe bei euch. Sie suchen nach weißen Seehunden, nicht nach Selkies. Die Fischer haben mich gesehen, als ich ihre Netze zerstörte. So wird man von mir erfahren haben. Sie kennen nur das Tier mit der seltsamen Farbe, nicht den Menschen."

„Aber du musst dich in dieses Tier verwandeln."

„Ich werde vorsichtig sein." Er strich mir über das Haar. Ich sah sein Lächeln nicht, aber ich spürte es an meiner Stirn, wo seine Lippen ruhten. „Sehr vorsichtig. Mein ganzes Leben lang musste ich mich vor den Menschen verstecken. Ich kenne es nicht anders. Wenn sie mich doch erkennen, werde ich verschwinden. Aber ich verlasse dich nicht wegen eines Verdachtes."

„Warum bist du auf einmal wild entschlossen, hier zu bleiben?"

„Weil ich es satt habe, allein zu sein. Ich will nicht länger Angst haben. Diese eine Nacht, Mari …" Ihm schienen die Worte zu entgleiten. Er holte tief Luft, griff nach meinen Schultern und packte zitternd zu. „Allein für diese Nacht hat es sich gelohnt. Und wenn mir nur eine weitere bleibt, ist das jede Gefahr wert."

„Louan." Ich wollte weinen und lachen, ihn fortjagen und ihn festhalten. Tief atmete ich den warmen, schläfrigen Geruch seines Körpers ein. Noch immer war er nackt unter der Decke, die das Aroma unseres Liebesakts eingefangen hatte. „Sie werden moderne Technik benutzen. Kameras und Sonar und ein ganzes Sammelsurium an wissenschaftlichen Geräten. Damals war es einfach, den Menschen zu entkommen. Heute sehen sie dich, selbst wenn du tief unter Wasser bist. Ich will nicht schuld daran sein, dass sie dich … dass sie dich …"

Sanft legte er eine Hand über meinen Mund. „Du musst keine Angst um mich haben. Ich kann auf mich aufpassen. Außerdem habe ich Freunde da draußen. Große, mächtige Freunde."

Ich schloss meine brennenden Augen, schmiegte mich an ihn und klammerte die Realität aus. Etwas Besseres fiel mir nicht ein. Selbst Wale waren heutzutage hilflos und starben zu Tausenden dort draußen. Der Raubbau an den Meeren ging nicht nur ungehindert weiter, er nahm sogar noch zu. Ich dachte an den Golf von Mexiko, der vom Öl vergiftet worden war. An Netze, so groß, dass dreizehn Jumbojets hineinpassen würden, und an die immer länger werdende Liste der Tierarten, die dank meiner Spezies für immer von diesem Planeten verschwanden.

Louans Herzschlag hielt eine dem Tod geweihte Legende am Leben. Ich legte meinen Kopf auf seine Brust und hörte ihm zu.

Kapitel 8

Wie man in die Tiefe blickt

„Auf dem hohen Küstensande
Wandre ich im Sonnenstrahl;
Über die beglänzten Lande
Bald zum Meere, bald zum Strande
Irrt mein Auge tausendmal.
Aber die Gedanken tragen
Durch des Himmels ewig Blau
Weiter, als die Wellen schlagen."

Theodor Storm

~ Dr. Ruth Chapman ~

Was für ein komischer Kauz. Auf den maroden Fischkutter passte er perfekt und setzte der steinzeitlichen Szenerie das Sahnehäubchen auf. Welcher vernünftige Mann stand auf Bollywood-Filme und las Liebesromane? Wer so etwas tat, trug auch pastellfarbene Unterhosen. Ruth beobachtete, wie Aaron gemeinsam mit MacMuffin den Kutter belud. Jetzt, wo ihr Kollege aufzublühen schien und der Wind seinen Zopf zu lösen begann, sah dieser Kerl auf spezielle Art sogar attraktiv aus. Aaron war ein durch und durch guter Kerl. Er war so gut, dass ihr schlecht davon wurde, und doch brachte diese nervtötende Empfindsamkeit etwas überaus Praktisches mit sich. Aaron war anfällig für ihre Manipulation. Er fraß ihr aus der Hand. Er rutschte vor ihr auf den Knien, wenn sie ihn darum bat. Er tat alles, was sie wollte, wenn sie ihm nur das Gefühl gab, es läge ihr etwas an ihm.

Putziger, verblendeter Gutmensch.

Wenn sie ihr Ziel erreichten und die Welt ihnen zu Füßen lag, wenn sie Ruhm, Ehre und Reichtum im Überfluss ernteten und die angesehensten

Koryphäen der Wissenschaft sie um ihre Forschungsergebnisse anbettelten, würde sie Aaron vielleicht als Partner in Erwägung ziehen und ihren Ehemann zum Teufel jagen. Er war leichter auszunehmen, er war ihr hörig und nebenbei ein begnadeter Wissenschaftler. Ihm war nur noch nicht das Glück zuteil geworden war, von seinesgleichen akzeptiert zu werden. Zuviel an ihm war skurril. Die Tatsache, dass er allein in diesem alten, maroden Haus lebte. Seine Herkunft und seine Vorlieben. Dann diese merkwürdige Art, die etwas Verträumtes, Kindliches an sich hatte und in Ruth permanent das Bedürfnis auslöste, ihn mit einer Ohrfeige aus seinem Wolkenkuckucksheim herauszuholen.

Ja, die Idee, ihren Erfolg mit einem neuen Ehemann zu krönen, war durchaus verlockend. Aaron sah besser aus und war intelligenter, wenn auch nicht so intelligent wie sie. Er konnte kochen, wusste eine Waschmaschine zu bedienen und verfügte über haufenweise Geld, von dem er dank seines unsozialen Lebens nicht wusste, wie er es ausgeben sollte.

Nun, dabei konnte sie ihm helfen. Wenn Ruth eines gelernt hatte, dann die Tatsache, dass man als Frau Macht nicht geschenkt bekam. Man musste sie sich einfach nehmen.

Sie schwindelte vor Nervosität, in ihrem Magen und in ihren Knien kribbelte es herrlich. Was scherte sie sich um Aaron? Etwas weitaus Spannenderes bot sich ihr dar. Eine lebende Legende wartete darauf, von ihr entdeckt zu werden. Ein wahr gewordenes Märchen, das die Welt der Wissenschaft von Grund auf verändern und neu ordnen würde.

Ruth erinnerte sich an eine Textpassage, die sie auf dem Weg hierher gelesen hatte. Sie stammte aus einem dieser kitschigen, albernen Touristenblättchen für einfache Gemüter, nach denen sie sonst nie gegriffen hätte. Doch inzwischen verpasste ihr das Stichwort *Selkie*, wo auch immer sie darüber stolperte, einen wahren Gefühlsausbruch.

Die meisten Kinder aus Verbindungen zwischen Landbewohnern und Seehundmenschen kehren in das Meer zurück. Ihre menschliche Familie trauert unendlich, doch die Netze, die sie auswerfen, bleiben niemals leer. Andere Kin-

der sind stärker dem Land verbunden. Doch obgleich sie sich für ein Leben auf fester Erde entscheiden, verfolgt sie doch der Ruf des Meeres. Sie träumen von Tangwäldern und mondschimmernden Wellen. Ihre Sehnsucht zerreißt sie schier, aber gleichzeitig ist ihre Liebe zu den Menschen zu groß, um sie zu verlassen.

Eine Gänsehaut zog sich über ihren ganzen Körper. Wer hätte gedacht, wie magisch die Welt dort draußen wirklich war? Vor wenigen Stunden hatte sie noch in ihrem Labor gesessen, jetzt stand sie in einem beschaulichen Dorfhafen und wartete darauf, auf einen alten Kutter zu klettern, um das Abenteuer ihres Lebens in Angriff zu nehmen. Ihre hochgeschätzten Kollegen besaßen im Kopf einen geistigen Horizont mit dem Durchmesser von einem Zentimeter und waren auch noch stolz darauf. Für diese Idioten bestand Wissenschaft aus unverrückbaren Fakten, aber Ruth wusste, dass dieses Feld in erster Linie auf Veränderungen basierte. Was man heute wusste, konnte morgen schon wieder verworfen werden. Vorgestern hatte sie noch nicht an Selkies geglaubt, jetzt wusste sie es besser. Deswegen stand ihr ein grandioser Eingang in die Geschichte bevor, und ihren verbohrten, fantasielosen Kollegen würde nichts anderes übrig bleiben, als frustriert aus der Wäsche zu gucken.

Die Sonne streichelte ihre Haut, es roch nach Sommer, Meer und Fisch. Ruth fühlte sich, als stünde sie auf dem Gipfel des Mount Everest und blicke als einziger Mensch von dieser Höhe aus auf die Welt hinab.

„So viele Jahre bin ich Skara Brae ferngeblieben." Der alte Fischer grapschte sich den schwarzen Koffer, in dem sich das Gewehr befand. Ehe Ruth ihn daran hindern konnte, trug er ihn auf das Schiff. Während sie ihm folgte, ein paar Flüche auf den Lippen, brabbelte er unaufhörlich vor sich hin. „Unglück bringt sie. Sie mag keine Eindringlinge, die Insel. Glauben Sie's oder nicht. Erst nötigt mich diese kleine Sprotte, jetzt tun Sie's. Aber immerhin ist die Bezahlung gut. Sonst bekäme mich niemand da hin. Na gut, außer die kleine Sprotte eben."

„Wen meinen Sie?" Ruth wurde hellhörig. Auf dem Kutter setzte sie sich neben Aaron auf eine klapprige Holzkiste, während MacMuffin den Motor anwarf. Überall lag Müll herum. Gelbe Plastikeimer, blutige Kisten, kaputte Netze, Bierdosen und zusammengeknüllte Alufolie.

Widerlich.

„Mari“, rief der Alte gegen das ohrenbetäubende Knattern an. „Die Kleine, die sie vorhin kennenlernen durften.“

„Aha.“ Ruths Gedanken arbeiteten. Ja, die Kleine, die auf ihre Information, wonach sie jagten, ziemlich auffällig reagiert hatte. Infolge dessen war in ihr der Entschluss herangewachsen, dem Mädchen so bald wie möglich ein paar Fragen zu stellen. Ihr „Nein, absolut nichts“ war wenig überzeugend gewesen. Gut möglich, dass sie etwas wusste. Vielleicht war es dumm gewesen, die Kleine einfach laufen zu lassen, aber sie durften die Sache nicht überstürzen. Aggressives Vorgehen bei der hiesigen Bevölkerung war kontraproduktiv und zog zu viel Aufmerksamkeit auf sich. Ihr Versprechen auf eine großzügige Belohnung war der beste Weg, zum Ziel zu gelangen. Wenn sie sich nicht grundlegend in der menschlichen Natur täuschte, würden die Fischer jeden Felsen umdrehen und jeden Liter Meerwasser durchkämmen, um sich das Kopfgeld zu sichern.

„Warum wollte das Mädchen nach Skara Brae?“, fragte Ruth.

In gemächlicher Manier lenkte MacMuffin den Kutter aus dem Hafen und ließ sich Zeit mit dem antworten. Grundgütiger, diesem Menschen konnte man im Laufen die Schuhe besohlen.

„Ist verliebt, nehme ich an“, brummte er endlich. „So ein Junge kommt öfter auf diese Insel. Seltsamer Bursche. Läuft die meiste Zeit nackt herum. Maris Vater behauptet, er entstamme der Familie eines gealterten Hippies, aber wenn Sie mich fragen, hat dieser Junge eindeutig einen an der Klatsche. Nicht mehr alle Latten auf'm Zaun, Sie verstehen? Ich habe gesehen, wie er sich über sie beugte. Splitterfasernackt. Und als ich ihm mit meinem Gewehr einen gehörigen Schrecken einjagte, sprang er wie ein Fisch ins Meer.“

„Verdammt!“ Ruth sprang auf und wedelte mit den Armen. Sie war eine solche Idiotin! „Drehen Sie um! Sofort!“

„Warum?“

„Wie sah der Junge aus?“, blaffte sie. „Los, sagen Sie's schon.“

MacMuffins Miene machte keinen Hehl daraus, was er von ihr und ihrer Wankelmütigkeit hielt. „Viel hab' ich nicht gesehen. Er war ungefähr so groß wie ihr Kollege. Schwarzes Haar, ungefähr bis hier.“ Der Fischer deutete auf seinen Nacken. „Ich glaube, es hatte helle Strähnen. Sah jedenfalls so aus. Aber sein Gesicht hab' ich nicht gesehen, tut mir leid. Wieso interessiert Sie das so? Ist doch nur ein kleiner Hippie-Spinner.“

Ruth entlud ihren Zorn in ausladenden Gesten und diversen gotteslästerlichen Floskeln, Aaron verschränkte die Hände im Schoß und blickte stur auf die Planken. Dieser feige Waschlappen! Sie hätte ihm den Hals umdrehen können!

„Ich bezahle Sie dafür, dass Sie uns durch die Gegend schippern“, keifte Ruth. „Nicht für dumme Fragen. Los, wenden Sie!“

MacMuffin stieß ein Knurren aus und gehorchte. „Ihr Landratten aus der Stadt werdet auch immer verrückter. Aber sei's drum. Solange das Geld stimmt, könnt ihr so verrückt sein, wie ihr wollt.“

Ruth lief schimpfend auf und ab, während Aaron ihr immer wieder rätselhafte Blicke zu warf. Was in Herrgottsnamen war los mit diesem Kerl? Sie wurde nicht schlau aus ihm. Auf dem Weg hierher hatte seine Erregung der ihren das Wasser reichen können, er war sogar derart nervös gewesen, dass sie an jeder Raststätte hatten anhalten müssen, damit dieser seltsame Kauz mit fliegendem Mantel auf das stille Örtchen wetzen konnte. In höchsten Tönen hatte er von ihrer gemeinsamen Zukunft fabuliert und ein Luftschloss nach dem anderen gebaut, jetzt hingegen machte er den Eindruck, als verabscheute er sich selbst und den Rest der Welt.

Ruth winkte ab. Es gab Wichtigeres, als Aarons verkorkste Psyche zu durchschauen. Obwohl es ihr absolut nicht behagte, zog sie den Scheck aus der Hosentasche und reichte ihn MacMuffin, als er am Pier anlegte. „Machen Sie erstmal frei. Dieser Betrag gilt für eine Woche. Solange stehen Sie uns bitte zur Verfügung, wann immer wir Sie brauchen. Gibt es auf Ihrer Nussschale eine abschließbare Tür?“

Die Augen des Fischers glitzerten angesichts des Schecks. Wenn es um Geld ging, glichen sich alle Menschen wie ein Ei dem anderen. „Sicher doch."

„Dann sorgen Sie bitte dafür, dass unsere Ausrüstung sicher gelagert wird. Ich habe keine Lust, alles ständig hin und her zu schleppen."

Aaron schnaufte. „Darf ich erwähnen, dass ich ständig alles hin und her geschleppt habe?"

„Klappe", blaffte Ruth. „Darf ich fragen, wo Sie wohnen?"

MacMuffins verschrumpeltes Gesicht verjüngte sich um mehrere Jahrzehnte. „Ich wohne direkt da oben, im Bruchsteinhaus neben der Kirche. Nehmen Sie mich in Anspruch, wann immer Sie mich brauchen."

„Danke. Und mir kam soeben noch eine Idee. Ich hätte gerne die Schlüssel zu dem Kutter."

„Wie bitte?"

„Ich lege nochmal zweihundert Pfund obendrauf."

MacMuffin brummte und knurrte wie ein Seelöwe. Schließlich drückte er ihr unter sichtlichem Widerwillen das Schlüsselbund in die Hand. Es fühlte sich derart vollgeschwitzt und speckig an, dass Ruth am liebsten gewürgt hätte.

„Können Sie überhaupt damit umgehen?", grummelte er. „Ist mein Schätzchen. Mein Baby. Meine Frau, wenn man so will."

Sie verdrehte innerlich die Augen. „Machen Sie sich keine Sorgen. Sobald wir Sie brauchen, melden wir uns. Ist es notwendig, haben wir jederzeit das Recht, uns spontan Ihren Kutter auszuleihen."

„Okay", seufzte MacMuffin.

„Und zuletzt darf ich noch fragen, wo dieses Mädchen wohnt?"

„Mari? Da oben, in dem Haus auf den Klippen. Was wollen Sie von ihr?"

„Nichts." Ruth setzte ihr harmlosestes Lächeln auf. „Ich will ihr nur ein paar Fragen stellen. Auf Wiedersehen."

Sie packte Aaron am Arm und zerrte ihn hinter sich her, die Hafenmauer entlang, dann den Pfad zu den Klippen hinauf. Kein Protest kam über seine

Lippen, bis sie vor dem besagten Haus standen. Es sah aus wie viele Häuser auf den Orkney-Inseln. Erbaut aus grauem Stein mit einem Dach aus alten Steinschindeln, auf dem Moos und der eine oder andere Grasbüschel wuchs. Die Fenster waren seit langem nicht geputzt worden, der Garten wucherte ungehindert vor sich hin.

Beinahe erinnerte es an die gespenstische Bruchbude ihres Kollegen.

Hinter dem Haus erkannte Ruth einen riesigen Wintergarten mit mehreren Anbauten. Das Glas war beschlagen, dahinter schien ein ganzer Dschungel aus Pflanzen vor sich hin zu wuchern.

„Typisch Ruth", nuschelte Aaron, als sie den Klingelknopf drückte. „Mich wundert es, dass du noch nie verklagt wurdest."

„Dieses Mädchen weiß etwas." In ihr keimte der leise Verdacht auf, dass Aaron gerade unter einem äußerst unpraktischen Anfall von Selbstbewusstsein litt. „Hast du gesehen, was für ein Gesicht sie aufgesetzt hat?"

„Ich bin nicht blind."

„Fein. Dann ist dir auch klar, warum wir hier stehen."

„Um einem Mädchen schon am ersten Tag unserer Anwesenheit hinterher zu spionieren? Komisch nur, dass du erst jetzt daraufkommst, und sie nicht bei unserer ersten Begegnung direkt eingesackt hast. Das wäre eher deine Art gewesen."

Ruth stöhnte. Aarons Gutmenschengehabe ging ihr gehörig auf den Keks. Wenn diese Sache durch ihn und seine blank polierte Moral missglückte, würde ein Tritt in den Hintern nur die harmlose Begleiterscheinung eines weit größeren Problems sein.

„Denk an unser Ziel", zischte sie zwischen zusammengebissenen Zähnen. „Wenn wir den Selkie finden, haben wir ausgesorgt. Wir werden so hoch fliegen, dass wir nie mehr den Boden berühren."

„Und gehen dafür auch über Leichen?"

„Gesegnet seien jene, die nichts zu sagen haben und trotzdem die Klappe halten."

„Tzzz", machte er.

„Mein Gott, Aaron. Geht das schon wieder los? Was hast du erwartet? Einen Bollywood-Film, in dem sich am Ende alle in den Armen liegen? Dann wach mal wieder auf. In der Wissenschaft mussten für höhere Ziele schon immer Opfer gebracht werden."

„Höheres Ziel?" Aaron kniff die Augen zusammen. „Unter einem höheren Ziel verstehe ich etwas Edles und Gutes. Etwas, das allen Menschen hilft. Wenn wir den Selkie finden und ihn der Öffentlichkeit präsentieren, passiert nur eins: Dubiose Gestalten werden ihn verschwinden lassen und mit der Hand auf dem Herzen schwören, es hätte ihn nie gegeben. Glaubst du, die Herren und Damen Wissenschaftler sind mir nichts, dir nichts bereit, all ihr Wissen zu verwerfen und neu zu ordnen? Wach du mal lieber auf."

Ihre Hand kribbelte vor Verlangen, ihm eine Ohrfeige zu verpassen. Nein, viel lieber wäre ihr ein gewaltiger Kinnhaken, an dessen Anschluss sie ihn nach Leibeskräften würgte. „Weißt du was?", presste sie hervor. „Du gehst mir wirklich auf die Nerven."

„Dito."

„Würde es dir etwas ausmachen, deine Meinung mit ins Grab zu nehmen?"

Aaron runzelte die Stirn und wusste nichts zu entgegnen.

Drinnen im Haus rumorte etwas. Es klang wie ein Stuhl, der über Steinfliesen geschoben wurde.

„Ein Gutmensch ist dazu da", fügte sie hinzu, „um in den Arsch getreten zu werden. Wenn du für den Rest deines Lebens vor irgendwelchen Professoren buckeln willst, deren Nasen in den Wolken stecken, dann fahr zurück nach Inverness und verschanz dich hinter deinem Sperrholz-Schreibtisch. Aber jammere als Windeln tragender Greis nicht herum, dass du in deinem Leben nichts erreicht hast."

Ein Schatten erschien hinter dem Milchglas. Ruth warf Aaron noch schnell einen scharfen Blick zu, ehe die Tür geöffnet wurde.

„Ja bitte?" Vor ihr stand ein Mann mit dem Umfang eines Whisky-Fasses und dem Gesicht eines Vollmonds. Er überragte sie um zwei Köpfe, sein wirres, grau meliertes Haar berührte den Türrahmen. Im Hintergrund war Klaviermusik zu hören. „Wie kann ich Ihnen helfen?“

Ruth straffte sich und spulte ihre übliche Vorstellung hinunter. Kaum erwähnte sie, im Auftrag des biologischen Instituts unterwegs zu sein, verengten sich die grauen Augen des Mannes argwöhnisch.

Erwischt! Ruths Jagdeifer wurde zu einem leidenschaftlichen Inferno. Hier war sie richtig. Das Mädchen und dieser Mann steckten unter einer Decke und wussten über die Selkies Bescheid. Dafür legte sie ihre Hand ins Feuer.

„Könnte ich wohl kurz mit Mari sprechen?“, schloss sie ihren Vortrag. „Ich hätte ein paar Fragen an sie.“

„Worüber?“, verlangte ihr Gegenüber zu wissen.

„Nichts Besonderes. Wir trafen uns vorhin im Hafencafé und kamen ein wenig ins Gespräch. Dabei wurde eine Frage aufgeworfen, die ich gerne mit ihr klären möchte. Meinen Sie, das wäre in Ordnung?“

Der Mann zögerte einen Augenblick. Schließlich trat er zur Seite, nickte und vollführte eine einladende Geste. Die Aufgesetztheit dieser Gesten wäre einem Blinden aufgefallen. Ruth benötigte all ihre Professionalität, ihre aufkochende Erregung nicht sichtbar werden zu lassen.

„Ich bin Thomas“, sagte er. „Maris Vater. Darf ich Ihnen einen Kaffee anbieten?“

Kaffee! Halleluja. Etwas Besseres hätte diesem Mann nicht einfallen können. Gewisse menschliche Grundbedürfnisse traten nicht einmal hinter einem Wunder zurück. Sie brauchte Koffein. Und zwar dringend. Ruth schlüpfte an ihm vorbei ins Innere des Hauses und holte zu einer dankbaren Floskel aus – die ihr jedoch im Halse stecken blieb, als ihr Blick nach links schweifte. Hin zu der offenen, urig eingerichteten Küche.

Das Mädchen aus dem Café saß an einem Tisch aus dunklem Holz, flankiert von einer jungen Frau mit blondem Lockenkopf, deren Augenringe von einer durchwachten Nacht kündeten.

Und Mari gegenüber saß … der Selkie.

Ruth verlor für die Dauer eines Herzschlags die Kontrolle über ihre Gesichtszüge. Ehe es ihr gelang, den Mund wieder zuzuklappen, war bereits der Funken der Erkenntnis durch seine Augen gehuscht. Er war es. Gar keine Frage. Diese schwarzen, silbergesträhnten Locken. Dieses Gesicht. Vor ihr saß der Selkie in seiner menschlichen Gestalt, und er wusste, weshalb sie gekommen war.

Verdammt, das machte die Sache um vieles schwerer.

Ihr Blutdruck schoss in die Höhe. Sie zitterte, ihr Herz raste, alles wurde dumpf und neblig. Aaron tauchte neben ihr auf und fixierte den Selkie mit ausdrucksloser Miene. Wie konnte dieser Idiot über mehr Körperbeherrschung verfügen als sie? Ruths Gedanken überschlugen sich. Sie durfte sich keinen weiteren Fehler erlauben.

Reiß dich zusammen. Bleib ruhig.

Als sie ihre Tasche ablegte und an Thomas übergab, fühlte sie sich wie schwerelos. Hier und heute erfüllte sich ihr Schicksal. Das Ziel ihrer Träume war so nah und doch unerreichbar. Solange die Zeugen sie umringten, waren ihr die Hände gebunden. Sie musste es irgendwie schaffen, den Mann und die beiden Frauen loszuwerden.

Aber wie? Diese Menschen wussten Bescheid, und sie würden den Teufel tun, sie mit dem Selkie allein zu lassen.

„Guten Morgen“, nuschelte Ruth. „Tut mir leid, dass ich so mit der Tür ins Haus falle, aber darf ich euch ein paar Fragen stellen?“

Scheiße, fluchte sie insgeheim. *Scheiße, Scheiße, Scheiße. Wenn er jetzt verschwindet, dann auf Nimmerwiedersehen. Er weiß Bescheid. Er weiß verdammt noch mal Bescheid. Tu was, lieber Gott. Spiel mir irgendwas in die Hände. Bitte!*

Sie nahm auf einem der Holzstühle Platz, während Mari langsam nickte. Eines musste man diesem Mädchen lassen, es erlangte bemerkenswert schnell seine Selbstbeherrschung wieder. Ihre zuvor weit aufgerissenen Augen wurden schmal, ihr offen stehender Mund schloss sich.

Die blond gelockte Frau starrte stur in eine volle Kaffeetasse hinab. Ihre Aura aus Erschöpfung und Verwirrung war schier greifbar.

„Nur zu." Augenscheinlich gelassen zerrupfte Mari ihr Brötchen. „Schießen Sie los."

Thomas goss Kaffee in zwei große schwarze Becher und stellte sie auf den Tisch. Aaron griff danach wie eine Klapperschlange nach der Maus. Stur hielt er den Blick auf die Tischplatte geheftet, nur um das Wunder, das vor ihm saß, nicht ansehen zu müssen. Ruth verfügte zu ihrem Leidwesen nicht über genug Beherrschung, dem Anblick des Selkies zu widerstehen. Ehe sie sichs versah, versank sie in abgrundtiefen, schwarzen Augen.

Seehundaugen.

Die Haut des Selkies war überirdisch glatt und hell, glich in ihrer Zartheit transparentem Perlmutt. Sein Blick … mein Gott, sein Blick schien direkt in ihre Seele zu gleiten. Sanft war er, und doch lag darin die gewaltige Macht des Ozeans. Ein kaum merkliches Lächeln hob seine Lippen. War dies hier nicht mehr als ein Spiel für ihn? Fühlte er sich sicher, weil er wusste, dass er ihnen überlegen war?

Dieses Geschöpf war wunderschön. Es war eine Fleisch gewordene Legende, es war die materialisierte Magie des Meeres. Ruth fühlte sich plötzlich winzig klein und hilflos. Unter dem Blick des Selkies schrumpfte ihr Körper mehr und mehr, bis sie sich fühlte wie eine Garnele im zähnestarrenden Maul eines Hais.

Sie musste es heute schaffen, ihn zu überwältigen.

Heute oder nie.

„Der Fischer sagte uns, ihr wärt häufiger auf Skara Brae."

War das Aarons Stimme? Ruth zuckte zusammen. Unvermittelt fand sie sich in der Wirklichkeit wieder, zitternd und ausgefüllt mit Kälte. Ja, Aaron saß neben ihr und redete auf das Mädchen ein. Alles war so unwirklich, als bewege sie sich in einem Traum.

„Wir möchten nur wissen, ob euch auf dieser Insel jemals etwas aufgefallen ist. Habt ihr einen der weißen Seehunde gesehen? Oder sonst ein ungewöhnliches Exemplar? Versteht unser Anliegen nicht falsch, wir sind nicht hier, um den Tieren zu schaden. Unsere Aufgabe besteht im Erfassen und Katalogisieren dieser Seehunde. Wir nehmen an, dass es sich um eine ganz neue Unterart handelt."

„Ich habe mal einen gesehen", sagte Mari mit fester Stimme. Die blonde Frau neben ihr tat einen Schluchzer, stand auf und suchte das Weite. Ruth wollte ihr nachblicken, doch der Selkie hielt sie gnadenlos fest. Es war, als schlänge er unsichtbare Fesseln um ihren Körper, um sie eine Kraft spüren zu lassen, die jenseits aller Vorstellungskraft lag. Beruhend allein auf seinem Willen.

„Aber das ist Monate her. Es war auf einem Wochenendausflug und mindestens fünfzig Seemeilen südwestlich von Westray."

„Dann habt ihr auf Skara Brae niemals ein solches Tier gesehen?", hakte Aaron nach.

„Nein."

„Nun gut, um mehr ging es uns nicht. Dann müssen wir wohl woanders suchen. Was meinst, du Ruth?"

„Hm?" Etwas in ihr schien zu zerreißen, als der Selkie seinen Blick von ihr nahm. Dichte, schwarze Wimpern senkten sich über einen bodenlosen Abgrund. In ihrem Gehirn löschte eine salzige Brandung jeden klaren Gedanken wie in den Sand geschriebene Buchstaben aus.

Spurlos.

Was sie vorhatten, war unmöglich. Dieses Wesen war zu stark und zu mächtig. Es zu fangen war ebenso aussichtslos, als wollten sie das Meer in einen Käfig sperren.

„Ja", murmelte sie. „Du hast recht. Wir sollten aufgeben."

„Bitte?" Aaron starrte sie an. „Du meinst zurückfahren? Nach Inverness?"

Ruth murmelte eine bestätigende Floskel und stand auf. Ihren Kaffee ließ sie unberührt. Sie wollte raus! Nur raus! Weg von ihm. In ihrem Nacken brannte der Blick des Selkies. Ohne ihn zu sehen, spürte sie, wie er an ihrer Seele saugte. Frost kroch durch ihre Adern. Ein immer stärker werdender Druck legte sich um ihren Brustkorb. Es war, als würde etwas sie in die Tiefe des Wassers ziehen, tiefer und tiefer, obwohl sie hier mitten in der Küche eines Hauses stand. Es wurde kalt. Unerträglich kalt. Als würde er sie lebendig in Eis einschließen.

„Komm mit.“ Panisch zog sie Aaron hinter sich her. „Wir müssen weg. Komm schon, komm.“

„Warum? Was ist los mit dir?“

„Nichts.“ Ruth füllte keuchend ihre ausgedörrten Lungen. Endlich, als sie nach draußen traten und die Tür hinter ihnen ins Schloss fiel, löste sich das Band um ihren Brustkorb. Ihre Fähigkeit zu denken kehrte zurück. Langsam und eingeschüchtert, schockiert von der Berührung einer Macht, die ihr mit solcher Mühelosigkeit demonstriert hatte, wie winzig sie war.

„Es war eine idiotische Idee.“ Ruth beugte sich vor, stützte die Hände auf den Knien ab und atmete. Sie atmete tief und gierig, als hätte sie sich aus tiefen Wassern emporgekämpft. Nie hatte sie sich so hilflos gefühlt. So klein und nackt. „Er wird niemals uns gehören. Niemals.“

Und zum ersten Mal seit zwanzig Jahren weinte sie.

„Junge, Junge, was ist bloß in dich gefahren.“ Aaron legte seine Arme um sie und brachte sie zum Wagen, der auf dem einzigen Parkplatz des Dorfes stand. Nein, er trug sie vielmehr. Ruth fühlte sich, als könnte sie niemals wieder allein stehen oder gar laufen. Ihr Körper war ebenso gelähmt wie ihr Geist.

Was war hier los?

Sie versuchte zu denken. Nichts geschah. Ihr Kopf war ausgefüllt von zähem, schwarzem Teer. Jeder noch so triviale Gedanke entwischte ihrem Zugriff. Sie hatte furchtbare Angst gehabt. Wovor? Warum fühlte sie sich wie ein geprügeltes Kind, das jeden Halt verloren hatte?

„Alles okay?“ Plötzlich saß sie im Wagen neben Aaron. „Was ist los?“

Ruth starrte ins Leere. Vergingen Sekunden? Minuten? Stunden?

Aarons Stimme drang mal aus weiter Ferne zu ihr, mal aus unmittelbarer Nähe. Sie schloss die Augen. Stromschläge schienen durch ihr Gehirn zu zucken.

Denke! Denke, verdammt. Irgendwas ist passiert.

„Ruth!“ Aaron rüttelte an ihrer Schulter. „Ruth, rede mit mir!“

Ihr Blick verschwamm. Wie eine von Wellen durchgeschüttelte Boje schien ihr Kopf auf den Schultern zu schwanken. Er war bleischwer. Am liebsten hätte sie ihn abgenommen und in den nächsten Mülleimer geworfen.

„Was?“, stammelte sie. „Ich ... was ist los? Was ist ... passiert?“

„Das frage ich dich.“ Aaron wedelte mit der Hand vor ihrem Kopf herum. Verzweifelt versuchte Ruth, mit ihrem Blick etwas zu fokussieren. Alles war verschwommen und in die Länge gezogen. Die Lähmung der Angst besaß noch immer Macht über ihr Gehirn. Sie wollte sich in einer dunklen Ecke verstecken und heulen.

„Hat dich der Schlag getroffen? Jetzt sag schon was.“

„Was ist passiert?“ Diesmal klang ihre Stimme deutlicher. Langsam gewann die Welt wieder an Konturen. Es war, als kämpfe sie sich aus einem zähen Sumpf frei, Millimeter für Millimeter.

„Keine Ahnung. Du hast diesen Jungen angestarrt wie ein Kaninchen die Schlange. Dann bist du ausgeflippt.“

Ruths Gedanken nahmen ihre Fahrt wieder auf. Dieser Junge? Ja, da war etwas in ihrer Erinnerung. Die Küche, der Whiskyfass-Mann. Das Mädchen, der Selkie.

Großer Gott, der Selkie!

Die Erkenntnis traf sie mit der Wucht eines Magenschwingers. Plötzlich wurde alle Verwirrung und Betäubung beiseite gewischt und überließ einem einzigen Gefühl die Vorherrschaft.

Demütigung.

Er hatte sie gedemütigt wie niemals jemand zuvor. Er hatte sie in ein verängstigtes Kind verwandelt. Wie ein geprügelter Hund war sie vor ihm geflohen. Ruth war fassungslos. Nein, mehr noch. Sie war bis auf die Grundfesten erschüttert.

„Fahren wir jetzt zurück?“, fragte Aaron vorsichtig.

„Zurück?“

„Nach Inverness. Darf ich dich daran erinnern, dass du zu der Meinung gelangt bist, unser Vorhaben sei sinnlos?“

Ruth entfloh ein Lachen. Selbst in ihrer Wahrnehmung klang es schrill und krank. Der Schatten der Angst lag noch immer über ihr. Wer sich einmal winzig klein gefühlt hatte, würde vielleicht nie wieder zu alter Größe zurückfinden. Ein erschreckender Gedanke, den sie weit von sich schob. Stattdessen füllte sie ihn mit Triumph. Der Selkie würde ihr nicht entkommen. Sie wusste es mit unerschütterlicher Sicherheit. Er würde ihr gehören, und wenn sie ihn bis ans Ende der Welt verfolgte.

„Vergiss es“, spie sie aus. „Jetzt fängt der Spaß erst an.“

„Erst willst du verschwinden, jetzt willst du bleiben. Ich verstehe dich nicht.“

Sie lächelte. Eine wilde Gier erwachte in ihrem Inneren, genährt von Zorn, Kampfgeist und dem Wissen, dass sie stärker war als irgendwelche zauberischen Mächte. Diese Erniedrigung würde sie ihm heimzahlen. Niemand führte sie an der Nase herum.

„Komm, Aaron. Unser Wunderwesen scheint der Meinung zu sein, mit mir spielen zu können. Es wird Zeit, dass er seine Meisterin findet.“

~ Louan ~

Beide starrten mich an. Mari schockiert, Thomas verständnislos. Ich spürte noch immer den kalten Hauch auf meiner Haut, den Ruth Chapmans Blick auf mir hinterlassen hatte. Ich hatte ihr Überlegenheit vorgespielt, doch es war nur eine Maske gewesen. In Wahrheit war ihr besessener, eiskalter Blick wie ein Messer durch mich hindurchgefahren und hatte mir klargemacht, dass ich ihr alles zutrauen musste. Sie war ein Raubtier. Gewissenlos und wild entschlossen, Beute zu schlagen.

„Wer war das?“, fragte Thomas in die bohrende Stille hinein. „Was war hier gerade los? Klärt mich mal wer auf?“

Während Mari mit leiser Stimme von ihrer Begegnung im Hafencafé berichtete, rührte ich in meinem Milchkaffee herum und wich jedem Blickkontakt aus. In meinem Kopf kreiste ein einziger, schrecklicher Gedanke.

Ich muss gehen. Weg von hier. Weg von Mari. Für immer.

„Nicht zu fassen", kommentierte Thomas den abgeschlossenen Bericht. „MacMuffin hat sich allen Ernstes als ihr Führer verdingt?"

„Ja", bestätigte Mari mit Tränen in den Augen. „Aber er hat keine Ahnung. Ihm geht es nur um das Geld. Was sollen wir denn jetzt tun?"

„Wir können Louan nicht beschützen." Thomas Stimme klang wütend und hart. Eine Maske für seine Ängste. „Nicht, wenn sie wissen, was er ist. Im Gegenteil. Sie werden uns dazu benutzen, um an ihn heranzukommen. Sie werden dich benutzen, weil du …", er räusperte sich zweimal, „… weil du in diesen Jungen vernarrt bist."

„Was willst du mir damit sagen?", schluchzte Mari. „Vielleicht wissen sie gar nichts. Sie sind wieder gegangen, oder? Sie haben aufgegeben."

„Und warum haben sie aufgegeben?", fragte Thomas treffsicher. „Hast du daran schon mal gedacht?"

Ich war froh, dass Olivia verschwunden war. Ihre Verzweiflung hatte wie ein bitterer Geschmack nach Galle auf meiner Zunge gelegen und hätte alles noch schlimmer gemacht. Sie war dem Sehnen erlegen, das wir in Menschen weckten, und würde Zeit ihres Lebens unglücklich bleiben. Ein weiteres Zeichen dafür, dass ich nicht hätte hier sein dürfen. Und doch wollte ich nirgendwo anders sein. Der Kokon aus Maris Nähe, aus Kaffeeduft, Brötchen, Klaviermusik und Blumenaroma war so flüchtig wie kostbar. Doch das Schicksal verbot mir diese Behaglichkeit. Damit musste ich leben. Egal wie weh es tat.

„Was hast du getan?", fragte Thomas an mich gewandt. „Du hast doch irgendetwas mit den beiden angestellt? Sie sind nicht aus freien Stücken verschwunden. Ich habe es gesehen."

Jetzt begab ich mich auf dünnes Eis. Das hier war der beste und der schlechteste Moment, um die Wahrheit zu sagen. Andererseits spielte es keine Rolle mehr, was ich sagte, denn meine Zeit unter den Menschen war vorbei.

„Mit ihm habe ich nichts angestellt. Aber mit der Frau."

„Was meinst du?"

„Ich kann Gefühle beeinflussen. Ich habe ihr gezeigt, dass ich ihr überlegen bin, und dass es aussichtslos ist, mich zu verfolgen."

Mari legte aufstöhnend eine Hand auf ihre Stirn, Thomas klappte der Kiefer nach unten. „Du hast ihre Gefühle beeinflusst?"

Ich nahm einen Schluck Kaffee und versuchte, seinen Geschmack und Geruch in meiner Erinnerung zu speichern. Genauso wie Maris Geruch, den Anblick ihres Haares im Sonnenschein, der durch das Fenster fiel. Das wassergrüne Leuchten ihrer Augen. „Das habe ich. Aber ich kann keine Gedanken lesen, falls das die nächste Frage gewesen wäre."

Thomas wuchs um mehrere Zentimeter. Seine Haare stellten sich auf, sein Gesicht nahm die Farbe eines gekochten Krebses an. Mari saß mit eingezogenem Kopf neben ihm und sah zutiefst unglücklich aus. Unter ihrer Verzweiflung spürte ich Angst. Furcht vor dem, was ich getan hatte. Und vor dem, was ich gleich tun würde.

Du verlässt mich, sagte ihr Blick. *Und du kommst nicht zurück.*

„Du beeinflusst die Gefühle von Menschen?", polterte Thomas. „Was kannst du noch? Etwa unsere Seelen rauben? Uns ertränken? Uns in den Wahnsinn treiben? Wie viel von den Geschichten ist wahr? Was willst du wirklich von meiner Tochter?"

Nur noch ein wenig mehr Angst und Wut, und er würde die Kontrolle verlieren. Was sollte ich ihm sagen? Dass er recht hatte? Dass ich einen Menschen mühelos töten oder ihm die Erinnerung rauben konnte, was ein weitaus schlimmeres Schicksal war als der Tod? Ich hatte vieles getan, wovon die Legenden erzählten. Schiffe auf dem Riff zerschellen lassen. Seeleute mit meiner Stimme in die Tiefe gelockt. Leben gerettet, Leben zerstört. Es wäre nur ein Lied nötig, um auch ihre Seelen zu nehmen. Eine Abfolge magischer Töne aus den Tiefen meines Geistes, dort wo der Ozean über mich regierte und eins mit mir war. Es war ein Hohn, dass ich hier saß, mit ihnen aß und trank, mit ihnen redete und ihnen Lügen erzählte.

Ich war nicht der Junge, für den Mari mich hielt. Aber die Wahrheit würde sie nie ertragen. Wenn ich die Augen schloss, sah ich eine stürmische See bei Nacht vor mir. Ich sah mich auf einem Felsen sitzen und in Meeressprache flüstern, eine Sprache, die selbst das Tosen von Wind und Wellen durchdrang und seinen Weg direkt in die Seelen der Schiffer fand. Ich spürte, wie sie vor Sehnsucht verrückt wurden und sah, wie sie ihr Ende an den scharfen Felsen fanden. Planken zerbarsten, Masten brachen. Körper sanken in den Abgrund wie Geister, und in mir glühte der Nachhall ihrer Seelen.

Draußen schwoll der Ruf der Wellen auf und ab. Jeder Ton im Rhythmus, ein grausames, herrliches Versprechen auf Vergessen. Ruth und Aaron würden wiederkommen, wenn ich nichts tat. Der Geist dieser Frau war abgründig wie ein Tiefseegraben und selbst für mich nicht auszuloten. Nahm sie die Fährte wieder auf, war jeder, der zwischen ihr und mir stand, nichts weiter als ein willkommener Köder.

Thomas schien meine Gedanken lesen zu können. „Louan", sagte er leise und scharf. „Sie wissen von ihr. Meine Tochter ist in Gefahr."

„Nicht, wenn sie bekommen, was sie wollen."

Mari stieß ein erschrockenes Keuchen aus. Sie wollte etwas sagen, doch ich schnitt ihr mit einer abwehrenden Geste das Wort ab. „Ich werde gehen. Und ich locke die beiden von euch weg. Aber vorher möchte ich, dass Sie eins wissen, Thomas. Es lag nie in meiner Absicht, euch zu belügen. Ich habe mich mit ihrer Tochter vereint. Wir sind verbunden für immer, und daran werde ich immer denken."

„Was meinst du mit *vereint*?" Thomas Stimme bebte. „Raus mit der Sprache."

„Wir haben uns gepaart."

Mari stieß ein Keuchen aus, ihr Vater schnappte nach Luft wie ein Fisch, den man an Land geworfen hatte.

„Ihr habt euch … wie bitte?“

„Dad, ich … wir haben … wir waren vorsichtig.“ Maris Verzweiflung brach mir schier das Herz. „Und ich liebe ihn.“

„Wie konntest du nur?“, brüllte Thomas mich an. „Wir retten dir das Leben und zum Dank machst du dich postwendend über meine Tochter her und bringst sie in Gefahr?“

„Hör auf damit.“ Maris Augen schwammen in Tränen. „Ich wollte es. Okay? Ich wollte es.“

„Umso schlimmer. Wo ist deine Vernunft? Du weißt nicht mal, was es bedeutet, sich mit so einem …“, er ruderte aufgebracht mit den Armen, „mit so einem …“

„… halben Tier zu paaren?“, half ich ihm auf die Sprünge. „Keine Sorge, es bedeutet rein gar nichts. Außer dass mir ihre Tochter alles bedeutet. Ich hätte nie herkommen dürfen. Es tut mir leid.“

Das blaue T-Shirt, das Mari mir gekauft hatte, landete auf dem Boden. Ich zog die Jeans aus, dann die Unterwäsche und die Socken, und mit jedem Teil, das ich ablegte, wurde meine Entscheidung klarer. Es war ein flüchtiger Traum gewesen. Nichts weiter. Eine Illusion. Ich musste dahin zurück, wohin ich gehörte.

„Nein!“ Maris Stimme erstickte fast in den Tränen, als ich das Fell aus der Schublade des Sideboards holte. „Bitte tu das nicht.“

„Es ist besser so.“ Ich legte den Pelz um meine Schultern und ging zur Tür. Ein Traum. Nichts weiter. Und ich war schon oft aus Träumen aufgewacht. Aber keiner war so schön gewesen wie dieser.

„Die Jäger werden wiederkommen, wenn ich sie nicht weglocke. Wenn ich irgendetwas zwischen euch zerstört habe, tut es mir leid. Das lag nicht in meiner Absicht.“

„Kannst du ihnen nicht die Erinnerung nehmen?“ In Maris Blick trat eine Kälte, die mich erschreckte. „Kannst du das?“

Ich antwortete nicht. Jemandem die Erinnerungen zu nehmen, bedeutete, seine Seele zu rauben. Zurück blieb ein Zustand, der schlimmer war als der Tod. Die Zeit, in der mich die Grausamkeit dieses Aktes nicht erreicht hatte, war vorbei. Selbst meinem schlimmsten Feind wünschte ich diese Leere nicht. Abgesehen davon ging mit jedem Seelenraub ein Stück dieser Leere in einen selbst über, bis man das Gefühl hatte, innerlich zu gefrieren wie das Meer in den kältesten Wintern.

„Kannst du es?“, knurrte sie.

Ich schüttelte den Kopf. „Das spielt keine Rolle. Selbst wenn ich es könnte, würde ich es nicht tun.“

„Aber die beiden kamen hierher, um dein Leben zu zerstören. Sie würden dir gegenüber keine Gnade zeigen, also wenn du es kannst, dann tu es. Jedes Geschöpf will frei sein, sagtest du das nicht? Und es ist das Recht jedes Geschöpfes, für seine Freiheit alles zu tun.“

„Mari!“ Thomas Stimme klang wie Donnergrollen. „Weißt du eigentlich, was du da von dir gibst? Du hast keine Ahnung, wozu er fähig ist. Du weißt überhaupt nicht, wer er ist. Was er ist. Er kann Gefühle beeinflussen. Was, wenn er dich nur benutzt? Wolltest du wirklich mit ihm schlafen, oder hat er dich nur manipuliert?“

„Dad!“ Tränen rannen über Maris Wangen, als sie zu mir herumfuhr. „Das würdest du niemals tun. Sag es ihm. Du würdest mir niemals wehtun.“

Die Erwiderung blieb mir im Halse stecken. Ich dachte an all die Schiffe, die im Mahlstrom aus Sturm und Wasser zerschellt waren. An all die Seeleute, die in die Tiefe gesunken waren, an zerrissene Segel im Sturm und verzweifelte Schreie. Seelen irrten durch die Nacht und tanzten als Leuchtfeuer um die Masten. Sie alle riefen meinen Namen.

„Ich muss gehen.“ Ehe Mari noch etwas sagen konnte, riss ich die Tür auf und warf sie hinter mir zu.

Ich rannte so schnell mich meine Beine trugen. In wenigen Tagen, wenn der Sommervollmond über dem Meer aufging, würde ich vergessen können. Bis dahin musste ich die Jäger auslöschen und diesen Ort verlassen. Wohin sollte ich schwimmen? Ganz gleich, solange es weit genug entfernt war, um im Wasser nicht mehr den Geruch der Inseln zu erahnen.

Ich rannte dorthin, wo die Klippen abflachten und in sanften, grasbewachsenen Hügeln zum Strand hinunterführten. Vielleicht beobachteten Ruth und Aaron mich und nahmen die Verfolgung unmittelbar auf. Vielleicht musste sie erst ein weißer Seehund auf das Meer locken. So oder so kam ich nicht um einen letzten Akt des Seelenraubes herum. Und danach würde ich weit schwimmen, so weit wie nie zuvor. Irgendwo hinter dem Horizont lagen das Vergessen und die gnädige Wildheit der See, die Mari aus meinen Gedanken tilgen würde.

Ich sprang ins Wasser und verwandelte mich in einer einzigen Drehung. Das Meer schmeckte nach aufkommenden Stürmen, eine passende Untermalung für das, was ich fühlte. Mein Körper lotete seine Grenzen aus. Ich schwamm bis zur völligen Erschöpfung, und dann, als ich glaubte, ohnmächtig auf den Grund sinken zu müssen, zwang ich mich, noch schneller zu schwimmen. Erschlaffte Muskeln spannten sich stärker denn je. Grimmige Kraft durchflutete meinen Leib. Hinter der Grenze, die einem das Fleisch vorgaukelte, befand sich wahre Freiheit. Keine Gedanken, keine Gefühle.

Nur unbändige Wildheit des Tieres.

Evelyne …

Mari …

Erinnerungen fluteten meinen Geist. Schon einmal hatte ich das gefühlt, was ich jetzt fühlte. Verlust. Wut. Leere. Meine Gedanken flogen zurück in jene ferne Zeit, als Ciara noch an meiner Seite gewesen war.

Ciara … meine kleine Schwester …

… den ganzen Nachmittag lang hatten wir Flundern gejagt. Die Sonne schien von einem wasserblauen Himmel, der Frühling betupfte die Wiesen und Klippen mit bunten Sprenkeln. Als der Nachmittag dem Abend wich, gingen wir mit vollen Bäuchen zurück zum Haus, das hinter uns auf dem höchsten Hügel thronte. Später, wenn die Nacht hereinbrach und der Mond aufging, würde uns noch genug Zeit zum Schwimmen bleiben. Munter wie eine Sardine tanzte Ciara neben mir her und plapperte über die Vorzüge der Süßspeisen, die Florence für das Abendessen kochte, und die so vorzüglich als Nachgang zu einem Flun-

dermahl passten. In ihrem flachsblonden Haar glitzerte das Salz, ihre Augen sprühten vor Lebensfreude.

Die Strömung trug mich zu den Tangwäldern. Ich wickelte mich in ihre Stränge ein, erschlaffte und ließ mich treiben. Sonnenstrahlen stachen wie Pfeile in das tiefblaue Wasser. Hell wie Ciaras Haar. Alles war schwerelos. Meine Erinnerungen flogen. Streiften nicht nur die Vergangenheit, sondern tauchten darin ein. Ein flüchtiger, schöner Traum.

… ich fühlte mich glücklich und zufrieden, bis meine Schwester die Haustür aufriss und mein Blick auf den großen, runden Tisch fiel, an dem Florence und Jacob saßen. Zusammen mit zwei Gästen. Vor Überraschung blieb mir die übliche Begrüßung im Hals stecken, während Ciara sich ängstlich an meine Seite drückte. Fremde? Hier bei uns? Seit wir in diesem Haus lebten, hatten unsere Menschenfreunde niemals Artgenossen zu sich eingeladen.

„Kommt rein." Jacob winkte uns zu. „Es ist alles in Ordnung."

Ciara warf mir einen unsicheren Blick zu. Sollen wir wirklich?, schien sie mich stumm zu fragen, und nach kurzem Zögern antwortete ich mit einem Nicken. Wir traten ein, gingen Hand in Hand zum Tisch und setzten uns. Meine Menschenhaut schien zu schrumpfen. Zu viele Blicke. Zuviel Aufmerksamkeit. Am liebsten hätte ich Ciara gepackt und wäre mit ihr nach draußen gelaufen.

„War es schön am Strand?", fragte Florence sanft.

Ciara und ich nickten synchron, denn unter den starren Blicken der beiden Fremden brachten wir kein Wort heraus. Mir gegenüber saß der fremde Mann in seinem schwarzen Anzug und starrte mich an, als sei ich ein Insekt, das er zertreten wollte. Er war der seltsamste, unheimlichste Mensch, der mir je unter die Augen gekommen war. Fast kam es mir vor, als sei er gar nicht lebendig, sondern aus Holz geschnitzt. Zu seiner Rechten kauerte mit unglücklicher Miene ein wunderschönes Mädchen. Ihr blassblaues, hochgeschlossenes Seidenkleid ließ sie noch dünner, blasser und zarter wirken. Die beiden waren Vater und Tochter, daran bestand kein Zweifel. Sie besaßen dieselben großen Augen und dasselbe haselnussbraune, glatte Haar.

„Unerhört!", spie der Mann abfällig aus und bewies mir damit, dass sehr

wohl Leben in ihm steckte. „Man könnte meinen, es seien wilde Tiere. Wie kann man so etwas nur durchgehen lassen? Und hör auf zu gaffen, Evelyne. So etwas ziemt sich nicht für eine Dame."

Ich starrte das Mädchen an, sie starrte zurück. Ihre Augen glänzten braun und golden wie Bernstein, aber gleichzeitig waren sie so schrecklich leblos. Was war ihr geschehen? Warum sah sie so traurig aus?

„Evelyne!", polterte der Mann. „Ich sage es nicht noch einmal: Starre ihn nicht so an!"

Das Mädchen senkte den Blick. Das war also die Antwort auf meine Frage. Ihr Vater machte sie traurig. Ohne ihn zu kennen, verabscheute ich ihn von diesem Augenblick an.

„Darf ich vorstellen?" Jacobs Stimme klang so lieblos, wie ich sie nie zuvor gehört hatte. „Unser Sohn Jules Baltimore und Evelyne, seine Tochter. Es ist das erste Mal seit fünfzehn Jahren, dass er sich zu einem Besuch herablässt."

Jetzt wandte er sich dem Mann zu, nahm die Fleischplatte vom Tisch und reichte sie ihm. Die Geste erweckte den Anschein, als stöße er mit einem Schwert zu. „Spann uns nicht länger auf die Folter, Jules. Was führt dich so plötzlich her? Willst du über deine Erbschaft reden?"

„Nein, Vater." Jules Stimme troff vor falscher Freundlichkeit. „Ich wollte euch lediglich eure Enkelin vorstellen, bevor wir noch diesen Herbst das Schiff nach Amerika besteigen."

„Ihr wandert aus?" Jacobs Miene blieb unbewegt, doch ich spürte seinen Schmerz wie eine kalte Strömung, die durch meinen Geist wehte. „Wohin?"

„Im September geht unser Schiff von Plymouth aus nach Boston. Und ich will nicht, dass ihr meine Tochter nur von Bildern kennt." Er wandte sich an Florence und lächelte herausfordernd. „Ist sie dir nicht wie aus dem Gesicht geschnitten, Mutter? Wenn ich die Bilder deiner Jugend sehe, sehe ich meine Tochter."

Florence presste die Lippen zu einem weißen Strich zusammen und sagte nichts. Mit wenigen Worten hatte es Jules geschafft, ihr und Jacob mehr weh zu tun, als es eine Waffe es vermocht hätte.

Lustlos stocherte Evelyne in den Kartoffeln herum, während ihre Wangen glühten. Wann immer ihr Vater nicht auf sie achtete, sah sie mich an. Sehnsuchtsvoll. Verzweifelt. Wie ein Vogel, der in einem viel zu kleinen Käfig hockte und traurig den ziehenden Wolken nachblickte. Glaubte sie etwa, ich könnte sie befreien? Das Streitgespräch zwischen Jules, Florence und Jacob erreichte mich nur noch von fern. Ich sah Evelynes weiches Haar und ihre braunen Augen. Ich roch ihren Fliederduft und schmeckte Traurigkeit auf meiner Zunge. Die Art, wie sie winzige Bissen zu sich nahm und darauf herumkaute, wie sie lose herabfallende Haarsträhnen verschämt hinter ihre Ohren strich, ihr Besteck mit zierlichen Gesten führte und immer wieder erschrocken blinzelte, sobald unsere Blicke sich kreuzten, entfachte in mir eine nie gekannte Faszination. Wie ihre Lippen sich kräuselten. Wie ihre Wimpern hauchzarte Schatten auf ihre bleichen Wangen warfen.

„Du kannst sie nicht so verlottern lassen", zerriss Jules Stimme meinen Gedankennebel. „Sie werden verkümmern. Ihre Moral wird nicht mehr wert sein als die eines seelenlosen Tieres. Ich werde sie mit nach Boston nehmen. Hier haben sie keine Zukunft. Der Junge soll eine Bildung genießen, die seiner offenkundigen Intelligenz würdig ist. Das Mädchen wird in eine anständige Dame verwandelt, die bald eine treffliche Partie abgeben wird."

„Nirgendwo gehen sie hin." Jacobs Stimme war trotz seines offenkundigen Schmerzes ruhig und fest. „Ich unterrichte sie selbst, und zwar so, wie ich es für angemessen halte. Du hast keinerlei recht, dich in unser Leben einzumischen. All die Jahre waren wir dir egal. Jetzt kommst du her und willst uns vorschreiben, wie wir zu leben haben? Schlag dir das aus dem Kopf. Es ist schlimm genug, dass du deine Frau und dieses arme Ding ins Unglück stürzt."

„Das Alter trübt euren Verstand", rief Jules empört. „Diese Kinder verwahrlosen."

„Diese Kinder sind glücklich", protestierte Florence. Ihre Hand krallte sich in den weinroten Stoff ihres Kleides, als hätte sie ihrem Sohn am liebsten mitten ins Gesicht geschlagen. „Sie leben so, wie es ihnen gefällt, und wir werden den Teufel tun, sie zu einem Dasein in einem goldenen Käfig zu zwingen. Sonst werden sie ebenso unglücklich, wie es deine Tochter ist. Gott möge der Seele des armen

Mädchens gnädig sein, du bist es offensichtlich nicht.“

„Evelyne ist glücklich“, polterte Jules. „Sie tut das, was ihr von Gottes Gesetz her bestimmt ist, und sie tut es gerne. Sieh dir stattdessen dieses Mädchen an. Sie ist schmutzig, liederlich und trägt noch dazu eine Hose, ganz wie ein dahergelaufener Straßenjunge oder wie ein diebischer Zigeuner.“

„Sie trägt eine Hose, weil es sich damit besser reitet.“ Florence Stimme troff vor Abscheu. „Und was du Schmutz nennst, ist Sonnenbräune und ein bisschen Staub hinter den Ohren.“

„Willst du sagen, sie reitet wie ein Mann? Ohne Damensattel?“

„Natürlich.“ Florence rollte mit den Augen. „Schon ich fand diese Dinger scheußlich. Was kümmert es dich? Hier sind wir allein, ganz für uns. Also leben wir genau so, wie es uns gefällt.“

Jules Gesicht wurde röter als die Äpfel in der Schale. „Das tut nichts zur Sache, Mutter. Hier geht es um das Schicksal zweier junger Menschen. Es macht ganz den Anschein, als wäret ihr mit der Erziehung dieser Kinder hoffnungslos überfordert. Ich werde sie mitnehmen, und wenn du dich weigerst, Vater, werde ich entsprechende Maßnahmen ergreifen. Du bist alt. Es dürfte kein Problem darstellen, deine Unzurechnungsfähigkeit nachzuweisen. Zumal diese Kinder wohl kaum rechtmäßig adoptiert wurden, oder irre ich mich? Habt ihr sie gar von der Straße aufgelesen und macht euch einen Spaß daraus, sie wie Äffchen zu verhätscheln?“

„Wir fanden sie mutterseelenallein am Strand und gaben ihnen ein neues Zuhause.“ Jacobs Augen wurden schmal vor Zorn. „Wenn das für dich skandalös ist, schmore von mir aus in der Hölle.“

Ciara sprang auf und reckte das Kinn. Stolz und schön begegnete sie Jules gnadenlosem Blick. „Wir gehen nicht mit euch. Wir bleiben hier. Du kannst uns gar nichts befehlen. Komm, Bruder. Lass uns ausreiten.“

Während Jules Luft holte und sich in höchsten Tönen zu ereifern begann, welch unfassbare Unzucht in diesem Haus herrschte, nahm ich Ciara bei der Hand und rannte nach draußen.

Eine laue Frühlingsnacht umfing uns. Wir holten die Pferde aus dem Stall, schwangen uns auf ihre bloßen Rücken und wollten zum Strand reiten. Doch dann sah ich, wie Evelyne aus dem Haus gestolpert kam und die Tür hinter sich zuknallte. Ihre Schluchzer klangen herzzerreißend, während sie die Treppe hinunter taumelte, und ehe ich wusste, wie mir geschah, ritt ich zu ihr und zog sie auf mein Pferd. Ihre dünnen Arme klammerten sich an mich, ihr warmer Körper schmiegte sich an meinen. Sie keuchte erschrocken, als das Pferd losgaloppierte, aber gerade als ich dachte, sie hätte Angst, verwandelten sich ihre Schreckenslaute in vergnügtes Lachen. Ich trieb den Hengst an, bis er nur so dahinflog. Das Meer jagte mondglänzend an uns vorbei, der Strand war kaum mehr als ein leuchtender Schweif in der Nacht.

Als ich hoch auf den Klippen das Pferd zügelte, hörte ich, wie Evelynes Lachen wieder in Weinen überging. Ihre Tränen durchnässten mein Hemd. Mit verzweifelter Kraft klammerte sie sich an mich, als wolle sie mich niemals wieder freigeben.

„Warum läufst du nicht weg?“, fragte ich. „Warum bleibst du bei ihm, wenn du es so hasst?“ Ich neigte meinen Kopf zu ihr hin. Wohliges Kribbeln füllte meinen Bauch, als unsere Wangen sich aneinanderschmiegten. „Du hast immer noch deinen freien Willen.“

„Nein“, flüsterte sie. „Den hatte ich nie. Mein Vater behandelt mich wie ein einfältiges Haustier. Er hat viele Pläne für mich, und ich muss ihm gehorchen. Ich werde das Leben führen, das schon meine Mutter führte. Und sie habe ich nie lächeln sehen.“

Ihre Worte erschreckten und verwirrten mich. „Warum lebt ihr so?“

„Ich weiß es nicht. Vielleicht, weil es alle von einem erwarten?“

„Bleib bei uns“, ereiferte ich mich. „In unserem Haus ist genug Platz. Wir erwarten gar nichts von dir.“

Evelyne schüttelte den Kopf. Eine Träne rollte über ihre Wange. Als ich sie mit der Spitze des Zeigefingers auftupfte, fing sie meine Hand ein und schmiegte ihre Lippen an meine Haut. Mir blieb fast das Herz stehen. Der Schmerz der unsichtbaren Nesseln schoss direkt in meine Lenden. Es zog und ziepte an einer Stelle, die sich bisher niemals geregt hatte.

„Ich kann nicht fliehen", flüsterte sie. „Er würde mich niemals gehen lassen. Und wenn ich verschwinde, wird er zur Not die ganze Welt aus den Angeln heben, um mich zurückzuholen."

„Dann bekommt er es mit mir zu tun. Ich lasse nicht zu, dass er dir weh tut. Eher verfüttere ich ihn an die Seehunde, und zwar so klein geschnitten wie Florences Heringssalat."

Evelyne seufzte und rieb ihr Gesicht an meinem Handrücken. Ich hatte ihr ein Lachen entlocken wollen, wenigstens ein Kichern, stattdessen brannten ihre Tränen auf meiner Haut.

„Er wird seine Wut an meiner Mutter auslassen", sagte sie. „Wir sind sein Besitz. Und ich bin es solange, bis ich in den Besitz seines Geschäftsfreundes übergehe."

„Dein Vater ist ein Ungeheuer." Mir wurde heiß vor Wut. Ich wollte Jules nicht nur aus dem Fenster hängen, sondern ihm den steifen Hals umdrehen. Ich wollte ihm Verstand einprügeln und seine Beine in das Maul eines Orcas stopfen, nur um ihn jammern und winseln zu hören. „Niemand gehört irgendwem, nur sich selbst."

„Das ist ein Spruch aus deiner Welt." Sie küsste die Spitzen meiner Finger und legte ihre freie Hand auf meine Wange. Sehnsucht glitzerte in ihren Augen. „In meiner existiert keine Freiheit. Nicht für mich."

Und dann beugte sie sich vor und küsste mich. Ihre Lippen schmeckten süß, nicht nach Meerwasser wie unsere. Und sie waren warm, so wunderbar warm.

Ich konnte mich nicht rühren, versank ganz und gar in dem Gefühl unserer Berührung, die so vollkommen anders war als alles, was ich zuvor gespürt hatte. Das Brennen und Ziepen in meinen Lenden wurde so heftig, dass ich nach Luft schnappte. Ihre Hand löste sich von meiner Wange, wanderte tiefer und schob sich unter mein Hemd. Finger zitterten über meine Brust, legten sich vorsichtig darauf. Jeder Herzschlag, jeder Atemzug drängte sich gegen ihre Hand.

Nie hatte ich solche Zuneigung verspürt wie in diesem Augenblick. Für einen flüchtigen Atemzug war alles so, wie es sein sollte. Ich wollte Evelyne umarmen und sie so festhalten, wie ich nur konnte, doch eine wohlige Lähmung hatte meinen Körper befallen. Alles, was ich tat, war ihren Kuss zu erwidern und die Berührung ihrer Hand zu spüren. Ganz gleich was geschah, ich würde dieses wunderbare Wesen beschützen. Vor allem, was ihm schaden wollte.

„Evelyne!“

Eine schneidende Stimme. Kalt wie ein Wintersturm. Neben uns tauchte ein Pferd mit Reiter aus der Dunkelheit auf, ein schwarzer Schatten vor dem nachtblauen Himmel. Jules.

Ohne ein Wort zu sagen, packte er Evelyne am Nachthemd und zerrte sie von meinem Pferd hinüber auf das seine. Ihr Wimmern weckte endgültig das Tier in mir. Das Brennen in meinem Unterleib schoss wie ein sengender Blitz in meinen Kopf und löste eine Wut aus, deren Heftigkeit mir fast den Verstand raubte. Vor meinen Augen wirbelten rote Schlieren. Ich griff nach Jules, bereit, ihn wie ein Karnickel am Genick zu packen, doch plötzlich richtete sich der Lauf einer Pistole auf mich.

„Eine Bewegung, junger Mann, und du bezahlst an Ort und Stelle für das, was du ihr angetan hast.“

„Was habe ich ihr denn angetan?“ Sein Blick brachte mich in Rage. Ich war kurz davor, die Waffe zu vergessen und mich auf ihn zu stürzen. Nein, ich war kurz davor, ihm die Seele herauszureißen. Das Pferd unter mir tänzelte. Es spürte das Raubtier, das sich gegen sein Gefängnis aus menschlichem Fleisch warf. „Ihre Tochter war glücklich, bis Sie kamen.“

„Schweig!“ Jules hielt den Lauf der Pistole an meine Stirn. „Oder ich beende dein nutzloses Leben an Ort und Stelle.“

„Hör auf!“ Evelynes Augen schwammen in Tränen. Ihre Hand schloss sich um Jules Arm und versuchte, ihn herunterzudrücken. Doch er bewegte sich keinen Millimeter. „Lass ihn in Frieden. Er kann nichts dafür. Ich bin ihm hinterher gelaufen.“

„Du redest nur, wenn ich es sage“, fauchte er. „Über die Konsequenzen deines Handels unterhalten wir uns später. Und was dich betrifft, junger Mann, du wirst schon noch lernen, was es heißt, dich zu benehmen. Ich werde dafür sorgen, dass man dir und deiner verwilderten Schwester Manieren einprügelt. Ihr

werdet noch heute Abend eure Koffer packen. Morgen fahren wir zurück nach London, wo man euch gebührend in Empfang nehmen wird."

„Soll ich etwa Angst vor dir haben?" Ich fühlte mich kalt und mordlüstern. Unter den Worten strömte noch etwas anderes aus meiner Kehle. Das magische Raunen der See, dem kein Mensch widerstehen konnte, weil in ihrem Blut dasselbe Salz floss und ihr Körper tief in seinem Inneren denselben Rhythmus besaß wie die Wellen. „Wenn ich es wollte, könnte ich dich so leicht töten wie eine Sardine."

Jules Miene gefror. Er spürte, was in mir ruhte, so wie es selbst die dümmsten Vertreter seiner Rasse spürten, und seine krampfhaft aufrecht erhaltene Beherrschung zerschmolz zu nichts.

„Tu ihm nichts, Vater." Evelynes Stimme war so leise und sanft, dass sie kaum zu hören war. „Tu ihm nicht weh. Bitte."

Jules ließ mit einem abfälligen Schnaufen die Waffe sinken. Er hatte Angst, und er konnte nicht begreifen, warum er so fühlte. Wütend riss er das Pferd herum, stieß ihm die Hacken in die Flanken und preschte davon.

Die Erkenntnis, dass ich Evelyne nie wiedersehen und dass ihr Leben aus Unglück bestehen würde, schnürte mir das Herz zusammen. Warum konnte sie nicht bei uns bleiben und zufrieden leben, so wie sie es wollte? Warum musste ich sie gehen lassen mit einem Menschen, der kälter war als Eis?

Ich wollte ihn töten. Es wäre so einfach.

Doch ich rührte mich nicht. Stattdessen sah ich zu, wie sie in der Ferne verschwanden. Evelynes Fliederduft verlor sich in der Nacht, während kühler Regen auf mich hinab tröpfelte.

Als ich in die Gegenwart zurückkehrte, fiel noch immer Sonnenlicht in das Wasser. Es war das schwere Licht des späten Nachmittages, sein Gold machte das Blau des Meeres noch tiefer. Ich wickelte mich aus dem Tang und glitt in die schimmernde See hinaus. Boote tuckerten in der Ferne, viel mehr als sonst. Netze schrammten über den Boden. Ich hörte viele Stimmen oben über dem Wasser. Als ich auftauchte, um meine Lungen mit Luft zu füllen, sah ich acht dunkle Silhouetten über die glitzernde Fläche des Meeres ziehen, zwei davon so nah, dass die Fischer mich hätten entdecken können. Doch ihre Blicke gingen in andere Richtungen, und ihre Schiffe tuckerten gemächlich weiter, als ich abtauchte und meine Suche begann.

Zwei Seelen warteten darauf, in die Tiefe gelockt zu werden. Wahnsinnig zu werden. Zerstört zu werden. Es war lange her, dass ich diesen schrecklichen Akt vollbracht hatte. Aber Dinge wie das Töten verlernt man nicht.

Kapitel 9

Wie ich ein Mensch wurde

„Wir gehen am Meer im tiefen Sand.
Die Schritte schwer und Hand in Hand.
Das Meer geht mit,
wir werden kleiner mit jedem Schritt.
Wir werden endlich winzig klein
und treten in eine Muschel hinein.
Hier wollen wir tief wie Perlen ruhn,
Und werden stets schöner, wie die Perlen tun.

Max Dauthendey

~ Louan ~

Als Raers Zähne sich in meine Seite gruben, geschah es wie aus heiterem Himmel. Ohne Vorwarnung seitens meiner sonst so wachen Instinkte. Ich glitt gerade über schroffe, von Tiefseekorallen bewachsene Felsen, als er über mir auftauchte und mich angriff. Zu überrascht, um schnell genug zu reagieren, riss er eine tiefe Wunde in meine Seite. Blut umwölkte unsere Körper.

„Narr!“ Seine Stimme schnitt wie eine Klinge durch meinen Geist. „Hast du nichts aus der Vergangenheit gelernt? Bist du immer noch so dumm?“

Er schnappte erneut nach mir, doch diesmal war ich vorgewarnt. Als seine Zähne knirschend aufeinanderschlugen, packte ich seinen Nacken, biss zu und wirbelte ihn herum. Raer blieb stumm, doch ich spürte seine Schmerzen in meinem Kopf. Sie waren wie das scharfe Echo eines verklungenen Schreis. Verbunden waren wir noch immer. Nach all der Zeit. Eins im Blut, eins im Menschen und im Tier.

„Ich war hier“, knurrte er. „All die Jahre. Aber du hast mich nicht gespürt. Weil ich nicht wollte, dass du mich spürst.“

Meine Wut trat hinter Enttäuschung zurück. Er war bei mir gewesen, in meiner Nähe? All die Jahre? Während jeder Nacht, in der ich nicht schlafen konnte, weil mir das Atmen und Flüstern meiner Artgenossen fehlte? Während jeder Jagd, die ich allein vollzogen hatte? All die Bitterkeit, geboren aus der Natur eines Wesens, das geschaffen war, um in einer Gruppe zu leben, hatte nicht genügt, um Raer seinen Hass begraben zu lassen.

Wieder wich ich seinen zuschnappenden Zähnen aus. Hart klackten sie aufeinander. Zweimal, dreimal.

„Wir sind beide allein", warf ich ihm in unserer lautlosen Sprache entgegen. „Wir können uns gegenseitig helfen."

„Helfen?" Er bellte das Lachen eines Seehundes. Funkelnde Blasen sprudelten aus seinem Maul. „Du beleidigst unsere Ahnen. Du stinkst nach Mensch."

„Sie haben mir das Leben gerettet."

„Narr", wiederholte er. „Sie sind für kurze Zeit in uns verliebt, aber ihre Gier siegt immer. Entweder töten sie uns, oder wir töten sie."

Er nickte in Richtung meiner Flanke, wo mich die Kugel getroffen hatte. „Das solltest du eigentlich wissen."

„Warum kommst du jetzt zu mir? Was willst du?"

In mir erwachte die Lust, Raer etwas Brutales anzutun. Das Tier in mir wollte Rache. Damals hatte er Ciara so viel Angst eingejagt. Er hatte ihr wehgetan, sie um den Schlaf gebracht. Ich sah im Geiste noch immer die Blutergüsse seiner brutalen Bisse und Kniffe, die ihre zarte Haut verunstaltet hatten.

Allein dafür hatte er den Tod verdient.

Prickelnd schloss sich die Wunde an meiner Seite, geheilt vom Meerwasser, das sie durchspülte. Ich fühlte mich stark und bereit für den Kampf. Wütend bellte ich ihm meine Entschlossenheit entgegen.

„Ich will das Mädchen." Raer umkreiste mich wie ein lauernder Raubfisch. Sein silberner, geschmeidiger Körper tanzte im Wasser, kräftiger und stärker als damals. „Sie ist etwas ganz Besonderes. Ihr Lebenswille ist gewaltig. Sie könnte dafür sorgen, dass unsere Rasse wiederaufersteht. Aber der Gedanke kam dir sicher schon selbst, habe ich recht?"

Ungläubige Wut sickerte durch meine Adern.

Hatte ich mich verhört? Nein, ganz sicher nicht. Sein Blick sprühte vor Häme und Wahnsinn.

„Denk nicht einmal daran", knurrte ich. „Sonst fressen Fische deine Eingeweide."

„Willst du mich aufhalten?" Raer bleckte scharfe Zähne. „Versuch es, kleiner Bruder. Versuch es nur. Komm her. Damals wie heute bist du mir unterlegen."

Er schoss auf mich zu. Ich war schnell, doch nicht schnell genug. Er ging mit einer solch wilden Inbrunst auf mich los, wie ich sie nur von Orcas kannte, die Blut gewittert hatten. Seine Zähne streiften mein Fell, während ich ihm mit einer Drehbewegung auswich, doch statt sich hineinzubohren, ritzten sie es nur. So schnell mich meine Flossen trugen, schoss ich durch das Meer zur Küste zurück. In den Tangwäldern würde ich ihn abschütteln können. Dort kannte ich jede Höhle, jeden Felsen, jede Pflanze.

Raer mochte stärker sein, aber ich war wendiger. Alles, was mich umgab, wurde zu einem wirbelnden Strudel, in dem der mich verfolgende Schatten immer seltener auftauchte. Vor mir erschienen die Stängel des Tangs, wie ein Wald an Land aus dem Nebel auftaucht. Ich jagte mitten in sie hinein. Aus der Ferne erklangen die Salven erregter Klicklaute. Die Orcas kamen, um zu fressen. Angst schwängerte das Wasser. Ein Geruch, der aus vielen Körpern strömte, die vor der Bedrohung flohen.

Glatte Blätter streiften meinen Körper, Blasen perlten über mein Fell. Fische stoben auseinander, doch ich gönnte ihnen keine Beachtung. Raer war immer noch hinter mir, das Echo seines Zorns sagte mir, dass er keine Gnade zeigen würde. Es kümmerte ihn nicht, dass wir die letzten Überlebenden unserer Rasse waren. Er wollte Rache für etwas, an dem niemand die Schuld trug. Vielleicht hoffte er auch darauf, dass ich in diesem Kampf siegte und ihm alle Entscheidungen abnahm.

Während ich mich durch den Wald aus wogenden Blättern schlängelte, wurde mir eines klar. Es machte keinen Sinn, vor ihm zu fliehen. Unsere Wege würden uns solange zusammenführen, bis einer von uns starb. Oder bis wir beide aus dem Leben schieden.

Vor allem durfte Mari nichts geschehen.

Ich zweifelte nicht daran, dass Raer sich nehmen würde, wonach ihm der Sinn stand.

Der Überlebenstrieb des Tieres gab protestierend auf. Ich fuhr herum, ließ mich im Wasser treiben und wartete. Raer kam näher. Rasend vor Wut. Nichts kümmerte ihn mehr. Wenn er je Vernunft besessen hatte, war sie endgültig aus ihm getilgt worden. Dass er seine Wut jetzt herausließ, nach all den Jahrzehnten, konnte nur eins bedeuten: Mari war der Grund.

So konzentriert lauschte ich auf seine Nähe, dass ich den Schatten hinter mir erst bemerkte, als es fast zu spät war. Die Zähne, die mit brachialer Wucht zuschnappten, hätten mich in zwei Hälften geteilt, wäre der Instinkt des Tieres nicht stärker gewesen als meine menschlichen Schwächen. Ohne es bewusst entschieden zu haben, vollführte ich eine Drehung und entwischte dem Maul des Orcas um eine Fingerbreite.

Ein Warnlaut entkam meiner Kehle. Ebenfalls ein Instinkt aus alten Zeiten. Es spielte keine Rolle, was ich für Raer empfand. Er gehörte zu meiner Art, womit wir auf einer Ebene, die weder Mensch noch Tier beeinflussen konnten, vereint waren.

Drei der Wale nahmen meine Verfolgung auf, die anderen drehten ab. Vermutlich, um Raer in Empfang zu nehmen. Seine Wut lag im Wasser wie ein feiner, prickelnder Sog und heizte es auf. Als ich vor mir die Klippen von Westray auftauchen sah, gesellte sich zu der Wut der schale Geschmack von Angst. Mein Gegner hatte die Wale entdeckt. Für flüchtige Momente war sein Überlebenstrieb stärker als der Drang, mich zur Strecke zu bringen.

Gemeinsam flohen wir hin zum Strand. Durch die Stängel hindurch sah ich seinen Körper aufschimmern, ein heller Silberpfeil, verfolgt von den Orcas.

Es waren erfahrene Jäger. Lautlos schossen sie durch das Wasser, tauchten überraschend von beiden Seiten her auf und nahmen uns zugleich von unten ins Visier.

Klippen, überall Klippen. Wir brauchten den Strand, um ihnen zu entkommen. Raers Panik geriet außer Kontrolle. Ich sprach ihm im Geiste Mut zu, doch er antwortete nicht. Ein Orca schoss von unten auf ihn zu und streifte ihn mit seinem weit aufgerissenen Maul. Raer wurde beiseite geschleudert, hinüber zu einem zweiten Wal, der bereits auf ihn wartete. Ohne nachzudenken ging ich zwischen die beiden. Meine Zähne gruben sich in Raers Schwanzflosse und zogen ihn im letzten Moment aus dem zuschnappenden Orcamaul heraus. Mit einem heftigen Rütteln riss er sich von mir los und jagte weiter, hin zu dem blassen Schimmer, der vor uns auftauchte.

Endlich. Der Strand.

Ich verlangte meinem Körper alles ab, trieb ihn weit über seine Grenzen. Meine Sinne trübten sich. Ich nahm nichts mehr wahr, nur noch das sprudelnde Wasser, dann die Brandung und rauen Sand.

Mit aller Kraft robbte ich an Land, bis das Wasser hinter mir in einer Kaskade aus Gischt explodierte. Der Orca warf sich mit der Wucht einer Urgewalt an den Strand. Er schnappte nach mir, ließ seine riesigen Zähne aufeinanderschlagen, wand sich auf dem ihm verhassten Element und bäumte sich auf. Wäre ich nur eine Handbreit näher an der Brandung gewesen, hätte er mich erwischt.

Keine fünf Schritte neben mir lag Raer. Schwer atmend und aus den Wunden blutend, die ich ihm zugefügt hatte, um sein Leben zu retten.

Der Orca, der sich auf den Strand geworfen hatte, gab die Jagd auf. Er warf seinen gewaltigen Körper hin und her, rutschte in das Wasser und kehrte in die dunkle Tiefe zurück.

Wir waren gerettet.

Meine menschliche Seite wühlte sich an die Oberfläche. Sie durchbrach das Fell, streifte es von ihrem Körper und entledigte sich des Tieres. Nach

Atem ringend lag ich im Sand, neben mir die blutige Haut. Der Takt meines Herzens war wie eine Trommel, die ihren Rhythmus verloren hatte. Ich musste Mari retten. Ganz gleich wie. Zur Not würde ich Raer töten, um sie zu schützen.

Taumelnd kam ich auf die Beine. Erregung brannte wie Feuer in meinen Adern. Nie fühlte sich das Leben intensiver an, als nach einer gelungenen Flucht vor dem Tod. Auch Raer nahm seine Menschengestalt an, und als er sich vor mir anspannte, ein mordlüsternes Glitzern im Blick, wusste ich, dass unser gemeinsames Überleben nichts verändert hatte.

„Nur, damit du nicht wegschwimmen kannst." Er schnappte sich beide Felle und warf sie mit kraftvollem Schwung ins Wasser. Mir wurde klar, was er vorhatte, und so sandte ich einen schnellen, lautlosen Ruf aus, der hoffentlich von einem der Seehunde in der Nähe empfangen wurde.

Bringt mein Fell in Sicherheit.

Kaum war der Gedanke verklungen, griff Raer an. Ich wich der Attacke mit einer schnellen Bewegung aus, ließ ihn ins Leere taumeln und versetzte ihm einen Tritt in den Rücken. Kaum hatte er sich wieder aufgerappelt, folgte ein zweiter Angriff, dann ein dritter, vierter, fünfter. Jeder geschah so schnell wie das Zustoßen einer Schlange. Ich nutzte meine Schnelligkeit, wich Raers immer wilderen Zugriffen ein ums andere Mal aus, während er tobte und geiferte. Immer schneller wurden seine Hiebe und Schläge, immer zorniger ging er auf mich los. Doch seine Kräfte ließen nach. Wenn Ruth und Aaron mich noch nicht verfolgten, würde spätestens Raers Gebrüll sie hierherlocken. Ich duckte mich, sprang vor und zurück, ließ die Wut meines Gegners für mich arbeiten.

Bis ich einen Wimpernschlag zu langsam war.

Hart krachte Raers Faust gegen meine Schläfe. Plötzlich lag ich am Boden und japste nach Luft. Schmerzblitze zuckten durch meinen Kopf, mein Blick verschwamm, Felsen und Wolken tanzten wie Strudel um mich herum. Und doch reagierte mein Körper weiterhin, trat instinktiv zu, erwischte Raers Beine und brachte ihn zu Fall. Einen kurzen Moment lang blieb mir Zeit, um Atem zu holen. Ich blinzelte ein paar Mal, bis sich der Schleier vor meinen Augen auflöste, versuchte aufzustehen und kippte schwindelnd zur Seite.

Wieder stürzte sich Raer auf mich. Ich nutzte die Energie seines Angriffs, stemmte meine Beine in seinen Bauch und hebelte ihn über mich hinweg. Hart krachte er hinter mir in den Sand.

„Gib auf", keuchte ich. „Ich will dir nicht wehtun."

„Aber ich dir." Raer bleckte die Zähne, als ich mich auf ihn schob und an den Schultern packte. „Du hast mir Ciara damals weggenommen, also nehme ich dir heute deine Liebe weg."

„Ciara hat dir nie gehört. Sie gehörte nur sich selbst."

Ein zorniger Schrei, ein blitzschneller Schlag, und ich wurde zurückgestoßen. Mit einem katzenhaften Sprung kam Raer auf die Beine, griff nach einem Treibholzast und schwang ihn wie einen Kampfstock durch die Luft. Im letzten Augenblick gelang es mir, auf die Beine zu kommen. Ich stolperte drei Schritte zur Seite, fiel auf die Knie, hörte den Ast auf den Boden krachen und spürte den kalten Luftzug des Schlages an meinem Rücken.

Die Gewissheit, dass er mich umbringen und Mari gewaltsam nehmen würde, verlieh mir neue Kraft. Ich griff nach einem Treibholzast, der rechts von mir lag, sprang auf und fing Raers Schlag in letzter Sekunde ab. Schallend krachte das Holz aufeinander.

Mein Gegner holte zu einem weiteren Angriff aus. Wieder parierte ich den Schlag, der meinem Kopf gegolten hatte, kurz darauf einen weiteren gegen meine Beine. Wir umkreisten uns, griffen an, wichen aus und schlugen aufeinander ein, bis unser Kampf einem brutalen Tanz glich, in dem sich Kraft und Schnelligkeit gegeneinander aufhoben und keinem einen Vorteil oder Nachteil ließen.

Ich musste ihn töten. Es führte kein Weg daran vorbei.

Meine Gedanken fixierten sich ganz und gar auf Raer. Ich ignorierte den Schmerz in meinem Kopf, überließ mich ganz dem Instinkt und trieb meinen Gegner langsam, aber beharrlich zurück. Wenige Schritte hinter ihm lag ein großer Felsen. Dort würde sein Rückzug enden. Und sein Leben.

Ich war mir meines Sieges sicher, doch irgendwann geschah es. Eine meiner Ausweichbewegungen zur Seite ließ mich stolpern. Raer wusste diese Gelegenheit zu nutzen, holte aus und schlug blitzschnell zu, ehe ich mein Gleichgewicht wiedergefunden hatte. Sengendes Feuer brach an meiner Schläfe aus. Die Schwärze kam unmittelbar.

Als ich wieder zu mir kam, lag ich im Sand und Raer kauerte zähnefletschend über mir.

„Leb wohl, kleiner Bruder."

Seine Fänge, selbst in Menschengestalt lang und spitz, bohrten sich tief in meinen Hals. Ein Schrei brannte in meiner Kehle, erstickt vom reißenden Schmerz. Ich trat und schlug um mich, doch Raer saß auf mir wie ein unverrückbarer Fels, biss erneut zu und suchte nach der Ader, die er zerfetzen musste, um mich innerhalb kürzester Zeit verbluten zu lassen. Panik übermannte mich. Ich knurrte, zappelte und wehrte mich aus Leibeskräften, und als Raer nach dem dritten Biss zurückwich, wusste ich nicht, ob er es aus freien Stücken tat oder ob einer meiner Tritte und Schläge ihn dazu gebracht hatten. Er kippte zur Seite, das Gesicht blutbesudelt, die zu einem Grinsen verzogenen Lippen triefend rot. Sein hasserfüllter Blick durchbohrte mich, dunkel vor Zorn und Triumph, dann rannte er in die Wellen hinein und verschwand.

Waren die Seehunde rechtzeitig gekommen, um mein Fell in Sicherheit zu bringen? Kein Ruf erklang, kein Gedanke.

Ich schaffte einen Schritt hin zum Wasser, spürte den zupackenden Griff der Ohnmacht und sank zu Boden. Blut rann durch meine Finger, viel zu viel, in einem heißen und pulsierenden Strom. Die Heilung setzte bereits ein, ich spürte ihr erstes, zartes Prickeln. Und doch geschah es zu langsam. Noch immer spürte ich die Nachwirkungen des Schlages gegen meine Schläfe. Immer wieder schwanden mir für kurze Momente die Sinne, versanken in zäher Tiefe, klärten sich wieder und verblassten erneut. Ich wollte mich auf die Beine kämpfen, wollte ins Wasser und Raer verfolgen, denn ich wusste, wohin er schwimmen würde.

Zu Mari.

Verzweifelt versuchte ich, mich hochzustemmen. Doch die Knochen meiner Beine schienen sich in Quallen verwandelt zu haben. Ich fiel zurück in den Sand, versuchte es ein zweites Mal und ging erneut in die Knie. Zwecklos. Mir blieb nichts übrig, als zu warten.

Ich drückte meine Hand gegen die Halswunde und lehnte mich mit dem Rücken gegen einen Felsen.

Nur noch ein paar Momente der Heilung. Ein paar Atemzüge, dann würde die Kraft wiederkehren. Ich schloss die Augen und konzentrierte mich.

Die Macht und Lebenskraft des Meeres floss durch meinen Körper, vibrierte in meinem Fleisch und Blut. Langsam, Faser für Faser, schlossen sich die Löcher, die Raers Zähne gerissen hatten.

„Wen haben wir denn da?"

Eine kalte, säuselnde Stimme ließ mich aufschrecken. Nur schleppend verarbeiteten meine benommenen Sinne, was ich sah. Nein! Bitte nicht!

Nicht jetzt, wo Raer das Menschenmädchen verfolgte.

Nicht jetzt, wo ich nicht die Kraft hatte, zu fliehen.

Wie gelähmt starrte ich zu Ruth und Aaron auf.

Ich musste weg hier. Ins Wasser springen. Zu Mari schwimmen.

Sie warnen.

„Ich wusste, dass du mir nicht entkommst." Ruth ging in die Hocke, legte den Kopf schief und starrte mich an, zuerst triumphierend, dann sorgenvoll. Ihr Blick durchbohrte mich kalt wie Eis. Gier lag darin.

Und eine schreckliche Form von Liebe, die ich noch nie zuvor gesehen hatte. „Ich habe euren Kampf gesehen. Du bist verletzt. Lass mich das ansehen."

Sie griff nach mir, berührte schon meine Hand, die auf meinem Hals lag, als das Tier in mir zum Leben erwachte. Ich bleckte die Zähne, knurrte sie an und stieß sie mit dem freien Arm von mir.

Rücklings landete Ruth im Sand.

„Okay, ich sehe schon." Sie rappelte sich auf, fuhr zu Aaron um und vollführte eine auffordernde Handbewegung. „So schlecht kann's dir nicht gehen. Los, schick ihn ins Reich der Träume."

Der Mann schüttelte den Kopf und wich einen Schritt zurück. „Das können wir nicht machen. Er ist verletzt. Damit schickst du ihn nicht schlafen, sondern bringst ihn um."

„Unsinn." Ruths Blick heftete sich wieder auf mich. Er war flammend und wild wie der eines ausgehungerten Orcas. Eine widerliche Zärtlichkeit lag in ihrer Stimme, als sie weiter sprach: „Unser Freund ist keine verweichlichte Mimose, das hat er uns gerade bewiesen. Ich wette, er steckt so viel ein wie zehn Zivilisationsmenschen zusammen. Habe ich recht, mein Schöner? Du musst zäh und robust sein. Sonst würdest du da draußen nicht überleben."

Sie sprach mit mir, wie Menschen zu Haustieren sprachen. Zu Geschöpfen, die sie ebenso gleichmütig streichelten wie quälten.

„Schieß, Aaron. Oder ich tu es selbst. Wenn er friedlich schläft, kümmere ich mich um ihn. Im Jeep liegt ein Notfallkoffer, der ein ganzes Krankenhaus versorgen könnte."

„Nein!" Aaron wich einen weiteren Schritt zurück. Wut funkelte in seinen Augen, dahinter eine hilflose Verzweiflung, die dafür sorgen würde, dass er es bei Worten beließ. „Vergiss es. Ich tu's nicht."

Wie eine Furie sprang Ruth auf, riss ihm das Gewehr aus den Händen und legte an. Starr blickte ich in das gähnende, schwarze Loch des Waffenlaufs. Raer würde Mari wehtun, und ich konnte nichts dagegen tun. Ich hätte nie mit ihr reden, nie zu ihr gehen dürfen. Das Mädchen war unschuldig in meine Welt gestolpert, und jetzt musste sie teuer dafür bezahlen.

„Runter damit!", brüllte in diesem Augenblick eine vertraute Stimme. „Sind Sie denn des Wahnsinns?"

In einer einzigen, synchronen Bewegung blickten wir zu dem steilen Hang hinauf, mit dem die Klippen in die Bucht abfielen. Ein großer, plumper, wie eine Dampflok schnaufender Mann kam durch das Gras auf uns zugerannt, schnell für seinen Umfang, mit wedelnden Armen und hochrotem Kopf. Vor ihm rannte ein dünnes Mädchen mit rotblondem Haar.

Mari und ihr Vater.

Vielleicht war es nur eine Einbildung meiner vernebelten Sinne. Ich sehnte mich danach, sie noch einmal zu sehen, und deshalb sah ich sie. Gleich würden sie sich auflösen und alle Hoffnung mit sich nehmen.

Doch sie verschwanden nicht.

„Verdammt!“, fluchte Ruth und drückte Aaron das Gewehr in die Hand. „Das darf doch wohl nicht wahr sein. Was suchen die denn hier?“

„Mach nichts Blödes, okay? Sonst kommen wir in Teufels Küche.“

„Klappe!“

Ruths Kopf zuckte herum wie der einer Schlange. Sie starrte zum anderen Ende der Bucht, wo sich oben auf den Klippen die Silhouette eines Jeeps abzeichnete.

„Das schaffen wir nicht. Zu weit weg. Verdammter Mist. Überlass mir das Reden. Verstanden?“

Mari und Thomas hielten keuchend auf uns zu. Der Wind trug den Geruch ihres Schweißes heran. Und das scharfe Aroma von Angst und Verwirrung. Die Wangen des Mädchens glänzten tränennass.

„Sind Sie von allen guten Geistern verlassen?“ Thomas kam vor Ruth zum Stehen, wobei sein mächtiger Leib wogte und zitterte und ihn durch seine schiere Masse noch einen Schritt nach vorne taumeln ließ. „Wollten Sie auf diesen Jungen schießen?“

Ruths tödlicher Blick huschte zwischen mir, Mari und Thomas hin und her. Ich konnte ihre Gedanken förmlich hören.

Wahrheit oder Lüge? Herausreden oder Messer auf die Brust setzen?

„Schießen? Ach was.“ Sie gab ein künstliches Lachen zum Besten. Ihr eisblauer Blick streifte mich, plötzlich arglos und freundlich. Ruths Stimme war ein schlechterer Lügner als ihre Augen.

„Es handelt sich nur um ein Narkosegewehr. Wir wollen einen der Seehunde mit einem Sender markieren.“

„Aha. Ein Sender also." Thomas schnaufte abfällig. „Und warum haben Sie damit auf diesen Jungen gezielt?"

„Das haben wir nicht. Sie müssen sich täuschen. Vermutlich hat es aus der Entfernung nur so gewirkt, als hätten wir es getan."

„Ich weiß, was ich gesehen habe."

„Und ich ebenfalls", warf Mari ein. „Sie haben den Lauf direkt auf ihn gerichtet."

„Wenn, dann war es ein Versehen. Wir arbeiten im Auftrag der Universität von Inverness." Ruth kramte ein kleines Stück Papier aus ihrer Hosentasche und hielt es Thomas unter die Nase. „Bitte, nehmen Sie die Karte und rufen Sie dort an. Man wird Ihnen versichern, dass mein Ruf tadellos ist."

„Warum sind Sie hier?", verlangte Thomas zu wissen, ohne die Karte zu beachten. Neben ihm zog Mari ihren Kopf zwischen die Schultern und sah mich an. Ihr Blick ging mir durch Mark und Bein. Ich wollte nicht, dass sie mich so sah. Blutend, schwach und hilflos. Nur kurz wagte ich es, in ihre Augen zu sehen. Nach zwei Herzschlägen wandte ich mich ab und starrte auf Thomas sandverkrustete Lederschuhe.

„Ich dachte, Sie wollten nach Skara Brae?"

„Ja, aber heute sehen wir uns erstmal die Küste an." In Ruths Stimme vibrierte die Empörung. Wieder sah sie mich an, einen kurzen Moment lang, und übermittelte mir eine stumme Botschaft.

Nächstes Mal. Ich schwöre es dir.

„Wir fuhren oben am Rand der Klippen entlang, als wir den Jungen hier unten sahen. Er schien mit jemandem zu kämpfen. Es sah übel aus. Also kamen wir hier runter und wollten den Streit schlichten, aber da war der zweite Junge bereits verschwunden. Sie sollten sich darum kümmern." Ruth deutete auf meine Hand, mit der ich noch immer auf meinen Hals drückte. „Er braucht einen Arzt."

„Das werden wir." Thomas Stimme klang leise und lauernd. „Machen Sie sich da mal keine Sorgen. Und falls Sie zu denen gehören, die hierher kommen, um Selkies zu jagen, muss ich Sie enttäuschen."

Ruth öffnete perplex den Mund, Aaron keuchte kaum hörbar. Maris Blick sprach Bände, und ich war verzweifelt darum bemüht, stur auf Thomas Schuhe zu starren.

Langsam wichen die Kopfschmerzen. Die Wunden an meinem Hals hatten sich fast geschlossen, die Schmerzen flauten ab. Ich hörte den Ruf eines Seehunds, draußen unter den Wellen, und er sagte mir, dass mein Fell in Sicherheit war.

Gleich, antwortete ich ihm in der Sprache des Meeres. *Ich rufe dich, wenn es soweit ist.*

„Was meinen Sie bitte?“, presste Ruth zwischen zusammengebissenen Zähnen hervor. „Selkies? Ich bitte Sie.“

„Man hält es nicht für möglich, wie oft abergläubische Idioten hier einfallen“, erwiderte Thomas mit einem spöttischen Lächeln. „Unsere Jungs machen sich einen Riesenspaß daraus, Fotos und Videos zu fälschen. Hast du letztens nicht bei so was mitgemacht, Louan? Wie hieß der Typ, mit dem du auf Skara Brae warst?“

„Tom“, gab ich spontan zurück. „Er hieß Tom.“

„Ja, Tom. Genau. Der Schlimmste von allen. Der Kerl hat zu Hause ein ganzes Arsenal an Grafikbearbeitungsprogrammen. Der zaubert Ihnen die tollsten Videos, von einer Meerjungfrauenparty bis hin zu einer täuschend echten Selkie-Verwandlung. Ein Genie, der Junge. Leider lenkt er sein Können in die falsche Richtung. Der wird sich noch einen Riesenärger wegen seiner Scherze einhandeln.“

Ruths Miene gefror. Sie warf einen zornigen Blick auf Aaron, der ihn schulterzuckend erwiderte.

„Haben Sie etwa eines seiner Videos gesehen?“, hakte Thomas nach. „Am Ende etwa das, was die beiden auf Skara Brae gedreht haben? Oh, diese Bengel. So oft habe ich schon mit Louans und Toms Eltern geredet, aber die lassen ihnen die Zügel immer noch locker. Glauben Sie mir, der Freund meiner Tochter ist kein Selkie. Seit dem Videodreh kocht seine Fantasie nur ein bisschen über. Verübeln kann ich es ihm nicht. Der Junge hat achtzehn Jahre in der Stadt gelebt und macht das erste Mal auf den Orkneys Urlaub. Die Seeluft steigt jungen Bengeln wie ihm gehörig zu Kopf. Wenn Sie wollen, stelle ich Ihnen Louans Eltern vor. Sein Vater ist mein Cousin. Und wenn es Sie tröstet, auf die gefälschten Videos sind schon viele reingefallen. Letzthin kam eine ganze Busladung Esoterikfans, die der Meinung waren, hier gäbe es Selkies. Sie hielten spirituelle Rituale am Strand ab und zogen nach ein paar Tagen enttäuscht ab, weil keine übersinnlichen Wesen auftauchten und sie erleuchteten."

Ruth sagte nichts. Sie holte tief Luft, ballte ihre Hände zu Fäusten, warf mir einen finsteren, von einer unmissverständlichen Drohung erfüllten Blick zu, und wandte sich um. Aaron schnappte ihren Arm, als wolle er sichergehen, dass sie ihre Meinung nicht änderte. Mit einer Grobheit, die ich diesem Mann nicht zugetraut hatte, zog er sie hinter sich her. Ihre Stimmen entfernten sich.

Mari, Thomas und ich taten nichts, bis die beiden in ihren Jeep stiegen und davonbrausten. Dann, als wir endlich unbeobachtet waren, stürzte Mari sich auf mich und küsste mich. Verzweifelt, tränennass und losgelöst.

~ Dr. Ruth Chapman ~

„Da hast du's. Wir jagen einer Fälschung hinterher. Habe ich es nicht gesagt? Wir machen uns doch zum Affen, und du bindest ihm das auch noch auf die Nase."

„Halt die Klappe!" Ruth brodelte und tobte. Weil sich der Selkie trotz dieser günstigen Gelegenheit nicht in ihrer Gewalt befand, weil sie um ein Haar die Beherrschung verloren hätte, und weil Aaron sie hinter sich herzerrte, als sei sie ein Kind. Scheiße noch mal, warum waren Männer ebenso stark, wie sie einfältig waren? Sie musste zurück. Sie musste sich holen, was ihr zustand. Die Sache mit der Fälschung war doch himmelschreiender Blödsinn. Dieses Mädchen und ihr Vater logen, dass sich die Balken bogen.

„Das Video ist echt“, keifte sie zurück. „Er hat gesagt, der Name seines Komplizen sei Tom, nicht wahr?“

Aaron nickte.

„Aber er hieß Robin. Klar soweit! Robin, nicht Tom. Dieser Junge ist alles, nur kein gewöhnlicher Mensch. Und verdammt noch mal, wenn ich das nächste Mal sage, du sollst schießen, dann tust du es. Und zwar sofort. Oder ich sorge dafür, dass du demnächst unter einer Brücke schlafen darfst.“

„Ach ja?“ Aarons plötzlich auftauchende Willenskraft machte sie fassungslos. „Erstens kannst du sein Aussehen nicht als Beweis nehmen. Was sagt das schon aus? Dass er auf einem Laufsteg in Mailand besser aufgehoben wäre als auf dieser Insel am Ende der Welt? Und zweitens kannst du nicht die Hand dafür ins Feuer legen, dass der Robin, der dir das Video zugespielt hat, auch wirklich derjenige war, der es aufgenommen hat. Vielleicht hat er es von einem Freund namens Tom und gibt es als seine Aufnahme aus, um berühmt zu werden.“

„Rede keinen Blödsinn. Wir waren so kurz davor. Wir hätten ihn eingesackt, wenn diese beiden Idioten nicht gekommen wären. Eine winzige Probe, und ich hätte dir bewiesen, dass ich recht habe. Lass mich zurückgehen. Sofort! Diesem Gör und ihrem Esel von Vater zeige ich es schon.“

Sie zog, zerrte und fluchte, doch Aaron schüttelte den Kopf und schleifte sie weiter. Hoch zum Jeep. Hinter ihr am Strand standen der Mann und das Mädchen dicht beieinander und verfolgten sie mit Blicken, zu ihren Füßen kauerte der Selkie. Die ultimative Gelegenheit war ihr in den Schoß gefallen, nur um letztlich grandios zu scheitern. Verdammt, verdammt, verdammt.

Es wäre so einfach gewesen. So wunderbar einfach. Wenn diese hirnverbrannten Nichtsnutze nicht im falschen Moment am falschen Ort aufgetaucht wären.

„Die können uns in den Knast bringen“, redete Aaron auf sie ein. „Ist dir das klar? Du hast mit einem Gewehr auf einen Jungen gezielt. Das kann uns teuer zu stehen kommen. Jetzt hör mir mal genau zu. Es mag ja sein, dass die Aufnahme echt war. Aber zuallererst brauchen wir etwas Hieb- und

Stichfestes. Stell dir vor, wir entführen ihn, und im Anschluss kommt raus, dass er ein normalsterblicher Mensch ist. Damit wäre alles aus. Unsere Karriere, unser Leben, unser Ruf. Alles."

„Es gibt keine Zweifel." Sie war kurz davor, zu hyperventilieren. Was bildete sich dieses Arschloch ein? Sie war im Rahmen dieser Mission seine Vorgesetzte. Sie stand in der Hierarchie weit über ihm, und er behandelte sie wie ein Kleinkind. „Er ist kein Mensch. Das sieht man auf den ersten Blick, wenn man Augen im Kopf hat. Dieser Mann und sein Balg haben nichts gegen uns in der Hand, weil der Selkie offiziell nicht existiert. Die werden den Teufel tun, uns anzuzeigen. Denn das würde ihr Wunderwesen in das Licht der Öffentlichkeit rücken. Sie müssten erklären, warum er keine Papiere besitzt, und da sie es nicht erklären können und ganz sicher keinen Fälscher zur Hand haben, werden sie die Klappe halten. Klar soweit? Und was ist mit dem, was er vorhin mit mir getan hat? Verdammt noch mal, lass mich auf der Stelle los, sonst sorge ich höchstpersönlich dafür, dass du in hohem Bogen aus der Uni fliegst. Und zwar mit einem Arschtritt als Abfindung."

„Beruhige dich, Ruth."

Dieser Mistkerl zeigte sich wenig beeindruckt. Stattdessen blieb er stehen und umfasste mit widerlicher Sanftheit ihre Handgelenke, als hätte er geahnt, dass er anderenfalls seine Zähne aus dem Sand hätte aufsammeln können. „Was er mit dir getan hat, war etwas nicht Greifbares. Die Sache ist zu heikel, um irgendwas zu überstürzen. Letztendlich geht es hier um Entführung und Freiheitsberaubung, machen wir uns nichts vor. Du kannst nicht einschätzen, was dieser Mann tun oder nicht tun wird. Oder welche Beziehungen er hat oder nicht hat. Wir müssen uns hundertprozentig sicher sein, dass es sich bei dem Jungen um ein nichtmenschliches Wesen handelt. Hör zu, wir bleiben in seiner Nähe. Wir beobachten jeden seiner Schritte. Sobald wir den Beweis haben, dass es sich tatsächlich um einen Selkie handelt, sind mir alle Mittel recht. Aber bis dahin ist er einfach nur ein normaler Jugendlicher, der gemeinsam mit einem Freund ein Video gefälscht hat.

Und du wirst den Teufel tun, ihn auf Geratewohl anzugreifen. Wir müssen vorsichtig sein, okay? Sonst endet das hier alles schneller, als uns lieb ist. Du wirst erfolgreich sein, Ruth. Ich weiß es. Aber nicht, wenn du dich Hals über Kopf ins Unglück stürzt und uns als hirnverbrannte Idioten dastehen lässt. Wenn die hier mitkriegen, dass wir Seehundmenschen jagen, kannst du dir den Rest der Geschichte ausmalen."

Sie starrte ihn an. Das Blut rauschte in ihren Ohren wie die Niagara-Fälle. Langsam, ganz langsam, kehrte die Klarheit in ihre Gedanken zurück.

Einatmen und ausatmen. Einatmen und ausatmen.

Ja, das half. Zumindest ansatzweise.

Noch hilfreicher wäre nur ein Schlag in Aarons Gesicht gewesen.

„Die drei wollen uns an der Nase herumführen", überlegte sie laut. „Das Ganze ist nur ein Possenspiel, weil diese kleine Göre ihm den Kopf verdreht hat. Unser mystischer Freund spielt den Menschen und hofft darauf, dass wir auf seine Masche reinfallen und die Zelte abbrechen. Aber da täuscht er sich. Da täuscht er sich gewaltig. Früher oder später macht er einen Fehler. Und wenn das passiert, werde ich zur Stelle sein."

Ruth riss sich von ihm los und marschierte zurück zum Klippenrand.

Niemand war mehr zu sehen. Nur ein leerer Strand, das im Sonnenlicht glänzende Meer und ein paar kreischende Möwen.

Ihr war klar, dass Aarons Glaube an den Wahrheitsgehalt des Videos schwand und vielleicht gar nicht mehr vorhanden war. Die Geschichte bezüglich der Fälschung mochte plausibel klingen, doch sie hatte gespürt, was in diesem Jungen schlummerte. Sie hatte dem Tier in die Augen geblickt, und es hatte zurückgestarrt.

Mitten hinein in ihre Seele.

Ja, für eine Weile würde sie versuchen, ihr Ziel mit Geduld und größtmöglicher Diskretion zu erreichen. Und wenn sie damit scheiterte, gab es immer noch das Mädchen. Sie fesselte den Selkie an das Land, sie machte ihn verwundbar. Und bei allem, was ihr unheilig war, diese Schwäche würde sie zu nutzen wissen.

„Was willst du?“ Ich sprach es leise aus, die Lippen an seinen Hals geschmiegt. „Willst du gehen oder bleiben? Sag es mir, ich halte dich nicht auf.“

„Mari.“

Eine solche Zärtlichkeit klang in seiner Stimme mit, dass ich vor lauter Zuneigung und Verzweiflung kaum mehr wusste, wo oben und unten war. Niemals würde er mir weh tun. Ich wusste es.

„Es ist besser, wenn du Abstand hältst.“

Ich zuckte zurück. Tränen brannten in meinen Augen. *Akzeptier es,* beschwor ich mich. *Mach das, was du ihm versprochen hast.*

„Dann willst du also verschwinden?“

„Nein.“ Er grinste schief. „Ich mache nur dein schönes weißes Unterhemd dreckig.“

Ich wich mit einem ersticken Lachen vor ihm zurück und musterte Louan. Alles war voller Blut. Aber die Wunden an seinem Hals waren nicht viel mehr als oberflächliche Kratzer. Eine Wunderheilung. Ein Phänomen unter vielen, mit denen er aufwarten konnte. Wieder und wieder hörte ich in meinem Kopf seine schrecklichen Worte: *Nicht, wenn sie bekommen, was sie wollen.*

„Wer war das vorhin?“, frage Thomas. „Ein anderer Selkie?“

Louan nickte. „Sein Name ist Raer. Er wollte mich töten, weil ich mich mit dem Feind eingelassen habe.“

„Ich dachte, du wärst allein.“

„Das dachte ich bis heute auch.“

„Wird er wiederkommen?“

„Unser Gesetz besagt, dass das Unterliegen im Kampf alle Streitigkeiten beendet. Man hat geklärt, wer der Stärkere ist. Danach gibt es keine Wut mehr.“

„Aber du traust ihm nicht?“

„Nein“, flüsterte Louan.

Thomas holte tief Luft.

„Dad", flehte ich. „Mach es nicht noch schlimmer. Bitte! Er wollte sich Ruth und Aaron ausliefern, um mich zu schützen. Er hätte für mich alles aufgegeben."

„Ist das wahr?", fragte er an Louan gewandt. Und mein Selkie nickte, ohne zu zögern.

„Ich würde alles tun, um Mari zu beschützen."

Bei diesen Worten kamen mir die Tränen. Ich wollte nicht daran denken, was hätte geschehen können. Und doch waren die Bilder in meinem Kopf in jeder Sekunde präsent. Beinahe wären wir zu spät gekommen. Wäre ich nur etwas weniger hartnäckig gewesen, hätten Ruth und Aaron ihn mitgenommen und für den Rest seines Lebens eingesperrt.

„Ich wollte gehen, um euch zu schützen", setzte Louan hinzu. „Jetzt muss ich aus demselben Grund in eurer Nähe bleiben. Raer ist verrückt, er würde euch verletzen, nur weil ihr mir etwas bedeutet. Vielleicht hält er noch etwas auf die alten Gesetze und verschwindet, aber ich vertraue nicht darauf."

„Du musst wegen uns gar nichts", drang ich auf ihn ein. „Wir kommen schon klar. Falls du das noch nicht gemerkt hast, ich bin kein Prinzesschen, das von ihrem Prinzen beschützt werden muss. Außerdem sind Ruth und Aaron in der Nähe."

„Ich tue, was ich für richtig halte. Aaron glaubt nicht an Selkies. Und Ruth ist sich nicht mehr völlig sicher. Dank des genialen Einfalls deines Vaters."

Dad wurde rot und räusperte sich, als Louan ihm anerkennend zulächelte. „Hoffen wir's", brummte er nur.

„Sie brauchen einen Beweis", kombinierte ich scharf in Gedanken. „Vorher werden sie nichts aufs Spiel setzen. Einen Menschen zu entführen, brächte sie in Teufels Küche. Und wenn du lange genug so tust, als wärst du ein Mensch, glauben sie an Dads Geschichte und geben auf."

„Ich hoffe es. Aber jetzt, wo Raer zurück ist, kann ich dich nicht allein lassen. Er ist wahnsinnig, Mari. Er will dir weh tun, und deswegen muss ich ihn töten. All die Jahre hat er seinen Geist vor mir verschlossen, aber das gelingt ihm jetzt nicht mehr. Ich spüre es, wenn er in der Nähe ist."

„Ihn töten?" Thomas schluckte schwer. „Das würdest du tun?"

„Wenn er mir keine Wahl lässt."

Ich kaute auf meiner Unterlippe herum. Wie Louan da hockte, erschöpft, blutig und zerzaust, sah er aus wie ein archaischer Kämpfer nach überstandener Schlacht.

Mein mystischer Beschützer.

Wir ließen uns auf ein gefährliches Spiel ein, und es würde auch dann nicht vorbei sein, wenn Ruth und Aaron die Segel strichen.

„Das Wichtigste ist jetzt", brummte Dad, „dass du menschlich bleibst. Sie können dir nichts tun, solange sie keinen Beweis haben. Ich würde aber vorsichtshalber nicht allein durch die Gegend laufen. Vor den Augen anderer sind ihnen die Hände gebunden. Wir arbeiten von nun an zusammen, in Ordnung? Du beschützt Mari, und wir beschützen dich. Bleibe bei uns, lebe wie ein gewöhnlicher Junge. Dann werden sie bald glauben, einem Hirngespinst nachgejagt zu sein. Aber sollte ich auch nur das winzigste Gefühl bekommen, dass du meine Tochter manipulierst oder ausnutzt …"

„Dad!"

„… dann ziehe ich dir das Fell über die Ohren und nagele es an die Wand in meinem Keller. Hör zu, Louan. Ich habe das Gefühl, dass du es ehrlich meinst. Ich glaube zu wissen, dass du dich für Mari geopfert hättest. Das rechne ich dir hoch an. Aber hundertprozentig sicher bin ich mir nicht."

„Ich habe niemals mit euren Gefühlen gespielt", antwortete Louan mit aufrichtigem, festem Blick. „Niemals!"

Ich presste mich an ihn und vergrub meine Nase in seinem Haar. „Wir lassen nicht zu, dass dir was passiert. Dad kennt einen Anwalt. Im Notfall können wir ihn auf diese Idioten hetzen, wenn es sie wagen, uns zu sehr auf die Pelle zu rücken. Alles wird gut, ich verspreche es dir. Bei uns bist du am sichersten. Wir werden es diesen Mistmaden schon zeigen. Übrigens … euer Kampf war der Wahnsinn."

Louan schnaufte leise. Meine Seele hätte ich gegeben, um zu erfahren, was er dachte. Eine seltsame Leere lag in seinem Blick, als er auf das Meer hinaussah. Vermutlich hatte ich gerade gelogen.

Alles wird gut.

Wir waren in einer Geschichte gelandet, für die es möglicherweise niemals ein gutes Ende geben konnte – höchstens flüchtige Träume.

„Lass uns nach Hause gehen", bat ich ihn. „Du musst dich ausruhen."

„Zuerst muss ich ins Wasser. Sonst komme ich keine drei Schritte weit und dein Vater darf mich huckepack tragen."

Ich drehte mich ein paar Mal um die eigene Achse. Kein Mensch war zu sehen, kein Kutter, keine übereifrigen Jäger.

„Nur wenn ich zusehen darf."

„Es ist nicht so, wie du es dir vorstellst. Du könntest es hässlich finden."

„Ich will es sehen."

„Und ich auch", fügte Thomas hinzu. „Nur damit ich sicher sein kann, dass ich nicht verrückt bin."

„Habt ihr es nicht schon gesehen, als ihr Raer und mich beobachtet habt?"

„Als wir euch entdeckten", sagte Dad, „wart ihr schon Menschen."

„Aber es ist … es ist …" Seine Furcht und Unsicherheit rührten mich zutiefst. „Es ist der letzte Beweis dafür, dass unsere Welten unvereinbar sind. Der Beweis dafür, wie anders ich wirklich bin. Glaubt mir, ihr werdet erschreckt sein."

„Nichts an dir könnte mich ekeln." Ich legte eine Hand auf seine Wange. Jede Stunde, jede Minute die wir zusammen verbringen durften, war kostbar. Denn unser Traum konnte jederzeit enden. „Vertrau mir. Ich will es wirklich."

„Also gut." Louan stand auf, zog mich hinter sich her und umrundete den Felsen. Dad folgte uns mit wackligen Schritten. Etwas Helles schimmerte in den Wellen, ein dunkler Schatten tauchte ganz in der Nähe dieses Dings auf, wirbelte herum und entfernte sich schnell.

„Ein Seehund", erklärte Louan. „Er beschützte meine Haut vor Raer."

„Hätte er sie dir sonst gestohlen?", fragte ich.

„Ich denke schon."

„Obwohl es deinen Tod bedeutet hätte?"

Louan warf mir nur einen seltsamen Blick zu. Durch den Felsen geschützt vor eventuellen Beobachtern, die von den Klippen aus zu uns hätten hinunterblicken können, zog er sich aus, fischte das Fell aus dem Wasser und legte es sich um seine Schultern. Anmutig streckte er sich in der Brandung aus.

Es war ein Anblick, der mir das Herz zusammenschnürte. Bewunderung, Angst, Faszination und tief empfundene Ehrfurcht vereinten sich miteinander, ohne dass eines der Gefühle die Oberhand gewann. Als der Seehund sich mit Louan vereinte und sein Körper zerfloss wie Quecksilber, um neu zu entstehen, spürte ich das pure, überwältigende Wunder der Schöpfung.

Ich weinte lautlose Tränen, Dad murmelte mit weit aufgerissenen Augen etwas vor sich hin. Nichts konnte ergreifender sein als das, was sich vor mir abspielte. Ich ging in die Knie, umarmte seinen geschmeidigen, silbernen Körper. Hauchte Küsse auf seine Schnauze und schmiegte mich an ihn.

„Ich liebe dich", flüsterte ich. „Den Menschen und das Tier."

Als das Fell unter mir aufriss und blasse Haut entblößte, zuckte ich nicht zurück. Reglos sah ich zu, wie der Körper des Tieres starb und den Menschen gebar. Behutsam schöpfte ich Wasser mit meinen hohlen Händen und goss es über Louans Körper, während mein Blick immer wieder die Klippen absuchte. In meditativer Ruhe streichelte ich seine Haut, säuberte sie von den Resten der Verwandlung, hauchte Küsse darauf und gab ihm damit zu verstehen, dass nichts an ihm war, was mich erschreckte.

Stumm ließ er all das geschehen. Sein Blick ruhte auf mir, während ich mit beiden Händen über seine Brust strich, über Schultern, Hüften und Schenkel. Die Wunden waren nur noch verblassende, rötliche Narben.

Als seine Haut gesäubert war, sank ich neben ihn in das Wasser und ließ mich von seiner Umarmung wiegen. Es war kalt und nass, aber das war mir egal.

Für wenige Momente erlaubte ich mir vollkommenes Glück, bis die Vorsicht wieder den Sieg davon trug.

„Komm“, sagte ich zu ihm. „Heute ist dein erster Tag als Mensch. Wir sollten es in Angriff nehmen.“

Kapitel 10

Als der Mond am Himmel stand

„Wie Träume liegen die Inseln
im Nebel auf dem Meer.
Noch einmal schauert leise
und schweiget dann der Wind.
Vernehmlich werden die Stimmen,
die über der Tiefe sind."

Theodor Storm

~ Mari ~

Nie war die Zeit so schnell verflogen. Die Tage jagten wie Stromschnellen an mir vorüber, angereichert mit soviel Aufregung und Glück, dass ich mich fühlte, wie in einem reißenden Strom, und mir wünschte, ihn langsamer fließen lassen zu können.

Louan wurde zum Menschen, und seine beiden Schatten namens Ruth und Aaron fanden nichts, das ihre Theorie bewies.

Geschickt waren sie zweifellos. Nie überschritten sie die Grenze, hinter der sie meinem Vater einen Grund gegeben hätten, Anzeige zu erstatten.

Was selbstredend ein Wagnis gewesen wäre, denn da Louan keinerlei Papiere, geschweige denn einen Ausweis besaß, war jede Aufmerksamkeit heikel.

Wie harmlose Touristen hockten Ruth und Aaron im Café gegenüber der Gärtnerei, wenn Louan und ich meinem Vater halfen. Sie streiften im Hafen herum, wenn wir gemeinsam mit MacMuffin zum Fischen hinausfuhren oder am Abend auf der Mauer saßen, um dem Mondaufgang zuzusehen. Der Verdacht, Louan sei ein gewöhnlicher Mensch, schien zusehends ihren Eifer zu dämpfen. Allein Ruths Verbissenheit war es zu verdanken, dass wir noch immer verfolgt wurden, während ihr Kollege der Miene nach zu urteilen lieber heute als morgen nach Inverness zurückgekehrt wäre.

Ihre Beschattungen wurden dadurch erschwert, dass alle im Dorf zusammenhielten und die beiden keinen Schritt tun konnten, ohne von argwöhnischen Blicken verfolgt zu werden. Ruth und Aaron waren den Fischern und ihren Familien ein Dorn im Auge, da half nicht einmal der Lockruf der versprochenen Belohnung. Sie waren Eindringlinge, deren wahre Absicht allen außer Dad, Louan und mir verborgen blieb, was das Misstrauen von Tag zu Tag vertiefte. Vielleicht waren die Beschatter der Beschatter der einzige Grund, der Ruth von drastischeren Maßnahmen abhielt. Ich zweifelte nicht daran, dass die Fischer sie im Fall eines Verstoßes gegen den Dorffrieden in einen Sack gesteckt und höchstpersönlich zurück nach Inverness verschifft hätten.

Mein Selkie war ein begnadeter Schauspieler. Er eroberte Olivias Herz, das meines Vaters und selbst das des knurrigen MacMuffins im Sturm. Letzterer hatte vor Erleichterung ein Dankgebet gen Himmel gesandt, als Ruth ihm mit zuckrigem Lächeln den Schlüssel seines Kutters zurückgegeben hatte. Natürlich mit dem Hinweis, ihn sich jederzeit wiederholen zu können – und zwar, ohne Fragen erwarten zu müssen.

Louan schien sich schnell an sein neues Leben zu gewöhnen. Er war neugierig und begeisterungsfähig, und bald übermannte mich das Gefühl, er hätte schon immer in unser Leben gehört. Selbst das Schleppen von Säcken in der Gärtnerei machte mir Freude, wenn wir es gemeinsam taten. Nur einmal geschah Louan der Fehler, vier der schweren Säcke mit vergnügter Miene gleichzeitig zu schleppen, obwohl selbst mein Vater bei dem Gewicht von zweien kapitulierte. Glücklicherweise geschah es zu einem Zeitpunkt, an dem wir unbeobachtet waren. Inmitten der tropischen Pflanzen küssten wir uns, wann immer wir die Gelegenheit dazu fanden, oder wir zogen uns ins Lager zurück, um dort unseren Hunger aufeinander zu stillen, immer erfüllt von dem Drang, jeden Augenblick der guten Zeit auszukosten, bevor der Fluss des Schicksals eine andere Richtung einschlug.

Das Gleiche tat mein Dad mit Olivia, die am zweiten Tag nach Louans Integration mit zwei Koffern vor der Tür stand und fortan bei uns wohnte. Oft hörte ich nachts Geräusche, als würden die beiden Möbel verrücken, aber der wahre Grund des Lärms ging höchstwahrscheinlich in eine ganz andere Richtung. Mir war es recht. Einerseits tat meinem Vater das gemeinsame Möbelrücken mit Olivia gut und vertrieb die Sorgenfalten aus seinem Gesicht, andererseits verbrachten Louan und ich die Nacht ebenfalls selten mit schlafen.

War eine Nacht mondlos und so finster, das man die Hand vor Augen nicht sah, gab mein Selkie unter aller gebotenen Vorsicht dem Ruf des Meeres nach und verschwand für mehrere Stunden. Ich tat in jenen Nächten vor Sorge kein Auge zu, sondern wartete hellwach unten im Wohnzimmer und trank Unmengen an Kaffee, bis Louan in der Morgendämmerung zurückkehrte. Erschöpft, atemlos und mit dem Glitzern purer Lebenslust in seinen Augen.

Manche modernen Dinge fanden seine Begeisterung: Naturdokumentationen im Fernsehen, bevorzugt solche über Korallenriffe. Pizzas, Kinovorstellungen, die Badewanne und mein MP3-Player.

An andere gewöhnte er sich notgedrungen: Kleine rote Quallen, Autofahrten und Supermärkte.

Wieder andere Alltäglichkeiten meiner Welt ernteten nur sein Unverständnis. Vergeblich versuchte ich ihm, die Regeln der modernen Welt zu erklären. Arbeit, Steuern, Schule und Abschlüsse. Prüfungen, Altersheime, zahllose Gesetze und Fernsehshows, in denen sich Menschen am Leid anderer Menschen ergötzten.

„Ein vernünftiges Geschöpf", befand er irritiert, „braucht keine Gesetze. Es weiß von Natur aus, was gut und was schlecht ist."

Trotz seiner Befremdung arbeitete er sich mit wachsender Neugier durch sämtliche Bücher und Zeitschriften, die er im Arbeitszimmer meines Vaters finden konnte, was zur Folge hatte, das er über den Zustand dieses Planeten bald besser Bescheid wusste als viele Menschen.

Er verlor selten ein Wort darüber, doch ich sah, wie die Gedanken unter seiner stoischen Maske aus Gelassenheit brodelten.

Was er wirklich über uns Menschen dachte, würde er nie laut aussprechen. Und wenn ich ehrlich war, wollte ich es auch nicht wissen.

„Die sagen dir selten die Wahrheit“, beschwor ich ihn, als er mal wieder mit konfuser Miene vor dem Küchenradio saß und Nachrichten hörte. „Es geht in erster Linie darum, dir eine bestimmte Meinung einzutrichtern. Mit der Wahrheit hat das meistens nichts zu tun.“

„Warum lügen sie?“

„Weil sie uns kontrollieren wollen. Es gibt eine Geschichte, die das ganz gut in Worte fasst: Eines Tages besuchte ein Dämon den Teufel. Beeindruckt fragte er ihn: Wie hast du es nur geschafft, soviel Hass und Krieg auf der Welt zu säen? Der Teufel antwortete: Ganz einfach, ich nahm eine Geschichte und schrieb mehrere Versionen davon. Danach ging ich zu den Menschen, verteilte unter ihren Herrschern die Geschichten und sagte jedem, nur er allein besäße die einzig wahre Version.“

Louan zog schnell die richtigen Schlüsse. „Verängstigte Tiere, die allein sind, kann man leichter jagen.“

Es verblüffte mich jeden Tag, wie groß seine Auffassungsgabe war. Seitenlange Texte gab er nach einmaligem Lesen oder Hören fehlerfrei wieder.

Er lernte in kürzester Zeit Schach und trieb meinen Vater zur Verzweiflung, weil er partout nicht zu schlagen war. Er bediente den Computer nach kurzer Einweisung, zog sich aus dem Internet noch mehr Informationen und verfolgte Wissenschaftssendungen mit großer Neugier, ungeachtet der Tatsache, dass ihm flimmernde Bildschirme spätestens nach einer halben Stunde höllische Kopfschmerzen bereiteten.

Was es für unsere Gehirne bedeuten mochte, dass wir uns oft stundenlang jeden Tag über viele Jahre hinweg vor solche Apparaturen hockten, wollte ich lieber nicht hinterfragen.

Bald war nicht mehr Louan es, der uns Fragen stellte, sondern wir suchten Antworten bei ihm.

Doch am glücklichsten machten ihn nach wie vor die einfachen Dinge des Lebens. Er liebte es, gemeinsam mit uns zu essen, sich in der Gärtnerei schmutzig zu machen oder sich um die Vögel zu kümmern, die ihm dermaßen ans Herz wuchsen, dass er oft stundenlang im Wintergarten saß und sie auf sich herumturnen ließ.

Am meisten aber liebte er es, an meiner Seite einzuschlafen und aufzuwachen. Der Gedanke, dass er so lange Zeit allein gelebt hatte, draußen in der rauen Weite des Meeres, erschreckte und faszinierte mich. Was würde sein, wenn wir zusammenblieben und ich ihn eines fernen oder nahen Tages zurücklassen musste, weil meine menschliche Lebensspanne so kurz bemessen war? Würde er, jugendlich wie eh und je, an meinem Grab stehen und sich an mich erinnern?

Oft schlief ich mit dieser Vision ein. Und wachte mit ihr auf.

Manchmal, wenn wir abends eng umschlungen im Bett lagen, erzählte Louan mir Geschichten, um mich von diesem Gedanken abzulenken. Darüber, wie es war, im Seetang unter den Sternen zu schlafen, gewiegt von den Wellen. Er erzählte mir vom Blau der Tiefe und von den Geschichten, die die Grindwale zu berichten wussten, wenn sie auf ihren langen Wanderungen an den Orkneys vorbeikamen.

Zeit schien im Meer eine andere Bedeutung zu haben. Die Dinge flossen dahin und kehrten wieder in einem ewigen Kreislauf.

Wunderbar und monoton. Wehmütig und machtvoll.

In eintausend Jahren reiste das Wasser mit den Strömungen einmal um die Erde, wieder und wieder, seit Milliarden von Jahren und bis ans Ende aller Zeit.

In Louans Erzählungen wurde ich zu einem Jäger, der durch das Meer schoss, um Schwärme glitzernder Fische zu jagen. Ich kostete Freiheit und Einsamkeit, bis ich glaubte, weder ohne das eine noch ohne das andere leben zu können. Ich wurde zu einem Wesen, so kalt und zeitlos wie die See, das allein auf wellenumschäumten Felsen saß und das Brennen des Sturmes in seinem Herzen fühlte.

Ein Traum riss mich aus dem Schlaf, an den ich mich nicht mehr erinnern konnte. Merkwürdige Gefühle rumorten in mir. Ich war unruhig, beklommen und traurig, doch all das schien nicht aus mir selbst zu kommen. An Schlaf war nicht zu denken, also machte ich mich auf den Weg nach unten in die Küche, um mir einen Becher mit heißer Milch und geriebener Muskatnuss zu holen. Im Wohnzimmer lief noch immer der Fernseher. Ich nahm an, dass es Dad und Olivia waren, die sich mal wieder zu Kaffee und Dosenpfirsichen alte Filmklassiker reinzogen, denn wenn Louan nachts nicht neben mir lag, saß er entweder in Menschengestalt auf den Klippen und schmachtete das Meer an, oder er schwamm als Tier unter den Wellen. War Ersteres der Fall, setzte ich mich meistens zu ihm, in ein oder zwei Decken gekuschelt. Dann hielt er mich schweigend im Arm und wärmte mich, bis die Morgendämmerung über den Ozean kroch. Ich liebte diese schweigenden Stunden, aber falls das heute wieder der Fall war, würde ich trotzdem ins Bett zurückkehren. Ich fror, ich war müde und bis in die Knochen erschöpft, ohne sagen zu können, warum.

Mit dem heißen Becher in der Hand warf ich einen Blick ins Wohnzimmer und sah zu meiner Verblüffung Louans Silhouette vor dem Fernseher.

Auf dem Bildschirm lief eine Reportage über die Ausrottung der Stellerschen Seekuh.

Na wunderbar. Wenn das nicht das Sahnehäubchen auf seiner Exkursion in die Menschlichkeit war.

„Die rindenartige Haut der Seekuh brachte ihr den Namen *Borkentier* ein", berichtete eine sonore Männerstimme. „Ein Jahr lang lebte der Schiffsarzt und Naturforscher Georg Steller Seite an Seite mit den gewaltigen, bis zu zehn Meter großen Tieren. Zutiefst beeindruckt verewigte er seine Eindrücke in Form von Tagebüchern, deren Veröffentlichung nach seiner Rückkehr ein Massaker in Gang setzte. Jäger und Fischer stürmten die Inseln im Eismeer, auf denen die Stellerschen Seekühe seit ewigen Zeiten friedlich gelebt und sich von Algen ernährt hatten. Zwanzig bis dreißig Mann blieben am Ufer, das Ende des langen Taus haltend, an dessen Ende ein scharfer Eisenhaken befestigt war, während fünf mit einem Boot zu den Seekühen hinausruderten. Der Harpunier stieß einem ausgewählten Tier den Haken in den Leib, woraufhin die Männer am Ufer zu ziehen und zu zerren begannen. Zugleich rückte man dem verwundeten Tier vom Boot aus mit Bajonetten, Messern und Säbeln zu Leibe, bis es vor Blutverlust derart geschwächt war, dass man es an Land ziehen und zerlegen konnte. Die Jäger waren in ihrem Treiben überaus erfolgreich. Bereits zwanzig Jahre nach Stellers großer Entdeckung war keine der riesigen Seekühe mehr am Leben. Ihre Art war in Rekordzeit ausgerottet worden. Alles, was von ihnen übrig ist, sind ein paar Skelette und Hautfetzen. Viele Tiere teilen das Schicksal der Stellerschen Seekuh. Das Quagga, der Dodo, der Riesenalk und der Kaplöwe. Der Falklandfuchs, der chinesische Flussdelfin und der Beutelwolf. Java- und Bali-Tiger, Blaubock und Berberlöwe, Atlasbär, Seenerz und karibische Mönchsrobbe. Sie und noch viele andere Arten sind für immer vom Angesicht unserer Erde verschwunden. Ausgerottet vom gefährlichsten und tödlichsten Raubtier der Welt."

Louan blickte stumm zu mir auf, als ich mich zu ihm setzte. In dem übergroßen, schwarzen T-Shirt meines Vaters sah er verloren und verwundbar aus, was durch seine melancholisch dreinblickenden Seehundaugen auf geradezu unerträgliche Weise untermalt wurde. Verbissen hielt er sein Fell umklammert, als rechne er jeden Augenblick damit, Ruth und Aaron könnten ins Haus stürmen und es ihm aus den Armen reißen.

Ohne ein Wort zu sagen saßen wir bis zum Morgengrauen nebeneinander, Schulter an Schulter, Hand in Hand, und verfolgten die Themennacht *Neuzeitlich ausgestorbene Tiere*. Ich wusste, was Louan fühlte.

Und er wusste, wie mir zumute war. Wir brauchten keine Worte in dieser Nacht. Als in der ersten Morgendämmerung mein Handy klingelte, das noch immer im Rucksack an der Garderobe verstaut war, erschienen mir die Töne falsch und fremd.

Existierten meine normalsterblichen Freunde überhaupt noch? Existierten noch die Schule, unser ewig schlecht gelaunter Mathelehrer und die nervtötend dumme Mädchengang in meiner Klasse, die es witzig fand, sich über mich kaputtzulachen?

Der Gedanke, in wenigen Wochen in einen Alltag zurückkehren zu müssen, der Lichtjahre entfernt schien, war surreal.

Schlaftrunken angelte ich mein uraltes, nur noch aus reinem Trotz funktionierendes Handy aus dem Rucksack und tippte auf den grünen Knopf.

„Heute 21 Uhr in der Bucht?

Bring deinen geheimnisvollen neuen Freund mit.

Alice.“

Na wunderbar. Meine Sitznachbarin in der Schule. Woher wusste sie von Louan? Höchstwahrscheinlich hatte sie uns bei einem unserer Ausflüge gesehen, obwohl wir ausschließlich früh am Morgen in die Stadt gefahren waren, in der Hoffnung, während der Ferien um diese Zeit niemanden aus meiner Schule zu treffen. Oder ihre Eltern waren uns begegnet und hatten Alice von meiner Begleitung erzählt.

„Lust auf eine Party?“, fragte ich in die Stille hinein.

Louan blinzelte müde zu mir auf. Ich konnte nicht anders, legte das Handy auf den Sofatisch, kniete mich vor ihn und bedeckte seinen Mund mit Küssen, während ich beide Hände in seine verwuschelten Haare tauchte.

Himmel, er machte mich verrückt. Ich wollte ihn mir einverleiben. Ich wollte ihn umklammern, in ihn hineinkriechen, ihn auffressen.

„Von mir aus“, nuschelte er zwischen zwei Küssen. „Klingt nach Abenteuer.“

„Du hast ja keine Ahnung. Alice ist okay, aber seltsam. Im Sinne von … keine Ahnung, jedenfalls nicht seltsam im Sinne von mir oder dir. Sie besitzt zwei Möpse namens Mjöllnir und Bifröst. Ich meine Hunde. Möpse im Sinne von … du weißt schon. Vielleicht bringt sie sie ja mit.“

„Thors Hammer und die Brücke nach Walhalla.“ Louan räkelte sich unter meinen streichelnden Händen und gab ein seliges Schnurren von sich. „Hmm, musst du so gut riechen, Menschenmädchen? Wenn du so gut riechst, kann ich nicht an mich halten. Du riechst besser als ein Sardinenschwarm."

„Na danke auch."

In seiner Kehle grollte ein verführerisches Knurren. „Ich liebe Sardinen. Aber der Hunger, den ich deinetwegen bekomme, sitzt nicht im Magen. Er sitzt hier." Seine Hand legte sich mit solch unschuldiger Selbstverständlichkeit auf eine höchst pikante Stelle, dass mir das Lachen im Hals stecken blieb. Heraus kam nur ein schiefes Quieken.

Schnell nahm ich seine Hand und schob sie beiseite. „Warst du schon mal auf einer Party?"

„Kann man die Partys des neunzehnten Jahrhunderts mit den heutigen vergleichen?"

„Keine Ahnung. Ich war nie auf einer Partys des neunzehnten Jahrhunderts. Meinst du, du schaffst das?"

„Warum sollte ich es nicht schaffen?" Er drückte mich an sich. Ich schlang meine Beine um seine Taille und meine Arme um seinen Hals. Näher konnte ich ihm nicht kommen, und doch war es nicht nah genug. War ich süchtig?

Oh ja, und wie.

„Sie werden dir Fragen stellen", hauchte ich atemlos und bedeckte seine Kehle mit Küssen. Warm und sanft schlug sein Puls gegen meine Lippen. „Jede Menge Fragen. Sie werden neugierig sein."

„Lass uns hingehen." Wieder stieß er dieses laszive Knurren aus, unter dessen Timbre sich jedes einzelne meiner Körperhärchen aufrichtete.

In seiner Brust vibrierte es. Animalisch und wild, als wäre das Tier ganz nahe.

Am liebsten hätte ich hier und jetzt äußerst unschickliche Dinge mit ihm angestellt, aber wie ich Dad kannte, würde er im ungünstigsten Moment vor uns auftauchen und vom Schlag getroffen werden. Er wusste, dass wir genauso gerne Möbel verrückten wie Olivia und er, aber solange er es nicht sah, schien mein Vater die übliche Verdrängungsmethode zu praktizieren.

„Ich bin neugierig“, setzte Louan hinzu. „Ich will wissen, wie dein Leben aussieht. Und ich will auf deine Party.“

„Dann sollten wir uns vorher noch eine Geschichte ausdenken.“

„Eine Geschichte?“

„Über dein Leben als Mensch. Deine Herkunft, deine Schulbildung, der Grund für dein Auftauchen.“

Er zuckte nur lapidar mit den Schultern. Ineinander verschlungen saßen wir da, streichelten und küssten uns und erforschten jeden Zentimeter unserer Körper. Erst, als es vom Schlafzimmer her polterte und Olivias lautstarkes Gähnen ertönte, ließen wir schweren Herzens voneinander ab.

Nach dem Frühstück leisteten wir MacMuffin auf seinem Kutter Gesellschaft, denn nirgendwo flossen meine Gedanken so klar, wie draußen auf dem Meer. Louan lehnte mit dem Rücken neben mir an der Reling, trug das blaue T-Shirt und die Jeans, die ich ihm bei unserem ersten Einkaufsbummel gekauft hatte, und ließ sich den Wind durchs Haar wehen. Er sah glücklich aus. Gelöst und zuversichtlich. Vielleicht waren meine Worte *alles wird gut* doch keine Lüge gewesen. Sondern eine Hoffnung, die sich erfüllte.

„Also“, begann ich feierlich. „Warum bist du noch mal so plötzlich hier aufgetaucht?“

„Das war so.“ Er räusperte sich und setzte eine gewichtige Miene auf. „Ich komme ursprünglich aus Brighton, habe meinen Abschluss in der Tasche und reise für ein paar Monate durch das Land, bevor der Ernst des Lebens beginnt. Ich interessiere mich für Meeresbiologie und Archäologie.“

„Sehr gut.“

„Und ihr wart so nett, mich für unbefristete Zeit bei euch aufzunehmen. Als Ausgleich helfe ich in eurer Gärtnerei.“

„Perfekt. Wenn irgendwelche Fragen auftauchen, die dich verwirren, lass mich antworten, okay? Mach es einfach mit Charme. Das dürfte dir ja nicht schwerfallen. Im äußersten Notfall hast du meine Erlaubnis, ihre Gehirne zu manipulieren."

Er lachte und schien nicht im Geringsten daran zu zweifeln, seine Einführung in die Gesellschaft mit links zu meistern. Gedankenverloren strich er über seine braune Leinentasche, die Dad ihm gegeben hatte, damit er darin sein Fell aufbewahren und immer mit sich herumschleppen konnte.

„Was ist mit dem Vollmond?" Ich erinnerte mich noch gut an vergangenen Monat, als Louan drei Tage lang vor Nervosität die Wände hochgegangen war. Tagsüber hatte er zitternd auf meinem Bett gehockt und massenhaft Schokolade in sich hineingestopft, nachts hatten wir uns bis zur völligen Erschöpfung geliebt.

Er war unersättlich gewesen, wild und auf leidenschaftliche Weise unbeherrscht, aber es war herrlich gewesen. Ein wahrer Rausch der Lebendigkeit.

Es überraschte mich nicht, dass der Vollmond einen solch großen Einfluss auf ihn ausübte, denn das Meer war eng mit dem Gestirn verbunden und damit auch mit ihm.

„Es wird schon gehen", murmelte Louan mit einem schiefen Grinsen. „Ich glaube nicht, dass es noch mal so schlimm wird wie letztes Mal."

„Du wirst nicht vor aller Augen über mich herfallen?"

„Mal sehen", schnurrte er nur.

Ich seufzte und legte meinen Arm um seine Taille.

Der Wind war kalt und frisch, in ihm lag der Duft der Torffeuer, die jemand am Strand angezündet hatte. Früher war dieser Geruch alltäglich auf den Inseln gewesen, heute nahm man ihn immer seltener wahr. Je weiter wir hinausfuhren, umso schwächer wurde das rauchige Aroma, bis der Wind es ganz auslöschte.

MacMuffin brummte mit tiefer Stimme ein Seemannslied, während er das Netz ausbrachte.

„Ob Sturm uns bedroht hoch vom Norden,
ob Heimweh im Herzen uns brennt,
wir sind Kameraden geworden, auch wenn es zur Hölle geht.

Matrosen die wissen zu sterben,
wie immer das Schicksal auch spielt,
und geht unsere Trommel in Scherben,
dann singt uns der Nordwind ein Lied.“

„Du willst heute Abend wirklich dorthin?“, hakte ich nach. „Wir müssen nicht. Ehrlich. Es ist allein deine Entscheidung. Wir können auch … na, du weißt schon. Im Bett bleiben.“

Der Gedanke an eine Vollmond-Nacht, die wir in vollen Zügen auskosten würden, rang mit egoistischem Stolz. Den Mädchen meiner Klasse würde der Unterkiefer in Kniehöhe hängen, wenn sie Louan an meiner Seite sahen. Nannten sie mich doch gerne „Knochengestell“ und trauten mir keinerlei verführerisches Talent zu.

„Lass uns erst zur Party gehen“, beharrte Louan. „Danach haben wir immer noch alle Zeit der Welt.“

Du hast alle Zeit der Welt, dachte ich bei mir. *Aber ich bin ein Mensch. Meine Lebensspanne ist begrenzt.*

Louan schien meinen Gedanken zu spüren. Er lächelte, nahm mein Haar zu einem Zopf zusammen und hauchte einen federleichten Kuss auf meinen Nacken. „Du machst mich verrückt, Mari. Eure Märchen erzählen immer nur davon, dass wir euch die Seelen rauben. Aber vielleicht ist es genau umgekehrt.“

Ich kicherte und schmiegte mich an ihn, überwältigt von einer plötzlichen Melancholie. Vielleicht lag es an MacMuffins Stimme, die durch den Wind drang. Sie bewegte sich auf und ab wie die Wellen, die mit dem Kutter spielten.

„Auf einem Seemannsgrab, da blühen keine Rosen.
Auf einem Seemannsgrab, da blüht keine Blume.
Der einzige Gruß, das sind die weißen Möwen
und eine Träne, die ein Mädchen weint.“

Inzwischen war das Netz ausgebracht. Jetzt kam der Moment, in dem mein Selkie etwas tat, was ich nie ganz begreifen würde.

Er ließ mich los, beugte sich über die Reling und ließ eine Art Gesang aus seiner Kehle dringen. Aber es waren keine Worte, wie Menschen sie zum Singen nutzten, vielmehr ein Summen und Raunen, ähnlich dem geheimnisvollen Flüstern der Gezeiten. Es vibrierte in meinem Körper und tastete sich durch meine Seele, so betörend wie seine Finger, die leicht wie ein Vogelflügel meinen Hals liebkosten, während er in das tiefe blaue Wasser blickte.

„Du hast mich angelogen, Louan", flüsterte ich, als sein Lied endete. „Du sagtest, du könntest sie nicht herbeisingen. Aber gerade hast du es getan."

Er warf mir einen neckischen Seitenblick zu, während der Wind durch sein Haar strich. Ein Sonnenstrahl fing sich in der silbernen Muschel, die er sich in der Stadt gekauft und mit einem Lederband um seinen Hals gebunden hatte.

Oh ja, ich lebte hier und jetzt meine Träume und blickte in eine fantastische Welt, die vor allen anderen Menschen verborgen blieb.

Es würde Louans Schauspieleinlage nur glaubwürdiger machen, wenn er Dinge tat, wie sie für normalsterbliche Jugendliche üblich waren. Ruth und Aaron beobachteten uns immer noch, daran zweifelte ich nicht.

Aber auf der Party Aufmerksamkeit auf sich zu ziehen, konnte schnell zum Problem werden, ganz gleich, wie oft wir Louans normalsterbliche Lebensgeschichte geübt hatten. Mir wäre es lieber gewesen, dieser Feier fern zu bleiben, doch ich spürte Louans Vorfreude, und sie ihm zu nehmen, brachte ich nicht über mich. Wer wusste schon, wie lange sein Aufenthalt in der Menschenwelt noch dauern würde?

„Junge!" MacMuffins laute Stimme ließ mich zusammenzucken. „Seht euch das an. Es ist voll. Keine halbe Stunde, und es ist voll. Ihr beiden seid wahre Glücksbringer."

Während die Winde kreischend und knirschend das Netz einholte, schmiegte ich mich in Louans Arme, lauschte dem Schlag seines Herzens und bat unser Schicksal um mehr Zeit.

Viel mehr Zeit.

Das Lagerfeuer malte einen flackernden Kreis auf den Sandstrand, tanzte über Tanghaufen, Klippen und seepockenbedeckte Felsen. Acht Mädchen und zwei Jungen drapierten Schlafsäcke, Isoliermatten und Rucksäcke möglichst sinnlos um das Feuer herum. Damit war meine gesamte Klasse an diesem Strand vertreten.

Louans Hand drückte die meine, als zehn Augenpaare sich auf uns hefteten. Täuschte seine Maske aus in sich ruhender Stärke? Hatte er darunter mehr Angst, als er mir je eingestehen würde? Nein, es schien nicht so. Alles, was ich aus seiner Miene las, war Neugier. Wir hatten uns an diesem Abend für einen Partnerlook entschieden, was meine Nähe zu ihm noch deutlicher machen sollte. Zur Bluejeans trugen wir ein weißes Hemd, Lederbänder an den Armen und einen silbernen Anhänger um den Hals. Louan seine Silbermuschel, ich das keltische Symbol für Unsterblichkeit. War ich abergläubisch geworden? Vielleicht. Immer wieder ertappte ich mich dabei, mich mit Symbolen zu umgeben, die Dauerhaftigkeit umschrieben. Die offene Dreifalt, der Lebensbaum, Ammoliten, Runen und Hieroglyphen. Ich malte sie, kaufte sie als Anhänger, Armband oder Magnet, als könnte ich damit irgendwelche Mächte beschwören, mir Unsterblichkeit zu verleihen.

Louan schien sich an den Blicken, die ihn musterten, nicht zu stören. Ein Lächeln hob seine Mundwinkel, während er Hände schüttelte und die obligatorischen, in unserem Klassenverband freimütig verteilten Wangenküsse tapfer entgegennahm. Er erinnerte mich an einen Besucher, der in ein fernes Land gereist war, und nun voll offener Neugier dessen Eigenarten studierte.

Seine Wirkung war wie erwartet niederschmetternd. Ich hatte mit einigem gerechnet, nicht aber mit den verstörten, entrückten Blicken sämtlicher Anwesender, die Louan begafften, als hätte er sich aus einer funkelnden Wolke herausmaterialisiert. So mochte man sich Menschen vorstellen, die den Gesang der Sirenen vernommen hatten.

Körnchen aus eisiger Furcht nisteten sich in meinen Eingeweiden ein.

Läge es in seiner Macht, sie alle ins Meer zu locken? Warteten ihre Seelen nur darauf, verführt und gebannt zu werden? Angesichts der verzauberten Mienen überkam mich das Gefühl, etwas hätte den Lauf der Zeit eingefroren und in eine zarte Membran aus Frost gehüllt. Eine dunkle Ahnung strich durch meine Seele. Ich dachte an den Schnee, der in der Nacht unseres ersten Zusammentreffens gefallen war. Und an die Tropfen dunklen Blutes darin.

„Mari!" Alice packte mich am Kragen, kaum dass Louan sich am Feuer niedergelassen und die braune Leinentasche, in der sich sein Fell befand, sorgsam in seinem Schoß verstaut hatte. „Komm mal mit."

Sie zerrte mich zu einem der Felsen, drückte mich dagegen und setzte mir den Zeigefinger auf die Brust. Wie immer zu solchen Anlässen sah sie anbetungswürdig aus. Die braunen Locken fielen bis zu den Hüften hinab, ihre ebenso braunen Augen waren sorgsam mit malachitgrünem Lidschatten untermalt. Vermutlich hatte dieses petrolfarbene Kleid ein Vermögen gekostet. Alice war wie meine Mutter. Sie passte nicht hierher und flatterte wie ein verirrter Paradiesvogel durch das raue Land.

„Wo hast du den denn aufgetrieben?" In ihrem Blick funkelte ein wildes Feuer. So sah Alice aus, wenn sie darauf aus war, Beute zu schlagen. Grimmig und entschlossen wie eine Wölfin. Sie als Freundin zu bezeichnen, wäre übertrieben gewesen. Genau genommen konnte ich niemanden in meiner Klasse als echten Freund bezeichnen. Dafür war ich zu oft und zu gerne allein.

„Er fiel mir …", ich überlegte, „praktisch vor die Füße."

„Wo?", wisperte Alice. „Wie?"

„Am Strand. Wir trafen uns vor ein paar Wochen."

„Er fiel dir vor die Füße wie ein gefallener Engel." Alice legte die Hände auf ihre Brust und entließ einen theatralischen Seufzer. „Das ist unglaublich romantisch. Und er ist umwerfend. Wirklich, Mari. Ich hätte meine Seele verkauft, um ihn in mein Bett zu bekommen."

„Alice!"

Sie kicherte hinter vorgehaltener Hand. „Was denn? Wir sind alt genug. Hast du seine Augen gesehen? Sie sind pechschwarz, oder? Schwarze Augen. Oh Gott."

„Natürlich habe ich seine Augen gesehen. Wir sind seit einem Monat zusammen."

„Du Glückliche. Habt ihr noch nicht … ich meine … oh mein Gott, Süße! Ihr habt es getan!"

Sie stieß ein Kreischen aus, das mein Trommelfell stark strapazierte. Wodurch hatte ich mich verraten? Sah man es meinem Blick an? Meinem Grinsen? Oder stand es auf meiner Stirn geschrieben?

„Wie war es?", quiekte Alice. „Erzähl mir alles."

„Was soll ich erzählen? Es war fantastisch. Es war wunderschön. Es war … na ja, perfekt."

„Jesus." Sie rang beide Arme gen Himmel. „Wenn er so gut im Bett ist, wie er aussieht, hast du dir einen griechischen Halbgott geangelt."

„Ich weiß." Gab es in der griechischen Mythologie eine Entsprechung für Selkies? Mein Magen flatterte. Im Hintergrund sah ich, wie eines der Mädchen Louan einen Teller mit Brot und Würstchen reichte. Dankbar nahm er ihn entgegen und ignorierte die starrenden Blicke mit stoischer Gelassenheit. Immer wieder sah er zum Vollmond hinauf, der in melodramatischer Schönheit zwischen den versilberten Wolkenfetzen leuchtete.

„Das wird eine tolle Nacht." Alice legte einen Arm um meine Schultern und lotste mich zum Feuer zurück. Decken, Isomatten, Schlafsäcke, Jungen und Mädchen bildeten nach wie vor ein buntes Chaos. Aus einem Ghettoblaster dröhnte *Thousand Suns* von Linkin Park. Ich sollte loslassen. Meine Sorgen vergessen und diese Nacht genießen. Sommer, Freiheit und Liebe.

Die Jugend, sagte Dad immer, *geht unglaublich schnell vorbei. Denke daran und koste sie aus. Bald wirst du dich nach ihr zurücksehnen.*

„Ich finde es klasse, dass du ihn mitgebracht hast", raunte Alice mir verschwörerisch ins Ohr. „Auch wenn Stephen und Paul vor Eifersucht schon ganz grün im Gesicht sind. Sieh mal, so zahm habe ich sie noch nie erlebt.

Wären sie Hunde, würden sie winseln und den Schwanz einkneifen. Dein Liebster scheint das geborene Alphamännchen zu sein."

Besagte Jungen, einer so unspektakulär wie der andere, saßen Louan gegenüber und frönten dem Urinstinkt der unterlegenen Männchen. Sie zogen die Köpfe zwischen die Schultern, schrumpften in ihrer Haut, wichen seinem Blick aus und senkten ihre Stimmen. Faszinierend. Auf gewisse Weise hatte der Mensch sein Tiersein niemals abgelegt. Während ich mir einen Pappteller mit gegrilltem Gemüse und Würstchen belegte, analysierte ich Stephens und Pauls Verhalten. Die Unsicherheit der Jungen stieg parallel zu Louans zunehmender Entspannung. Bald ignorierte mein Selkie nicht mehr die musternden Blicke, er schien darin zu baden. Ohne jede Affektiertheit, vielmehr mit einer natürlichen, in sich selbst ruhenden Selbstverständlichkeit, die seine Wirkung auf die Mädchen verstärkte. Wie er lachte, hin und wieder sein Haar zurückstrich, den Kopf in den Nacken legte und stolz in die Runde blickte, war phänomenal. Er strahlte eine solch unterschwellige Überlegenheit aus, dass ich nicht mehr wusste, wo Faszination und Beklommenheit aufhörten oder begannen.

Wer ist er wirklich?

Diese Frage stellte ich mir wieder und wieder. Da war etwas an ihm, das ich nicht definieren konnte. Etwas, das ich heute zum ersten Mal sah, und es hatte nichts mit dem sanftmütigen Jungen zu tun, in den ich vernarrt war. Sein Blick schien noch wilder und geheimnisvoller zu sein. Seine Augen noch schwärzer, seine Bewegungen lauernder. Beim letzten Vollmond war etwas Ähnliches über ihn gekommen, aber es war schwächer gewesen. Viel schwächer. Wie ein sanftes Glimmen im Vergleich zu einem lodernden Flächenbrand.

Während der Abend fortschritt, stellte man ihm genau die Fragen, für die wir geübt hatten.

Woher kommst du? Was treibt dich hierher?

Wie habt ihr euch kennengelernt?

Wie lange bleibst du und wohin gehst du?

Louans Antworten waren tadellos, obwohl ihnen bald eine gewisse Ungeduld anhaftete, als wäre es ihm lieber gewesen, endlich ignoriert zu werden.

Paul und Stephen verfielen nach einer Weile gänzlich in Schweigen. Die gesamte Stimmung wurde seltsam. Es fehlte das Ausgelassene, Alberne. Stattdessen legte sich über jedes Gesicht eine gewisse Entrücktheit. Verstohlene Blicke ruhten auf Louan. Unsichere Floskeln buhlten um seine Aufmerksamkeit. Sah er jemanden direkt an, schien derjenige unter seinem Blick dahin zu schmelzen.

Es begann, gespenstisch zu werden.

Die Wärme des Feuers kroch über meine Haut. *Lass los*, beschwor ich mich. *Denke nicht so viel nach. Er würde uns niemals schaden.*

Aber was, wenn es unbeabsichtigt geschah?

Geschmiegt an Louan, sog ich den Augenblick in mich auf und versuchte, zu entspannen. Blicke ruhten auf uns, verfolgten jede unserer Gesten. Alice seufzte, als Louan mein Gesicht umfing und mich spontan küsste.

Sein Geschmack war schärfer geworden. Brennend und leidenschaftlich.

Wie beim letzten Vollmond, als wir uns drei Nächte lang um den Verstand geliebt hatten. Er berauschte mich in einer Weise, dass ich fast vergaß, wo wir uns befanden. Seine Hände wanderten unter mein Hemd, sein Atem war so heiß, als hätte er starkes Fieber. Blicke durchbohrten mich wie imaginäre Nadeln.

„Was ist los?“, wisperte ich an seinen Lippen. „Ist es das, was ich denke?“

Er stieß ein dunkles Knurren aus und schauderte am ganzen Körper. „Ja. Nur viel schlimmer.“

Mein Gott, seine Stimme klang unendlich verführerisch. Sie vibrierte vor Lust, kroch über meinen Körper und sickerte hinunter zu einer Stelle, die sich plötzlich anfühlte, als verwandele sie sich in Lava.

Ich warf einen Blick in die Runde. Stephen und Paul gafften mürrisch, die Mädchen schmachteten uns an. Jede einzelne schien sich an meine Stelle zu wünschen. Ich hätte mich geschmeichelt fühlen sollen, stattdessen wuchsen die eisigen Klümpchen in meinen Eingeweiden. Louan strahlte eine unglaubliche Hitze ab. Er wand sich, bebte und schauderte, konnte keine Sekunde die Finger von mir lassen und gab leise, gurrende Geräusche von sich, die mich entzückten und zugleich erschreckten.

Grundgütiger, wie gerne wäre ich jetzt allein mit ihm.

Doch irgendetwas stimmte nicht. Er war anders als beim letzten Vollmond. Unkontrollierter. Unberechenbarer.

„Wie ist es so in Brighton?“, fragte Suzie, eine blonde Naturschönheit, die bisher jeden Jungen um ihre manikürten Finger gewickelt hatte. „Willst du wirklich Meeresbiologie studieren? Ist das nicht kompliziert?”

„Nicht wirklich.“ Louan rutschte weg von mir, als hätte ich ihn verbrannt, und nahm eine Handvoll von den kandierten Erdnüssen, die Alice mitgebracht und in eine Holzschale geschüttet hatte. Sein Blick huschte gehetzt hin und her. „Und Brighton ist wie jede andere Stadt.“

Louans Hände zitterten, als er ein weiteres Mal in die Nussschale griff. Sein Gesicht glühte wie ein Hochofen. Oder war es nur der Widerschein der Flammen? Als er mich ansah, verschwand alles um mich herum in einem surrealen Nebel. Ich driftete in die Tiefe seiner Augen. Ich sah weiche Lippen, deren Berührungen ich auf meinem Körper bereits zu spüren glaubte. Ich fühlte silbergestreiftes Haar durch meine Finger gleiten wie nasse Seide. Nur von fern erreichte mich der Text des gerade laufenden Liedes.

Waiting for the end to come.
Wishing I had strength to stand.
This is not what I had planned.
It's out of my control.

Wieder blickte Louan zum Mond hinauf. Sein Zittern nahm zu, ließ den gesamten Körper beben. Von Minute zu Minute wurde er unruhiger. Der Drang, seiner Natur zu folgen, wurde augenscheinlich unerträglich. Das Tier in ihm wollte dem Ruf der See und der Paarung folgen. Es wollte frei sein.

Wild und ungehemmt.

War er bei mir, weil er mich liebte? Oder weil er wusste, dass er in der Nähe der Menschen sicherer war als dort draußen? Ich musste der Tatsache ins Auge sehen. Das hier war nicht seine Welt, auch wenn ein Teil von ihm einst hierhergehört hatte.

Ich war nicht besser als jemand, der versuchte, einem wilden Tier Kleidung anzulegen und es zu vermenschlichen.

„Du willst weg.“ Ich flüsterte es in sein Ohr, so leise, dass das Knistern des Feuers und das Rauschen der Wellen meine Stimme fast verschluckten. „Du willst nach dort draußen, nicht wahr?“

Louan sah mich an. Ein unbändiges Verlangen brannte in seinen Augen. Nach mir? Nach der Tiefe des Meeres?

„Ich will nirgendwo anders sein als bei dir. Es ist nur der Mond. Er ist stärker dieses Mal.“ Seine Muskeln verkrampften sich, als das Gestirn zwischen den dahinziehenden Wolken auftauchte und sein silbernes Licht auf uns ausgoss. „Viel stärker. Ich kann es kaum noch kontrollieren.“ Verlegen zog er den Kopf zwischen die Schultern. „Tut mir leid, dass ich nicht stärker bin. Normalerweise ist es nicht so schlimm.“

„Ich verstehe schon. Aber denke daran. Ruth und Aaron sind noch immer hier. Sie beobachten uns wahrscheinlich auch heute Abend.“

Mein Blick schweifte umher. Es war ein Leichtes, sich zwischen den Felsen oder oben auf den Klippen zu verstecken. „Wenn du gehen musst, sei vorsichtig.“

„Nur mit dir zusammen.“ Louans Stimme bebte.

Die Nacht war frisch und klar, flutete mich mit Sehnsucht und dem Drang nach ungetrübter Freiheit. Das Mondlicht erfüllte selbst meinen Körper mit einem wilden Prickeln, ließ meine Seele klingen und entfachte in mir die Sehnsucht nach den Wundern der Tiefe und der Ferne.

„Komm mit.“

Unvermittelt zog er mich auf die Füße, schlang einen Arm um meine Hüfte und zog mich hinüber zum nördlichen Ende der Bucht, wo Felsen und trockengelegte Muschelbänke ein Labyrinth bildeten.

Verhaltenes Gekicher verfolgte uns. Stimmen erhoben sich zur üblichen Ausgelassenheit, als sei ein Bann gelöst worden.

Normalerweise hätte man uns nun zweideutige Schlüpfrigkeiten hinterher werfen müssen, stattdessen fühlte ich nur das Pickeln der Blicke in meinem Rücken.

„Was soll …“

Das letzte Wort wurde von einem leidenschaftlichen Kuss erstickt. Ehe ich wusste, wie mir geschah, wurde ich an kalten, nassen Stein gedrückt. Louans Lippen schmeckten salzig. Hände glitten unter mein Hemd und umfassten meine Brüste, sein Knie schob sich zwischen meine Beine. Die Welt schien sich in einen Strudel zu verwandeln. Angst und Verzückung, Lust und Verwirrung ließen meine Sinne schwinden.

„Warte.“ Ich umfasste sein Gesicht und zwang ihn zum Innehalten. Mein Gott, seine Haut glühte wie verrückt. Ein tiefes Grollen rumorte in seiner Brust. Sein Lächeln war wölfisch, herausfordernd und unerträglich verlockend. „Wir brauchen … du weißt schon.“

„Ja, ich weiß.“ Er beugte sich vor und roch an meinem Atem. Wieder drängte er sich gegen mich, noch fester als zuvor. Seine Ungeduld war erregend und beängstigend zugleich. Eine Hand lag noch immer über meiner Brust, die andere rutschte tiefer. Ein Keuchen entfloh mir, als sie zielgerichtet zwischen meine Beine glitt.

„Ich kann nichts dagegen tun“, schnurrte er an meinen Lippen. „Es tut weh. Es ist furchtbar und gleichzeitig das Schönste, das du dir vorstellen kannst. Genau genommen …“, er umfasste meinen Po, hob mich mit einem Ruck hoch und schob sich zwischen meine Beine, „verliere ich gerade vor Rolligkeit den Verstand.“

Wieder verschlang er meine Lippen mit einem langen, tiefen, feuchten Kuss. Mein Schoß pochte vor Hitze, losgelöst von jedem Verstand. Nie hatte ich so etwas empfunden. Der letzte Rest Vernunft wollte unter seinen Berührungen jubelnd aufgeben. Louans Hände waren überall, sein an mich gedrückter Körper bebte und zuckte.

Und, bei Gott, er roch so gut. Wild, berauschend, scharf. Würzig und süß zugleich. Wie indischer Zimt.

„Warte“, stieß ich hervor. „Ich kann nicht. Wir haben keine … ich meine es ernst.“

„Mari …“ Er küsste mich so verlangend, dass mir die Luft wegblieb. Ich spürte, wie er an meiner Jeans zerrte. Ein Knopf war offen, dann der zweite. Gott, ich wollte ihn so sehr, und doch schrillten in meinen Kopf sämtliche Alarmglocken. Seine unbändige Wildheit machte mir Angst.

„Hör auf.“ Ich stöhnte es hervor. Seufzte es hervor. Und schien ihn damit noch gieriger zu machen. „Bitte, hör auf.“

„Keine Angst.“ Seine Hand glitt in meine Hose. Unter meinen Slip. Der Schock seiner Berührung jagte wie ein Stromstoß durch meine Nervenbahnen. Oh mein Gott … oh, mein Gott … mein …

„Es kann nichts passieren, Mari. Wir können euch keine Kinder schenken. Ich brauche dich. Jetzt. Hier.“

Seine Stimme verlor sich in einem Keuchen, Atemzüge wurden zu abgehacktem Knurren, während seine Hand sich zwischen meinen Beinen bewegte. Er warf den Kopf in den Nacken, rang nach Luft und verkrampfte sich. Der Puls an seinem Hals ging rasend schnell. Schweißtropfen glänzten in der Vertiefung seiner Kehle. Sein Geruch nach Meer und scharfem Zimt machte mich schier wahnsinnig. Ich wollte ihn wegstoßen und zugleich an mich ziehen. Ihn anschreien und küssen. Weglaufen und ihm die Kleider vom Leib reißen.

„Es tut mir leid.“ Abrupt setzte er mich ab, wich vor mir zurück und blickte hinauf zu den Klippen. Seine Miene wurde unvermittelt starr. „Tut mir leid, Mari. Ich hätte nicht … verzeih mir.“

„Hm hm“, seufzte ich nur.

„Sie sind dort oben. Aber sie können uns hinter dem Felsen nicht sehen.“

„Was?“ Meine kochend heißen, zähflüssigen Gedanken klärten sich unvermittelt. „Etwa Ruth und Aaron?“

„Ja.“

Mit entkam ein Keuchen, das nichts mit Erregung zu tun hatte.

Verdammt. Gaben diese Idioten denn nie auf? „Woher weißt du das?“

„In dieser Phase sind nicht nur meine Instinkte schärfer. Ich kann ihre Körper wittern."

„Scheiße. Und was jetzt?"

Louan antwortete nicht. Er zog seine Kleidung aus, legte die Armbänder ab und fischte das Fell aus der Tasche. Dann hob er mühelos einen der großen Steine an, legte Kleidung und Tasche darunter ab und ließ ihn wieder sinken.

„Mari?"

„Ja?"

„Wenn ich nochmal so aufdringlich werde, haue mir eine runter. Versprich mir das. Schlag mich. Nenn mich einen Schwächling, der sich nicht unter Kontrolle hat."

Ich stöhnte. „Hau lieber ab. Aber pass auf. Wenn sie sehen, wie du dich verwandelst, sind wir am Arsch."

„Keine Sorge. Sie werden gar nichts sehen."

„Du hast noch deine Muschel um. Ich glaube kaum, dass sie verwandlungskompatibel ist."

Er grinste, zog sie mit einem Ruck vom Hals und ließ sie in meine ausgestreckte Hand fallen. Jede seiner Bewegungen schnurrte vor Anmut, jeder Muskel trat wie gemeißelt hervor. Louans Augen glühten, als er mich noch einmal anstarrte. Der Hunger in seinem Blick spottete jeder Beschreibung.

Hitze schoss in meinen Unterleib, und seine Nasenflügel weiteten sich, als könne er wittern, was sein Anblick in mir auslöste.

Entgegen aller Vernunft sehnte ich mich danach, dass er mich erneut packte und an den Felsen presste. Dass er meine Seufzer mit seinen Lippen trank und den Hunger stillte.

„Ich muss gehen." Seine Stimme drang tief in mich ein. „Bleib bei deinen Freuden. Lauf nicht alleine herum, bis ich wieder zurück bin. Ich weiß nicht, wie lange Raer sich noch zurückhält. Aber wenn ich ihn spüre, werde ich ihn aufhalten und töten."

Angst schnürte meine Kehle zu.

Ich quetschte Lederband und Muschel in meiner Faust zusammen. „Ist es nicht besser, wenn du bleibst?"

„Ich kann nicht. Ich muss weg. Sonst passiert ein Unglück."

„Louan, ich …"

Er fuhr herum, war mit wenigen Sätzen am Wasser und hechtete hinein. Binnen zweier Sekunden war er verschwunden. Der rasende Schlag meines Herzens erfüllte die Nacht, war selbst lauter als das Rauschen der Wellen. Es fühlte sich an, als risse mich etwas in zwei Hälften.

~ *Dr. Aaron Welsh* ~

Wie grüne Geister schimmerten die Gestalten in der Dunkelheit. Der Selkie und das Mädchen waren leicht von den anderen zu unterscheiden, denn beide trugen weiße Hemden, die sich hell leuchtend von allem abhoben. Es war ihm nur wenige Augenblicke lang vergönnt, durch das Nachtsichtgerät zu blicken, ehe Ruth es ihm schon wieder aus der Hand riss.

„Er glaubt, er könnte uns täuschen", presste sie zwischen zusammengebissenen Zähnen hervor. „Aber er unterschätzt unsere Geduld."

„Geduld hin oder her", zischte Aaron. „Wir müssen zurück. Die ganze Arbeit bleibt liegen. Wie sollen wir das je wieder aufholen? Ich bin nicht wie du. Mich werfen sie raus, ohne mit der Wimper zu zucken."

Ruth fuhr zu ihm herum. Sie musste nichts sagen, ihr sengender Blick brachte ihre Gedanken deutlich genug zum Ausdruck: *Geh doch, du Idiot, wenn dir die Hosen flattern.*

„Jetzt krieg dich wieder ein", raunte sie. „Ich habe denen gesagt, dass ich dich bis auf Weiteres brauche. Sie können dich nicht rausschmeißen. Nicht, solange du mein persönlicher Assistent bist."

Die unterschwellige Warnung war unmissverständlich. Aarons anfängliche Erregung war längst zu einem Gefühl permanenter Übelkeit abgeflaut, obwohl oder vielleicht auch gerade weil er inzwischen begriffen hatte, dass diese Selkiegeschichte nicht auf einer Fälschung beruhte. Und weil Ruth das auch wusste, würde sie niemals aufgeben. Selbst wenn es bedeutete, die Welt in eine Katastrophe zu stürzen.

Dieser Bursche glaubte nicht nur, sie an der Nase herumführen zu können, er tat es auch. Seine Tarnung war perfekt. Hinzu kam die bemerkenswerte Vorsicht und Klugheit des Mädchens. Als die beiden im Hafencafé gesessen hatten und Ruth bereits frohlockte, sich den benutzten Becher des Selkies zu krallen, um ihn auf DNS-Spuren zu untersuchen, war ihr Plan durch Mari vereitelt worden. Sie hatte den Becher genommen, ebenso das vom Jungen benutzte Besteck und den Teller, und alles in der Küche abgeliefert, wo es unmöglich war, aus den Bergen an Geschirr eine bestimmte Tasse herauszufischen. Ruths Hoffnung, irgendwo ein ausgefallenes Haar des Selkies zu finden, versickerte ebenfalls in Aussichtslosigkeit. Möglicherweise fielen diesem Wesen einfach keine Haare aus.

Was sie auch versuchten, alles verlief im Sande, und jetzt war Ruth kurz davor, etwas sehr Dummes zu tun. Ohne sein Zutun hätte sie längst die Grenze zur Kriminalität überschritten, daran zweifelte Aaron nicht im Geringsten. Und er zweifelte ebenso wenig an der Tatsache, dass er die Grenzen seiner Möglichkeiten ausgeschöpft hatte. Länger konnte er Ruth nicht in Zaum halten. Ebenso gut konnte er sein Glück darin versuchen, sich einer Stampede wild gewordener Galloways in den Weg zu stellen.

„Wenn er uns heute keinen Beweis liefert, gehen wir morgen ins Haus." Ruth drückte ihm das Nachtsichtgerät vor die Brust. Das konnte nur bedeuten, dass sich vor ihnen dieselbe Szene wie seit zwei Stunden abspielte. Feiernde, lachende Jugendliche, gedrängt um ein Lagerfeuer.

„Das werden wir nicht." Aaron spürte wieder den Würgegriff seines schlechten Gewissens. Zwei Wesenheiten, wie sie unterschiedlicher nicht sein konnten, fochten in ihm einen Kampf aus. Auf gewisser Ebene teilte er Ruths Eifer und Faszination, auf der anderen wusste er, dass es falsch war, was sie taten. Er war ein Mensch, der Wert auf sein Karma legte. Seine Eltern hatten ihm die Liebe für alles Lebendige in die Wiege gelegt, und die

Unerträglichkeit des Gedankens, ihr Erbe mit Füßen zu treten, trug diesmal den Sieg davon.

„Erwischen die uns, ist alles aus", drang er weiter auf Ruth ein. „Sieh ihn dir doch an. Das ist kein Seehundmensch, zum Teufel. Das ist einfach nur ein Junge, der dich mit Hilfe eines Grafikprogramms fürchterlich verarscht hat."

„Oh bitte", ätzte sie. „Das glaubst du doch selbst nicht."

Stimmt, antwortete er in Gedanken. *Und du würdest mich mit bloßen Händen von innen nach außen krempeln, wenn du wüsstest, dass ich dich trotzdem von deinem Plan abbringen will.*

Aaron holte tief Luft und kramte einen Tonfall hervor, der respektvollen Spott ausdrückte. „Hast du in den letzten Wochen irgendetwas an ihm bemerkt, dass darauf hindeutet, dass er ein übernatürliches Wesen ist?"

„Nein", gab Ruth zerknirscht zu. „Aber ich weiß, dass es nur Tarnung ist. Ich weiß es hundertzehnprozentig, und du weißt es auch, also tu nicht so scheinheilig. Wir müssen etwas wagen, um zu gewinnen."

„Wer hat hier vorhin das Wörtchen *Geduld* erwähnt?"

Verzweifelt suchte er nach einer Position, die bequemer war. Doch der harte Fels, hinter dem sie sich versteckten, machte dieses Unterfangen zu einer aussichtslosen Farce. Jeder Knochen tat weh. Ihm war kalt, das monotone Rauschen der Wellen schläferte ihn ein und Ruths Nähe gab ihm den Rest.

Sensation hin oder her, er wollte nach Hause.

Keine Nacht tat er ein Auge zu, entweder, weil sie durch die Gegend spionierten oder weil er neben Ruth im Bett lag und dank ihrer Anwesenheit unter einer solchen Erregung litt, dass sich eine gewisse Stelle inzwischen so anfühlte, als hätte ein Rudel Hunde darauf herumgekaut. Sie konnte natürlich wunderbar schlafen. Ein Widerspruch zu ihrer wilden Entschlossenheit.

Kaum legte sie sich hin, befand sie sich schon im Tiefschlaf, während er an die Decke starrte und der Tatsache ins Auge sehen musste, dass er auf niedrigster Ebene ein Mann mit primitiven Trieben war, der sich einen

Dreck dafür interessierte, ob die Frau neben ihm seine Moralvorstellungen mit Füßen trat.

Frustriert blickte er durch das Nachtsichtgerät. Ihm wurde heiß und kalt vor Überraschung. Der Junge war aufgestanden, schulterte seine Tasche und rannte zusammen mit der Kleinen in Richtung Felsen, als sei der Teufel hinter ihm her. Wollte er einen sicheren Ort suchen, um sich zu verwandeln?

Was tust du denn da?, fluchte er in Gedanken. *Gib ihr bloß keinen Beweis. Geh zurück und spiel weiter Mensch.*

„Was ist los? Tut sich was? Gib her!"

Ruths Instinkte funktionierten tadellos. Was auch immer seinen inneren Aufruhr verraten hatte, sie zog die richtigen Schlüsse daraus, riss ihm das Fernglas aus den Händen, sah hindurch und stieß ein Schnaufen der Erregung aus. Ihre Lippen hoben sich zu einem wölfischen Lächeln.

„Diesmal entwischst du uns nicht. Diesmal kriegen wir, was wir wollen."

Sie rannte los, geduckt und lautlos. Selbst ohne Nachtsichtgerät sah Aaron, dass die beiden auf einen geschützten Abschnitt zuhielten, der dank aufragender Felsen nur von oben einsehbar war. Lag es am Gewicht oder am Alter, dass seine Schritte weit weniger leise klangen als die ihren? Außerdem schleppte er dieses verdammte Gewehr mit sich herum, das sperriger nicht hätte sein können.

Steine klackerten unter seinen Schuhen. Sand knirschte. Gut möglich, dass der Selkie über weitaus feinere Sinne als ein Mensch verfügte und ihn längst gehört hatte. Er hoffte sehr, dass es so war, obwohl der Wissenschaftler in ihm Protest anmeldete.

Feuchtes Gras schmatzte unter seinen Schuhen. Der Mond betupfte das Meer mit silbrigen Glanzlichtern. War ihm zuvor kalt gewesen, begann er jetzt zu schwitzen. Vor ihm in der Dunkelheit schimmerte Ruths Haar unter der schwarzen Wollmütze hervor. Einer Katze gleich huschte sie dahin, warf sich am Rand der Klippe auf den Boden und lugte hinunter. Von dort aus hatte man den Abschnitt der Bucht, zu dem sich der Selkie und das Mädchen offenbar begeben wollten, bestens im Blick.

„Verdammt!“

Noch ehe er neben ihr zu Boden sank, wusste Aaron, dass sie zu spät gekommen waren. Erleichterung ging Hand in Hand mit einem Frust, den er gerne verdrängt hatte. Bewies diese Regung doch, dass er nicht ausschließlich gut war.

„Wo ist er?“, fauchte Ruth. „Sieht du ihn?“

Aaron ließ seinen Blick schweifen. Schroffe Felsen, sprudelnde Gischt, schwarzes Wasser. Nirgendwo ein blasser Körper oder ein silbernes Fell. Der Junge und seine Begleiterin waren wie vom Erdboden verschluckt.

„Nein.“ Aaron schlug mit der flachen Hand auf den Boden. „Nichts. Diese Stelle ist verdammt unübersichtlich. Keine Möglichkeit runterzukommen. Jedenfalls keine, die uns nicht an denen da vorbeiführt.“ Er nickte zu den feiernden Jugendlichen hinüber.

„Scheiße!“ Ruth blickte durch das Nachtsichtgerät und schwenkte es minutenlang hin und her. Schließlich warf sie es mit einem leisen Fluch beiseite und ließ sich nach hinten kippen. Rücklings lag sie da, den Blick in den Himmel hinaufgerichtet. Sie hätte wütender sein sollen. Sehr viel wütender. Es jagte ihm einen eisigen Schauer über den Rücken, dass diese Frau derart ruhig blieb. Ja, sie lächelte sogar.

„Weißt du etwas, das ich nicht weiß?“ Jetzt, da er Ruth wieder nah war und die Wärme ihres Körpers spürte, verwandelten sich seine Eingeweide in einen gärenden Knoten. Irgendwann, das schwor er sich, würde er sie einfach packen, festhalten und küssen, ungeachtet der Tatsache, dass er sie für ein Miststück hielt. Und sich anschließend mit an Sicherheit grenzender Wahrscheinlichkeit von seinen Zähnen verabschieden.

„Vielleicht.“ Ruth stützte sich auf den Ellbogen ab und starrte auf das Gewehr. „Es ist eher eine Ahnung.“

„Eine Ahnung?“

„Das wird das letzte Mal gewesen sein, dass er uns entkommt.“ Ihre Miene gewann etwas Feierliches. „Das schwöre ich dir bei allem, was mir heilig ist.“

„Dir ist nichts heilig, Ruth."

„Na gut." Sie zuckte mit den Schultern wie ein vergnügtes Mädchen. „Dann schwöre ich einfach nur."

„Und was willst du jetzt tun?"

„Meiner Intuition folgen. Meinen Instinkten. Genauso wie er es tut. Bis heute hat er erfolgreich den Menschen gemimt. Jetzt wird der Ruf des Meeres zu stark, um ihm zu widerstehen. Das Schauspiel schwächt ihn. Einerseits liebt er dieses Mädchen, andererseits verlangt das Tier in ihm sein Recht. Ich glaube, es ist der Vollmond."

„Wie kommst du darauf?"

„Hast du sein Gesicht gesehen? Seine Haltung?"

„Nein." Aaron schnalzte missbilligend mit der Zunge. „Darf ich dich daran erinnern, dass du während des gesamten Abends nur dreimal das Nachtsichtgerät rausgerückt hast? Jeweils für geschätzte fünf Sekunden?"

„Alles an ihm drückte Sehnsucht aus." Sie überging seine bissige Bemerkung. Ihre Stimme klang versunken, gar schwärmerisch. „Ein geradezu unbändiges Verlangen. Er starrte den Mond und das Meer an, als wäre er am Verhungern, und als könnten nur diese beiden Kräfte seinen Hunger stillen."

„Der Mond und das Meer."

„Richtig. Wir müssen nicht lange warten, bis er zurückkommt." Sie streckte den Arm aus und strich liebevoll über den Lauf des Gewehres. Ein Geräusch ertönte, als sei jemand in das Wasser gesprungen, woraufhin Ruth mit der Schnelligkeit einer Schlange hochfuhr und sich über den Rand der Klippe beugte. Kreisförmige Gischt schäumte auf dem schwarzen Spiegel des Wassers, doch keine Gestalt war zu sehen. Weder ein Tier noch ein Mensch.

Ruths Lächeln schwand und wich einer kalten, versteinerten Maske. „Schon morgen haben wir unseren Beweis", zischte sie zwischen zusammengebissenen Zähnen hervor. „Ich verspreche es dir."

Kapitel 11

Der Schmerz von Lüge und Wahrheit

„Das Wasser rauscht, das Wasser schwoll,
benetzt ihm den nackten Fuß.
Sein Herz wuchs ihm so sehnsuchtsvoll,
wie bei der Liebsten Gruß.
Sie sprach zu ihm, sie sang zu ihm.
Da war's um ihn geschehn.
Halb zog sie ihn, halb sank er hin,
und ward nicht mehr gesehn."
Johann Wolfgang von Goethe

~ Mari ~

Ich war zutiefst verwirrt.

Ein großer Teil in mir beneidete Louan. Hätte ich mein Menschsein nur abstreifen und mit ihm gehen können. Ich wollte an seiner Seite schwimmen, bis das Land hinter uns verschwand. Bis uns nur noch die tiefe, blaue See umgab. Ich wollte schwimmen, bis wir alles vergaßen. Doch mitten durch diese Sehnsucht bohrte sich eine Frage: Was wäre passiert, wären Aaron und Ruth nicht aufgetaucht?

Hätte Louan von mir abgelassen? Oder hätte er sich genommen, wonach es ihn verlangte?

Noch immer glühte mein Körper lichterloh. Ich hatte es gewollt, und doch wieder nicht. Angesichts meines Protestes war sein Griff nur noch fester geworden. Verlangender. Unnachgiebiger.

Scharfer, wilder Atem. Hungrige Blicke. Seine Hände, überall. Dann seine Stimme, kaum mehr als ein vernunftloses Knurren.

Ich brauche dich. Ich will dich. Hier und jetzt.

Schaudernd blickte ich auf das silberne Glänzen seiner Muschel, die in meiner Hand lag wie eine Perle in der Auster. Eine Bitte klang anders als diese Worte. Wären die Jäger nicht aufgetaucht, hätte ich vielleicht erfahren, wie viel Macht Selkies über den menschlichen Willen besaßen.

„Wo ist er hin?“ Alice plumpste aus heiterem Himmel neben mich und zog einen Schmollmund. Schnell schloss ich meine Faust um die Muschel. Ich empfand keine Lust darauf, zu erklären, warum er sie abgenommen hatte.

„Kommt er wieder? Was habt ihr da hinten getrieben? Nur geknutscht oder mehr?“

„Nichts weiter.“ Frustriert zog ich die Beine an meinen Körper und schlang die Arme um meine Knie. Das Meer sah wunderschön aus in dieser Nacht. Hätte Louan doch nur zwei Seehundfelle mehr. Eines für mich, eines für Dad. Aus irgendeinem Grund waren die Verkäufe der letzten Tage wieder in den Keller gerutscht. Der kleine Aufschwung hatte nicht einmal für die Hälfte der Schulden gereicht. Aber selbst wenn das so wäre – hatte Louan nicht gesagt, die Verwandlung sei für Menschen tödlich? Und was bedeutete es überhaupt, ihm zu vertrauen? Dort hinten in der Dunkelheit hatte er mir bewiesen, wie unkontrollierbar das Tier in ihm sein konnte.

„Er will eine Weile allein sein“, murmelte ich. „Wir sind beide keine Partymenschen.“

„Oh.“ Alice seufzte entzückt. „Er ist sensibel, nicht wahr? Ein Einzelgänger. Ein echter Naturbursche. Sag mal, wie hat er diese Strähnen hinbekommen? Ich könnte schwören, sie sind silbern. Ich meine richtig silbern. Wie das da.“ Sie deutete auf meinen keltischen Anhänger.

„Keine Ahnung. Vermutlich irgendeine neumodische Farbe.“

„Fragst du ihn mal?“

Ich nickte gedankenverloren. Wie naturverbunden Louan wirklich war, würden sie nie erfahren. Irgendwo dort draußen war er zu einem Teil des Ozeans geworden. Sein tierhaftes, unberechenbares Verhalten hatte mich einmal mehr davon überzeugt, dass ich Illusionen nachjagte. Ich versuchte, ein Raubtier zu zähmen, das im einen Moment schnurrend neben mir lag und mich im nächsten angriff.

Ich schauderte. Seltsamerweise steigerten diese düsteren Gedanken meine Sehnsucht. Nie hatte das Wasser verlockender ausgesehen als heute Nacht.

Welche Wunder lagen unter seiner mondbeschienenen Oberfläche? Welche fantastischen Dinge würde ich nie sehen, weil ich gefangen war in diesem Körper?

Louans *Es tut mir leid* hatte ehrlich geklungen, oder etwa nicht?

Mit einem Stoßseufzer ließ ich mich rückwärts in den Sand fallen. Jemand drehte die Musik lauter, Alice und Suzie sprangen auf und begannen zu tanzen. Ihr Alkoholpegel war inzwischen hoch genug, um keinen Gedanken länger als zwei Sekunden festzuhalten, es sei denn, er drehte sich um noch mehr Alkohol. Sie drehen sich im Feuerschein, lachten und genossen das Leben, als gäbe es kein Morgen mehr.

Ich steckte Louans Kette in meine Hosentasche und wünschte mir, ich hätte es meinen Freunden gleichtun können.

Eine Stunde verging. Zwei Stunden vergingen. Doch Louan kehrte nicht zurück. Meine Unruhe wuchs ins Unerträgliche. Was, wenn sie ihn erwischt hatten? Ich zweifelte nicht daran, dass er vorsichtig war, doch manchmal war das nicht genug.

Während der Alkoholpegel meiner Freunde in astronomische Höhen stieg, wanderte ich ruhelos umher, suchte die Klippen nach Ruth und Aaron ab, blickte auf das Meer hinaus und war kläglich darum bemüht, nicht allzu auffällig zu wirken, nur für den Fall, dass man mich beobachtete.

Alice kramte, inzwischen kaum mehr dazu fähig, aufrecht zu stehen, eine CD mit Siebziger-Jahre-Musik heraus. Tatsächlich gelang es ihr nach einem Dutzend Versuchen, sie einzulegen. Zu *Paloma Blanca*, *Rivers of Babylon* und *Under the moon of love* ergingen sich alle in seltsamen Verrenkungen, johlten, gackerten und grölten, rollten sich im Sand herum oder bewarfen sich mit Tang. Allein ich saß am Feuer, starrte in die Flammen und dachte an meinen Selkie. Gut möglich, dass er die Zeit vergessen hatte. Unter Wasser verlor man wahrscheinlich jedes Gefühl dafür. Insbesondere, wenn man von Paarungswut befallen war. Ob er sich zur Not über das nächstbeste Seehundweibchen hermachte? Gewissermaßen war er ein Tier, genauso, wie er ein Mensch war. Wenn er in Seehundgestalt eine Seehündin liebte und in Menschengestalt einen Menschen, wäre also beides natürlich. Andererseits verursachte mir die Vorstellung, er könne sich dort draußen mit einem dieser drallen, blökenden Tiere vergnügen, mehr als nur eine Gänsehaut. Nein, ich wollte nicht daran denken. Am liebsten wollte ich gar nicht mehr denken.

„Süße!“ Alice fiel wie ein Blizzard über mich her. „Komm schon, amüsier dich. Dein Adonis taucht schon wieder auf.“

„Später“, blockte ich ihr Drängen ab. „Mir ist gerade nicht danach.“

„Später?“ Alice stieß ein Lachen im Ultraschallbereich aus. Ihr Atem roch wie eine ganze Schnapsbrennerei. „Die Nacht ist schon tief. In zwei Stunden geht die Sonne auf. Komm schon, lass dich nicht hängen.“

Sie tänzelte und stolperte davon. Ich blieb zurück, legte ein paar Scheite auf das Feuer und spürte, wie meine Sorge sich in Wut verwandelte.

Wut auf Louan, der mich mit meinen Sorgen und meiner Verwirrung allein ließ, und vor allem Wut auf Ruth und Aaron, deren Präsenz mir tagein, tagaus wie ein kalter Atem im Nacken hing.

Paul begann, sich auszuziehen, warf in Striptease-Manier Hemd und Hose beiseite und schwankte auf das Wasser zu.

„Spinnst du?“, lallte Suzie. „Das ist irre.“

„Lass das“, grölte jemand. „Du weißt, dass man hier nicht schwimmen darf.“

Doch der stockbesoffene Paul stolperte eifrig weiter. Mit einem gutturalen Brunftschrei stürzte Stephen hinterher, riss seinem Freund im Vorbeisprinten die Unterhose weg und hechtete ins Wasser. Krakeelend kroch Paul auf allen Vieren hinterher.

„Idioten!“, fluchte Alice. „Die bringen sich um und wir kriegen Ärger.“

Benebelt vom reichlichen Alkoholgenuss, endete der Hauch von Sorge kurz darauf in hemmungslosen Lachanfällen. Ich rollte mich am Feuer zusammen, zog eine der Decken bis zur Nase hoch und starrte ins Leere.

Les Humphries Singers schmetterten ihr *We'll fly you to the promised land.*

„Come and spread your wings", sang ich leise mit. „We'll fly you to the promised land, the promised land."

Die Mädchen fassten sich an den Händen und drehten sich im Kreis, sofern sie dazu noch in der Lage waren, während die Jungen versuchten, sie mit Wasser zu bespritzen. Das hier war ein seltsamer Film, der auf einem winzigen Bildschirm lief, und ich war nur ein Zaungast, der sich fragte, wie er hier hineingeraten war.

Ohne es zu bemerken, fiel ich in einen erschöpften Halbschlaf. Als kreischende Stimmen an mein Ohr drangen, nahm ich sie zuerst wie im Traum wahr. Sie kamen näher und entfernten sich, wurden lauter, dann wieder leiser. Ich hörte Namen heraus.

Stephen, Paul, Scheißvieh.

Scheißvieh? Abrupt fuhr ich hoch. Mutterseelenallein lag ich am fast heruntergebrannten Feuer, niemand war zu sehen.

Doch, dort hinten waren Schatten.

Kreischend sprangen sie auf den Felsen herum und bewarfen irgendetwas mit Steinen.

„Verschwinde!“, hörte ich Alice schreien. „Lass ihn in Ruhe, du blödes Vieh!“

„Hol deinen Vater!“, brüllte Paul. „Wir brauchen das Gewehr.“

„Das ist doch eins der Viecher, nach denen gerade gesucht wird.“

„Dafür gibt's 'ne Belohnung.“

„Hast du noch alle Latten im Zaun, Alter? Der bringt ihn gerade um.“

Ein Mädchen rannte Hals über Kopf los und verschwand in der Dunkelheit. Ein Zweites folgte ihm kreischend. Die anderen warfen weiter Steine und wedelten schreiend mit den Armen.

Wie ferngesteuert sprang ich auf und sprintete zu den Felsen hinüber. Es konnte nur Louan sein. Gottverdammt, warum tat er das? Was war passiert?

Stephen kämpfte inmitten der Wellen um sein Leben. Der Sog drohte ihn wieder und wieder gegen die scharfen Felsen zu werfen, Wunden übersäten seine Arme und seine Schultern. Plötzlich schoss etwas Helles aus der Tiefe hervor, gerade als sein Körper nach vorn geschleudert wurde. Die Zähne des Seehundes gruben sich in sein Fleisch, mit einem Ruck riss ihn das Tier zurück. Steine flogen, Stimmen kreischten. Alle waren außer Rand und Band.

„Hört auf!" Ich schnappte nach Pauls Arm. „Hört auf damit. Ihr trefft noch Stephen."

„Der frisst ihn auf!", kreischte jemand. „Seht ihr das? Ist das Blut? Scheiße, Mann, Scheiße."

Louan schnappte erneut zu. Stephen wehrte sich aus Leibeskräften, zappelte und brüllte und behinderte damit seine eigene Rettung, weshalb der Seehund gezwungen war, seine Zähne einzusetzen, um ihn von den Felsen wegzuzerren. Ein Stein traf Louan an der Seite, ein zweiter prallte hart gegen seinen Kopf. Noch mehr Blut floss. Diesmal nicht das des Jungen.

„Hört auf!" Ich zerrte blindlings an allen Armen, Pullovern und Shirts, die zu greifen waren. „Hört endlich auf. Ihr macht es nur schlimmer."

Irgendwer stieß mich beiseite. Ich krachte schwer auf die Knie, ohne Schmerz zu fühlen.

Stephen wurde unter Wasser gezogen, weg von den Felsen. Er verschwand in der Tiefe, während sich das Brüllen um mich herum in Gejammer verwandelte.

„Da ist er!", schrie plötzlich Paul. „Da hinten. Los, kommt."

Wie losgelöst rannten alle zurück zum Strand. Ich sah sie über die Felsen springen, Paul und drei Mädchen stürzten sich ins Wasser. Keine fünf Meter vom Ufer entfernt trieb Stephen kraftlos in den Wellen, das Gesicht zu einer Fratze der Angst verzerrt. Was, wenn er starb? Dieser Gedanke war zu erschreckend, um ihn weiter auszuführen.

Schwankend tat ich einen Schritt nach dem anderen. Meine Jeans war am linken Knie zerrissen und blutbefleckt. Noch immer spürte ich keinen Schmerz.

Der Junge gab keinen Laut von sich, als man ihn auf den Sand zog. Sein Mund öffnete und schloss sich in lautloser Panik.

„Bockmist!", fluchte Paul. „Große Scheiße!"

Stephens Hemd hing in Fetzen, Blut strömte aus zahllosen Wunden. Louan hatte keine Wahl gehabt. Hätte er nicht zugebissen, wäre der Junge an den Felsen zermalmt worden. Allein Stephens Gegenwehr trug Schuld an dieser brutalen Rettungsversion.

Ich redete es mir entschlossen ein.

Ja, so musste es gewesen sein. All das Blut, all die klaffenden Löcher. Die Angst in Stephens Augen.

Warum nur war ich auf die Idee gekommen, Louan hierher zu bringen? Ich hätte auf meinen Instinkt hören sollen.

„Abschießen sollen sie ihn", schluchzte Suzie. „Der ist gemeingefährlich. Erst zerbeißt er Netze, jetzt greift er Menschen an."

„Vielleicht hat das Vieh die Tollwut." Alice nahm Stephens schlohweißes Gesicht in beide Hände. „Alles wird gut. Hilfe ist unterwegs. Schlaf bloß nicht ein, ja? Bleib bei uns."

„Habt ihr schon mal von einem Seehund gehört, der Menschen angreift?", fragte ein anderes Mädchen in die Runde. „Ich nicht. Das geht nicht mit rechten Dingen zu. Seehunde tun so was nicht."

„Stimmt. Bis heute."

„Bestimmt hat er die Tollwut."

„Blödsinn. Das Vieh hat die Netze schon vor Monaten zerbissen. Ein tollwütiges Tier stirbt nach vierzehn Tagen."

„Dann hat er eben Blut geleckt. Wie die Tiger in Indien. Merken sie einmal, wie leicht Menschen anzugreifen sind, tun sie es immer wieder."

„Das ist kein Tiger, Alter. Das ist ein Seehund. Ein harmloses Vieh, das sich von kleinen Fischen ernährt, nicht von Menschenfleisch."

„Harmlos? Das nennst du harmlos? Hast du noch Augen im Kopf, du Vollpfosten?"

„Die Fischer sollen ihn abschießen. Seht euch das an. Er hat seine Schulter in Hackfleisch verwandelt."

Mir wurde übel. Ich musste hier weg. Ich wollte das alles nicht mehr sehen und hören. Louan war kein Ungeheuer. Niemals. Aber verdammt, was wusste ich denn über ihn und seine Rasse? Alle Fragen, die sich mit der Gefährlichkeit seiner Spezies beschäftigten, hatte er geschickt umschifft oder abgeblockt. Was, wenn der Rausch ihn veränderte? Was, wenn er in den Vollmondphasen zu etwas wurde, das nichts mit dem Jungen zu tun hatte, den ich liebte? Dann war das, was geschehen war, allein meine Schuld. Denn ich hatte Louan unter die Menschen gebracht.

Taumelnd rannte ich in die Nacht hinaus. Niemand sah, dass Tränen über meine Wangen liefen. Niemand bemerkte überhaupt, dass ich verschwand.

Die plötzliche Ruhe überrumpelte mich. Überwältigt von Hilflosigkeit stand ich am Rande der Klippe und starrte auf unser Haus. Stephen war auf dem Weg ins Krankenhaus, begleitet von Paul. Die Mädchen waren nach Hause gefahren, um sich auszuheulen. Unten in der Fischerkneipe entstanden vermutlich gerade haarsträubende Schauermärchen über menschenfressende Seehunde.

Was hatte ich nur angerichtet?

Wäre ich doch niemals nach Skara Brae gefahren. Hätte ich doch die Dinge so belassen, wie sie von der Natur bestimmt waren. Mein Vorhaben, Louan in ein normalsterbliches Leben zu integrieren, war in einem Desaster geendet. Ein Junge war schwer verletzt, zwei Wissenschaftler stellten ihm nach wie ausgehungerte Jagdhunde, eine Horde Fischer bereitete die Jagd auf ein gefährliches Tier vor.

Schlimmer hätte es kaum enden können.

Unser Haus zeichnete sich als Schattenriss vor einem dunkelblauen Morgenhimmel ab. Ich blickte nach rechts, dorthin, wo die Klippen in den von Gras gesäumten Strand übergingen. An Schlaf war nicht zu denken. Selbst wenn ich müde gewesen wäre, hätte ich mich nicht meinen Träumen ausliefern wollen.

Tau funkelte auf dem Gras. Die Stille des Morgens vermochte mich diesmal nicht zu verzaubern. Ich zog meine Schuhe aus und lief barfuß die Klippen entlang zum Strand. Vielleicht würde Louan nicht zurückkehren. Es war das Beste, auch wenn der Gedanke daran mir Übelkeit bereitete.

Dutzende Kutter strebten in alle Richtungen auf das Meer hinaus, umgeben von der Aura heuchlerischer Idylle. MacMuffins Boot sah ich nicht darunter, was mich nicht überraschte. Denn diesmal jagten die Männer keine Fische. Sie waren auf der Suche nach einem Seehund, der Menschenblut geleckt hatte, und Hetzjagden wie diese waren nicht MacMuffins Art.

Jetzt blieb mir nur die Hoffnung, dass Louan seine Sinne wieder beisammen hatte. Meine Hand grub sich in die Hosentasche und tastete nach der Muschel. Gut möglich, dass dieses kleine Artefakt alles sein würde, was mir von ihm blieb.

Abgesehen von den Erinnerungen.

Den Sand unter meinen Füßen zu spüren, erinnerte mich an unser erstes Treffen auf Skara Brae. Der Geruch des Windes an das Aroma seiner Haut.

In weniger als einer Stunde würde die Ebbe einsetzen. Die Sonne würde auf dem Watt schimmern und funkeln, Möwen und Austernfische nach Beute suchen. Welch ein trügerischer Frieden. Die Dinge kamen und gingen unverändert seit Ewigkeiten. Der Mensch war nicht mehr als ein flüchtiger Gast in diesem Spiel, und dass ich vor Angst verging, interessierte das Universum nicht.

Angst davor, Louan verloren zu haben.

Angst davor, dass er nicht der war, für den ich ihn hielt.

Ich setzte mich auf einen Felsen und sah zu, wie das Licht der Morgendämmerung über die See kroch.

Ganz still saß ich da, wie eingefroren in der Zeit, bis eine helle Gestalt den Wellen entstieg.

Alles in mir verkrampfte sich. Mein Herz rutschte in Höhe des Magens. Als das silberne Fell aufplatzte und menschliche Haut entblößte, blickte ich beiseite. Nirgendwo war jemand zu sehen. Vielleicht befanden sich Aaron und Ruth auf den Weg ins Krankenhaus, um Stephen zu löchern. Oder sie waren den aufgebrachten Fischern in die Quere gekommen.

Erst, als ich im Augenwinkel sah, wie ein nackter Mensch auf mich zukam, wandte ich mich um.

Das Blut gefror mir in den Adern.

Es war nicht Louan!

Vor mir stand eine hochgewachsene, muskulöse Gestalt mit wildem, dunkelblondem Haar und hellgrauen Augen. Eine Gestalt, die ich schon einmal gesehen hatte, an einem einsamen Strand nicht weit von hier. Der grausame Zug um Raers Mund signalisierte Gefahr und ließ mich erstarren.

Er musterte mich, ungeniert und gierig. Halb verheilte Kratzer prangten auf seiner Brust und auf seinen Oberschenkeln. Hatte er erneut mit Louan gekämpft?

Als er tief durch die Nase einatmete, wusste ich, dass er meinen Geruch aufnahm. Schauer flossen durch seinen Körper. Nichts an diesem Wesen erinnerte an Louan, obwohl sie Artgenossen waren. Raer strahlte eine andere Form von Wildheit aus. Sein Blick war der eines gierigen, triebgesteuerten Jägers.

Nein, korrigierte ich mich, letzte Nacht, als Louan mich gegen die Felsen gedrückt und geküsst hatte, war ein ganz ähnlicher Ausdruck in seinem Blick aufgetaucht.

Der Rausch …

Was richtete er mit einem Selkie an, der wahnsinnig vor Hass war?

Hass auf meinesgleichen.

Mein Puls raste. Ich hatte unbedacht nach einem Eisen gegriffen, das bei weitem zu heiß war, um es mit menschlichen Händen berühren zu können.

„Was willst du?“ Adrenalin schoss durch meinen Körper und ließ ihn leicht wie eine Feder werden. „Wo ist Louan?“

„Ich denke, er kommt gerade wieder zu sich. Und ich bin hier, um dich zu warnen.“ Raer streckte sich im Morgenlicht. Das Blut, das Fell, die spielenden Muskeln ... von der Verwandlung in einen Menschen konnte keine Rede sein „Du bist blind vor Liebe. Blind vor der Wahrheit.“

„Wahrheit?“

„Du kennst unsere Bestimmung“, schnurrte er mit drohendem Timbre. „Wir verführen euresgleichen. Wir rauben euch den Verstand. Wir umgarnen und locken euch, bis ihr in Liebe entbrennt und eure Seele umso süßer schmeckt. Glaubst du, Louan wäre anders? Glaubst du wirklich, er wäre bei dir, weil er dich aufrichtig liebt?“

„Ja“, antwortete ich mit fester Stimme. Doch um mein Herz schloss sich eine kalte Faust. „Das glaube ich.“

„Närrin.“ Er sagte es sanft, fast zärtlich. Wie eine Raubkatze schritt er vor mir auf und ab. „Liebe macht etwas Köstliches noch süßer. Louans einziges Ziel ist es, deine Seele zu nehmen, auch wenn er hin und wieder menschliche Anwandlungen zeigt. Er wird dich töten, Mädchen. Er wird dich ins Meer locken und dein Leben mit einem einzigen Kuss trinken. Sein Schauspiel dient nur dazu, deinen Geschmack zu verbessern. Hat er dir je von Evelyne erzählt? Das letzte Mädchen, das er ins Unglück stürzte?“

„Hör auf!“ Ich fuhr hoch und stieß ihn vor die Brust.

Es war, als berührte ich von Raureif überzogenen Fels. „Ich glaube dir nicht.“

„Gibt er dir das Gefühl, wie verzaubert zu sein?“, fragte Raer süffisant. „Lässt er dich auf Wolken schweben und wickelt er die Menschen, die dir nahestehen, mühelos um den Finger? Weicht er dir aus, wenn du ihm bestimmte Fragen stellst? Zum Beispiel die Frage danach, ob er die Fähigkeit besitzt, menschliche Seelen zu rauben?“

„Hör auf!“ Es war, als zerquetsche die Hand mein Herz. Ich fühlte, wie es splitterte und in meine Seele blutete. „Geh. Verschwinde!“

„Das werde ich." Raer wich zurück in die Wellen. „Aber vorher muss ich noch etwas verraten. Du hast unseren Kampf gesehen. Weißt du auch, dass Louan es war, der mich angegriffen hat? Dass es Louan war, der mich auslöschen wollte, weil ich vorhatte, dich zu warnen?"

„Warum solltest du mich warnen?", spie ich ihm entgegen. „Etwa, weil du genauso hinter meiner Seele her bist wie er?"

„Nein", grollte Raer. „Ich will nur, dass dir nichts geschieht. Er hat schon zu viele getötet. Zu viele ins Unglück gestürzt. Es gab eine Zeit, da Selkies und Menschen in Eintracht lebten. Die Hoffnung, dass es irgendwann wieder so sein wird, habe ich noch nicht aufgegeben."

Ein Mann wie er sprach von Eintracht? Ein Mann, dessen Blick glühte wie der eines tollwütigen Wolfes? „Du bist ein elender Lügner!", schrie ich ihm entgegen. „Ich glaube dir kein Wort."

„Louan ist der Lügner, Mädchen. Ob es dir gefällt oder nicht. Denke an den Jungen heute Nacht. Er kam erst auf die Idee, schwimmen zu gehen, nachdem Louan verschwand, nicht wahr? Was hat er dir erzählt, als du das Verlangen in ihm gespürt hast? Dass er die Freiheit des Meeres braucht? Dass das Tier in ihm sein Recht einfordert? Nein, es war die Seele des Jungen, nach der er hungerte. Eure Wärme und euer Leben ist unsere Nahrung. Für Louan wurde es Zeit, neue Kraft aufzunehmen. Der Rausch bringt nicht nur ein unbändiges Verlangen mit sich, musst du wissen, sondern auch Hunger. Einen gewaltigen Hunger nach menschlichen Seelen. Um ein Haar hätte er sich letzte Nacht deine genommen, aber wie es aussieht, ist sie ihm noch nicht süß genug. Also ging er ins Wasser und sang den Jungen zu sich. So, wie er die Fische ins Netz des alten Fischers gesungen hat. Wir sind perfekte Possenspieler. Unsere Maske ist vollkommen, weil wir seit Ewigkeiten Menschenseelen jagen."

„Er hat ihn gerettet!" Ich brüllte die Worte verzweifelt heraus. Nur von fern durchdrang der Gedanke mein Gefühlschaos, dass Raer uns den gesamten Abend beobachtet haben musste. „Nie hätte er ihm etwas getan. Er hat ihn von den Felsen weggezogen."

„Nein“, säuselte er. „Und tief in dir weißt du, was er wirklich ist. Ein Raubtier. Ein Geschöpf aus euren finstersten Märchen, das sich unmöglich zähmen lässt. Frage ihn nach der Wahrheit, Mari. Frage ihn, ob er Menschen getötet hat. Ob er Seelen gestohlen hat und Schiffe auf das Riff laufen ließ. Frage ihn nach der magischen Stimme der Selkies, die die Menschen umgarnt und genau die Gefühle in ihnen weckt, die uns am besten schmecken. Frage ihn, und dann entscheide, ob ich die Wahrheit gesagt habe.“

Damit warf er sich herum und tauchte in die Wellen ein. Unmöglich. Es musste eine Lüge sein. Ein Versuch, uns auseinanderzubringen. Aber jagte ich nicht nur Illusionen hinterher?

Stumpfsinnig setzte ich einen Schritt vor den anderen. Wolken zogen vom Meer her auf, ein Symbol für die Dunkelheit in mir, die sich über das Licht legte. Ihre ausgefransten, rot glühenden Ränder wirkten wie trockenes Pergament.

Ich ging nicht zurück zu unserem Haus. Stattdessen schwenkte ich nach rechts und lief den schmalen Strandsaum entlang, der die Klippen von der Brandung trennte. Auf einem flachen Stein ließ ich mich nieder, zog die Beine an, schlang meine Arme um die Knie und beschloss, bis ans Ende aller Zeiten nicht mehr aufzustehen.

Der Wind roch nicht mehr nach Freiheit.

Der majestätische Anblick des Meeres im Morgenlicht war mir gleichgültig. Ich wusste weder ein noch aus, kannte weder Lüge noch Wahrheit. Vermochte keinen klaren Gedanken zu fassen.

Die Kälte in mir wich selbst dann nicht, als sich erneut eine helle Gestalt aus der Brandung erhob. Diesmal war es Louan. In Menschengestalt. Sein Fell hatte er offenbar irgendwo unter Wasser gelassen. Wie hasste ich doch seine Schönheit. Seine silbern glänzende Haut, seinen höhnisch sanften Blick.

„Was hat er dir gesagt?“ Louans Stimme klang wie das Säuseln des Windes in den Felsen. Wie das spröde Flüstern der Gischt. Die Wunde an seinem Kopf war nur noch eine blasse Narbe. Ganz im Gegensatz zu den zahllosen, noch immer blutenden Kratzern, die Raer ihm zugefügt haben musste. „Mari, was hat er dir gesagt? Ich wollte ihn aufhalten, aber diesmal war er der bessere Kämpfer."

„Hast du getötet?" Die Worte kamen leicht über meine Lippen, aber sie hinterließen ein taubes Gefühl. „Kannst du deine Stimme benutzen, um menschliche Seelen zu verführen? Hast du Schiffe auf das Riff laufen lassen? Ich habe dir oft solche Fragen gestellt, aber du hast mir nie eine eindeutige Antwort gegeben. Warum?"

Er antwortete mit Schweigen. In seinem Blick lag das, was ich befürchtet hatte. Er wich mir aus, starrte stattdessen auf den Sand unter seinen Füßen und nickte schließlich. Erschöpfung umgab ihn wie eine fiebrige Aura. Es ging ihm nicht gut, aber das war mir egal.

„Ich tat es", sagte er leise. „Ich raubte Menschen die Seelen und ich ließ ihre Schiffe auf den Felsen zerschellen. Weil es eine Zeit gab, in der ich nur noch hassen konnte. Aber jetzt ist es anders. Mari, ich ..."

Ehe ich wusste, wie mir geschah, sprang ich auf und stieß Louan vor die Brust. „Wer war Evelyne? Sag schon? Wer war sie?"

Seine Augen verrieten Schmerz. Plötzlich war da wieder alte Louan, der sanfte Junge, den ich zu kennen glaubte. „Sie war der erste Mensch, den ich geliebt habe", antwortete er mit gesenktem Blick. „Es ist lange her. Wir lernten uns kennen, als ich damals bei Florence und Jacob lebte."

„Und wie ist es geendet?"

„Nicht gut. Aber ich habe nicht ihre Seele genommen, wenn du das glaubst. Ich hätte ihr niemals wehgetan. Genauso wenig, wie ich dir wehtun will. Ich liebe dich, Mari."

„Warum hast du mir nichts von Evelyne erzählt?"

„Weil es vergangen ist. Lange vergangen."

Ich legte beide Hände auf meine Stirn. Die Welt begann sich zu drehen. Alles erschien mir wie purer Hohn. Wie ein falsches, die Sinne narrendes Trugbild. „Du hast Ruths Gefühle verändert", flüsterte ich. „Du hast sie so fühlen lassen, wie du es wolltest. Machst du dasselbe mit mir? Mit meinem

Vater, mit Olivia und MacMuffin? Benebelst du unseren Geist, damit wir dir zu Füßen liegen?"

Er starrte mich an. So grausam kalt. Ich sah das Glitzern in seinen schwarzen Augen. Nie waren sie mir fremdartiger erschienen. Als er tief Atem holte, schienen eiskalte Finger nach meinem Nacken zu greifen. Das hier war nicht mehr der Junge, in den ich mich verliebt hatte. Was vor mir stand, war die ungeschönte, entblößte Wahrheit.

„Ich kann Gefühle beeinflussen", sagte er schließlich. „Ich kann euch fühlen lassen, was ich will. Aber dir habe ich nie etwas aufgezwungen, Mari. Niemals. Ich liebe dich. Ich bin nur aus einem Grund bei dir. Weil ich dich brauche."

„Was von mir? Etwa meine Seele? Hast du Stephen ins Wasser gelockt? Wolltest du ihn töten?"

„Ich wollte ihn retten." Louan tat einen Schritt auf mich zu, die Augen zu Schlitzen verengt, in denen etwas glomm, das ich nie zuvor an ihm gesehen hatte. „Hast du das nicht gesehen? Die Felsen hätten ihn getötet, wenn ich ihn nicht davon weggezerrt hätte. Aber dieser Dummkopf musste sich ja unbedingt wehren."

„Gar nichts habe ich gesehen. Nur deine Bisse und seine Wunden. Wolltest du ihn retten, so wie du damals die drei Jungen retten wolltest, die auf Skara Brae umgekommen sind?"

Er stieß ein grausam klingendes Lachen aus. „Das Meer hat sie für ihre Dummheit bestraft. Nicht ich."

Die Knie drohten unter mir nachzugeben. Ich wünschte mir Louan zurück. Mein geliebtes, sanftes Fabelwesen. Doch was vor mir stand, hätte sich nicht drastischer von diesem Wesen unterscheiden können.

„Woher soll ich je wissen, ob du es ehrlich meinst?" Meine Stimme war ein einziges Schluchzen. „Alles, was ich fühle, könnten nur Illusionen sein. Sirenengeflüster. Lügen."

Louans Hände krallten sich in das Fell. Weiß stachen die Knöchel durch seine Haut. „Glaube was du willst, Mari", knurrte er mit gebleckten Zähnen.

„Das tue ich! Und jetzt geh!" Ich schrie es hinaus, obwohl ich es nicht wollte. „Verschwinde aus meinem Leben."

„Willst du das wirklich?"

„Ja. Verschwinde endlich."

Louan zögerte nicht lange. Abrupt warf er sich herum und sprang in die nächste Welle, um binnen eines Herzschlages zu verschwinden. Etwas Rotes schoss ihm hinterher, aufblitzend wie eine Reflexion auf tanzendem Wasser.

„Verdammt!", schrie jemand über mir. „Du Hornochse! Wie kannst du auf diese Entfernung daneben schießen?"

Ich fuhr so schnell herum, dass ich das Gleichgewicht verlor und zu Boden ging. Glühender Schmerz zuckte durch mein aufgeschlagenes Knie. Oben auf den Klippen hob Ruth soeben den Arm und verpasste Aaron eine Ohrfeige.

„Wenn ich gewusst hätte, dass du auf zehn Metern nicht mal ein Scheunentor triffst, hätte ich es selbst getan. Her damit!"

Sie riss ihm das Gewehr aus den Händen, richtete den Lauf auf mich und schoss. Alles geschah zu schnell, um zu reagieren. Ein scharfer Stich an meiner rechten Schulter, ein kurzer Moment überraschten Entsetzens, als ich den Pfeil in meinem Fleisch stecken sah, dann zog er sich bereits zu.

Der schwarze, alles auslöschende Schleier.

In meinem letzten Gedanken fühlte ich nur eines: Verzweiflung.

„Das geht zu weit. Es ist endgültig Schluss. Nicht so. Erst klauen wir dem Alten den Kutter, dann kidnappen wir das Mädchen. Lass sie gehen."

„Komm auf den Teppich. Ihr passiert schon nichts. Und für den Kutter habe ich bezahlt. Unsere Vereinbarung gilt noch immer, und die bestand darin, dass ich mir diese Nussschale jederzeit ausleihen kann."

„Alles klar. Ausleihen per Kurzschlussverfahren. Dass sie uns nicht dabei erwischt haben, ist ein Wunder."

„Sie haben uns nicht erwischt, weil sämtliche Fischer gerade dasselbe tun wie wir. Sie jagen einen Seehund."

„Mir geht's nicht um den Kutter, okay? Das Mädchen ist seit zwei Stunden bewusstlos. Das nennst du nichts passieren? Wahrscheinlich hast du ihr eine Überdosis verpasst. Ich sag dir, sie stirbt. Und wenn sie nicht stirbt, was willst du dann tun?"

„Hör endlich auf!"

„Er wird sowieso nicht kommen. Dank der grölenden Vollpfosten, die ihm eins überbrennen wollen, ist er unter Garantie schon über alle Berge."

„Er wird. Glaub mir, er wird. Und wo wir gerade davon reden, unsere Kleine scheint wach zu werden. Hallo, Mari."

Jemand rüttelte an meiner Schulter. Das erste, was ich neben dieser Berührung spürte, war ein Seil, das um meine Handgelenke geschlungen war. Danach folgten weitere Eindrücke, grell wie eine Maschinengewehrsalve.

Meine schmerzende Schulter.

Eine kalte Stange, an der ich festgebunden war.

Kopfschmerzen, und zwar höllische. Eine ausgedörrte Zunge, darauf der widerliche Geschmack nach etwas Undefinierbarem. Chemisch. Bittersüß. Trocken.

Meine Augenlider glichen Vorhängen aus Blei. Als es mir endlich gelang, sie einen Spalt weit zu öffnen, sah ich nur ineinanderfließende Schemen.

„Komm schon, werde wach." Die Hand rüttelte erneut. „Wir haben nicht ewig Zeit."

„So eine Scheiße!", fluchte die männliche Stimme im Hintergrund. „So eine verfluchte Scheiße. Ich stehe nicht gerade für die Entführung dieses Mädchens. Was willst du tun, wenn sie ihren Part erledigt hat? Sie umbringen?"

„Warum sollte ich?", säuselte die weibliche Stimme.

„Oh, lass mich mal überlegen. Vielleicht, weil sie uns verpfeifen könnte?"

„Das wird sie nicht. Mach dir mal keine Sorgen."

Langsam klärte sich meine Sicht. Ich erkannte MacMuffins Kutter und ein bleiches, von zerzaustem weißblondem Haar eingerahmtes Gesicht. In winterblauen Augen funkelte Triumph. Fassungslosigkeit durchdrang meine Benommenheit. Dieses Miststück hatte dem alten Fischer nicht nur den Kutter geklaut, sie hatte mich betäubt, entführt und an die Reling gefesselt.

„Mari ist ein schlaues Mädchen“, befand Ruth. „Sie wird begreifen, dass man uns nicht wegen der Entführung eines Jungen anklagen kann, den es überhaupt nicht gibt. Dein Freund besitzt keinerlei Papiere, nicht wahr? In der Menschenwelt gibt es keinen Beweis dafür, dass er existiert. Dumm für dich, ein Freifahrtschein für uns. So gesehen ist er nur ein wildes Tier. Und besitzt ebenso viele Rechte wie ein wildes Tier. Nämlich gar keine.“

Ich biss die Zähne zusammen.

Ruth hatte nur bedingt recht. Man würde sie nicht für Louans Entführung belangen können, aber für die Freiheitsberaubung eines unschuldigen Mädchens, das sehr wohl existierte.

„Ich nehme an“, überlegte sie, „dass unsere Kleine gerade darüber nachdenkt, uns ihre Entführung anzukreiden. Das wäre eine dumme Idee. Ich habe einen gewissen Ruf, Liebes. Meine Position befindet sich an einem Punkt in der Gesellschaft, von dem dein Vater nur träumen kann. Mein Wort hat Gewicht, er ist nur ein einfacher, alleinerziehender Gärtner, dem die Frau weggerannt ist.“

Ein Knurren grollte in meiner Kehle. Ich zerrte an meinen Fesseln, bis das dünne Seil in meine Haut schnitt. Woher wusste sie das alles? Natürlich, dämmerte es mir, im Dorf blieb nichts lange geheim. Und die beiden hatten mehrere Wochen praktisch unter uns gelebt.

„Irre ich mich“, flüsterte Ruth in mein Ohr, „oder tröstete sich dein Vater nach dem herben Schicksalsschlag mit Freunden namens Johnny Walker und Jack Daniels? Allzu lange ist er noch nicht trocken, stimmt's?“

Rote Schlieren tanzten vor meinen Augen. Mein Blut kochte vor Hass. Ich wollte schreien und toben, nach ihr schlagen und treten, doch die Betäubung meines Körpers lähmte mich nach wie vor.

„Es wäre ein Leichtes, dafür zu sorgen, dass dein Vater in einem schlechten Licht dasteht." Ruths Stimme war ein selbstgefälliger Singsang. „Man könnte ihm das Sorgerecht entziehen. Noch bist du nicht volljährig. Märchengeschichten über eine Selkiejagd samt Entführung könnten leicht den Eindruck erwecken, du wolltest nur Aufmerksamkeit erregen."

„Ruth!" Aaron packte sie am Kragen ihres schwarzen Rollkragenpullovers und zog sie mit einem Ruck zu sich hoch. „Hör auf damit. Ich bin nicht hierhergekommen, um zu einem kriminellen Kindesentführer zu mutieren. Wir fahren zurück zum Hafen und lassen sie gehen. Sofort."

„Deine Bedenken kommen zu spät, mein Lieber. Wir ziehen das hier durch. Und falls du es noch nicht bemerkt hast, wir befinden uns in der Zielgeraden."

„Er wird nicht kommen." War das meine Stimme? Matt und lallend? „Wir haben … er hat … ich bedeute ihm nichts."

„So?" Ruth griff unter ihren Pullover und zog etwas hervor. Ein Messer. Klein und spitz, mit funkelnder Klinge. Aaron wich jede Farbe aus dem Gesicht. Er taumelte zurück und prallte gegen den Werkzeugkasten. „Wenn du dich da mal nicht irrst. Ich habe meine Erfahrungen mit Männern, und diese Erfahrung flüstert mir eines mit hundertprozentiger Sicherheit ein: Dein Selkie ist verrückt nach dir. Und er wird kommen, um dich zu befreien. So wahr ich hier stehe."

Plötzlich war sie über mir. Eine Hand umfasste mein Kinn und drückte meinen Kopf zurück, die andere hielt das Messer an meine Kehle. Ich spürte die kalte Berührung der Schneide. Panik flutete mein Gehirn. Das konnte sie nicht tun! Unmöglich!

„Bist du völlig übergeschnappt?", brüllte Aaron. „Leg das Messer weg!"

„Todesangst", raunte es an meinem Ohr. „Die wohl stärkste Emotion, zu der ein Lebewesen fähig ist. Ich möchte wetten, er spürt deine Angst. Und sie wird ihn hierherlocken. Na komm, Kleine. Lass es raus."

Ruth drückte fester zu. Ich spürte einen kurzen, sengenden Schmerz, dann das warme Kitzeln fließenden Blutes.

„Ruf ihn, Mari. Ruf ihn so laut du kannst. Ich kann es kaum erwarten,, deinen Liebsten willkommen zu heißen.“

Kapitel 12

Wie ich daran scheiterte, nichts zu fühlen

„Der Wind singt keinen Namen mehr,
sein Lied ist traurig, leise, leer.
Ich gehe zum Felsen hin und weine.
Weine um meine verlorene Welt.
Willst Du mich noch immer fragen,
warum die Möwen so laut klagen?“
Autor unbekannt

~ Louan ~

Zurück auf der Insel. Nicht meiner Insel, denn dorthin würde die Kolonne aus Kuttern zuerst fahren. Skara Brae musste für immer aus meinem Leben verschwinden.

Eine weitere Heimat, die verloren war. Vielleicht war es mein Schicksal, zum Wanderer zu werden.

Ich durfte keine Gefühle zulassen. Ich wollte es nicht. Ein Panzer aus Kälte umgab mein Herz, Leere füllte meine Seele. Wie erholsam. Es war das einzig wahre Refugium für unsereins. Ein instinktgesteuertes Leben. Kaum mehr als eine Existenz, beschränkt auf das Nötigste. Jagen, töten, fressen, schlafen.

Diese Idioten fuhren Gewehre schwingend und Bier trinkend über das Meer, um mich zu töten. Sie glaubten, ich fräße Menschen.

Nach wie vor war es eine meerestief dumme Spezies.

Sei es drum.

Ein letztes Mal noch wollte ich die menschliche Gestalt fühlen. Es lag in meiner Entscheidung, sie für immer hinter mir zu lassen. Mein Wille konnte dem Tier den Sieg bringen. Für den Rest meines Daseins. Alles, was ich tun musste, bestand darin, mich eine Weile nicht zu verwandeln. Solange, bis das Tier meinen Körper dominierte und nichts mehr neben sich duldete. Es würde nur wenige Tage dauern, im schlimmsten Fall einen Mond lang. Viele von uns hatten diesen Schritt gewagt, weil Gefühle, die den menschlichen Geist wie Giftstacheln quälten, sie in Seehundgestalt nur durch einen Nebel erreichten.

Eine Rückkehr war unmöglich. Dieser Gedanke war das Beste an der ganzen Sache. Ebenso wenig wie eine Motte in den Kokon schlüpfen konnte, um in ihren Raupenzustand zurückzukehren, würde ich wieder diese schmerzhafte, schwächliche Gestalt annehmen können. Wozu auch?

Verschwinde aus meinem Leben …

Ich verwehrte mir jeden Gedanken an Mari. Ich versuchte, jede Erinnerung an die letzten Wochen zu löschen. Die Mauer, die ich um meine Gefühle errichtete, würde endgültig sein. Es gab nur noch eines, das ich erledigen musste. Dann konnte ich endlich Frieden finden, irgendwo in der Ferne. Ich wusste jetzt, wohin ich schwimmen musste, wollte ich das tintenblaue, warme Meer erreichen. Nordfrankreich, Bretagne, Spanien, Gibraltar.

Das war weit genug weg, um ein ganzes Leben hinter sich zu lassen.

„Erkennst du es jetzt?“ Raers Stimme ließ meinen schwelenden Zorn auflodern. Ich genoss ihn in dem Wissen, bald für immer davon befreit zu sein. In Menschengestalt stand er vor mir, sein Fell lag auf einem nahen Felsen direkt neben meinem.

„Dann kommt diese Erkenntnis zu spät, kleiner Bruder.“

Ich reagierte, ohne nachzudenken. Mit einem Wutschrei stürzte ich mich auf Raer, riss ihm mit meinen Nägeln die Haut auf, brachte ihn zu Fall und schlug ihm meine Faust ins Gesicht. Wieder und wieder. Mit ihm löschte ich die erste Gefahr aus. Ruth und Aaron würde ich mich zeigen, sie weglocken und ihnen die Jagd geben, die sie wollten. So viele Schiffe hatte ich zerschellen lassen. Eines mehr machte keinen Unterschied mehr.

Jäger und Gejagte. Töten oder getötet werden.

Das ewig gleiche Spiel.

Der berauschende Geschmack der Raserei brachte mich um den Rest meines Verstandes. Blut besudelte mich, lag kupfersüß auf meiner Zunge. Ich schlug und biss, rollte mich mit Raer am Boden herum und trank jeden seiner Schmerzenslaute mit grimmiger Freude.

Als mich etwas Hartes am Hinterkopf traf, spürte ich keinen Schmerz. Die Welt kippte zur Seite. Sand knirschte zwischen meinen Zähnen. Raers zerschlagenes Gesicht bedeckte plötzlich mein Sichtfeld. Blutstropfen fielen auf mich herab wie ein träger, widerwärtiger Regen.

„Lebe damit, dass sie mir gehören wird", fauchte er. „Oh ja, ich nehme sie mir. Sie wird mein sein, als Tier wie als Mensch. Falls sie es überlebt. Was meinst du, kleiner Bruder? Wie groß ist die Chance, dass dein kleines Spielzeug die Verwandlung übersteht?"

„Nein! Das darfst du nicht."

Ich griff nach Raer, doch er war schnell wie ein Otter. Seine Verletzungen schienen ihm keiner Beachtung wert. Blutüberströmt, ein siegessicheres Grinsen auf den Lippen, griff er sich beide Felle und ging rückwärts zum Wasser.

„Du hast nicht das Recht dazu", schrie ich ihm hinterher. „Du hast verloren, als wir um sie gekämpft haben. Denke an die Gesetze unserer Ahnen. Erst wirfst du mir vor, ich hätte sie beleidigt, jetzt tust du es."

„Was kümmern uns alte Gesetze? Wir sind die Letzten, die übrig sind. Unsere Freiheit ist grenzenlos." Er stürzte sich in die Wellen, noch ehe ich es schaffte, mich hochzustemmen. Ungläubig sah ich ihn als Seehund in der Tiefe verschwinden, mein Fell in seiner Schnauze haltend. Er würde Mari zwingen, sich mit diesem Teil von mir zu vereinen, und wenn sie die brutale Verwandlung überlebte, würde sie ihm gehören. Mit ihrem Körper und ihrer Seele. Ich wusste nur von zwei Menschen, die auf diese schändliche Weise versklavt worden waren. Meine Mutter hatte mir viel davon erzählt. Seit ich denken konnte, war man in meiner Herde uneins darüber gewesen, ob eine solche Tat schändlich war oder unter bestimmten Umständen gebilligt werden konnte.

Im Moment des Verwandelns löste sich die Seele aus dem Menschen, und ein Selkie, der die Stimme des Meeres benutzte, konnte sich einen Teil dieser Seele einverleiben. Fortan vermochte sein Opfer nicht mehr ohne seinen Willen zu leben, zu atmen oder zu sterben. Es war nie vollkommen, sehnte sich auf ewig nach dem Seelenteil, der ihm gestohlen worden war, und war jenem ausgeliefert, der es besaß. Manch verliebter Selkie hatte in einem Akt der Verzweiflung oder der Grausamkeit versucht, einen Menschen zu seinesgleichen zu machen. Die meisten waren gestorben, nur wenige hatten den Akt überlebt. Und von diesen Wenigen waren zwei dem Unglück verfallen, das Begehren eines gewissenlosen Selkies geweckt zu haben.

Einem Selkie wie Raer.

Ich schloss die Augen und sandte meinen stummen Ruf hinaus. Unbarmherzig griff die Schwäche nach mir. Die ganze Nacht lang war ich durch das Meer geirrt, halb wahnsinnig vor Verlangen, hatte mich an einem einsamen Strand herumgerollt wie eine Seegurke im Sturm, in meiner Fantasie mit Mari herrliche Dinge angestellt und mich wieder und wieder mit ihr gepaart, bis ich vor Rolligkeit kurz davor gewesen war, den nächstbesten Tanghaufen zu beglücken. Der Rausch rächte sich, kaum dass die Sonne aufging, Raers Schlag tat sein Übriges dazu.

Obwohl meine Sinne in Aufruhr waren, verlangte mein Körper sein Recht. Er wollte schlafen. Einfach nur schlafen.

Doch jeder Augenblick, der verging, brachte Raer näher zu Mari.

Es währte lange, bis mich eine Antwort auf meinen Ruf erreichte.

Viel zu lange.

Die Wale brachen ihre Jagd ab und kamen zu mir, doch sie waren weit entfernt. Höhnisch glänzte die schnell aufsteigende Sonne auf den Wellen.

Wie ich ihre Wärme verabscheute. Fluchend stürzte ich mich in das Wasser und schwamm, so schnell es mein geschwächter Menschenkörper zuließ, den Orcas entgegen. Ohne das Fell würde meine ohnehin klägliche Kraft schnell schwinden. Ich musste vorsichtig sein. Jede Anstrengung saugte Energie aus meinen Gliedern, die ich nicht ersetzen konnte.

Aber langsam zu schwimmen, war unmöglich. Dass Raer Mari heute Morgen nicht furchtbare Dinge angetan hatte, gebeutelt vom Rausch, grenzte an ein Wunder. Er wollte sie mir zuerst entreißen, daran musste es liegen. Er wollte, dass sie ganz zu ihm gehörte, ehe er sie sich nahm. In jeder Hinsicht. Zuallererst aber wollte er mir wehtun. Lag es vielleicht gar in seiner Absicht, Maris Herz zu gewinnen und mich daraus zu löschen, indem er ihren Geist vernebelte und in die Irre führte?

Nein, Raer war Zuneigung gleichgültig. Was er tat, tat er aus reiner Lust an der Grausamkeit. Oder aus Freude am Spiel.

Ich versuchte, dem Menschenmädchen eine telepathische Warnung zu schicken. Wir hatten diese Form der Kommunikation schon oft ausprobiert, leider ohne Erfolg. Vielleicht war meine Stimme diesmal laut genug, ihren vom Land beherrschten Geist zu erreichen. Verzweiflung machte vieles möglich.

Versteck dich. Gehe ins Haus und bleibe bei deinem Vater. Nehmt euch ein Gewehr. Raer ist auf dem Weg zu dir, und wenn er dich erwischt, wird er dich töten. Denke daran, dass er deine Gefühle beeinflussen kann. Wenn er zu dir spricht, höre nicht zu.

Keine Antwort erreichte mich. Wieder kochte die Wut in mir auf. Warum verstanden die Menschen die Sprache des Meeres nicht mehr? Jede Sprotte, jede Garnele hatte meine Botschaft empfangen, doch Mari, der sie galt, blieb unerreicht.

Es musste an diesen gehirnvernebelnden, flimmernden Dingern liegen, in die sie Tag für Tag starrten. Stundenlang. Ich hatte selbst gespürt, wie dieses Zeug jeden klaren Gedankenfluss in zähen Schlamm verwandelte.

Die Köpfe der Menschen waren so vollgestopft mit buntem, lautem Tand, dass sie die Botschaften der Natur nicht mehr hörten.

Es war zwecklos.

Ich schwamm weiter, bis meine Muskeln ein einziger Schmerz waren und ich glaubte, ein Gewicht aus Blei hinge an meinem Körper. Längst war die Silhouette der Insel in der Ferne verschwunden. Und als ich die Rückenflossen der Wale am Horizont erkennen konnte, das Wasser zerschneidend wie schwarze Schwerter, spürte ich es.

Todesangst. Panik. Maris unverwechselbare Nähe.

Sie war hier draußen, auf hoher See. Wie war das möglich? War Raer so schnell bei ihr gewesen und hatte sie hier hinausgebracht? Befand sie sich auf MacMuffins Kutter?

Endlich waren die Wale bei mir. Ich zog mich auf den Rücken der Leitkuh, und kaum saß ich oben, strebte sie auch schon vorwärts. Unter Wasser wären wir schneller gewesen, doch dieser Körper besaß weder genug Kraft, sich festzuhalten, noch würde ich mit der üblichen Ausdauer die Luft anhalten können. Ich fühlte mich ebenso ausgeliefert und hilflos wie ein gewöhnlicher Mensch, den man ins Meer warf. Ein Fremdkörper in einer Welt, die meine Heimat war und sich doch plötzlich gegen mich wendete.

Maris Panik durchdrang den Schleier der Erschöpfung. Sie litt Schmerzen und unaussprechliche Angst. Wahrscheinlich war sie mit MacMuffin hinausgefahren, um mich zu suchen, und Raer hatte die beiden abgefangen.

In meinem Geist entstanden Schreckensszenarien. Eines schlimmer als das andere. Ich flehte die Walkuh an, schneller zu schwimmen, und als sie gehorchte, schäumte die Gischt der Wellen nur so um meinen Körper. Mit aller Kraft hielt ich mich fest, befahl meinen streikenden Muskeln, durchzuhalten. Maris Schmerz brannte in meiner Seele wie die Nesseln einer Giftqualle. Ich würde zu spät kommen. Unmöglich, dass sie die Verwandlung überlebte.

Endlich tauchte ein Schiff vor uns auf. MacMuffins Kutter, unverwechselbar mit seiner abblätternden, grünen Farbe. Während das Orcaweibchen direkt darauf zuhielt, tauchten ihr Gefährte und die jungen Wale ab, um sich dem Kutter von unten zu nähern. Sie waren entschlossen, den Menschen einen gehörigen Schrecken einzujagen, doch ich hielt sie mit einem scharfen Befehl zurück.

Raer war nirgendwo zu sehen. Stattdessen war eine Frau der Grund für Maris Angst. Ruth!

Ich sah ihr weißblondes Haar in der Ferne leuchten. Ich sah das Messer am Hals des Mädchens, das ich entgegen aller Vernunft noch immer liebte, und spürte hinter der bitter schmeckenden Panik eine Entschlossenheit, die mir eines klar machte: Ruth war jedes Mittel recht, um ihr Ziel zu erreichen.

Die Walkuh drehte bei, um längsseits des Schiffs im Abstand von wenigen Metern zu verharren. Maris verzweifelter Blick traf mich wie ein Schlag in den Magen. Ihre Hände waren an eine Eisenstange der Reling gefesselt, so fest, dass die Haut sich blau verfärbt hatte. Dunkle Ränder betonten das klare Grün ihrer Augen.

„Beeindruckend." Ruth beugte sich über das Geländer. Ihr Blick war scharf wie eine Harpune. „Wirklich sehr beeindruckend. Sprichst du mit ihnen?"

Ich gab keine Antwort, sah nur Maris rot geweinte Augen. Ein verzweifeltes Flehen um Vergebung lag darin. Dieses Mädchen wollte, dass ich ihr verzieh? Nein, sie hatte keine Schuld auf sich geladen. Meine Schwäche war es gewesen, die uns hierhergebracht hatte. Meine Unfähigkeit, den Lauf der Dinge hinzunehmen. Dass sie mich verurteilte für das, was ich getan hatte und was ich tun konnte, lag in ihrer Natur.

Selkies waren Feinde der Menschen.

Und Menschen waren die Feinde der Selkies.

„Komm auf das Schiff", schrie Ruth. „An ihr sind wir nicht interessiert. Sie kann gehen, sobald wir im Hafen sind. Weigerst du dich, werde ich nicht zögern, ihr weh zu tun. Also, was sagst du?"

Ich nahm alle Konzentration zusammen und suchte mein Glück in einer verzweifelten Tat. Vielleicht konnte ich trotz meiner Erschöpfung in Ruths Geist vordringen und sie dazu bringen, Mari gehen zu lassen.

Es war, als versuche ich, einen unbezwingbaren Strudel mit gefesselten Armen zu durchschwimmen. Ihr Wahn bildete eine Barriere, die ich nicht einmal im Vollbesitz meiner Kräfte hätte durchdringen können. Alles, was ich in ihr auslöste, war ein kurzes Zögern. Nicht mehr als eine flüchtige Verwirrtheit, die sie mit einem Kopfschütteln wegwischte.

Es war sinnlos. Alle verbliebene Kraft konzentrierte ich auf Mari. Jetzt, wo sie mir nahe war und direkt in meine Augen blickte, hatte ich womöglich Erfolg.

Kannst du mich hören? Verstehst du mich, Mari?

Ein hauchfeines Nicken. Beim Salz der See, Raer behielt recht. Sie war uns ähnlicher, als ich für möglich gehalten hatte. Ich erlaubte mir zaghafte Hoffnung.

Sobald du frei bist, spring ins Wasser. Die Wale bringen dich nach Hause. Raer ist es, vor dem du dich vorsehen musst. Er hat mein Fell gestohlen und ist auf dem Weg zu dir, um dich zu einer Verwandlung zu zwingen. Mari, wenn du das überlebst, wirst du für den Rest des Lebens ihm gehören. Er wird deine Seele nehmen und deinen Willen kontrollieren. Deswegen erzählte er dir Lügen, um uns auseinanderzubringen. Hör ihm nicht zu, wenn er noch einmal mit dir reden sollte. Du weißt, dass wir menschliche Gefühle beeinflussen können.

Sie schüttelte den Kopf und schluchzte. Ihr Körper verkrampfte sich in ohnmächtiger Wut.

Spring ins Wasser!, befahl ich ihr. *Zögere nicht. Versprich mir das, Mari. Sobald die Wale dich an Land gebracht haben, laufe nach Hause. Kommt Raer zu euch, schießt auf ihn. Er ist stark. Einen Kampf mit ihm würde dein Vater niemals überleben.*

Mari nickte kaum merklich. Jede Unschuld war aus ihren Augen verschwunden und von bitterer Erkenntnis ersetzt worden.

„Was sagst du?“, brachte sich Ruth in Erinnerung. „Wir haben nicht ewig Zeit. Komm hoch, oder sie bekommt das Messer zu spüren. Und wenn du noch mal versuchen solltest, mich zu beeinflussen, präsentiere ich dir ihre Zunge auf einem Silbertablett.“

„Ich werde es tun, sobald sie frei ist“, rief ich zurück. „Binde sie los, und du hast mein Wort, dass ich mit euch komme.“

„Ich gebe nichts auf dein Wort.“

Eine schnelle Bewegung, ein erschrockenes Keuchen.

Blut floss Maris Hals hinab.

Diese elende Menschenfrau war zu allem bereit, und sie nahm das Messer nicht von Maris Kehle. „Komm auf das Schiff. Oder ich bereite ihr echte Schmerzen."

Aaron lehnte an der Tür zur Kajüte und wand sich wie ein Fisch im Netz. Von ihm war keine Hilfe zu erwarten. Seine Gegenwehr erschöpfte sich in hilflosen Blicken.

„Komm endlich hoch, oder ich filetiere deine Kleine wie einen Kabeljau."

Meine Gedanken arbeiteten. Ruth würde nicht nachgeben. Eher machte sie ihre Drohung wahr und fügte Mari noch mehr Schmerzen zu. Hier und jetzt blieb mir keine Wahl. Sie durfte nicht wegen mir leiden. Ich hatte lange genug gelebt. In der anderen Welt wartete meine Familie auf mich und würde mich willkommen heißen. Für Mari hingegen fing das Leben erst an.

Ich glitt vom Rücken des Orcas, schwamm zum Heck des Kutters und kletterte die rostige Leiter hinauf. Als Aaron mich packte, schrie mein Instinkt danach, sich zu wehren. Doch ich zwang ihn nieder und hoffte darauf, dass ein Fünkchen Mitgefühl in Ruth überlebt hatte.

„Tut mir leid", hörte ich Aaron kaum hörbar flüstern, als er mir die Handgelenke mit einem Seil zusammenband. „Aber ich kann nichts für dich tun."

Mari musste am Leben bleiben. Alles andere war gleichgültig. Wäre nicht das Messer an ihrer Kehle gewesen, bereit, jeden Augenblick in ihre Haut zu schneiden, hätte ich Ruth für all das bitter bezahlen lassen. Doch dieser Moment würde kommen. Wenn nicht jetzt, dann bald. Früher oder später verloren Menschen auf dem Weg zum Ruhm immer den Verstand.

Und wie willst du dich rächen?, höhnte eine Stimme in mir. *Du bist ja jetzt schon viel zu schwach. Dein Fell ist weg. Nichts wird passieren, außer dass du langsam dahinsiechst und stirbst. Mit jedem Atemzug ein wenig mehr.*

„Lass sie frei." Meine Stimme klang, als rede ich im Schlaf. „Ihr habt, was ihr wollt."

„Verpass ihm eine!" Ruth nickte zum Gewehr hinüber. „Mir ist es lieber, wenn er außer Gefecht gesetzt ist."

Aaron nahm die Waffe, trat einige Schritte zurück und zielte auf mich. Jeder Atemzug erschien mir wie eine Ewigkeit. Dann ertönte ein dumpfes Geräusch, gefolgt von einem Stich in meine rechte Schulter. Ein kleiner, rot befiederter Pfeil steckte in meinem Fleisch. Etwas Heißes sickerte von dem Ding aus in mein Blut, vernebelte meinen Blick und machte meine Gedanken müde und schwer. Ein siegessicheres Lächeln trat auf Ruths Lippen.

„Das war's, Kleine." Sie zerschnitt Maris Fesseln, stieß sie wie einen Sack beiseite und erhob sich. „Danke für deine Hilfe. Akzeptier es und halt die Klappe, sonst kann dein Vater einpacken."

Doch sie dachte nicht daran, zu gehorchen. Flink wie eine Sprotte sprang Mari auf, schnappte sich das Messer und verpasste Ruth einen Faustschlag direkt ins Gesicht, dass es nur so krachte.

Mit zwei Sprüngen war sie bei mir, zog den Pfeil aus meiner Schulter und zerschnitt meine Fesseln. Um ihre Handgelenke baumelten noch die Reste des Seils, das sie gefangen gehalten hatte.

„Louan, es tut mir so leid. Es tut mir so …"

„Ich weiß", flüsterte ich. „Alles wird gut."

Mari kreischte, als ich sie kurzerhand packte und über die Reling warf. Die Wale warteten bereits, würden sie zurück an Land tragen und dafür sorgen, dass ihr nichts geschah. Wenigstens nicht, solange sie im Wasser war. Ich fuhr gerade rechtzeitig herum, um einem weiteren Geschoss auszuweichen. Aaron keuchte auf, als ich auf ihn zustürzte, das Gewehr aus seinen Händen riss und es in Richtung Ruth schleuderte, die gerade ihre Benommenheit abzuschütteln begann. Am Kopf getroffen, sackte sie ein zweites Mal in sich zusammen. Mein Anflug von Kraft war flüchtig. Es war das letzte, verzweifelte Aufbäumen meines Willens. Das betäubende Gift, das durch meine Adern jagte, machte meinen Körper schwerer und schwerer.

Wenn ich jetzt nicht schaffte, dann niemals wieder.

Ich schwankte auf die Reling zu, bekam sie zu packen und wollte mich darüberziehen, doch ehe mir das gelang, gaben die Beine unter mir nach. Kraftlos rutschten meine Finger an der Eisenstange ab. Ich sah Aarons

Hände nach mir greifen, wich ihnen aus und schaffte es irgendwie, ihm mit einem Fußtritt die Beine unter dem Körper wegzuschlagen. Polternd ging er zu Boden. Ich stürzte mich auf ihn und versuchte einen Schlag gegen den Kopf zu landen, doch so plump Aaron gerade reagiert hatte, so wendig war er plötzlich unter mir. Oder erschien es mir nur so, weil mein Körper zunehmend tauber wurde? In wilden Drehungen rollten wir über die Planken. Mein Griff wurde immer schwächer, die Finger verwandelten sich in glibberige Quallen. Im letzten Moment fing ich Aarons Faust ab, die gegen meinen Kopf gezielt hatte, erwiderte den Schlag und traf ihn an der Schläfe. Ein Keuchen entkam seiner Kehle, doch er erschlaffte nicht wie erhofft.

Mir wurde schwarz vor Augen. Ein Knie rammte sich in meinen Bauch, schleuderte mich herum und nahm mir den Atem. Nach Luft ringend krümmte ich mich zusammen.

„Schnell“, kreischte Ruth. Etwas landete mit einem dumpfen Geräusch neben mir. „Mach schon.“

Plötzlich war Aaron erneut über mir. Ein zweites Mal fesselte er meine Handgelenke, und ein zweites Mal spürte ich den Stich, diesmal am Oberarm.

Die Schwärze kam so schnell wie eine Springflut. Kein Gedanke erreichte mich mehr. Der Kutter, der Himmel und die Wellen verschwanden im finsteren Nichts.

~ Mari ~

Lügen! Alles Lügen! Wie hatte ich ihm nur ein einziges Wort glauben können? Raers verschlagener Blick bohrte sich in meine Erinnerung, als ich mit letzter Kraft an den Strand kroch. Nicht nur mein Körper bestand aus Blei. Jeder Gedanke war schwer, so unendlich schwer.

Ich stürzte, drehte mich auf den Rücken und wollte schreien. Vor Wut, vor Selbsthass und Verzweiflung. Doch nur ein Wimmern kam über meine

Lippen. Salzwasser brannte in meinen Augen und auf jedem Zentimeter Haut. Ich musste zu Dad! Sofort! Wir mussten herausfinden, wo Aaron und Ruth wohnten. Wir mussten erfahren, wohin sie Louan brachten.

Mein Gott, all das war nur geschehen, weil ich mich blindlings in Lügen gestürzt hatte. Wie hatte ich nur so dumm sein können?

Mari, wenn du das überlebst, wirst du für den Rest des Lebens ihm gehören. Er wird deine Seele nehmen und deinen Willen kontrollieren. Deswegen erzählte er dir Lügen, um uns auseinanderzubringen.

Die Erinnerung an seine Stimme war pure Folter.

Er hatte für mich gekämpft und sich für mich geopfert. Und was war seine letzte Erinnerung an mich?

Verschwinde aus meinem Leben.

Nein, ich hatte ihm noch sagen können, dass es mir leid tat. Und er hatte mein Flehen angenommen. Er wusste, dass ich ihn liebte. Nach wie vor und unverändert. Dieses Wissen machte es fast noch schlimmer. Sie würden ihn niemals wieder gehen lassen. Nicht, solange er atmete, und auch nicht nach seinem Tod. Der Gedanke, was sie ihm antun würden, trieb mich auf die Füße. Dad würde einen Weg wissen. Nur er konnte mir helfen, Louan zu finden.

Stolpernd arbeitete ich mich vorwärts, einen Schritt nach dem anderen. Ich fühlte mich so schwach. Nicht einmal mein Zorn verlieh mir die Kraft, schneller voranzukommen. Verfluchter Körper.

Ich stürzte, spie einen derben Fluch hervor, kroch weiter und stemmte mich wieder auf die Füße. Die Klippen rückten näher. Wie sollte ich den steilen Weg hinaufkommen? Egal. Es war überflüssig, darüber nachzudenken. Ich musste dort hinauf. Ganz gleich, wie.

Jede Sekunde des Kampfes spielte sich wie ein Film vor meinen inneren Augen ab. Wieder und wieder. Louan, der auf einem Orca zu uns kam. Aaron, der ihn hinaufzog. Schmerzverzerrte Gesichter, Schläge, der Betäubungspfeil in seiner Schulter. Ruths Messer.

Unser letzter Blick, bevor er aus meinem Blickfeld verschwand.

Ausgerechnet in dem Moment, da Aaron über ihm kauerte.

Die Chance, dass er es noch geschafft hatte, zu fliehen, war kaum existent. Und doch klammerte ich mich daran.

Vielleicht, ja vielleicht.

Tränen flossen über mein Gesicht. Ich wischte sie nicht fort. Sie brannten bitter wie das Meerwasser. Meine Zähne schlugen so fest aufeinander, dass ich fürchtete, sie könnten zersplittern.

Mir war kalt. So furchtbar kalt.

„Mari!"

Ein lauter Ruf ließ mich herumfahren. Ich verlor das Gleichgewicht und stürzte in den Sand. Winzige Körnchen schrammten über meine wunde Haut. Ich blinzelte, sah jedoch nur einen Schemen. Blass, nackt, mit zwei Fellen in den Armen. Vor den dunklen Wolken schien er zu leuchten wie eine Geistererscheinung.

Louan!, schoss es mir irrsinnigerweise durch den Kopf. Doch dann nahm ich die hellen Haare wahr. Den Gang, die Bewegungen. Nichts passte auf den Selkie, den ich liebte.

Hätte ich Angst empfinden sollen? Vielleicht. Doch wenn sie existierte, wurde sie von Wut überlagert. Einer Wut, die heißer brannte als alles, was ich je empfunden hatte. Vernünftige Gedanken erreichten mich nicht mehr. Ich sah mir selbst dabei zu, wie ich auf Raer zustürzte. Ich sah, wie ich mich auf ihn warf und meine Fäuste auf ihn niedertrommeln ließ. Ich schrie und fluchte, trat, kratzte und biss, bis mir die Sinne schwanden und alles in wilder Verzweiflung zerschmolz.

Was tat ich nur? Ich hatte keine Chance gegen ihn.

Lauf!, schrie mein Verstand. Lauf, verdammt!

Doch ich sah nur das Wirbeln meiner Arme, die wieder und wieder auf ihn eindroschen. Die Momente, in denen er meine Schläge ertrug, troffen vor Spott. Sein Grinsen vor Augen, begann ich zu toben. Raserei verlieh mir ungeahnte Kräfte. Ich wollte ihm wehtun. Ich wollte Rache.

„Deine Schuld!", schrie ich. „Es ist alles deine Schuld."

„Es ist die Schuld von niemandem." Er zog meine Finger aus seinem Haar, obwohl dabei ganze Büschel ausrissen. Der Schmerz schien Raer gleichgültig zu sein. Plötzlich hielt er mich im Nacken fest wie einen Hasen. Ein heftiges Schütteln, und die Welt stellte sich auf den Kopf.

Ich fiel zu Boden. Nein, er legte mich auf den Sand. Sein Blick funkelte wie der eines ausgehungerten Raubtieres. Er sah sich kurz vor dem Ziel. Er kannte seine Kraft und meine Schwäche.

„Siehst du das hier?" Raer fasste sein Haar zusammen, nahm es beiseite und zeigte mir seinen Nacken. Eine aufgewölbte Narbe zog sich darüber, als hätte jemand versucht, ihm den Kopf abzuschneiden. „Ihr habt mir das angetan. Damals tötete mich der Keulenschlag nicht. Ich war nur kurz benommen. Das hat den Jäger aber nicht gestört. Er drückte mir sein Knie in den Rücken, hielt meinen Kopf fest und zog mir das Messer über den Nacken. Er wollte mir bei lebendigem Leib das Fell abziehen, wie sie es bei vielen anderen Seehunden schon getan hatten. Aber das Blut machte mich glitschig. Ich entkam seinem Griff, und ich floh. Alle Narben sind verschwunden, nur diese eine nicht. Sie erinnert mich jeden Tag an die Wahrheit. Daran, dass man euch nicht trauen kann. Daran, dass es unser natürliches Recht ist, mit euch zu tun, was immer wir wollen. Louan begriff das nicht. Wobei ich davon überzeugt bin, dass er in seinen letzten Lebenstagen erkennen wird, wie grausam Menschen sein können. Ich spüre deine Hoffnungen, aber ich muss dich enttäuschen. Er konnte nicht entkommen. Sobald es dunkel wird, werden sie ihn in ihren Wagen laden und auf Nimmerwiedersehen verschwinden."

Raer schwieg, strich mir mit höhnischer Sanftheit über das Haar und begann, mich auszuziehen.

„Nein!" Ich kreischte und zappelte aus Leibeskräften. „Lass mich los. Lass mich verdammt noch mal los!"

Ein Schlag gegen meine Schläfe. Meine Sinne schwanden. Die Hose landete im Wasser, dann das Hemd, die Schuhe und die Unterwäsche. Der Wind pfiff über meine nackte Haut. Doch als ich entblößt vor ihm lag, gelähmt vor Entsetzen, tat Raer nicht das, was ich erwartete. Er griff nach etwas, das neben ihm lag, und plötzlich streifte er Louans Seehundhaut über meinen Körper.

Weicher Samt, fleckenlos und quecksilbern. Seidige Wirbel, die ich mit meinen Fingern nachgefahren war. Löcher, aus denen mich seine sanften Augen angeblickt hatten.

Ich rammte Raer mein Knie in den Bauch, rollte mich herum und rannte. Etwas steuerte meinen Körper, hielt ihn von allen Zweifeln und Ängsten fern. Wenn mir die Flucht nicht gelang, war Louan verloren. Niemand außer mir wusste, was ihm geschehen war.

Niemand, bis auf Raer.

Ich erreichte den Weg, der zu den Klippen hinaufführte. Keine hundert Meter mehr, und ich wäre bei unserem Haus. Dad musste mich längst vermissen. Er wartete dort oben auf mich und machte sich Sorgen. Ich musste es schaffen! Ich musste, musste, musste!

Mein Körper war leicht wie eine Feder. Ich spürte nichts mehr. Weder Kälte noch Erschöpfung. Das Gesicht meines Vaters schwebte vor mir.

„Wildes, kleines Ding." Raer packte mich am Arm und schleuderte mich herum. Schmerzen durchzuckten meine Nervenbahnen, als ich zu Boden ging. „Du wirst eine wunderbare Gefährtin sein. Uns wird es nie langweilig werden."

Wie ein erlegtes Tier warf er mich über seine Schulter und schleppte mich zum Wasser herunter. In der Ferne sah ich zwei Fischkutter, die auf uns zuhielten. Hatten sie uns mit ihren Ferngläsern entdeckt?

All mein Schreien und Strampeln nützte mir nichts. Durch den Taumel meiner Verzweiflung hörte ich ihn lachen. Es erinnerte an Ruths Lachen. Dieser siegessichere Triumph. Diese Befriedigung darüber, endlich sein Ziel erreicht zu haben.

Mir wurde übel.

Fast hätte ich mich übergeben, als Raer mich wie einen Sack in den Sand niederwarf.

Wellenschaum berührte meine Füße. Selbst wenn die Fischer uns gesehen hatten, würden sie niemals rechtzeitig hier sein.

Louan! Dad! Ich durfte sie nicht alleinlassen. Ohne mich würden es beide nicht schaffen.

Die Zähne bleckend, packte Raer mich an den Schultern, wuchtete mich herum und drückte meinen Kopf unter Wasser.

Ich schlug und zappelte, umklammerte seine Handgelenke, stieß gegen seine Schienbeine. Es war, als kämpfte ich gegen einen Felsen. Meine Lungen brannten. Schrien nach Luft. War das der Weg, mich zu verwandeln? Musste ich zuerst sterben?

Durch die schäumende Oberfläche sah ich sein Gesicht. Das letzte Bild, das ich als Mensch sah. Oder das letzte Bild überhaupt.

Meine linke Hand umklammerte Raers Schulter, mit der Rechten tastete ich über den Grund. Da! Ein Stein! Nicht groß, aber scharf. Abrupt riss ich meinen Arm hoch und drosch ihm den Stein gegen die Schläfe. Er schrie auf, Blut spritzte.

Endlich war ich frei.

Instinkte übernahmen die Kontrolle, ließen mich nach beiden Fellen greifen und trieben mich ins Wasser. Warum ins Wasser?

Ich tauchte, tiefer und tiefer, presste die Pelze an mich und …

Ein wilder Schmerz löschte jeden Gedanken aus, reduzierte mein Sein auf glühende Qual. Ein Schrei erklang von fern. Wütend und hasserfüllt. Raers Schrei?

Dunkelheit umfing mich. Zerfetzt von dem Gefühl platzender Haut. Dann ein warmes Gefühl, sprudelndem Blut ähnelnd. Überall an meinem Körper. Mein Herz setzte aus. Ich spürte es, wie es kalt und still in meiner Brust ruhte.

Das war das Ende. Ein seltsames Gefühl. Beinahe befreiend.

Ich sank auf den Grund nieder. Sand, kleine Steine, Seegras, Gezeitenrillen. Über mir trieben Wolken hinter einem Spiegel aus Wellen dahin.

Endlich war ich frei.

Ich glitt in endlose Tiefe hinab. Schwerelos wie ein Fisch im Wasser, wie ein Vogel am Himmel. Etwas streifte meinen Körper. Finger? Sanfte Hände? Nein, es waren die Blätter des Tangs, der sich in der Strömung wiegte. Leicht wie ein Geist schlängelte ich mich durch die Stängel hindurch. Säulen aus Licht tanzten durch den Wasserwald. Ich sah, wie mein Körper sie reflektierte. Quecksilberglänzend. Er war so wunderschön.

Bitte, flehte ich den Traum an. *Höre nicht auf.*

Ein sinnloser Wunsch. Denn nach und nach erreichte mich das Wissen, dass ich nicht träumte. Es kam schleichend. Mit kalten, lautlosen Schritten, die sich meinem Bewusstsein näherten.

Ich war gestorben. Hier unter Wasser.

Nicht Louans Fell hatte mich zurückgebracht. Ich sah winzige dunkle Flecken nahe der Schwanzflosse. Raers Haut war es, die mich bedeckte.

Ich war zu einem Selkie geworden, und was als schneidende Eissplitter durch meine Wahrnehmung wirbelte, waren Louans Gefühle, die nach mir riefen.

All das war zu unglaublich, um es zu begreifen.

Mein Blick glitt durch das Dunkel unter mir. Da! Ein helles Schimmern. Ich schwamm darauf zu, wendig und schnell wie ein Fisch. Es war Louans Tierhaut, treibend zwischen von der Strömung gewiegten Seegrasbüscheln.

Ohne nachzudenken, nahm ich es mit meinem Mund auf – nein, mit meiner Schnauze –, schoss in das Dunkel des Meeres hinaus und folgte seinem Ruf.

~ Dr. Ruth Chapman ~

„Sieh nach, ob jemand zu sehen ist."

Aaron tat, wie ihm geheißen. Ohne ein Wort, ohne einen Blick.

Ruths Zweifel nahmen zu. Würde er nicht mehr lange zu ihr halten? Aber was sollte sie tun? Ihn etwa erschießen?

Nun gut, zur Not würde sie diese drastische Maßnahme in Betracht ziehen. Niemand hielt sie auf dem Weg nach oben auf. Schon gar nicht dieser verliebte, närrische Gutmensch.

Vielleicht täuschte sie sich auch in ihm. Diese Möglichkeit war ihr immer noch lieber, als eine Leiche verschwinden lassen zu müssen. Aaron war mit Leib und Seele Forscher. Seine Messlatte für korrekte Moral mochte höher als die ihre hängen, aber auch ihm war klar, was ihnen das Schicksal zugespielt hatte. Nichts anderes als ein Wunder, das ihre Erlösung verbarg.

Ruth strich liebevoll über das silbern gestreifte Haar des schlafenden Selkies, der neben ihr auf der Pritsche lag. Zuerst hatte sie die Befürchtung gehegt, zwei Einheiten des Betäubungsmittels hätten für irreparable Schäden gesorgt, doch jetzt schien er langsam aus seiner tiefen Narkose zu erwachen.

Wie verletzlich er aussehen konnte.

Ein Trugschluss, wie der wilde Kampf ihr klar gemacht hatte. Um ein Haar wäre er entkommen. Ob das Mädchen überlebt hatte? Würde sie, falls das der Fall war, trotz ihrer Drohung irgendetwas ausplaudern?

Ruth schnaufte und rieb sich den schmerzenden Schädel. Selbst wenn sie das tat, wer würde ihr glauben? Nüchtern betrachtet befanden sie sich in keiner Gefahr. Ihr Wort gegen das eines verträumten, von Wunderwesen faselnden Mädchens. Das ließ keinen Raum für Zweifel.

„Keine Angst." Ihr Herz füllte sich mit Liebe, als sie mit den Fingerspitzen über die Brust des Selkies strich.

Es war die Liebe zu dem Wesen, das ihr die ersehnten Spuren in der Ewigkeit bringen würde. Die einzige Unsterblichkeit, die ein Mensch erreichen konnte.

Angesichts dieses Wissens rückte selbst die gigantische, schmerzende Beule an ihrem Kopf in den Hintergrund. „Unser Schicksal hängt von nun an zusammen. Wir werden wunderbar miteinander auskommen."

Hinter jedem Chaos lag Ordnung. Der Masterplan des Lebens bestand aus mathematischer Präzision und purer, ergreifender Harmonie. Was gab es Aufregenderes, als eine ganz neue Ordnung zu entdecken?

Ihre Ungeduld wuchs. Wäre sie doch nur schon zurück in Inverness. Es würde ein paar Stunden dauern, das Nötige zu besorgen und in Aarons Keller zu verfrachten. Eine halbe Ewigkeit, bis sie endlich damit beginnen konnte, in eine fremde Welt voller Wunder einzutauchen. Ruth fühlte die kühle Zartheit seiner Haut. Sie war haarlos und glatt, angepasst an ein Leben im Wasser, um auch im menschlichen Körper so wenig Strömungswiderstand wie möglich zu gewährleisten. Was vor ihr lag, war ein Wunder, und sie würde die Erste sein, die das Tor zu dieser unglaublichen Welt öffnete. Auf der Konferenz in London würde man sie feiern. Man würde sie anflehen, sie um Erkenntnisse anbetteln, ihre Stiefel lecken und ihr huldigen. Und allein in ihrer Entscheidung lag es, wem sie die Ehre zugedachte, an ihrem Wissen teilzuhaben.

Ruth stieß einen Seufzer aus. Könnte sie doch nur an Ort und Stelle mit den Tests beginnen. Wie sollte sie die lange Fahrt nach Inverness ertragen? Die Fähre ging erst morgen früh, jetzt herrschte tiefste Nacht. Entspannung war erst angesagt, wenn sie ihr Ziel erreicht hatten. Zuviel konnte noch geschehen. Zuviel war unvorhersehbar. Blieb nur zu hoffen, dass die Drogen, die sie aufgrund ihrer speziellen Wirkung ausgewählt hatte, bei einem Selkie genauso anschlugen wie bei einem Menschen.

„Geduld", ermahnte sie sich. „Nur Geduld. Bald haben wir die Muße, uns Tag und Nacht miteinander zu beschäftigen."

Ihr Blick blieb am Gesicht des Wunderwesens hängen. Es hätte einer antiken Statue als Inspiration dienen können. Zeitlose Klassik. Makellose Symmetrie. Man konnte in seinem Anblick versinken wie in den Tiefen des Meeres. Wie alt mochte er sein? Rein äußerlich kaum älter als zwanzig, aber innerlich? Alterte seine Rasse in derselben Geschwindigkeit wie Menschen? Oder bemaß sich ihre Lebenszeit an der von Seehunden? Möglicherweise, und bei dieser Theorie überzog sich Ruths Körper mit Gänsehaut, war auch alles ganz anders.

Die Gesetze der Biologie galten nicht mehr.

Alles war möglich.

„Wie ausgestorben." Aarons Stimme zerriss ihre Membran aus Träumen. „Anscheinend sind die meisten immer noch auf der Jagd."

Ruth blickte auf. Inzwischen war sein halbes Gesicht blau und angeschwollen. Er sah sogar noch schlimmer aus als sie. Fast wäre ihr ein Kichern entflohen. Hier saßen beziehungsweise standen sie, lädiert wie Helden nach einem martialischen Kampf, und trugen einen Sieg davon, wie er triumphaler nicht hätte sein können.

„Gut." Sie nickte zufrieden. „Dann schaff unseren Ehrengast in den Wagen. Ich kümmere mich um unser Gepäck. Und sollte dich jemand erwischen, erzähl ihm irgendwas Plausibles."

„Wie erkläre ich es im Fall von MacMuffins Auftauchen plausibel, dass wir ihm den Kutter geklaut haben?"

„Keine Ahnung." Ruth wedelte unwirsch mit der Hand. „Denk dir was aus. Du bist doch sonst so einfallsreich."

Kapitel 13

Das Tier in mir

„Flieh vom Meer, wo es hart am
marmorschimmernden Riff sich bricht."
Horaz

~ Louan ~

Stimmen leiteten mich zurück ins Licht. Zuerst klangen sie wie das vertraute Flüstern des Wassers, dann scharf und kalt wie die Felsen Skara Braes, an denen sich die Wellen brachen.

„Was ist mit dem Fell?"

„Er hat keines."

„Genau das meine ich. Wenn die Geschichten wahr sind, wird er ohne Fell schwächer."

„Ich glaube nicht, dass er seine Tierhaut mit sich rumschleppen muss. Wir haben nie ein Fell gesehen, oder?"

„Aber eine Tasche, die er immer bei sich hatte. Vielleicht war es da drin."

„Glaube ich nicht. Die Metamorphose dürfte unabhängig von einem Fell geschehen."

„Was wenn er es versteckt hat? Vielleicht ist er als Mensch zu uns gekommen, um sein Leben zu verkürzen, falls ihm die Flucht nicht gelingt."

„Wenn das so ist, solltest du zur Insel fahren und nach dem Fell suchen."

„Vergiss es."

Ein kühles Laken lag unter meinem Körper. Ein angenehmes Gefühl. Weniger angenehm waren die Fesseln, die sich um Hand- und Fußgelenke schlangen und mir das Blut abschnürten. Ich lag auf einem Bett, wie mir meine langsam erwachenden Sinne verrieten. Verschnörkeltes Eisen, ähnlich dem Gestell von Maris Bett. Hellblaue Wände. Seltsame, bunte Bilder, die mythische Wesen zeigten. Halb Mensch, halb Elefant. Dunkelblaue Vorhänge, dahinter das rote Laub einer Blutbuche. Rechts und links neben dem Bett, an das ich gefesselt war, standen Geräte und Maschinen. Einige kamen mir aus Zeitungsberichten und Fernsehsendungen bekannt vor, andere sagten mir nichts. Licht fing sich in einem durchsichtigen Beutel, der an einem Gestell baumelte. Von diesem Beutel aus ging ein dünner Schlauch direkt zu meiner Armbeuge. Eine Nadel drang dort in meine Haut. Es tat nicht weh, weshalb ich mir nicht sicher war, ob ich alles nur träumte.

Mari! Wo war sie? Was war geschehen?

Ein Gesicht tauchte vor mir auf. Hell und eisig wie ein Winterhimmel. Es lächelte ohne jede Freundlichkeit.

Ruth …

Bilder und Worte zuckten durch meinen Kopf. Maris Hass auf mich, als sie mich fortjagte. Mein Kampf mit Raer. Sein Sieg.

Ich riss an meinen Fesseln, ohne etwas bewirken zu können. Das Bettgestell quietschte.

Noch mehr Erinnerungen prasselten auf mich ein.

Maris Entführung, der Kampf auf MacMuffins Kutter. Sie hatte entkommen können, aber ging es ihr gut?

Ich wusste, dass sie sich an allem die Schuld gab. Sie litt wegen mir.

Vielleicht, und diesen Gedanken versuchte ich erfolglos auszuklammern, fiel sie Raer in die Hände. Mir blieb nur die Hoffnung, dass sie schnell genug zu ihrem Vater gekommen war. Thomas würde alles tun, um seine Tochter zu beschützen, und gegen Kugeln waren auch Selkies machtlos.

Das war also der Preis für ein paar Tage fast vollkommenen Glücks.

Hatte ich wirklich gehofft, alles würde gut werden?

Vielleicht ein paar Herzschläge lang, dumm, wie man in der Liebe war.

Es war wie damals, als ich das erste Mal mein Herz an einen Menschen verloren hatte. Nur war es diesmal noch weitaus grausamer.

Warum war ich nur so töricht gewesen?

„Wo bin ich?“, hörte ich mich fragen.

„Du bist hier in Aarons Haus“, antwortete Ruth. Sie kam mir so nahe, dass ihr Atem über meine Lippen kroch. Ich roch darin eine kranke Art von Liebe. „Ganz in der Nähe von Inverness, direkt am Meer. Kannst du es hören?“

Inverness? Das war viele Meilen von Westray entfernt. Wie ein Fischschwarm in der Nacht umzingelten mich Erinnerungen an verschwommene Momente. Ruth hatte mich mit einem Giftstachel gestochen, auf dem Rücksitz eines Wagens. Dann waren wir auf einem Schiff gewesen, während die Sonne aufging. Ich hatte alles gesehen und gehört, aber nichts wirklich wahrgenommen. Mein Körper war taub, mein Geist nur noch eine kraftlose, in Ketten gelegte Regung, nicht stark genug, um die Lähmung abzuschütteln. Fremde Kleidung an meinem Körper. Das Meer, das an mir vorüberzog, schillernd im Morgenlicht. Ich hatte nichts gespürt. Nur eine überwältigende Leere, die mich wie ein willenloser Geist an Ruths Seite gehen ließ.

Dann eine weitere Fahrt. Vorbei an grünen Wiesen und Weiden, an Wäldern, Mooren und Bergen. Als eine Stadt kam, hatte Ruth mich wieder in Schlaf versetzt. Ihr Gift war um vieles wirksamer als alles, was ich aus dem Meer kannte. Es hüllte meine Sinne innerhalb kürzester Zeit in Schwärze und ließ die Welt in gnädige Ferne rücken. Oder es hielt mich wach, nahm mir aber den Willen.

Zu wissen, hier gefangen zu sein, fern von Mari, die vielleicht längst tot oder in Raers Fängen war, schmerzte unerträglich. Und doch atmete ich weiter. Mein Herz schlug, mein Brustkorb hob und senkte sich stur. Ich fühlte mich schwach, aber nicht so schwach, wie es hätte sein müssen.

Im Hintergrund saß Aaron an einem Computer.

Ich roch seine Angst. Das Tier in mir reagierte auf diese Schwäche mit Aggression. Wieder startete ich einen sinnlosen Angriff gegen die Fesseln. Ich zog, zerrte und rüttelte, bis jede Kraft aus meinen Muskeln wich und ich schlaff auf das Bett zurückfiel.

Ruth gab einen leisen Singsang von sich, als fände sie Gefallen an meiner Verzweiflung. Mit vergnügter Miene holte sie ein zweites weißes Laken und legte es über meine Hüfte. Wie eine kühle Wolke senkte sich der Stoff auf meine Haut.

„Ich muss mich konzentrieren können", sagte sie. „So gelingt mir das besser. Ich weiß, das gefällt dir alles nicht, aber wir drei arbeiten auf ein hohes Ziel hin. Wissen und Unsterblichkeit. Deswegen müssen wir zusammenhalten."

Sie hantierte an einer Maschine herum, die links neben dem Bett stand. Dann hob sie etwas, das wie ein durchsichtiger Krebspanzer aussah, und legte es mir über Mund und Nase. Ein leises Zischen, ein ekelhafter Geruch. Dann das Gefühl, als finge das Zimmer an, sich zu drehen.

„Ich bin kein Unmensch." Ruth streichelte mir über das Haar, als sei sie meine Mutter und ich ihr Kind, das getröstet werden musste. Es war mir unmöglich, vor dieser widerwärtigen Berührung zurückzuweichen.

„Denke nicht schlecht von mir. Irgendwann wirst du verstehen, warum ich das tue. Irgendwann."

Ihre Stimme verlor sich in dunkler Nacht.

Endlich Vergessen. Endlich tiefer, traumloser Schlaf. Vanilleduft, Menschenmädchen. Mari sank kichernd auf mich nieder, ihr Herz raste vor Aufregung. Ahnte sie auch nur ansatzweise, wie gut sich ihr nackter Körper anfühlte? Am liebsten hätte ich sie einfach nur im Arm gehalten und gewiegt, für den Rest meines Daseins.

Alles verblasste, wurde zuerst bleich wie Nebel, dann schwarz. Als sich meine Sicht wieder klärte, starrte ich mit schläfrigem Staunen auf die blassblauen Wände und tickenden Maschinen. Auf einen in künstlichem Licht schimmernden Beutel, ein Bett mit weißen Laken und das Bild einer lächelnden Chimäre aus Mensch und Elefant.

Immer noch hier.

Immer noch gefangen.

Es war Nacht geworden. Ruth steckte Röhrchen in ein Ding, das mir vertraut war, doch an dessen Namen ich mich nicht erinnerte. Aaron tippte etwas in den Computer.

„Sieh dir das an“, raunte er. „Sieh dir nur diese Referenzwerte an. Die weißen Blutkörperchen sind unglaublich, die Monozyten riesig und ihre Konzentration jenseits des Menschenmöglichen. Er muss über enorme Heilkräfte verfügen.“

„Stell dir vor, was das für deine Krebsforschung bedeuten könnte“, zischte Ruth. „Wenn wir analysieren können, welche Gene für die Heilkraft und für die Verwandlung verantwortlich sind, sichert uns das weit mehr als den Nobelpreis. Diese Sache bringt uns in die höchsten Ebenen der Wissenschaftswelt. Wie sieht es mit der Hautprobe aus?“

„Menschliche Zellstruktur. Aber es finden sich keinerlei Haare auf der Haut. Sie ist völlig porenlos und dünn wie Amphibienhaut.“

Ruth drehte sich zu mir um. Im kalten Licht des Bildschirms wirkte ihr Gesicht gespenstischer als je zuvor. „Unser Freund hat mehr Geheimnisse, als ich zu hoffen wagte. Wer weiß, vielleicht verbirgt sich in seinem Metabolismus gar das Geheimnis der Unsterblichkeit.“

„Die Verwandlung“, überlegte Aaron. „Möglicherweise funktioniert sie zugleich als Generalüberholung. Aber das halte ich für unwahrscheinlich.“

„Ich nicht.“ Ruth strahlte wie ein Kind, das ein fantastisches Geheimnis hütete. „Unsere Zellen begehen systematisch Selbstmord. Wir besitzen zwar die Fähigkeit zur Erneuerung, aber es ist so, als kopiere man die Kopie einer Kopie einer Kopie.“

„Mit jeder Erneuerung werden wir blasser. Älter. Faltiger. Kränker. Das ist ein Naturgesetz.“

„Mag sein. Aber bei ihm könnten sich ganz neue Naturgesetze offenbaren. Vielleicht erneuert er sich mit jeder Verwandlung, und zwar ohne Qualitätsverlust. Ergo auch ohne Abnutzungserscheinungen.“

„Was macht dich so hoffnungsvoll?“

Ruth legte die Hände zum Spitzdach zusammen und legte sie an ihr Kinn. Ihr verschlagener Blick wanderte über meinen Körper. „Unser Freund redete heute Morgen im Schlaf. Ich stellte ihm ein paar Fragen, und er antwortete darauf.“

Aarons Augen weiteten sich. „So?“

„Ich fragte ihn, wann er geboren wurde, und er antwortete: Irgendwann Anfang des neunzehnten Jahrhunderts. Vielleicht auch Ende des achtzehnten.“

Jetzt entgleisten Aarons Gesichtszüge. Der Gram darin verschwand und überließ einem gierigen Eifer das Feld. „Großer Gott. Wenn das wahr ist, dann …“

„Es überträfe unsere größten Hoffnungen“, kam ihm Ruth zuvor. „Unsterblichkeit, Aaron. Unbegrenzte Erneuerung, ohne unerwünschte Nebeneffekte wie Alterung. Das ist die größte Sehnsucht der Menschen. Ewige Jugend.“

„Ich … oh verdammt.“

Ruth rutschte auf seinen Schoß. Sie küsste ihn, streichelte sein Gesicht und wischte ihm die Haarsträhnen aus der Stirn. „Morgen gehen wir in die zweite Testreihe, mein Lieber.“ Ihr Unterleib rieb sich an seinem. Ich roch Aarons Erregung. Es war ein Aroma, das sich wie ein Messer in meinen Bauch wühlte. „Wenn alles so läuft, wie ich es mir vorstelle, sind wir bald bereit für den Schritt an die Öffentlichkeit. Aber wir müssen uns ranhalten. Und wir müssen ihn irgendwie dazu kriegen, sich zu verwandeln.“

„Und das schaffen wir wie?“

„Keine Ahnung. Früher oder später muss er sich verwandeln, nehme ich an. Ansonsten bliebe noch LSD.“

„Du willst ihn auf einen Drogentrip schicken?“

„Hast du eine bessere Idee?“

„Nein.“ Aaron räkelte sich unter Ruths Berührungen und vermied es, mich anzusehen. „Aber was ist, wenn wir ihn der Öffentlichkeit vorstellen? Die werden ihn für den Rest seines Lebens einsperren und als Laborratte missbrauchen.“

„Stimmt.“ Ruth bedeckte seinen Hals mit Küssen. Aaron seufzte und stöhnte. Sein aufbegehrender Wille vertrocknete so schnell wie ein Wassertropfen in sengender Sonne. „Weiß du was? Wir bringen ihn zurück auf seine Insel und vergessen das Ganze. Kein Ruhm, keine Ehre. Wir machen einfach so weiter wie vorher und haken das Ganze an Fantasie ab. Einverstanden?“

Aaron seufzte ein paar Mal, ohne zu antworten.

„Ich seh's dir doch an der Nase an“, schlussfolgerte Ruth. „Du bist genauso besessen wie ich. Außerdem musst du es mal so sehen. Heutzutage gibt es keinen Platz mehr für Wesen wie ihn. Wären wir nicht gekommen, hätte ihn sich ein anderer geschnappt. Oder die Fischer hätten ihm ein paar Kugeln reingejagt und seinen ausgestopften Kadaver in ihre Hafenkneipe verfrachtet.“

„Es ist nicht richtig.“

„Darin gebe ich dir recht. Aber wir haben dummerweise keine Wahl. Und jetzt müssen wir uns ranhalten. Die Zeit läuft uns davon.“

Ich schloss die Augen, Stille kehrte ein. Eine Stille, durchdrungen vom Klackern der Tasten und dem Ticken und Summen der Geräte, die um das Bett herumstanden.

Ich zog an den Fesseln meiner Hände. Die Seile knirschten leise, rissen aber nicht. Ohne das Fell würde ich, bedachte ich meinen lädierten Zustand, höchstens ein paar Tage überleben. Schon jetzt konnte ich kaum einen klaren Gedanken fassen, geschweige denn versuchen, Ruths und Aarons Gefühle zu beeinflussen. Das Gift, das sie benutzten, um meine Sinne zu narren, tat sein Übriges dazu. Was dort aus dem Beutel direkt in meine Adern tropfte, wollte ich gar nicht wissen.

Ich würde sterben, ohne zu wissen, was Mari widerfahren war. Ob sie ihr Leben weiterlebte und glücklich wurde, ob Raer den Sieg davontrug oder scheiterte.

Manche jungen Selkies waren Gerüchten zufolge erfolgreich darin gewesen, vollständig zum Menschen zu werden. Doch ich hatte zu lange im Meer gelebt. Es erfüllte mich, es war mein Herzschlag. Ich hörte die Wellen dort draußen an den Strand rollen. Ganz nah und zugleich unendlich fern. Je länger ich darauf lauschte, umso lauter wurden sie.

Komm, riefen sie. *Komm zu uns. Schwimme weit und tief.*

Die Schwärze kehrte zurück, und ich hieß sie willkommen. Alles war besser, als zu fühlen und zu denken. Doch die gnädige Bewusstlosigkeit war vorbei, noch ehe ich vergessen konnte.

Etwas Scharfes, Bitteres holte mich zurück. Vertraut und fremd zugleich. Was war das für ein Schmerz? Zuerst fühlte es sich an wie ein feiner Stich, dann wie ein giftiger Stachel, der sich in mein Rückgrat bohrte und mit gewaltigem Druck tiefer drang. Ein Wirbel aus rauschender Dunkelheit erfasste mich. Mir schwanden erneut die Sinne, und als sie zurückkehrten, rauschte das Laub einer Blutbuche vor dem Fenster im Wind. Computer, Mikroskope, weiße Laken und grelle Lichter stürzten auf mich ein.

Draußen schien die Sonne. Eine Brise wehte herein und trug den Duft des Meeres in sich.

Ich muss hier raus! Ich muss weg.

Muss zu Mari … muss ins Wasser.

Meine Gedanken verdampften wie Wassertropfen in heißer Sonne.

Jemand kniete vor mir und hielt mich fest. Die Fesseln waren gelöst, ich lag auf der Seite, zusammengekrümmt wie ein Embryo. Ich musste fliehen. Jetzt! Der Gedanke an Mari schmerzte schlimmer als der Stachel in meiner Wirbelsäule.

„Bist du endlich fertig?" Aaron war es, der über mir kauerte. Er klang wütend. „Jetzt mach hin."

„Schon erledigt", fauchte Ruth zurück. „Hör auf, mich zu hetzen."

„Du tust ihm weh."

„Oh bitte. Werde jetzt nicht zum Weichei."

Das Stechen in meinem Rücken endete. Ruth und Aaron rutschten vom Bett, die Matratze hob sich wieder.

„Wenn es dich beruhigt: Das war das Letzte, was ich noch brauchte. Damit wären wir fertig."

Aaron seufzte. Durch den Schleier, der über meinem Blick lag, sah ich sein ausgezehrtes, unglückliches Gesicht.

„Der Preis ist zu hoch. Er ist viel zu hoch."

„Jetzt hör mir mal zu! So langsam habe ich …"

In diesem Augenblick sprang ich vom Bett auf. Ruth stieß einen Schrei aus. Zwei Schritte gelangen mir, dann verwandelte sich alles, was mich umgab, in ein wildes Kaleidoskop aus grellen Farben und Strudeln. Ich fiel gegen das Fensterbrett, stieß eine Lampe um und griff nach dem Nächstbesten, das sich mir bot. Die Lehne eines Sessels. Schmerzen loderten in meinem Kopf. Er schien zerbersten zu wollen. Es war unmöglich zu stehen, unmöglich zu rennen.

Meißel wurden mit gnadenlosem Hämmern in mein Gehirn getrieben. Grelle Blitze explodierten vor meinen Augen. Ich spürte Arme, die sich um mich schlossen. Meine Schläge schienen wirkungslos. Stimmen umschwirrten mich, doch ich verstand kein Wort.

Die letzte Chance war verstrichen.

Als mein Bewusstsein schwand, spürte ich, dass alle Kraft zu Ende war. Ohne das Fell war ich verloren. Vielleicht, und in diesem Gedanken vereinte sich Wut mit Erlösung, würde ich nicht einmal mehr aufwachen.

Hätte ich Mari wenigstens noch einmal wiedersehen können.

~ Mari ~

Wie wurde man wieder Mensch?

Drücken? Pressen? Sich konzentrieren? Irgendwelche Formeln murmeln, einen geheimen Zauberspruch aufsagen oder etwas Bestimmtes zu sich nehmen?

Louans Gefühle schienen von überall her auf mich einzuströmen, schemenhaft wie ein Flüstern am Rande eines Traumes.

Ich hatte gehofft, sie würden mich zu ihm führen, stattdessen ließen sie mich nur umherirren.

Die finstere Tiefe machte mir Angst.

Sie war unauslotbar und gespenstisch. Eine gewaltige Welt voller Wunder und Gefahren, in der ich winzig war. Beute für viele Geschöpfe.

Hätte ich nicht verwirrter sein sollen angesichts des Umstandes, ein Tier zu sein? Litt ich womöglich unter einem Schock? Meine Hände waren zu kräftigen Flossen geworden, mein menschlicher Körper zu dem geschmeidigen Leib eines Seehundes, gegossen aus Silber und belebt von der Macht des Meeres. Ich schwamm, Louans Fell mit meinen Zähnen haltend, als wäre es meine ureigene Natur. Hinter meiner Angst um ihn und meiner Sorge um Dad fühlte ich den unwiderstehlichen Drang, Fischen nachzujagen und sie roh zu verschlingen. Alles, was ich wahrnahm, war anders und doch vertraut.

Anscheinend der Ruf der Natur.

Ich konnte und wollte ihm nicht nachgeben. Noch nicht. Erst musste ich Louan finden, und dabei konnte mir nur Dad helfen.

Als ich den Strand erreicht hatte, entpuppte sich mein Körper als wahrer Fluch. Es fühlte sich an, als wäre mein Bauch mit Steinen gefüllt.

Der Abend dämmerte bereits. Die Stunden vergingen wie im Flug, wenn man im Meer war, als gälten dort andere Regeln für Zeit und Raum. Ein leeres, ziehendes Gefühl füllte mich aus, als ich Louans Fell beiseite legte und erschlaffte. Vielleicht Hunger, der überschattet wurde von Angst.

Weit und breit war niemand am Strand zu sehen. Weder der in Menschengestalt gefangene Raer noch sonst jemand.

Verzweifelt begann ich zu pressen.

Ich wand mich im Sand hin und her, fluchte in Gedanken und peitschte die Brandung mit meiner Schwanzflosse.

Ich konzentrierte mich, visualisierte, wie ich als Mensch aus dem Fell schlüpfte – und musste erkennen, dass es nichts, rein gar nichts brachte.

In Seehundgestalt lag ich da, zutiefst frustriert, während Louan irgendwo dort draußen furchtbare Qualen auszustehen hatte oder sogar im Sterben lag.

Mit wurde übel vor Verzweiflung. Ich roch den Duft seines Fells. Es gab mir das Gefühl, als wäre ein Teil von ihm bei mir, und genau dieses Gefühl machte alles noch schlimmer. Es war nur eine Hülle, die neben mir lag. Ein totes Ding ohne Leben.

Raer kam mir in den Sinn. Vermutlich versteckte er sich, gezwungen in die menschliche Gestalt. Oder er starb.

Nein, Selkies konnten eine ganze Weile ohne Fell überstehen. Louan hatte es mir in den letzten Wochen bewiesen. Hinter meinem Hass tat Raer mir leid, obwohl er es nicht verdient hatte. Würde ich um seinetwillen auf mein neues Leben verzichten und ihm seine Haut zurückgeben? Wofür? Damit er erneut versuchen konnte, Louan zu töten und mich zu besitzen?

Es waren Gedanken, die ich weit von mir schob. Nicht jetzt.

Zuerst musste ich es schaffen, wieder Mari zu werden. Mari, die gemeinsam mit ihrem Vater auf die Suche gehen konnte. Wenn Aaron und Ruth mit ihrem Fang an die Öffentlichkeit gingen, war alles aus. Nirgendwo würde es mehr einen Platz für uns geben.

Uns …

Ein unglaublicher Gedanke. Ich gehörte jetzt in seine Welt. Ich war wie er. Ein Grund mehr, ihn schnellstmöglich zu finden.

Schritte näherten sich. Ich fuhr erschrocken hoch, was die ungewohnte Form meines Körpers damit bestrafte, dass ich nach hinten kippte wie ein Kegel.

„Louan!", brüllte jemand.

Auf dem Rücken liegend, die Flossen hochgereckt, sah ich meinen Vater über mir aufragen. Louan? Natürlich, ich sah aus wie er. Ich war ein silberweißer Seehund. Fast ein tröstender Gedanke, der zerfetzt wurde von dem Wissen, dass er irgendwo dort draußen mutterseelenallein der Neugier skrupelloser Dummköpfe ausgesetzt war.

„Wo ist sie?" Dad packte mich und drückte mich in den Sand. Sein Blick streifte Louans Fell, dann durchbohrte er wieder mich. „Ich bin umgekommen vor Sorge, verdammt noch mal! Was ist passiert? Ich habe von dem Jungen gehört, den du angeblich halb zerfleischt hast. Sämtliche Fischer sind auf der Jagd nach dir. Warst du es? Was ist das da für ein Fell? Wo ist Mari?"

Ich bin es!, wollte ich rufen. *Ich bin es, deine Tochter. Louan ist in Gefahr. Wir müssen ihn retten.*

Heraus kam nur ein heiseres Grunzen und Blöken. Beim haarigen Kelpie, ich klang wie ein Seehund.

Verflucht, ich war ein Seehund!

Plötzlich erschien mir all das völlig irrsinnig. Mein Herzschlag hyperventilierte, mir wurde schwindlig.

„Sag es mir!" Dad brüllte, wie ich ihn nie hatte brüllen hören. „Sag es mir! Sag es! Wo ist meine Tochter? Was ist passiert?"

Meine Augen brannten. Konnten Seehunde weinen? Verzweifelt blickte ich zu ihm auf, in der Hoffnung, dass irgendetwas in meinem Blick ihm sagte, wer ich war.

„Mein Gott", presste er hervor. „Gütiger Gott. Alles, nur das nicht."

Wusste er es? Ich konnte es nur hoffen.

Der Griff seiner Hände wurde sanfter, er begann zu zittern.

Dad! Sieh genau hin. Ich bin es. Erkennst du mich nicht?

„Mari?" Mein Name war ein ersticktes Wimmern in seiner Kehle. „Mari, bist du das?"

Ja!, wollte ich schreien. Stattdessen blökte ich ihn hilflos an.

„Himmel!" Er raufte sich die zu Berge stehenden Haare. „Oh Kleines, wie konnte das passieren? Was hat er nur getan?"

Flehend starrte ich zu ihm hoch.

Gib Louan nicht die Schuld. Er hat mich gerettet. Er hat sich für mich geopfert. Hilf ihm, Dad. Hilf mir.

„Sag doch was", bettelte er. „Rede mit mir. Komm zurück, Mari."

Ein handfester Fluch in Form eines Grunzens kam aus meiner Schnauze.

Grundgütiger, ich besaß Barthaare.

Egal. Darüber konnte ich später nachdenken. Ich musste es schaffen, mich mitzuteilen. Nein, ich musste es schaffen, wieder ein Mensch zu werden. Mit inbrünstiger Verzweiflung stellte ich es mir vor.

Die Macht des Geistes … die Kraft meines Willens … bla bla.

Mein ganzer Körper begann zu brennen. Er wurde enger und enger, dehnte sich bis zur Schmerzgrenze, pulsierte und prickelte.

Ja, es gelang!

Gleich musste die Haut aufplatzen.

Ich schloss die Augen und erwartete den Schmerz.

Doch nichts geschah.

Das Engegefühl verebbte, das Pulsieren verschwand.

Ich war nach wie vor ein Tier, während Dad über mir kauerte, mich in den Armen hielt und heulte wie ein Schlosshund.

Verteufelt nochmal, was sollte ich tun?

Mein Seehundgehirn arbeitete fieberhaft und glücklicherweise mit unveränderter Leistungsfähigkeit. Ruth und Aaron arbeiteten in der Universität von Inverness, was bedeutete, dass sie höchstwahrscheinlich auch in Inverness lebten oder zumindest im näheren Umfeld.

Im Geiste rief ich mir eine Karte vor Augen. Es wäre ein Katzensprung gewesen, hätte ich wie ein Mensch im Flugzeug fliegen oder im Auto fahren können. Doch aus eigener Kraft schwimmen? Und was, wenn ich dort war?

Als Seehund war ich machtlos. Wie sollte ich Louan in einer Großstadt finden?

Wenn ich es jetzt nicht schaffte, menschlich zu werden, würde es mir später gelingen?

Jedes Nachdenken war überflüssig. Ich musste es einfach tun. Ob es möglich oder unmöglich war, irrsinnig oder machbar. An Kleidung zu kommen, falls ich es schaffte, wieder Mensch zu werden, war von allen Problemen das Geringste.

Es zerriss mir das Herz, mich aus Dads Armen zu winden, Louans Fell zu schnappen und ins Wasser zu robben. Ob wir uns wiedersehen würden, war ungewiss. Alles war ungewiss. Ich blickte ihn nicht an, verschwand so schnell mich meine Flossen trugen in den Wellen und tauchte ab.

Seine Stimme verfolgte mich bis hinein in die Tiefen der See.

„Mari, ich liebe dich. Pass auf dich auf, mein Schatz.“

Asoka verlor seine große Liebe und wurde zerfressen von Hass. Er tötete, mähte ganze Armeen nieder, ließ nichts an sein Herz als gnadenlose Kälte. Ein grausamer König, der das Land in Blut tränkte. Doch als er begriff, dass er einem Irrtum aufgesessen war … als er erkannte, dass seine geliebte Frau noch lebte, und dass all der Tod, den er gesät hatte, umsonst war, sah er seinen Fehler ein und wurde Buddhist. Seine Lehren der Friede und Harmonie keimten dort, wo zuvor Blut in Strömen geflossen war. Seine Sanftheit wischte Schmerz fort. Er lebte glücklich bis ans Ende aller Tage.

Aaron schaltete den Fernseher aus und entließ seinen Frust in einem Stöhnen.

Er konnte nicht mehr.

Verflucht und zugenäht, das Leben war kein Bollywood-Film, in dem das Gute immer siegte und alle in leuchtend bunten Kleidern tanzten.

Ruth hatte sein Haus in ein Frankensteinlabor verwandelt. Überall roch es nach Chemie und Krankenhaus. Computer surrten, Geräte tickten, das Bettgestell knirschte.

Wie ein wahnsinniges Gespenst huschte Ruth durch die Zimmer und Gänge, ungeduldiger und fahriger von Tag zu Tag, wälzte Unterlagen, telefonierte und bohrte und schnitt sich immer tiefer in das Geheimnis in Form eines sterbenden Jungen hinein, der sich mit jedem Atemzug weiter von ihnen entfernte.

Sie hatte von ihm verlangt, nach Skara Brae zu fahren und nach einem möglicherweise vorhandenen Fell zu suchen, doch er hatte sich geweigert.

Selbst dann noch, als sie ihm Liebesschwüre ins Ohr geflüstert und ihren Körper an seinem gerieben hatte.

Ihre Masche funktionierte gut, das musste er sich eingestehen.

Er war noch immer verrückt nach ihr.

Aber Ruths Macht über ihn schwand. Mit jedem Tag sah er klarer, und mit jedem Tag ekelte er sich mehr vor sich selbst.

Dass ihr Gefangener langsam verreckte, lag ganz gewiss nicht an seiner fehlenden Seehundhaut. Er starb schlicht und einfach, weil er nicht mehr leben wollte. Wozu auch? Um den Rest seines Lebens gefoltert zu werden?

Höchstwahrscheinlich würde Ruth ihn nur noch tot verschachern können.

Jeden Morgen erwartete er, den Selkie leblos vorzufinden. Nein, vielmehr hoffte er es. So hätte das Martyrium ein Ende.

Bei Gott, er war ein elender Feigling. Es läge in seiner Macht, ihn zu befreien, warum wagte er es nicht? Was war sein elendes Leben denn noch wert, wenn er seine Zukunft auf etwas so Widerwärtigem aufbaute?

Aaron ging in die Küche und goss sich den zehnten Kaffee an diesem Tag ein. Es war wieder Abend geworden. Er vermied es, einen Blick in sein Schlafzimmer zu werfen. Der Anblick des halbtoten Jungen, gefesselt an sein Bett, brachte ihn um den Verstand.

Tu es, beschwor er sich jede Minute. *Tu es, tu es, tu es.*

Aber er tat es nicht.

Stattdessen begann er, Ruth zu hassen.

Abgöttisch und leidenschaftlich.

Die Lumbalpunktion vor zwei Tagen schien dem Selkie den Rest gegeben zu haben. Seitdem war er, wie es auch bei Menschen nach einem solchen Eingriff geschah, von rasenden Kopfschmerzen gepeinigt, die ihn überfielen, sobald er versuchte, sich aufzurichten. Glücklicherweise, denn anders konnte man es unter den gegebenen Umständen nicht formulieren, fand der Selkie seit heute Morgen ohnehin nicht mehr die Kraft, sich nennenswert zu bewegen. Still und stumm lag er da, mal mit geschlossenen Augen, mal mit leerem Blick, der sich irgendwo in nicht existenten Welten verlor.

Kaum ließ Aaron sich wieder in den Fernsehsessel sinken, die dampfende Tasse mit beiden Händen umklammernd, hörte er Ruth vom Schlafzimmer her schreien:

„Ich hab's. Die erste Präsentation um 8.00 Uhr gehört uns. Komm her, Aaron. Sieh es dir an, damit du es glaubst."

Eine Beleidigung auf den Lippen erhob er sich und schlurfte zu ihr. Ihr vom Computerbildschirm beschienenes Gesicht sah gruselig aus, übertroffen wurde es nur noch vom Anblick des Gefangenen, der kaum mehr war als ein Schatten seiner selbst. Er schien zu verblassen wie ein Geist.

„Wir werden die Welt umkrempeln", frohlockte Ruth. „Ich fasse es nicht. In ein paar Tagen stehen wir vor zweihundert der bedeutendsten Genetiker und Molekularbiologen der Welt. Wir beide auf der Jahreskonferenz für Genetik und Molekularbiologie in London. Lass das auf deiner Zunge zergehen, Partner."

Aaron streifte den Text, der vor ihm flimmerte, mit einem müden Blick.

Ihm lagen Worte auf der Zunge. Zum Beispiel: *Ist dir schon mal aufgefallen, dass er dir unter den Händen wegstirbt? Oder siehst du nur noch deine Testergebnisse?* Es drängte ihn, sie auszusprechen, doch seine Stimmbänder versagten ihm den Dienst.

Keinen Atemzug später stürmte Ruth mit enthusiastischen Jauchzern von dannen, wohl um zu telefonieren. Eine glänzende Zukunft, aufgebaut auf Leid und Blut. Wunderbar. Er ließ sich in den Sessel sinken, umfasste sein Gesicht mit beiden Händen und stützte die Ellbogen auf dem Tisch ab. Ein weißer, widerlich steriler Tisch aus der Universität. Während er inzwischen wieder seiner regulären Arbeit nachgehen musste, konnte Ruth es sich nicht nur erlauben, spontan ein paar weitere Wochen freizumachen. Nein, es stand ihr anscheinend sogar frei, tonnenweise Material zu entwenden und hierherzuschaffen. Allein das Stereomikroskop und die Zentrifuge waren ein paar tausend Pfund wert. Bewegte sie sich damit am Rande der Legalität oder war gar längst darüber hinausgeschossen?

Aaron fühlte sich wie ihr Gefangener. Ausgelaugt, hilflos, verblasst.

Als er sich zu dem Jungen umwandte, hatte dieser den Kopf zu ihm gewandt und sah ihn an. Aaron schluckte schwer. Er hatte die Hoffnung gehegt, dass der Selkie längst im Reich des Traumes weilte und nicht mehr von dort zurückkehrte, ganz gleich, was Ruth mit ihm anstellte.

Diesen Blick zu sehen war mehr, als er ertragen konnte.

Ehe er wusste, wie ihm geschah, rannte er in die Küche, holte ein Messer und kehrte ins Schlafzimmer zurück. Vom Wohnzimmer her hörte er Ruth leise reden. Sie würde lange genug mit Selbstbeweihräucherung beschäftigt sein, um es ihm zu ermöglichen, den Selkie loszuschneiden und ans Meer zu schleppen. Zumindest hoffte er das. Vielleicht würde die Freiheit den Jungen wieder zu Kräften kommen lassen. Und selbst wenn nicht, war ein Tod in seiner angestammten Welt weit besser als das Elend, das ihn hier umgab.

Sein Brustkorb fühlte sich an, als wolle eines dieser widerlichen, wurstförmigen Aliens aus ihm herausbrechen.

Der Selkie starrte ihn aus glasigen Augen an. Aaron biss sich auf die Lippe.

Tu es! Tu es endlich! Befreie ihn!

Er setzte das Messer an die Fußfesseln, als er plötzlich eine leise Stimme hörte.

„Hilf ihr."

War es der Junge gewesen? Aaron fuhr hoch. Ja, er sah ihn direkt an, den Oberkörper so weit aufgerichtet, wie es die Fesseln zuließen. „Hilf ihr."

Ein unterdrücktes Stöhnen, und der Junge fiel zurück in das Kissen. Sein Atem ging schwer und schleppend, der Puls an seinem Hals raste. Ihr helfen? Wen meinte er? Wohl kaum Ruth. Wusste vielleicht das Mädchen und ihr Vater, dass er hier war, und sie machten sich daran, ihn zu befreien?

Hoffst du etwa darauf? Er verfügt über unglaubliche Heilkräfte. Stell dir nur vor, was das für die Krebsforschung bedeuten könnte.

Unzählige Leben, die auf dem Spiel standen. Todkranke Menschen, gerettet durch ein Wunder. Aber die Welt war kein Bollywood-Film. So viele Dinge, die diesen Planeten in einen besseren Ort verwandelt hätte, waren in fest verschlossenen Schubladen verschwunden, weil sie den Profit einiger Weniger gefährdeten. Er war ein Träumer. Was bitte erwartete er von der Realität? Ein Serum, das Menschen schier allmächtige Selbstheilungskräfte schenkte, war der Alptraum aller Pharmaunternehmen. Wie sagte man so schön? Der Pessimist ist nichts weiter als ein gut informierter Optimist. Hier ging es nicht um die Heilung tödlicher Krankheiten oder um vorgehaltenes Gutmenschentum. Es ging darum, einen Unschuldigen zu befreien.

Aaron holte tief Luft, setzte erneut die Klinge an und …

„Erledigt!“ Ruths Stimme fühlte sich an wie ein Schlag ins Gesicht. Hastig ließ er das kleine Messer in seinem Ärmel verschwinden.

Als hätte er es geahnt. Eine größere Klinge wäre kaum zu verstecken gewesen.

„Jetzt ist alles hieb- und stichfest. Wir müssen das Wichtigste zusammenstellen. Komm, hilf mir. Schlafen können wir, wenn wir auf dem gesamten Erdball in aller Munde sind. Für den Rest der Zeit lasse ich ihn besser in Ruhe.“ Sie nickte zum Gefangenen hinüber. „Dann wird er sich schon wieder erholen. Ach ja, und gib ihm nachher was, okay? Ich meine was Richtiges, nichts aus dem Schlauch. Irgendwas, das ihn wieder zu Kräften kommen lässt. Mach ihm einen Tee oder eine Hühnersuppe oder sowas.“

Hühnersuppe? Tee? Aaron schloss die Augen. Sein Körper reagierte auf den Stress mit mörderischem Sodbrennen und Herzrasen. Kalt schmiegte sich die Klinge an sein Handgelenk, lechzend danach, sich in Ruths Hals zu bohren. Hass schnürte ihm die Kehle zusammen, zurückgehalten von … ja, was?

Feigheit?

„Ich glaube kaum, dass er wieder zu Kräften kommt“, schnauze Aaron. „Er ist so gut wie hinüber, falls dir das in all deinem Eifer noch nicht aufgefallen ist.“

Ruth kniff die Augen zusammen. Offenbar hatte er einen wunden Punkt getroffen. „Unsinn. Er wird schon wieder. Es war einfach zu viel in den letzten Tagen.“

„Sieh ihn dir an!“ Er brüllte es fast hinaus. „Sieh genau hin. Es würde mich wundern, wenn er bis zu deiner hochgelobten Konferenz am Leben bleibt. Aber was soll’s, dann präsentieren wir ihn eben ausgestopft.“

Ruth setzte ihm ihren Zeigefinger auf die Brust. Inzwischen fehlte ihr offenbar die Lust, ihn wie eine Gottesanbeterin um den Finger zu wickeln.

„Wenn er stirbt, ist es deine Schuld. Ich wollte, dass du nach seinem Fell suchst. Aber du hast den Hintern nicht hoch bekommen. Jetzt sieh zu, wie du ihn am Leben hältst."

„Das war's." Aaron ballte die Hände zu Fäusten. „Mir reicht es endgültig. Du hast mich lange genug benutzt."

Gerade wollte er nach vorne greifen, um Ruths widerlichen, dürren Hals zu packen, als zwei Dinge gleichzeitig geschahen. Seltsame Geräusche erklangen, fast wie ein Keuchen, und die Gesichtszüge vor ihm, in denen im Geiste schon seine Faust gelandet war, entgleisten.

„Was ist das?", stieß Ruth hervor. „Siehst du das, Aaron? Ist das nicht … oh mein Gott. Er verwandelt sich!"

Sie stürzte hinüber zu dem Selkie, der sich matt in den Fesseln hin und her wand. Sein Atem klang, als kollabierten die Lungen. Adern traten hervor, Muskeln verkrampften sich. Tropfen kalten Schweißes bedeckten die Haut des Jungen. Aaron glaubte, die Erschöpfung narrte seine Sinne. Silberne, seidenfeine Haare wuchsen auf den Oberschenkeln, der Hüfte und den Armen des Selkies. Fingernägel verlängerten sich zu Krallen. Und als der Junge den Kopf zurückwarf und seinen Mund zu einem lautlosen Schrei öffnete, schimmerten Fangzähne im fahlen Licht der Bildschirme.

„Bei Gott." Ruth schnappte nach Luft. „Hol die Kamera. Davon brauchen wir eine Aufnahme."

~ *Louan* ~

Unmöglich, es aufzuhalten. Ich konnte nicht. Wollte nicht. Erinnerungen kamen zu mir, fern und blass. Manchmal, wenn ein Selkie ohne sein Fell im Sterben lag und sich so fest an das Leben klammerte, dass keine Macht es ihm nehmen konnte, kämpfte sich das Tier wieder frei. Es sprengte die menschliche Hülle, wühlte sich heraus, übernahm die Kontrolle.

Vollständig. Das alte Leben auslöschend.

Ich spürte, wie es hervorbrach. Sengend und zornig. Angst und Schmerz waren ihm gleichgültig. Mit offenen Armen und hungriger Seele wollte ich es empfangen, doch da war das Wissen, dass das Tier den Menschen vollständig vernichten würde. Wenn ich es zuließ, wenn ich mich darin verlor, würde ich Mari vergessen. Für immer.

Beim Salz der See, ich hatte es für Legenden gehalten. Ein Märchen, das nur wenig mit der Wahrheit gemein hatte. Ein Selkie ohne sein Fell war zum Tode verurteilt, doch jetzt kehrte ich ins Leben zurück.

Meine Erinnerungen wurden blass wie Meeresschaum. Und sie verschwanden zusehends. Ich konnte sie nicht halten. Zähne verlängerten sich mit mörderischem Druck, Nägel wurden zu Krallen. Fell drückte sich durch meine Haut.

Es war so verlockend. So befreiend. Ich wollte nichts mehr spüren, nichts mehr denken. Aber wenn ich sie vergaß …

Unmöglich.

Keine Schmerzen mehr, keine Erinnerungen mehr.

Nur der friedvolle Zorn des Tieres. Alles andere war unerträglich.

Und Mari würde ich ohnehin nie wiedersehen.

Ein reißender Krampf zuckte durch meinen Körper. Die Krallen des Tieres zerfetzten seinen Käfig, zogen sich wieder zurück, ruhten aus, rüsteten sich für den letzten Befreiungsschlag. Stumm und mit geschlossenen Augen wartete ich darauf.

Kapitel 14

Als ich frei war

„Fern an schottischer Felsenküste,
wo das graue Schloss hinausragt über die brandende See,
dort, am hochgewölbten Fenster,
steht eine schöne, kranke Frau,
zartdurchsichtig und marmorblass.
Sie spielt die Harfe und singt.
Der Wind durchwühlt ihre Locken,
und trägt ihr dunkles Lied
weit über das stürmende Meer.“

Heinrich Heine

~ Mari ~

Meine Gefühle verspotteten und narrten mich. Glaubte ich, der Quelle der Gefühle näherzukommen, verhallten sie in der Weite des Ozeans und kehrten erst nach langen Irrwegen in alle Himmelsrichtungen wieder.

Zerklüftete Küsten zogen im Nebel des Morgens an mir vorüber. Möwen kreisten am bleigrauen Himmel. Ich sah die Schatten von Wolken über saftigen Wiesen. Ich sah bunte Schiffkutter und lärmende Fähren.

Kam ich Louan näher oder entfernte ich mich von ihm?

Ich konnte es nicht sagen. Er war bei mir, in jedem Atemzug und in jedem Gedanken, doch seine Nähe gab mir kein Ziel.

Wenn mich meine geografische Erinnerung nicht trog, musste ich nur der Küste folgen, um Inverness zu erreichen.

Und dann? Es fühlte sich an, als würde ich mit jedem verstreichenden Tag mehr zum Tier. Der Mensch entglitt mir, um nur noch Instinkte übrig zu lassen. Über mir ballten sich die Möwen zu einem kreischenden Haufen.

Mürrisch brodelte das Meer, unter dessen blaugrauem Spiegel ein Fischschwarm seine Runden zog.

Ehe ich wusste, wie mir geschah, ließ ich Louans Fell los und stürzte mich mitten hinein in den glitzernden Wirbelsturm.

Blut färbte in Wolken das Wasser. Ich biss und schlang und fraß, schnappte wie von Sinnen um mich und sprang aus dem Wasser, um wie ein Pfeil wieder darin einzutauchen. Sturmvögel schossen auf die Fische herab. Delfine näherten sich.

Ich verlor mich in einem Rausch, der nichts Menschliches mehr an sich hatte. Keine Angst erreichte mich. Keine Sorge. Es war ein wildes, brutales Paradies, in das ich mich nur zu gerne flüchtete, doch als von dem Schwarm kaum mehr übrig war als glitzernde Schuppen und ich erschöpft im Wasser trieb, waren die Erinnerungen schärfer denn je.

Übelkeit füllte meine Eingeweide. Ich musste Louan finden.

So schnell wie möglich.

In spiralförmigen Drehungen tauchte ich ab, fand das Fell auf dunklem Schlick liegend und packte es. Gerade strebte ich wieder an die Oberfläche, als ich sie sah. Vier Orcas. Riesig, hungrig und furchteinflößend.

War das Weibchen, das ihnen voraus schwamm, Louans Freundin?

Nein, wohl kaum. Vier Mäuler gespickt mit kegelförmigen Zähnen schossen auf mich zu. Sprudelnde Blasen tanzten hinter den Finnen der Wale her und bildeten hinter ihren Schwanzflossen helle Schweife.

Ich spürte ihre Jagdlust als elektrisches Prickeln in meinem Kopf. Mein Überlebensinstinkt verpasste mir eine wahre Schockwelle an Kraft, sodass ich schneller schwamm, als meine Sinne folgen konnten. Ein neuer Rausch löste den vorherigen ab. Kein Gedanke erreichte mich. Ich musste nichts entscheiden.

Stattdessen schwamm ich um mein Leben.

Die Orcas holten auf. Plötzlich war einer der Wale über mir, zwei weitere rechts und links, ein vierter unten. In wahnwitzigem Tempo schlängelte ich mich durch schwarzweiße Kolosse hindurch.

Reißender Schmerz brach in meiner Schwanzflosse auf. Zähne gruben sich hinein, schleuderten mich herum und warfen mich ins Blaue hinein. Mir schwanden die Sinne. Ich durfte nicht sterben! Ich musste zu Louan!

Taumelnd glitt ich in die Tiefe. Ein gewaltiger Kopf raste auf mich zu, rammte mich von unten und schleuderte mich zur Oberfläche hinauf. Ein weiterer Wal kam herbei, um mir mit seiner Fluke einen Schlag zu verpassen.

Sie spielten mit mir. So, wie ich es in Tierfilmen gesehen hatte. Ich war plötzlich zum Teil eines grausamen Rituals geworden, das Menschen sich nur auf flimmernden Fernsehbildschirmen ansahen.

Aber ich war kein Mensch mehr.

Himmel, Wellen und die Küste wurden zu einem wirbelnden Kaleidoskop. Ich klatschte zurück ins Wasser, sah ein weit aufgerissenes Maul auf mich zukommen. Diesmal würden sie nicht nur spielen. Ich wollte ausweichen, irgendetwas tun, stattdessen schien sich mein Körper bereits in eine Welt verabschiedet zu haben, in die mein Geist bald folgen würde.

Ein wütender Pfeifton, ein gewaltiger Aufschlag. War ich tot? Hatte ein von meiner Angst produzierter Chemiecocktail mir alle Schmerzen erspart?

Nein, ich lebte. Hilflos an der Oberfläche treibend und in die Tiefe blickend. Ein großes Orcaweibchen hatte den Wal, dessen Beute ich werden sollte, brutal in die Seite gestoßen. Benommen trieb er unter mir, während das Weibchen sich über seine Gefährten hermachte. Gnadenlos versetzte sie ihnen Stöße mit ihrem Kopf, peitschte mit der Fluke das Wasser, pfiff und sang mit wildem Zorn. Widerwillig wichen die Tiere zurück, bis sie wie Geister im Blau verschwanden.

Das Walweibchen kam zu mir, berührte mich sanft mit ihrer Schnauze und fragte mich nach meinem Befinden.

Ich stutzte. Hörte ich ihre Gedanken? Nicht als Worte, sondern als Gefühle, wie ein warmer Fluss in meinem Geist? Wie sollte ich darauf antworten?

In den schwarzen Augen des Wals blitzte Erkenntnis auf.

Komm. Ich weiß, wo er ist. Ich bringe dich zu ihm.

Ihre Angst vereinte sich mit Verzweiflung, ihr Zorn wurde zu meiner Wut. Die Wunde in meiner Schwanzflosse begann sich bereits zu schließen, ich spürte sie kaum mehr.

Nachdem ich das Fell ein weiteres Mal vom Grund heraufgeholt hatte, schwamm ich Seite an Seite mit dem Orcaweibchen in die offene See hinaus. Sie zog es vor, durch tiefe Wasser jenseits der Küstenlinie zu schwimmen, deren Schutz, wie ich soeben erfahren hatte, nur Einbildung war.

An ihrer Seite fürchtete ich mich nicht mehr. Wenigstens nicht vor den Gefahren dieser Welt. Meine Angst um Louan hingegen dominierte all mein Denken. Die säuselnden Strömungen der Walgedanken waren nur ein milder Trost. Während wir Richtung Süden strebten, immer wieder die Oberfläche durchbrechend, um zu atmen, erzählte sie mir von ihrem Leben.

Es war eine beneidenswerte Existenz, so herrlich geordnet und klar, ohne all das Chaos, das sich durch ein Menschenleben zog. Alles folgte natürlichen Bahnen, den Gesetzen von Leben, Tod und Liebe, sodass mir meine eigene Vergangenheit bald wie ein wirres Gefasel aus Sackgassen und Sinnlosigkeiten erschien. Also erinnerte ich mich nur an das, was ich als schön empfand.

Dad, unser Gewächshaus. Die bunten Vögel. Musik, Tänze zwischen Orchideen und … Louan.

Meine Augen brannten. Ich musste zu ihm und ihn zurückholen in die Welt, in die er gehörte. Wie lange schwammen wir bereits? Stunden oder Tage? Über mir wurde es dunkel, dann wieder hell. Zeit bemaß sich hier nach anderen Regeln.

Wir müssen uns beeilen!, vermittelte ich dem Wal. *Lass uns schneller schwimmen.*

Gemeinsam jagten wir durch das Wasser, bis vor uns in der Morgendämmerung die Lichter einer Stadt auftauchten.

Inverness.

Louans Nähe wurde so deutlich spürbar, dass ich nicht mehr daran zweifelte, ihrer Spur folgen zu können. Die letzte Wegstrecke legte ich in einem wahren Sprint zurück, wobei ich auf die noch im Dunkeln liegenden Hügel östlich der Stadt zusteuerte. Dort musste er sein. In einem der Häuser, die sich langsam aus der schwindenden Nacht herausschälten.

Ich schwamm die Küste ab, Kilometer für Kilometer, bis sich das Gefühl, das sich in meiner Brust konzentrierte, abrupt verstärkte.

Dort oben, das Haus. Da musste er sein.

Ich wusste es.

Nein, ich fühlte es. Schwindelnd vor Aufregung hielt ich auf eine Bucht östlich des Gebäudes zu. Hier war ich vor Blicken geschützt, wenigstens erschien es mir so, denn Felsen umschlossen sie von beiden Seiten.

Wie erschöpft ich war, spürte ich erst, als ich meinen Körper an Land hievte. Müdigkeit zerrte verlockend an meinem Geist, doch ich zwang sie nieder. Stattdessen legte ich Louans Fell ab, entspannte mich so weit wie möglich und ließ meine Gedanken fließen, immer um ein bestimmtes Bild herum. Wie die Seehundhaut aufbrach und den Menschen freigab. Mein anderes, blass gewordenes Ich.

Da waren sie wieder, die Schmerzen. Das Engegefühl, das Pulsieren. Ich durfte keine Angst empfinden. Vielleicht war ich beim ersten Mal gescheitert, weil ich mich verkrampft hatte, verwirrt von dem, was ich fühlte. Obwohl die Panik mit kalten Fingern nach mir griff, blieb ich vollkommen locker und überließ mich dem Strom der Verwandlung. Ein Reißen, ein Brennen. Mein Fell platzte auf wie eine überreife Frucht. Ein Schrei entkam meiner Kehle. Weder menschlich noch tierisch. Ich musste es ertragen. Fast war es geschafft.

Blut floss in den Sand. Ich streckte mich, rollte mich herum. Dann war es plötzlich da, das Bewusstsein für meinen Menschenkörper. Ich konnte meinen Arm fühlen, meine Hand und die Finger. Die Füße gruben sich aus dem reißenden Fell. In einem letzten Aufbäumen griff ich nach der Seehundhaut und zog sie mir vom Körper. Haut löste sich von Haut. Jetzt tat es nicht mehr weh, sondern fühlte sich kaum seltsamer an, als aus einem zu engen Kleidungsstück herauszuschlüpfen.

Endlich war es geschafft. Zitternd kniete ich im Sand, das Fell an meine Brust drückend. Hinter mir in den Wellen wartete das Orcaweibchen, ein riesiger Schatten unter der Oberfläche. Stumm wünschte sie mir Glück.

Louans Nähe verblasste. Ich wusste, was das bedeutete. Sein Geist entfernte sich, weil sein Körper starb. Den Gedanken, womöglich zu spät zu kommen, schob ich weit von mir. Als allererstes musste ich in das Haus kommen, erst dann war es Zeit, weiterzudenken.

Vorsichtig, beide Felle an mich raffend, watete ich über glitschige Steine und von Seepocken übersäte Felsen, um in die nächste Bucht zu gelangen, von der aus, wie ich gesehen hatte, eine Steintreppe zum Haus hinaufführte.

Unschuldig schimmerte goldenes Licht hinter einem der großzügigen, viergeteilten Fenster. Ob Louan in diesem Zimmer war? Ich sah einen Schatten durch das Licht huschen. Er war zierlich und weißhaarig. Ruth! Mein Herz tat einen Satz. Wenn sie hier war, war auch mein Selkie nicht weit.

Behutsam arbeitete ich mich weiter, immer darauf bedacht, nicht auf einen der Seeigel zu treten. Im schlimmsten Fall würde ich dann keinen Schritt mehr tun können. Meine erste und einzige Begegnung mit den Stacheln des Tieres war in schmerzhaften, wochenlang entzündeten Wunden geendet. Ob das jetzt, wo ich die Grenze zum Mystischen überschritten hatte und selbst zu einem magischen Wesen geworden war, ebenso war, wollte ich nicht in Erfahrung bringen.

Endlich setzte ich meine Füße auf weichen Sand. Das Licht einer noch nicht aufgegangenen Sonne gab ihm das Aussehen vanillegelber Seide. Im Laufschritt hetzte ich die Treppe hoch, immer das Fenster im Auge behaltend, hinter dem der Schatten begann, hektisch auf und ab zu tigern. Irrte ich mich, oder telefonierte sie? Louans Nähe fühlte sich an wie ein Nebelstreif, der sich aufzulösen begann. Geduckt huschte ich durch den verwilderten Vorgarten des Hauses, der aus Steingärten und knorrigen Kiefern bestand. Düster wie das Haus selbst, dessen einstmals helle Farbe längst grau geworden war, zerfressen vom salzigen Wind. Auf der rechten Seite schien sich ein Kellereingang zu befinden. Die Chance, dass er offen war, wo Ruth und Aaron doch ein so spektakuläres Geheimnis zu bewahren hatten, ging gegen Null.

Dennoch huschte ich zu dem kleinen, finsteren Eingang, stieg vier rutschige Stufen hinab, packte den Knauf und drehte ihn. Die Tür schwang mit leisem Quietschen auf.

Erleichterung wollte sich nicht bemerkbar machen. Wenn man mir so unbedacht Zugang gewährte, erwartete man mich möglicherweise. Wussten Ruth und Aaron, dass ich kam, um Louan zu befreien? Vielleicht hatte er meine Nähe gespürt und mich im Delirium verraten. Oder man hatte ihm irgendein Wahrheitsserum verabreicht.

Lautlos schlich ich durch einen muffig riechenden Raum, der ursprünglich wohl als Waschküche gedient hatte. Ich sah ein steinernes Becken, altmodische Wasserhähne und etwas, das wie ein riesiger Kessel zum Kochen von Wäsche aussah. Auf aufgespannten Leinen hing diverse Kleidung. Hemden, Hosen, Socken, Unterwäsche. Ganz rechts baumelte ein Kissenbezug, von dem mir Sharukh Khan entgegengrinste.

Psychedelisch.

Schritt für Schritt schlich ich weiter, auf jedes winzige Geräusch achtend. Waren das Herzschläge, die ich hörte? Weit über mit? Spinnen brachten mit sirrenden, ruckartigen Bewegungen ihre Netze zum Vibrieren, um etwaige Beute zum verräterischen Zappeln zu animieren. Mäuse huschten hinter steinernen Wänden durch ihre Gänge. Zweige schabten irgendwo über die Wand des Hauses. Etwas schepperte, als wäre eine Schüssel zu Boden geworfen worden. Ein leiser Fluch erklang.

Das Trippeln größerer Füße. Vielleicht eine Ratte. Zischeln und Glucksen aus verschiedenen Rohren. Der Geruch nach eingekochten Erdbeeren und Pflaumen. Ich lief durch einen langen, dunklen Gang, der von einem sonderbaren, grünlichen Licht erfüllt zu sein schien. Fast erschien es mir, als blicke ich durch ein Nachtsichtgerät. Waren das meine verbesserten Augen oder erkannte ich nur nicht die Quelle des Schimmers?

Links von mir tauchte eine weiße Tür auf. Ich drückte die Klinke herunter, öffnete sie und fand mich einer ebenfalls weiß gefliesten Treppe gegenüber. Ruths Stimme wehte zu mir herunter.

„Ja genau, die erste Präsentation um 8.00 Uhr … du solltest kommen, unsere Entdeckung wird die Geschicke dieser Welt verändern … ja, auf der Jahreskonferenz für Genetik und Molekularbiologie in London … glaub mir oder nicht … ich weiß … verdammt, komm einfach, Dad."

Ihre Stimme senkte sich, doch sie redete noch immer mit ihrem Vater. Ein kaltes, eishelles Wesen wie Ruth redete mit ihrem Vater.

Seltsam. Aber warum? Hatte ich etwa gedacht, sie sei in einem Reagenzglas entstanden?

Jahreskonferenz für Genetik und Molekularbiologie in London. Ich hatte in der Zeitung davon gelesen. Es war die wohl wichtigste Veranstaltung in der Welt der Genforschung. Hier wurden ausschließlich bedeutende bis spektakuläre Entdeckungen präsentiert.

Entdeckungen wie die bewiesene Existenz eines Selkies.

Ich huschte die Treppe hinauf. Oben vertiefte das Haus den ersten, vom Äußeren und dem Keller geweckten Eindruck. Die Decke war holzvertäfelt, die Wände bis zur Hälfte, darunter zeigten sich Feldsteine. Eine Garderobe aus rustikaler Eiche harmonierte mit einem dunkelroten Teppich. Bunte, schwarz gerahmte Bilder hingen hier und da an den Wänden, Darstellungen indischer Götter. Der elefantenköpfige Ganesha, der sanft lächelnde Shiva, die grausame Kali. Letzterer warf ich einen zweiten Blick zu. Sie stand ebenso für die Schöpfung wie für die Zerstörung. Leben und Tod. Mutter und Mörderin.

Das Blut der Verwandlung klebte noch immer auf meinem Körper. Salzwasser tropfte aus meinen Haaren und aus den Seehundfellen. Die Welt verbarg weitaus mehr Geheimnisse, als der Mensch ahnte. Zahllose Existenzen hinter der Existenz, die wir für das Maß aller Dinge hielten. Und ich war zum Teil des Mysteriums geworden, das letztlich nichts anderes war als Natur.

Natur, die der Mensch noch nicht begriff. Und die er niemals begreifen durfte, weil er nicht in der Lage war, in Harmonie mit ihr zu leben.

Durch einen Türspalt sah ich in ein altmodisches Wohnzimmer mit dunkelgrünen Sesseln, einem Röhrenfernseher und Möbeln in Eiche rustikal. In einem der Sessel saß Ruth, hatte die Beine übereinandergeschlagen und telefonierte. Leise, fast verstohlen. Ihr weißblondes Haar schimmerte unwirklich im Licht eines Deckenfluters.

Von irgendwoher erklang das Geräusch von Fingern, die auf einer Tastatur einhackten. Ich nahm den Geruch von Desinfektionsmitteln wahr. Vermischt mit jenen Aromen, die Krankenhäuser erfüllten und von denen man nie wissen wollte, aus welchen Nuancen sie sich zusammensetzten.

Louan war in unmittelbarer Nähe. Ich spürte, wie sein Geist nach mir tastete. Matt und kraftlos wie ein kühler Windhauch. Mit drei Sätzen durchquerte ich den Flur und kam in eine Art kleine Übergangshalle, die ausgelegt war mit weichen, orientalischen Teppichen. Von dieser Halle aus führte eine spiralförmig gewundene Treppe in das nächste Stockwerk. Zudem gab es zwei wurmstichige Holztüren, von denen eine geschlossen und eine angelehnt war. Langsam ging ich an die offene heran, hinter der ein matter Lichtschein lag. Das Tastaturgeklapper kam zweifellos von dort. Ich erkannte ein Fenster mit langen, in einem Luftzug wehenden Vorhängen. Das Gestell eines Bettes, meinem nicht unähnlich, um das ein Seil geschlungen war. Mit angehaltenem Atem beugte ich mich weiter vor.

Im letzten Augenblick gelang es mir, ein erschrockenes Aufstöhnen hinunterzuwürgen. Dort, keine fünf Schritte vor mir, lag Louan. Halb bedeckt von einem weißen Laken, an Hand- und Fußgelenken gefesselt. Seine Augen waren geschlossen, sein Kopf zur Seite gesackt. Flackerndes Bildschirmlicht tanzte über seinen reglosen Körper, der seltsam verändert aussah. Die silbernen Flecken, die sich über Brust und Arme zogen, sahen beinahe aus wie Fell.

Hektisch sah ich mich um. Gab es hier irgendetwas, das ich notfalls als Waffe verwenden konnte? Hinter mir im Flur erhob sich Ruths Stimme wieder. Offenbar geriet sie mit ihrem Vater in Streit.

In einer Terracotta-Vase befand sich neben getrockneten, von Spinnweben überzogenen Palmwedeln der Ast einer Korkenzieherweide. Zumindest am unteren Ende dick genug, um im Ernstfall zum Schlagstock umfunktioniert zu werden. Leise zog ich ihn aus seinem Behältnis. Was, wenn Louan bereits tot war? Oder wenn es zu spät war, um die Verwandlung herbeizuführen?

Während ich zurück zur Tür schlich, kreisten zahllose Gedanken in meinem Kopf. Wenn es mir gelang, ihn loszubinden, mussten wir es bis zum Strand schaffen. Aber Louan schien am Ende seiner Kräfte zu sein. War ich in meiner neuen Daseinsform stark genug, ihn zu tragen? Und was geschah mit all den Daten, die sie zweifellos bereits von ihm gesammelt hatten? Ihn zu befreien und alle Proben hierzulassen, war wie die Herausforderung zu einer Katastrophe. Man würde uns jagen bis ans Ende der Welt.

Wie ferngesteuert schob ich die Tür auf. Sie quietschte nicht, sondern schwang lautlos auf. Im kalten Bildschirmlicht vertiefte sich die Grausamkeit der Szenerie. Aaron saß mit dem Rücken zu mir und ließ soeben vom Computer ab, um mit seinem Hocker zum Mikroskop zu rollen. Er blickte hindurch, nahm einen Block und einen Stift und begann, hektisch irgendeine Skizze anzufertigen. Die beiden Diagramme auf dem Bildschirm sagten mir nichts, außer, dass sie laut Überschrift einen Vergleich von normalsterblichen Werten zu denen des Selkies zeigten.

Jeden Augenblick konnte er sich umdrehen und mich entdecken. Aaron war kein schlechter Mensch, das hatte ich gespürt. Aber selbst der gutherzigste Wissenschaftler konnte auf falsche Pfade geraten, wenn Ruhm und Anerkennung lockten. Ich zweifelte nicht daran, dass er uns aufhalten würde.

Vorsichtig legte ich den Ast vor dem Bett ab. Ich vermied jeden Blick auf Louan, richtete mein Augenmerk lediglich auf die Fesseln und machte daran, sie zu lösen. Die Knoten saßen nicht übermäßig fest. Jeder, der sich wie ich jahrelang auf einem Fischerboot verdingt hatte und dem selbst die kompliziertesten Knoten geläufig waren, empfand diese hier als Kinderspiel. Ich löste das Seil am Bettende, wickelte es von seinen Fußgelenken und begann, die beiden rechts und links aufzuknoten, mit denen man seine Hände festgebunden hatte. Aaron hockte in unveränderter Konzentration vor dem Mikroskop und kritzelte wie von Sinnen. Vermutlich war er derart in seiner Gedankenwelt gefangen, dass es einer Bombenexplosion bedurft hätte, um ihn in die Realität zurückzuholen.

Jetzt, da alle Fesseln gelöst waren, beugte ich mich über Louan. Der Puls an seinem Hals war schwach, aber spürbar. Flecken seidigen Fells waren überall zu erkennen. Ich berührte den größten auf seiner Brust. Es schien, als kämpfte sich das Tier mit aller Macht in die Freiheit.

„Hörst du mich?", wisperte ich an seinem Ohr, Aaron nicht aus den Augen lassend. „Ich bin hier. Ich bringe dich hier raus. Aber das kann ich nicht ohne deine Hilfe."

Als er den Kopf zu mir wandte, noch ehe ich den letzten Satz beendet hatte, währte meine Erleichterung nur kurz. Ich sah kein Erkennen in seinen Augen. Nicht ein Funken von Vertrautheit und Liebe.

Stattdessen blickte ich in die Augen eines zornigen, mörderischen Tieres. Mein Blut gefror. Als Louans Blick an sich herabglitt und die gelösten Fesseln sah, zögerte er keine Sekunde.

Die vorgetäuschte Schwäche fiel von ihm ab. Mit gefährlicher Anmut sprang er auf, ging in eine geduckte Haltung und fixierte den ahnungslosen Aaron. Er würde ihn töten. Keinen Augenblick lang zweifelte ich daran.

„Louan!" Ich sprach es laut genug aus, dass Aaron es hören konnte. Als der Wissenschaftler herumfuhr, weiteten sich seine Augen vor Panik.

„Nicht!" In einer Geste verzweifelten Flehens streckte er die Arme vor. „Ich wollte das alles nicht. Das musst du mir glauben. Ich tat nur, was Ruth von mir verlangte."

Louan wich einige Schritte zur Seite. Seine gesamte Gestalt strahlte Mordlust aus. Animalischen Zorn und eine Lust an Rache, die jenseits menschlicher Moral stand. Warum erkannte er mich nicht? Was war mit ihm geschehen? Seine Beine waren, wie ich nun sah, vollständig von Fell überzogen. Darunter spielten kräftige Muskeln, bereit, den Körper blitzschnell voranzutreiben und Aaron niederzureißen. Auf grauenvolle Weise war Louan schöner denn je. Ein Chimäre zwischen Mensch und Tier, in jenem Moment, da er in der Mitte zwischen beiden Welten balancierte, vollkommen.

„Louan." In meiner Stimme zitterten die Tränen, die mir in die Augen stiegen. „Erkennt du mich nicht? Ich bin es, Mari."

Sein wilder Blick streifte mich nur kurz. Es war wie die Berührung eines fremdartigen, urtümlichen Geschöpfs, dessen Natur selbst mir fern war, obwohl auch in meinen Adern das Blut des Meeres floss. Als er sich wieder Aaron zuwandte, war keinerlei Erkenntnis in seinen Augen aufgetaucht. Er wusste nicht, wer ich war. Warum ich hier war. Aber er wusste, was Aaron ihm angetan hatte.

„Ich habe dafür gesorgt, dass sie hereinkommen konnte." Aarons Stimme überschlug sich schier. Er fuhr hoch und drückte sich mit dem Rücken gegen die Kante des Schreibtisches. „Ich habe die Kellertür offengelassen. Ich habe ihr den Weg geebnet. Ohne meine Hilfe hätte sie dich nie befreien können. Glaube mir, ich wollte dir nie wehtun. Ich will, dass du frei bist. Geh. Beeil dich, bevor Ruth zurückkommt."

„Es ist wahr." Ich glaubte, in Louans Blick ein Zögern zu erkennen. „Er hat mir geholfen. Hier, ich habe dein Fell für dich. Ich bin jetzt wie du. Wir können gemeinsam glücklich werden."

Er sah mich an. Lange und undurchschaubar. War da etwas wie Schmerz, das in seinen Augen lag? Erinnerte er sich wieder an mich?

„Hier." Ich hielt ihm Raers Fell entgegen. „Erkennst du es? Du hast mich vor ihm gewarnt. Du sagtest, er würde mich zur Verwandlung zwingen und meinen Geist kontrollieren. Es ist ihm nicht gelungen. Wir sind jetzt frei. Nimm dein Fell und komm mit mir."

Verwirrung schien ihn zu befallen. Er wich vor Aaron und mir zurück, als hätte ihn keines meiner Worte erreicht, und als er plötzlich herumfuhr, glaubte ich, er würde verschwinden, ohne sich noch einmal zu mir umzusehen.

„Das Glück ist wahrlich auf meiner Seite." Ruth stand in der offenstehenden Tür, das Narkosegewehr im Anschlag. „Ein männlicher und ein weiblicher Selkie. Besser geht es nicht."

Sie schoss, doch Louan war schneller. In schattenhafter Schnelligkeit wich er dem Pfeil aus, der stattdessen haarscharf an Aaron vorbeischoss und in der Wand neben dem Computer endete. Ein Aufschrei, ein Zappeln, und Ruth lag am Boden, festgehalten von Louans unnachgiebigen Händen. Als er sich vorbeugte, um sie zu küssen, glaubte ich meinen Augen nicht zu trauen. Was tat er da? Wie konnte er nur …

Nein! Es ging nicht darum, sie zu küssen. Ein eiskalter Hauch kroch über meine Wirbelsäule. Die Luft im Zimmer kühlte sich schlagartig ab, als ein seltsames Vibrieren sie erfüllte. Nicht hörbar, nur zu fühlen. So tief und subtil, dass meine Sinne schwanden und mir schlagartig klar wurde, was Louan tat.

Er nahm sich ihre Seele.

Aaron rührte keinen Finger. Wie eine Statue stand er neben mir, die Augen weit aufgerissen, den Mund aufgeklappt. Ich sah, dass er innerlich darum flehte, sich rühren zu können. Trotz allen Hasses, den ich so deutlich fühlte, wollte er Ruth helfen. Doch erging es ihm wie mir. Wie gelähmt angesichts des ungeheuerlichen Aktes standen wir da, in der flackernden Dunkelheit, kaum bei Sinnen und wie gebannt, bis Louan von seinem Opfer abließ, sich geschmeidig aufrichtete und uns, noch halb über Ruth kauernd, einen Schulterblick zuwarf.

Ein kaltes, unberechenbares Feuer leuchtete in seinen Augen.

Nichts war mehr übrig vom Menschen. Ich sah nicht mehr Louan, nur noch ein Raubtier, das über Leichen ging, um seine Freiheit wiederzuerlangen.

Als er sich ganz erhob, über Ruth hinwegstieg und auf mich zukam, überfiel mich blanke Furcht. Er war schnell, viel zu schnell, als dass ich mich gegen ihn hätte wehren können. Er riss mir beide Felle aus den Armen, warf mir einen wilden, undurchdringlichen Blick zu und rannte davon.

„Louan!“ Ich folgte ihm, obwohl meine Vernunft längst wusste, dass es sinnlos war. Mit dem Fell nahm er mir jede Möglichkeit, ihm zu folgen. Wenn er jetzt ging, würde ich ihn niemals wiedersehen.

„Ich liebe dich“, schrie ich ihm hinterher. „Erkennst du das nicht?“

Sein Körper war ein silbriges Schimmern im Licht einer rasch aufgehenden Sonne. Er huschte die Treppe hinunter, überquerte den Strand und verharrte am Saum der Brandung. Wie eine Statue stand mein Selkie da.

Ich folgte ihm vorsichtig. Ich wusste, dass er meine Nähe spürte. Was also bedeutete es, dass er nicht in den Wellen verschwand? Erinnerte er sich endlich?

Behutsam legte ich eine Hand auf seine Schulter, die einzige Stelle, an der noch kein Fell spross. Seine kühle, glatte Haut zu spüren, zerriss mir das Herz. Er zitterte. Sein Atem ging schwer und schnell.

„Lass mich nicht allein“, flüsterte ich. „Ich kann nicht ohne dich leben.“

„Doch, das kannst du.“

Er wandte sich um. Seine Augen schwammen in Tränen.

Er erinnerte sich wieder, doch ich spürte, dass diese Erinnerung trügerisch war wie vergänglicher Meeresschaum, der beim ersten Sonnenstrahl schmolz.

„Mari, es ist zu spät.“

„Warum?“ Ich fühlte mich kalt. Wie innerlich erfroren. „Was meinst du? Nichts ist zu spät. Ich bin jetzt wie du.“

„Nein.“ Er strich mir über das Haar.

Kein Messer hätte mir mehr Schmerzen zufügen können als diese Berührung.

„Ich gehe, weil ich alles vergessen werde. Weil das Tier endgültig gesiegt hat. Ich kann nicht mehr zum Menschen werden. Jede Erinnerung an das Land wird ausgelöscht werden, und damit auch jede Erinnerung an dich.“

„Nein!“ Ich schrie es fast. „Du bist stärker. Du kannst es besiegen.“

„Das kann ich nicht. Erinnere dich an dein Versprechen, Mari. Du bist stark. Stärker als du glaubst. Wir wussten immer, dass unsere gemeinsame Zeit nur kurz ist.“

„Ich will dich nicht verlieren.“

„Das will ich auch nicht. Aber es muss sein. Du wirst wieder glücklich werden. Ich weiß es.“

Meine Sinne schwanden. Ich wollte stark sein, aber es zerriss mir das Herz und die Seele. „Was ist mit dir? Wirst du glücklich werden?“

Er lächelte. „Ich werde frei sein. So frei, wie nur ein Tier es sein kann.“

„Aber ich dachte, ein Selkie stirbt ohne sein Fell.“

„Das dachte ich auch.“

„Und was ist mit mir? Ich bin jetzt wie du.“

„Nein.“ Er wich vor mir zurück. Schritt für Schritt. „Du kannst wieder zurückkehren. In dir ist noch immer viel mehr Mensch als Tier.“

Ich sah, wie die Erinnerung aus seinen Augen verschwand. Sie verblasste und wich einer ungezähmten Wildheit, die alles Menschliche abschüttelte. Ich wollte nach ihm greifen, ihn festhalten, ihn küssen oder schlagen, doch eine Lähmung befiel meinen Körper. Bestehend aus Erkenntnis und Hilflosigkeit. „Louan, bitte.“

„Leb wohl, Mari. Ich liebe dich. Denke immer daran.“

Er lächelte mir zu, ehe die Welle kam. Und dann, als sie schäumend seine Beine umspülte, warf er sich mitsamt den Fellen nach vorne und tauchte ab. Sein Körper verwandelte sich, kaum dass er das Wasser berührte, wurde zu einem silbernen Schemen und schoss in das Blau hinaus. Nach zwei Atemzügen war er fort.

Verschluckt vom Ozean.

Für immer vor meinen Augen verborgen.

Reglos stand ich da. Gelähmt von der Gewissheit, dass es kein gemeinsames Leben für uns gab. Ich war wieder ein Mensch, und er für immer ein Tier. Es gab nichts mehr, das uns verband.

Die grausame Weite der See würde uns für alle Zeiten trennen.

„Sind Selkies um vieles anders als Menschen?"

Ich starrte auf den flimmernden Bildschirm und den Wust aus Diagrammen. Jetzt, da Aaron die Deckenlampe eingeschaltet hatte, wirkte das Zimmer wie ein gewöhnliches, altbackenes, beinahe romantisches Schlafzimmer.

Mir drehte sich der Magen um. Der Nachhall verwehenden Schmerzes schwängerte die Luft. Ich roch Krankenhaus und Blut. Die Bilder friedvoll lächelnder indischer Gottheiten an den Wänden waren der pure Hohn.

Ich hätte Aaron hassen sollen, doch das konnte ich nicht. Als er auf die schlafende Ruth hinabgeblickt hatte, die ins Gästezimmer verfrachtet worden war, hatte ich die Abscheu in seinen Augen gesehen. Eine tiefschürfende, zutiefst angeekelte Abscheu, die sich nicht nur gegen Ruth richtete, sondern im gleichen Maße gegen sich selbst.

Aaron litt unter dem, was geschehen war, auch wenn diese Reue nicht alle Schuld begleichen konnte. Aber sie genügte, um mich nicht hassen zu lassen.

„Nun, das ist schwierig zu sagen." Er setzte sich, zog die Tastatur zu sich und begann, darauf herumzuhacken. „Es gab einige Referenzwerte, die sich vom menschlichen Metabolismus unterschieden. Andersartigkeiten auf den ersten Blick, sozusagen, beruhend darauf, dass der Körper eines Selkies an ein anderes Leben angepasst ist. Er ist amphibisch, kann sowohl im Wasser als auch am Land leben. Möglicherweise haben sich beide Spezies parallel entwickelt, aus derselben Basis, wenn man so will. Aber um deine Frage korrekt beantworten zu können, müsste man eine halbe Ewigkeit mit Tests verbringen." Er räusperte sich.

Eine Warnmeldung erschien auf dem Bildschirm.

Soll der Ordner wirklich gelöscht werden?

Aaron drückte auf *Ja*.

„Es wäre eine Forschungsaufgabe für Jahrzehnte. Würdest du alle Informationen des menschlichen Genoms vorlesen wollen, bräuchtest du über einhundert Jahre. Vorausgesetzt, du liest sieben Tage pro Woche und neun

Stunden pro Tag. Immerhin reden wir hier von mehr als einer Milliarde Wörtern. Stell es dir so vor, dass das Genom eines Selkies wie eine andere Version dieses Buches ist. Dann begreifst du, wie viel Arbeit dahinterstecken würde, alle Unterschiede aufzuschlüsseln."

Arbeit? Mir kam vor Abscheu die Galle hoch, doch ich verschluckte meine Entgegnung. Ich stand hier, gekleidet in eines von Aarons weißen Hemden und in eine graue Jogginghose, die mir drei Nummern zu groß war, wartete darauf, dass mein Vater mich abholte, und versuchte zu begreifen, dass nichts so gekommen war, wie ich es erhofft hatte.

Ich war allein. Wieder einmal. Ob Ruth überleben würde? Es sah ganz danach aus. Ihr Blick war leer gewesen, wie der einer Toten, aber die Vitalfunktionen völlig in Ordnung. Wenn sie aus ihrem Schlaf erwachte, musste Aaron entscheiden, ob er einen Arzt hinzuzog oder nicht.

Was ist geschehen?

Nun ja, ein Selkie hat ihre Seele in sich aufgesaugt. Oder zumindest einen Teil davon.

Damit war die magische Geschichte also beendet. Louan hatte mich verlassen müssen und wollte mir die Freiheit lassen, ein Mensch zu bleiben.

Er würde in der Wildheit des Meeres alles vergessen, ich würde mein Schuljahr beenden, den Abschluss machen und bis zur Rente in der Gärtnerei meines Vaters arbeiten.

Ich würde nie wieder lieben.

Nicht so, auf diese Weise.

Es gab eine Stelle in meinem Herzen, die verschlossen und versiegelt war, weil sie allein einem Fabelwesen gehörte.

„So, erledigt." Aaron fuhr den Computer herunter. „Sämtliche Daten sind gelöscht."

„Gibt es irgendwo Kopien?"

„Nein. Dafür lege ich meine Hand ins Feuer. Die einzige Kopie der Daten befand sich auf diesem USB-Stick, und den habe ich leer geräumt. Auf der Kamera ist ebenfalls alles gelöscht. Komm, lass uns ins Wohnzimmer gehen. Ich mache dir einen Kakao. Dein Dad dürfte in spätestens zwei Stunden hier sein."

Willenlos ließ ich mich von Aaron führen. Mein Körper fühlte sich taub an, als ich in einen der dunkelgrünen Sessel fiel. Man hatte mich in einen Kokon eingesponnen, der alles dämpfte. Selbst den Schmerz. Nur Sekunden schienen vergangen zu sein, als Aaron mit zwei dampfenden Tassen zurückkehrte. Er reichte mir eine, behielt die andere und schaltete den Fernseher an. Irgendwann tanzten bunte Menschen in fröhlicher Manier über eine üppig blühende Bergwiese.

„Weißt du, warum ich diese Filme mag?"

Ich wusste es, brachte aber nur ein Kopfschütteln zustande. Während ich den sahnigen, süßen Kakao trank, stellte ich mir vor, wie ein silbrig schimmernder Seehund durch die blaue Tiefe glitt. Ohne Erinnerung, glücklich und frei.

„Die Liebe gewinnt immer", sagte Aaron. „Das Gute trägt immer den Sieg davon. Egal wie steinig der Weg ist, er wird bewältigt. Jeder bekommt, was er verdient. Wenn jemand sagt, die Filme seine realitätsfern, dann hat er recht. Aber gerade deshalb liebe ich sie."

„Vielleicht seid ihr Inder genetisch darauf programmiert." Ich hatte völlig unbewusst gesprochen. Meine Stimme erstaunte mich. Sie klang zynisch und zitterte nicht im Geringsten. „Es ist wie ein Drogentrip. Bunt, psychedelisch und surreal."

„Darum geht es." Aaron grinste. In seinem schwarzen Rollkragenpullover, der Jeans und dem zerzausten, dunklen Haar sah er auf zerstreute Weise gut aus. Keinesfalls wie ein hochdotierter Wissenschaftler.

Bevor ich Louan kennengelernt hatte, hätte ich mich wohl in ihn verliebt. Wie es Mädchen in meinem Alter gerne und schnell taten.

Aber wie sollte ich jemals in einem Menschen den Zauber finden, den der Selkie in mir geweckt hatte? Die Welt, die ich erblickt hatte, konnte sich mit nichts messen, dass hier an Land existierte. Kein Kuss würde je so aufregend und meeressalzig schmecken. Keine Berührung würde je ein so magisches Prickeln hinterlassen. Die Erinnerung zu verlieren, wäre der einzige Weg in die Freiheit.

„Sei nicht traurig", sagte Aaron. Ein Sahnebart klebte über seiner Oberlippe. „Nein, halt. Was rede ich da? Sei traurig, das ist ja wohl völlig angebracht. Aber denke daran, dass du etwas erlebt hast, wovon alle anderen nur träumen. Viele erfahren nie, was Liebe bedeutet. Viel zu oft schauen wir zurück und nicht nach vorne. Statt in alten Zeiten festzuhängen, sollten wir vorangehen und uns dieser Zeiten in Liebe erinnern."

Ich hielt mich an der Tasse fest und starrte ins Leere.

„Drei Wochen lang war ich verheiratet", redete Aaron weiter. „Ich habe sie abgöttisch geliebt. Ich habe sie auf Händen getragen und ihr jeden Wunsch erfüllt. Sie war mein Ein und Alles. Mein Herz und meine Seele. Dummerweise beruhte das nicht auf Gegenseitigkeit. Jeden Tag frage ich mich, warum sie mit dieser Erkenntnis bis nach unserer Hochzeit gewartet hat. Sie ließ zu, dass ich das imaginäre Schloss unserer gemeinsamen Zukunft bis zum letzten Stein aufbaute, und erst, als es fertig war, zerstörte sie es bis auf die Grundfesten. Deswegen lebe ich jetzt hier. In einem dunklen, einsamen, verstaubten Gruselhaus."

„Vermisst du sie?", fragte ich.

„Jeden Tag und jede Nacht. Aber ich denke auch an die Vorteile des Alleinseins. Ich bin mein eigener Herr. Ich tue, was ich will, wann ich es will, wie ich es will. Ich muss mich um niemanden sorgen. Gerade den letzten Punkt habe ich liebgewonnen."

„Was willst du mir damit sagen?"

„Nichts." Aaron hob die Schultern und zog eine Grimasse. „Ich sage dir nur, wie es bei mir war."

„Ich würde lieber als Tier leben. Alles ist viel einfacher. Geordneter. Das Land ist nicht mehr meine Heimat. Ich …" Mir kamen die Tränen. „Ich werde nie frei sein, solange meine Füße Erde berühren."

„Alles ist Schicksal", seufzte Aaron. „Jeder hat eine Aufgabe zu erfüllen. Wenn es dir bestimmt ist, an Land zu bleiben, wird das seinen Sinn haben.

Und ich hoffe bei Gott, dass mein Zögern ebenfalls einen hat. Sonst muss ich mich erschießen."

Ich schloss die Augen. Alles verschwamm in dumpfer Schwärze. Wie lange ich so dasaß, umwölkt von fernem Gesang und undeutlichen Gesprächen, wusste ich nicht. Es fühlte sich an wie Minuten, stattdessen mussten es wohl Stunden gewesen sein. Als es an der Haustür klingelte, herrschte tiefe Nacht. Wie selbstverständlich schlurfte ich mitsamt meiner leeren Kakaotasse zur Tür. Ich erkannte Dads und Olivias Silhouette hinter dem Glas.

Wenn es dir bestimmt ist, an Land zu bleiben, wird das seinen Sinn haben.

„Kleines!" Tränenüberströmt fiel er mir in die Arme, als ich öffnete. Seinen Körper zu spüren, warm, vertraut und zitternd wie Espenlaub, riss den Schleier von meinem Bewusstsein. „Grundgütiger, ich dachte, ich sehe dich nie wieder. Ich habe nach dir gesucht, überall. Olivia hat zu Hause gewartet, falls du kommst, und ich bin überall herumgefahren und habe tausend Leute befragt. Anna hat mir die Karte gegeben, aber da stand nur eine Handynummer drauf, bei der keiner abhob, und in der Universität wollte mir niemand die Adresse verraten. Es tut mir so leid."

Wortlos umarmte ich erst ihn, dann Olivia. Ich spürte, dass der gemeinsame Schmerz die Bindung zwischen den beiden noch vertieft hatte. Wir wiegten uns, hielten uns fest, raunten uns Versprechungen zu.

Irgendwann zog Dad ein Lederband mit einer silbernen Muschel hervor. „Die hier habe ich am Strand gefunden. In der Hosentasche deiner Jeans."

Ich drückte die Muschel an mein Herz. Keine Tränen kamen. Noch nicht. Irgendwann, wenn ich zurück in meinem Zimmer war und alles realisiert hatte, würden sie mich überwältigen. Hinter den Kiefern glänzte das Meer, betupft von Sprenkeln silbernen Mondlichts. Ein Versprechen von Freiheit und Geheimnis.

Ich würde es lieben, bis zum Ende meines Daseins.

Genauso wie ihn.

Wochen später

„Sture kleine Sprotte." MacMuffin bedachte mich mit einem liebevoll-mitleidigen Blick. „Lass es doch gut sein. Was bringt es denn ein, als nur noch mehr Herzschmerz?"

Ich zuckte die Schultern. Meine Finger spielten mit der silbernen Muschel um meinen Hals. Ich berührte sie, sobald ich aufwachte, und hielt sie in den Fingern, bis ich einschlief. Vielleicht hielt ich sie auch die ganze Nacht lang fest.

„Ich wünschte, ich könnte es."

„Sieh mal." Mit einer Hand umfasste er das Steuer, die andere legte er auf meine Schulter. Plötzlich hatte ich das Gefühl, mein Vater stünde neben mir. „Für jemanden wie ihn ist es die beste Lösung. Lass ihn los. Sonst passiert wieder ein Unglück."

Für jemanden wie ihn …

Dad, Olivia und ich waren am Tag nach unserer Rückkehr nach Westray bei dem alten Fischer eingefallen und hatten ihn eingeweiht.

Es war ein Bedürfnis gewesen. Und eine Notwendigkeit. Angesichts seiner Kollegen, die in gesteigertem Wahn einem silbernen Seehund nachjagten und entschlossen waren, ihn zur Strecke zu bringen, konnte ein Eingeweihter in diesen Kreisen entweder eine Katastrophe bedeuten oder den besten Schutz, den wir Louan geben konnten.

Falls er überhaupt noch in der Nähe war.

MacMuffin traf angesichts der Wahrheit nicht der Schlag. Er hörte sich alles an, nickte dann und wann mit dem Kopf, grunzte ein paar Mal und antwortet schließlich, als ich meinen ellenlangen Vortrag schloss, mit einem lapidaren: „Wusste ich's doch!"

Fast vier Wochen waren seitdem vergangen. Die Fischer hatten ihre Jagd beendet. MacMuffins Beschwörung, er hätte gesehen, wie Orcas einen silbernen Seehund fraßen, ließ sie in einer Mischung aus Erleichterung und Enttäuschung zurück.

Die Leidenschaft, die ein Mensch bei der Jagd auf einen vermeintlichen gemeinsamen Feind entwickelte, war erschreckend.

„Es ist noch nicht vorbei“, sagte ich. „Ich weiß es.“

„Du hoffst es“, korrigierte er mich. Sein Wollpullover roch nach geräuchertem Fisch, Torffeuer und Pfeife. Alles um uns herum war silbern im Licht der Spätnachmittagssonne. Der Himmel war von geriffelten Wolken überzogen, die ihm den Anschein gaben, er sei der Gaumen eines gewaltigen Wesens. Eine bleiche, elfenbeinerne Sonnenscheibe goss ihr Licht auf das ruhige Meer und bemalte es mit quecksilbernem Glanz. Selbst die Möwen und Fulmars schwebten wie silberne Geister im gespenstischen Licht. Alles war still hinter dem Knattern des Motors.

Still, einsam und leer.

Louan …

Ich rief seinen Namen in Gedanken. So laut und deutlich ich konnte. Ich schrie ihn hinaus in die endlose Weite seiner Heimat, ohne eine Antwort zu spüren. Hatte MacMuffin recht? Jagte ich nur sturen Hoffnungen hinterher? War mein Selkie längst weit, weit weg?

Ich löste mich aus MacMuffins Umarmung und ging zur Reling. Der Kutter zog einen Schweif aus Gischt hinter sich her, den der stille Spiegel des Wassers gierig in sich aufsog. Als Ruth mir das Messer an die Kehle gehalten hatte, war es meine Todesangst gewesen, die Louan zu mir getrieben hatte.

Meine Finger strichen über die rote, schmerzende Narbe. Ich starrte in das Wasser hinunter und spürte, wie ich mich vorbeugte.

„Was bist du doch für ein verliebtes, kleines Spröttchen.“

MacMuffins Stimme ließ mich zurückzucken. „Wenn du das tust, fische ich dich raus, versohle dir den Hintern und binde dich ans Steuerrad. Komm her zu mir. Sofort.“

Wie ferngesteuert tat ich es. Das Elend quetschte meinen Magen zusammen. Warum sahen das Meer und der Himmel nur so wunderbar aus? Warum erinnerte ich mich so gut an die kurze Zeit, die ich als Tier verbracht hatte? Zerfressen von Sorgen, doch zugleich berauscht von der Freiheit des

Ozeans. Wie herrlich würde es sich anfühlen, sie ohne Angst genießen zu können. An Louans Seite.

Vereint als Mensch und als Tier.

Erst gestern hatte ich mit Aaron telefoniert. Seit dem Vorfall sprachen wir oft miteinander, redeten über Verlust, Träume und Hoffnungen, über Naturwissenschaft, den Tod, alles was danach kommen könnte und das Leben an sich. Seine Stimme flößte mir keine düsteren Erinnerungen, sondern Trost ein. Ich sah ihn vor mir, wie er in seinem alten, staubigen Haus saß, Kakao mit Sahne trank und sich mit Bollywood-Filmen tröstete.

Ruth wiederum hatte jede Erinnerung verloren. Nein, sie hatte sich selbst verloren. Tagein, tagaus saß sie auf dem Bett ihres Klinikzimmers, starrte mit ewig gleichem Gesichtsausdruck ins Leere und zeigte die Bedeutung hinter Louans Worten auf.

Jemandem die Seele zu rauben, ist schlimmer als der Tod.

Ich wusste nicht, ob ich Aaron wiedersehen wollte. Vielleicht spendete mir nur seine Stimme Trost. Vielleicht hatte ich Angst davor, sein Anblick könnte das zerstören, was stundenlange Telefonate zwischen uns hatten wachsen lassen. Oft fragte mich Dad, ob er ihn zu uns einladen solle, und jedes Mal antwortete ich dasselbe: „Keine Ahnung."

„Schau mal da vorne." MacMuffin deutete auf die Seehundbänke, die sich aus dem Dunst der Ferne schälten. „Ist da nicht ein Weißer bei? Oh, dieser dumme Junge. Was macht er denn da? Zeigt sich der ganzen Welt."

Ich gefror. Ja, er hatte recht. Zwischen dunklen, runden Leibern glänzte ein schlanker Körper im fahlen Elfenbeinlicht. Es war nicht Raer. Ich spürte es so deutlich, als hätte jemand ein Leuchtfeuer in meinem Herzen angezündet.

„Fahr", rief ich. „Fahr schneller."

„Sobald wir näher kommen, hauen sie ab."

„Fahr!" Tränen brannten in meinen Augen. Mein Herz nahm stolpernd seine Funktion wieder auf. Er durfte nicht verschwinden. Er durfte einfach nicht.

MacMuffin schüttelte den Kopf, der Kutter wurde schneller. Erschrockenes Blöken durchdrang die Stille. Dutzende dunkle Körper stürmten in das Wasser und tauchten ab. Einer nach dem anderen. Mit ihnen auch der silberne Seehund. Binnen weniger Augenblicke lag eine leere Sandbank vor uns, die meine Hoffnungen verhöhnte. Ein schier unerträglicher Schmerz ließ mich gegen das Steuerrad sinken.

„Hast du gesehen, wie viel Angst sie hatten?“ MacMuffin zog mich in seinen Arm, als befürchte er, ich könnte Louan folgen.

Doch das wäre unmöglich gewesen.

Aus meinem Körper schien plötzlich alle Kraft herausgesaugt. Ohne MacMuffins Stütze wäre ich in mich zusammen gesunken.

„Die haben wochenlang nach ihnen gejagt. Kein Tag verging, an dem sie nicht gestört wurden. Ein paar Seehunde haben diese Idioten sogar erschossen, um ein Exempel zu statuieren. Das passiert, wenn Mensch und Tier sich in die Quere kommen. Lass es gut sein, Mari. Was meinst du, was passiert, wenn plötzlich wieder ein silberner Seehund auftaucht? Sein Fell wird schneller an der Kneipenwand landen, als du *wie hab ich dich vermisst* sagen kannst. Oder die stecken ihn wieder in einen Käfig und bringen ihn zu diesen unsäglichen Forschern zurück. Louan hat vielleicht alle Erinnerungen verloren, aber er spürt, dass du ihn nicht loslässt.“

Ich nickte. Der Kloß in meiner Kehle fühlte sich an, als würde er nie wieder weichen.

„Lass ihn gehen, Mari.“

„Kann ich morgen wieder mitkommen?“

„Morgen ist Montag. Da hast du Schule.“

„Bitte.“

„Auf gar keinen Fall. Du wirst schön das tun, was du tun musst.“

Mein Magen krempelte sich um. Die Fahrten mit MacMuffin waren alles, was mir geblieben war.

Neben einer kleinen, silbernen Muschel, die ich seit meiner Rückkehr trug. „Genau das meine ich. Ich wäre lieber ein Tier.“

„Wirklich? Willst du gejagt werden, egal wo du auftauchst? Geh morgen zur Schule. Am Freitag kommst du zu mir und wir fahren wieder raus. In Ordnung?“

Ich nickte mit hängendem Kopf. Was war die Schule gegen das Meer? Was waren schnöde Menschendinge gegen die Freiheit, die man fühlte, wenn man wie ein Pfeil durch das Wasser schoss, als Teil einer endlosen, unbeschreiblich schönen Welt?

„In Ordnung.“ Das Bewusstsein, dass MacMuffin recht hatte, schnürte mir die Kehle zu. „Freitag klingt gut.“

Es wurde Zeit. Ich musste mich endgültig entscheiden.

Dad und Olivia schnitten im Rosenanbau welke Blüten ab. Ich winkte ihnen zu, warf meine Schultasche in die nächstbeste Ecke und rannte los, ehe man mir Fragen stellen konnte. Der Herbst kam mit schnellen Schritten näher, die Tage wurden kürzer. Fast meinte ich, schon den Geruch des Winters zu spüren.

Der Tag, an dem der erste Schnee fiel, würde furchtbar werden.

Ich stürmte zum Hafen hinunter, sah MacMuffins Kutter am Pier liegen und wunderte mich, denn er lag noch genauso da wie gestern Abend, als ich dem alten Mann ein paar ausgelesene Bücher meines Vaters vorbeigebracht hatte. Hätte er heute nicht auf Fischzug gehen müssen? Vielleicht war das Wetter daran schuld. Düstere Wolken jagten so tief über Westray und das Meer hinweg, das man meinte, sie berühren zu können. Sturmwinde trieben meterhohe Brecher an die Hafenmauer und zerrten an meinen Haaren. Die Vorboten des nahenden Herbstes.

Während der gesamten Woche hatte ich über MacMuffins Worte nachgedacht. Ich musste loslassen, darin behielt er recht. Wenn Louan blieb und den Fischern zum Opfer fiel, nur weil ich nicht die Kraft fand, ihn gehen zu lassen, würde ich mir das nie verzeihen. Nichts war schlimmer als das. Nicht einmal das lebenslange Gefühl, unvollkommen zu sein. Heute würde ich ihm sagen, dass ich nicht mehr mit ihm hinausfuhr.

Niemals wieder.

Fast wurde mir die Tür aus der Hand gerissen, als ich sie öffnete. Ächzend vor Anstrengung drückte ich sie wieder zu, ordnete mein zerzaustes Haar und hing meine Jacke an die Garderobe.

„Mac?“, rief ich in die Stille hinein. „Bist du hier?“

Keine Antwort. Es roch, wie es immer roch. Nach altem Mann, Pfeife und Fisch. MacMuffins Haus bestand aus drei winzigen, mit alten Möbeln vollgestellten Zimmern. Überall fanden sich Erinnerungen aus seiner Zeit als Seemann. Alte Postkarten aus allen Teilen der Welt. Vergilbte Fotos. Buddelschiffe, verstaubte Gemälde, Souvenirs aus fernen Ländern, nautische Geräte.

Vielleicht hing MacMuffin noch in der Kneipe fest. Oder er war auf einem Spaziergang und hatte die Zeit vergessen.

Mir fiel der Sessel am Fenster ins Auge. Aha, so war das also. Ich sah zwei Beine, die in einer durchgescheuerten, dunkelblauen Cordhose steckten. MacMuffin hielt also ein Nickerchen.

Erst auf dem zweiten Blick fielen mir Dinge auf, die seltsam waren. Er hatte nicht gehört, wie ich die Tür zugeknallt hatte. Der Tabak war aus seiner Pfeife gerieselt, die er merkwürdig schief in der Hand hielt. Einer Hand, die schlaff über die Armlehne des Sessels baumelte. Im Teppich prangte ein von der Glut hineingebranntes Loch.

„Mac?“

Mein Körper wurde taub. Ich umrundete den Sessel und sah in sein Gesicht. Er hatte die Augen geschlossen, sah aus, als schliefe er nur. Meine Hand streckte sich nach ihm aus. Sanft legte ich sie auf seine Schulter.

„Mac?“

Er fühlte sich eiskalt an. Leer, verlassen, hart wie Stein. Nur noch sein Körper saß vor mir. MacMuffin und alles, was ihn ausmachte, war gegangen.

Nein! Es durfte nicht sein.

Warum jetzt? Warum er?

Nur bei ihm hatte ich Trost gefunden. Er und sein Kutter waren meine einzige Verbindung zu Louans Welt. Mein Leben lang war er immer für mich dagewesen. Ganz gleich, wie groß seine Sorgen gewesen waren, MacMuffin hatte stets ein offenes Ohr und tröstende Worte für mich bereitgehalten.

Und jetzt hatte ich nicht nur Louan verloren, sondern auch ihn?

Meine Betäubung hüllte die Welt in einen Schleier. Ich beobachtete mich selbst dabei, wie ich zum Telefon ging und Dads Nummer wählte. Zwölf Mal klingelte es, bevor er abhob.

„Komm zu Mac", sagte ich nur. „Bitte mach schnell."

Ich legte auf, ohne seine Antwort abzuwarten. Die Stille summte zuerst in meinen Ohren, dann kreischte sie. Der Geruch dieses Hauses, die Erinnerungen, die es füllten. Die Erinnerungen, die mich füllten.

Ich wollte all das nicht mehr.

Auf gefühllosen Beinen taumelte ich nach draußen, hinunter zur Hafenmauer.

Ich setzte mich auf genau jene Stelle, wo Louan und ich damals gesessen hatten, Arm in Arm, um den Sonnenuntergang anzusehen.

Die Sonne glitt auf den Horizont zu, versteckt hinter finsteren Wolkenbergen. Über allem lag Vergänglichkeit. Eine tote Möwe in ihrem Sarg aus Tang. Fischkadaver. Tausende leere Muschelschalen. Unzählige Tode in den Netzen, Hummerkörben und Reusen, Tag für Tag und Nacht für Nacht. Soviel Sterben dort draußen, regiert vom Spiel des Lebens.

Lass es gut sein, Mari…

Wenn ich gehen muss, dann sei nicht traurig.

Es hat seinen Sinn, wenn du an Land bleibst. So wie alles seinen Sinn hat.

Endlich kamen die Tränen. Sie strömten nach draußen, während mein Körper sich zitternd zusammenkrümmte. Sie liefen und liefen, bis nichts mehr in mir war.

Als ich aufblickte, war die Welt dunkel und verschwommen.

Wenn ich gehen muss, dann sei nicht traurig.

„Louan, ich brauche dich." Meine Stimme wurde vom Sturm verschluckt. Egal. Vielleicht hörte er mich doch. „Ich habe dir ein Versprechen gegeben. Aber ich kann es nicht halten. Ich brauche dich so sehr. Hörst du mich?"

Das Meer in all seiner gleichgültigen Pracht lag vor mir.

Die Welt hüllte sich in Schweigen.

Als sich eine Hand von hinten auf meine Schulter legte, wünschte ich mir, es wäre seine.

„Mari." Mein Vater setzte sich neben mich. „Es tut mir so leid."

Er strich mir über das Haar, nahm mich in seine Arme und wiegte mich. So, wie mein Selkie es getan hatte. Vor einer gefühlten Ewigkeit.

Epilog

Ein Jahr später

~ Mari ~

Das Wasser lockte mich. Wie gern hätte ich mich hineingestürzt, um in seine dunklen Tiefen zu tauchen und auf den Horizont zuzuschwimmen, bis das Tier in mir sich befreite und der Mensch in mir starb. Könnte es nicht sein, dass auch mir das geschah, was Louan widerfahren war?

Keine Erinnerungen mehr. Nur die Freiheit des Tieres.

Meine Sehnsucht verhöhnte mich. Dort draußen warteten nicht die Freiheit, sondern Gefahren und Einsamkeit. Louan würde nicht zu mir zurückkehren. Er war längst weit, weit entfernt.

Ebenso weit entfernt wie MacMuffin.

Ob es dort, wohin der Fischer gegangen war, auch ein Meer gab? Ein Meer, dem er seine Geschichten erzählen konnte, während er es mit seinem Kutter befuhr?

Ich hoffte es für ihn.

Während ich am Saum der Brandung entlanglief, immer wieder die Silbermuschel um meinen Hals berührend, umschwärmten mich die Erinnerungen wie warme Vögel. Die Narbe an meinem Hals schmerzte noch immer und würde es vielleicht noch tun, wenn ich alt und faltig in einem Rollstuhl hockte. Zwei Welten, die sich einander nicht hätten nähern dürfen, waren vereint worden. Und sie waren auch jetzt noch eins.

Die Kälte konnte mich nicht berühren. Mein Sehnen wuchs mit jedem Tag. Ich wurde zum Tier und blieb äußerlich gleich. Wie lange konnte ich es noch ertragen, ohne dem Ruf zu folgen?

Ich raffte mein Nachthemd und setzte mich auf einen Felsen. Wer mich beobachtete, musste mich für einen Geist halten. Den Geist einer unglücklichen Jungfrau, die in einem weißen Kleid durch die Nacht schwebt und ihren Liebsten sucht. Ein gewöhnlicher Mensch hätte niemals barfuß durch den Schnee laufen und den eisigen Wind nur mit einem dünnen Nachthemd bekleidet ertragen können. Doch ich tat es.

Schneeflocken schmolzen auf meinen Händen, ohne dass ich ihre Kälte spürte. Das wirbelnde Tanzen vereinte sich mit dem rauen Meer und der Dunkelheit zu einer Szenerie, die meine Unvollkommenheit zu etwas Unerträglichem werden ließ.

„Sie brauchen dich." Ich murmelte es vor mich hin wie ein Mantra. „Denke daran. Sie brauchen dich. Vergiss, was einmal war. Denk lieber daran, was sein wird."

Ich dachte an ein Zitat von Edgar Allan Poe, dass ich gestern gelesen hatte:

Doch was ist schon ein Traum bei Tag,
für einen, dessen Blick den Tag nur streift,
auf seinem Weg in alte Zeit zurück?

Ich konnte meine Melancholie nicht abschütteln. Nicht einmal an den glücklichsten Tagen.

Mir wurde schwindelig. Ich bildete mir ein, einen hellen Schatten im finsteren Wasser zu sehen. Ein Schemen, der aussah wie ein geschmeidiges Wesen, gemacht aus Silber und Seide.

Nur eine weitere Lüge meines dahinsiechenden Geistes?

Nein, der Schatten teilte das Wasser und kam an Land. Ein Seehund, wunderschön und schlank, mit großen schwarzen Augen und einem Fell wie Satin.

Mein Herz setzte aus.

Unmöglich! Doch das Wesen war da.

War er es wirklich?

Ich fiel neben ihm auf die Knie. Meine Arme umschlossen seinen nassen, glänzenden Leib.

Mein Gott.

Mein Gott. Warum tat er mir das an? Warum tat er mir so weh? Ich würde ihn erneut gehen lassen müssen. Und diesmal würde es mir endgültig das Herz brechen.

Stumm weinte ich in sein Fell. Meine Finger streichelten ihn, sanft und verzweifelt. Zitternd, ungläubig. Sich in seine Haut grabend, als könnte ich sie ihm vom Leib reißen und den Menschen wiederhervorholen.

„Geh!", schrie ich. „Lass mich in Ruhe. Warum tust du das?"

Er zuckte in meinen Armen. Stöhnte und seufzte. Eine nasse Schnauze glitt über meine Wange. Und dann spürte ich aufplatzendes Fell unter meinen Händen. Blut floss hervor, heiß in der kalten Winternacht. Es besudelte meine Haut und das Weiß meines Nachthemdes. Der Seehund bäumte sich in meiner Umarmung auf. Grausame Schmerzen warfen ihn hin und her, folterten seinen Körper mit wilden Zuckungen. Wieder und wieder.

Tötete er das Tier, um zu mir zurückzukehren?

Blasse, blutverschmierte Haut erschien unter dem Fell. Das Stöhnen des Seehundes veränderte sich, klang plötzlich menschlich. Ich griff in die Masse aus zerstörtem Tier, zog an dem Fell und streifte es über seinen kraftlosen Körper.

„Mari …"

Ein Wort, mit letzter Kraft ausgesprochen. Ein Wort, wie es unwirklicher nicht hätte klingen können. Ich zog Louan in meine Arme und schmiegte meine Wange an seine Stirn. Er hatte gesiegt. Das Tier hing in blutigen Fetzen von seinem Körper, doch für welchen Preis? Der befreite Mensch war schwach. So schwach, dass ich kaum seinen Herzschlag spürte.

Nein, Louan war stärker als jedes andere Wesen, das ich kannte. Er würde es schaffen. Er hatte schon einmal den Tod besiegt.

„Komm zurück", wisperte ich. „Lass mich nicht allein."

Ich hielt meinen Selkie so fest, dass ich ihm vielleicht wehtat, doch ich konnte meinen Griff nicht lockern. Ich wiegte ihn, küsste ihn, streichelte ihn. Gischt durchnässte mich, doch es kümmerte mich nicht. Hinter dem Rauschen der Wellen fiel der Schnee lautlos vom Himmel. Eisig. Zeitlos.

„Bist du wieder bei mir?“, flüsterte ich, als sein Zittern endlich aufhörte. „Für immer?“

Unter meinen blutverschmierten Händen spürte ich das mühevolle Auf und Ab seines Brustkorbs.

„Ja“, antwortete er matt. „Bin ich.“

Seine Muskeln zitterten vor Anstrengung, als er sich zu mir hochbeugen wollte. Ich kam ihm entgegen, nahm sein Gesicht zwischen beide Hände und küsste ihn. Alles wurde gleichgültig. Mein Sein reduzierte sich auf diese eine Berührung. Auf das Meer, das an uns zog. Auf den Schnee, der uns bedeckte.

„Ist das Tier tot?“, fragte ich ihn.

„Nein“, kam es matt zur Antwort.

„Woher weißt du das?“

„Weil es ein Teil von mir ist. Immer. Solange ich lebe.“

„Aber du sagtest, du könntest nie wieder zurückkehren.“

„Das dachte ich auch.“ Er schmiegte sich an mich wie ein Kind, und die Verletzlichkeit, die dieser Geste anhaftete, katapultierte mich in unsere ersten gemeinsamen Momente zurück. Der sterbende Seehund auf der alten Decke. Sein matter Körper unter meinen Fingern.

„Aber deine Gefühle holten mich zurück. Deine Worte.“

„Welche Worte?“

„Du hast mich gerufen. Lauter als je zuvor. Weißt du es nicht mehr?“

Ja, ich erinnerte mich. Der Tag, als MacMuffin gestorben war. Aber es war eine undeutliche Erinnerung. Ich hatte den Tag zu erfolgreich verdrängt und mir nie erlaubt, ihn erneut zu durchleben.

„Kamen die Erinnerungen deswegen zurück?“, fragte ich.

„Ich weiß es nicht. Als ich dich sah und nicht zu dir kommen konnte, wurde ich wütend. So wütend, dass ich fast den Verstand verlor. Vielleicht hat mir das die Kraft gegeben.“

Ich ließ die Tränen einfach laufen und drückte Louan so fest an mich, dass ich ihm ein Stöhnen entlockte. Dann wühlte sich ein anderer Gedanke an die Oberfläche. Nur schwer kamen die Worte aus meiner Kehle. „Raers Fell? Hast du es ihm zurückgegeben?“

Louans Sinne schienen für einen Moment zu schwinden. Er zuckte zusammen wie aus einem Traum, dann sah er mit glasigem Blick zu mir auf. „Raer ist tot. Ich fand ihn am Grund des Meeres. Sein Fell gehört jetzt dir. Ich habe es gut versteckt.“

Meine Erleichterung war wie ein Schatten unter einer Eisschicht aus Beklommenheit. Ganz gleich, wie viel Leid uns Raer zugefügt hatte, ein solches Ende verdiente niemand.

Meine Lippen schmiegten sich an Louans Stirn. Ich schmeckte Meerwasser und Blut. „Verlasse mich nicht nochmal. Bitte.“

Er lächelte matt. Ich spürte, wie sich seine Arme ganz langsam um mich schlossen. Nach und nach, mit jeder eiskalten Welle, kehrte die Kraft in seinen Körper zurück.

„Niemals wieder“, wisperte er. „Ich schwöre es beim Salz der See.“

Mein Lachen vermischte sich mit meinem Weinen. Wir küssten uns, bis uns der Atem wegblieb. Die Gefahr war nicht gebannt, ein *Ende gut, alles gut* gab es für uns nicht. Fischer hielten nach weißen Seehunden Ausschau, neugierige Menschen jagten nach Geheimnissen. Das Meer wurde mit jedem Tag kränker und die Möglichkeiten, sich zu verstecken, schwanden dahin.

Louan und ich gehörten einer aussterbenden Rasse an. Wir beide waren die letzten Selkies. Doch all diese Gedanken streiften mich in jener Nacht nur aus der Ferne. Denn es zählte nur eins:

Er war zu mir zurückgekehrt.

Ende

Britta Strauß - Die Seele des Ozeans

ISBN: 978-3-931989-79-8

Mehr Meer?

Britta Strauß

DIE SEELE DES OZEANS

Leseprobe

Kjell fand in dieser Nacht keine Ruhe.

Mit zunehmender Ungeduld wälzte er sich hin und her, versuchte es mit Lesen, gab nach zwei Seiten auf, suchte sein Heil in Atemübungen und presste sich schlussendlich das Kopfkissen auf das Gesicht, weil er gehört hatte, dass das Inhalieren des eigenen Atems müde machte. Nichts von all dem brachte das Ersehnte. Was war nur los mit ihm? Das Knarzen des alten Hauses und das ferne Rauschen der Brandung hatten ihn immer sanft und wohltuend in das Reich der Träume geschickt, doch diesmal erschien ihm jedes Geräusch ohrenbetäubend. Die Welt verschwor sich gegen ihn. Selbst das Fließen seines eigenen Blutes und der Trippeln der Mäuse auf dem Dachboden brachte ihn um den Verstand. Das Klopfen seines Herzens klang wie eine Pauke, der Wind wie ein Chor, der aus Leibeskräften heulte und klagte.

Als die Wut ihn packte und jede Hoffnung auf Ruhe scheitern ließ, warf er sich seinen alten, löchrigen Morgenmantel um, schlich nach unten und verließ das Haus. Ein nächtlicher Spaziergang am Strand würde helfen, dessen war er sich sicher.

Salzige Luft schlug ihm entgegen, als er die Tür öffnete. Kalt und wild. Die Luft Nordirlands, voll von der Gischt des Meeres und der Frische des

Grases. Der Himmel war klar, das Meer ruhig. Die flachen Wellen schienen den Strand zu streicheln.

Warum hatte er im Bett den Wind so laut gehört? Es ging kaum mehr als eine milde Brise, die unter dem Dach flüsterte.

Einbildung, nichts weiter. Eine Täuschung seines übermüdeten Geistes.

Auf der morschen Hausbank, umringt von brennenden Kerzen und bunten Windlichter, sah er seine Mutter sitzen. Sie wandte sich ihm zu und lächelte.

„Kannst du auch nicht schlafen?"

Kjell zuckte mit den Schultern, während eine schmerzhafte Form von Glück sein Herz zusammenkrampfte. Dieses Bild war einfach unvergleichlich. Seine Mutter mit ihrem langen weißen Haar, die Bank, die Kerzen und das uralte Haus, des bereits Dutzende Generationen erlebt hatte. Für ihn der Inbegriff von Heimat. Und von Nachhausekommen.

Kjell setzte sich neben Fae und wartete, bis sie das Wort ergriff. Ihr Haar reflektierte das Mondlicht und floss über die mageren Schultern wie flüssige Spinnenseide. Vor vielen Jahren war seine Mutter wie er durch die Welt gereist, zusammen mit ihrem Bruder und seinen beiden Freunden. Das ganze Wohnzimmer hing voller Fotos. Zeugnisse wundervoller Erinnerungen. Doch eines hatten alle Fotos gemein: Auf keinem lächelte Fae. Immer blickte sie an dem Fotografen vorbei, als wäre nur ihr Körper anwesend, nicht aber ihr Geist.

Vor zweiundvierzig Jahren war sie im Monat seiner Geburt hierher zurückgekehrt. Kjell konnte ihre Wahl nur zu gut nachvollziehen. Dieser einsame Platz auf den Klippen war mit nichts in der Welt zu vergleichen. Das Wetter mochte rau sein, das Meer kalt und der Strand mit all seinem verrottenden Tang und dem Treibgut weit entfernt von makelloser Bilderbuchidylle.

Aber es lag etwas in der Luft. Eine Form von unverfälschter Freiheit. Der Blick ging weit über das Meer, das Licht am Abend und am Morgen war schwer von Melancholie.

Für Kjell steckte dieser Ort voller Erinnerungen. Schöner, wehmütiger Erinnerungen. Es war sein Refugium. Der Platz, an dem seine Seele ausruhen konnte. Kam er hierher, fühlte sich jeder Tag wie ein dreiwöchiger Urlaub an. Und eine Woche reichte, um wieder zu sich selbst zu finden.

Sein Leben, das er sonst mit Vorträgen, Einsätzen und sonstigen Projekten verbrachte, erschien ihm hier ebenso fern wie surreal. Sein Herzschlag verlangsamte sich, seine Seele fand flüchtigen Frieden. Nichts berührte ihn so sehr wie der Anblick des nordischen Meeres.

Jeden Tag schwamm er darin und wusste in den Augenblicken, in denen er durch das Wasser tauchte, dass er ganz er selbst war. Absolut und vollkommen er selbst. Der Gedanke, all das übermorgen wieder hinter sich zu lassen, schmerzte mehr denn je.

„Ich möchte dir etwas schenken", ergriff Fae das Wort. „Ich habe lange gewartet. Auf den richtigen Zeitpunkt. Jetzt ist er gekommen."

Sie griff neben sich, hob ein Buch auf und reichte es ihm.

Es war alt und abgegriffen, sicher schon mehrere Jahrzehnte alt. Der Geruch nach Staub und modrigem Papier stieg ihm in die Nase.

Kjell nahm es entgegen und drehte es behutsam hin und her. Eine wunderschöne Frau zierte das Cover. Nackt, mit anmutig vor der Brust gekreuzten Armen. Offenbar befand sie sich unter Wasser, denn die Strähnen ihres langen Haares umgaben sie wie wogender Tang.

Die Seele des Ozeans stand in geschwungenen, goldenen Buchstaben unter der Nixe. Kjell fühlte einen unbestimmbaren Stich im Herzen. Vielleicht war es der hingebungsvolle Ausdruck im Gesicht der Frau. Vielleicht das Wort Ozean, das er wie keine andere Abfolge von Buchstaben mit Wehmut verband. Für ihn klang das Wort wie drei streichelnde Wellen, weich und sanft, die über die Zunge rollten und genau das vertonten, was das Meer in ihm auslöste: Sehnsucht.

Kjell drehte das Buch um und las den Klappentext:

Geschichten aus den Tiefen der nordischen See
erzählen von einer todkranken Schriftstellerin,
die sich an die einsame Küste Nordirlands zurückgezogen hat.
Von einem geheimnisvollen Fremden mit dem Blut des Meeres in den Adern,
der dazu bestimmt ist, für die Liebe das größte aller Opfer zu bringen.
Sie erzählen die Geschichte eines weißen Narwals,
und die einer Liebe, so tief wie der Ozean."

„Es ist von dir?", fragte er leise.

„Woher wusstest du?" Fae lächelte verschmitzt. „Ich habe ein Pseudonym benutzt."

„Keine Ahnung. Ist einfach dein Stil. Warum zeigst du es mir erst jetzt?"

Sie zuckte nur mit den Schultern, was er als Antwort akzeptieren musste. In den letzten dreißig Jahren hatte seine Mutter viele Bücher veröffentlich. Verträumte, märchenhafte Geschichten, die ihn aus der Wirklichkeit herausgezogen und in eine andere Welt entführt hatten. Einer Welt, in der sich Magie mit grauer Realität vermischte, bis alles in wunderbaren Farben strahlte und man glaubte, überall lägen verborgene, fantastische Rätsel.

„Ich möchte, dass du es liest", sagte sie leise. „Und zwar bevor du gehst."

„Bitte?"

„Du hast mich schon verstanden."

„Aber das schaffe ich nicht. Morgen Abend muss ich zum Flughafen."

Sie zwinkerte ihm zu. Ein vergnügtes Funkeln huschte durch das klare Grün ihrer Augen. „Dann solltest du schnell damit anfangen."

„Hättest du es mir nicht eher geben können?", murrte Kjell. „Ich bin kein Schnellleser wie du. Dafür werde ich ewig brauchen."

„Ich hätte es dir nicht eher geben können." Der Blick seiner Mutter verlor sich in der Ferne. Er liebte die Art, wie der Wind durch ihre weichen, silbernen Haarsträhnen strich. Doch etwas in ihren Augen bereitete ihm Unbehagen. Sie sahen traurig aus. Und zugleich lag ein Sehnen darin, dessen Stärke ihm nicht gefiel.

„Weil ich bis heute nicht wusste, dass es der richtige Zeitpunkt ist", fügte sie hinzu. „Um ehrlich zu sein … ich dachte schon, er würde nie kommen."

„Was meinst du? Der richtige Zeitpunkt wofür?"

Faes Lippen zuckten, als wolle sie lächeln. Doch der Ernst trug seinen Sieg davon. Sie trauerte um verlorene Zeiten. Um ihre Jugend, um all die fernen Länder, die sie nie wiedersehen würde.

Ein schmerzender Kloß brannte in seiner Kehle. Manchmal war seine empathische Gabe ein Fluch. Was brachte es, die Gefühle anderer Menschen zu spüren? Es war eine Last auf seinen Schultern, die er nie ablegen konnte.

„Er ruft mich", flüsterte Fae. „Nach so langer Zeit hat er mich endlich gefunden. Heute ist meine Nacht. Nein, es ist unsere Nacht."

„Mum?"

„Ja?", säuselte sie.

„Geht es dir gut?"

„Besser als je zuvor. Geh nur. Geh rein und lese."

„Von wem hast du gerade geredet? Wer ruft dich?"

„Lies das Buch. Wir haben nicht ewig Zeit."

Kjell erhob sich unwillig, folgte noch einmal dem Blick seiner Mutter und sah auf das nächtliche Meer hinaus. Mondschein glänzte auf dem tanzenden Muster der Wellen.

Bald würde er wieder auf einem Schiff sein, seiner Aufgabe folgen und für das kämpfen, was er über alles liebte.

Seltsam, dass er dem Ozean nirgendwo so nahe war wie hier. Nicht einmal in der Weite des Pazifiks. Nicht in den kalten Gewässern der Antarktis und nicht über dem schillernden Labyrinth des Great Barrier Reefs.

„Was soll's", murmelte er. „Ich kann sowieso nicht schlafen. Gute Nacht, Mum."

„Gute Nacht, Kjell."

Er schlurfte zurück in das Dachzimmer, schaltete die Nachttischlampe ein und kuschelte sich ins Bett, ohne seinen Morgenmantel auszuziehen. Er liebte dieses Ding, seit Fae es ihm zu seinem zwanzigsten Geburtstag geschenkt hatte. Es war blau und schwarz gestreift, wies zahlreiche Löcher auf und würde erst zu Grabe getragen werden, wenn es ihm vom Körper bröckelte.

„Es passt so gut zu deinen schwarzen Haaren und den blauen Augen", hatte seine Mutter damals frohlockt. „Ja, ihr beide gehört zusammen."

Kjell strich über den fadenscheinigen Ärmel und dachte daran, dass er äußerlich nicht nennenswert gealtert war, seit er dieses Kleidungsstück geschenkt bekommen hatte. Dieser Mantel hingegen schon. Vielleicht sog er das Alter an seiner statt in sich auf. Wie das Bildnis des Dorian Gray.

Ein Unsterblichkeits-Morgenmantel.

Nachdem Kjell ein paar Mal versonnen am Buch geschnuppert hatte – es roch alt, modrig und verträumt – schlug er es auf und suchte nach dem Anfang.

Kapitel I

Das Leuchten

Ein Gedicht leitete die Geschichte ein, geschrieben in hübschen, schnörkeligen Buchstaben. Kjell las es laut vor, wie es seine Angewohnheit war, und während die Worte aus seiner Kehle strömten, wurde ihm eigenartig ums Herz. Eine Unruhe rumorte in ihm. Gefolgt von dem Gefühl, irgendetwas tun zu müssen. Oder nach etwas suchen zu müssen.

Und jede Nacht entzünden in den Steinen
Meeresgötter sich ein Feuer mit Gesang,
wo Segel, die im Mondlicht fern erscheinen,
ziehen wie ein Traum am Rand der Flur entlang.

Seine Stimme vermischte sich mit dem Wispern des Windes, der sich in den Spalten zwischen den Bruchsteinen fing. Wann hatte seine Mutter das Buch veröffentlicht? Er suchte nach der entsprechenden Information, fand sie ganz am Anfang und stutzte.

Vor genau zweiundvierzig Jahren. Im Monat seiner Geburt.

Noch einmal steckte er die Nase zwischen die Seiten.

Es war, als atmete er Vergangenheit ein.

Eine verborgene Etappe im Leben seiner Mutter. Ihre Gefühle und Träume. Die Zeit verrann so schnell, wenn man glücklich war. Sie floss wie der Wechsel der Gezeiten.

Doch im Gegensatz zu Ebbe und Flut kehrte das menschliche Leben nicht ewig wieder.

Mit seltsam klammem Herzen begann er zu lesen …